迷雾之子
MISTBORN

三部曲之二 | 升华之井（上）

THE WELL OF ASCENSION

[美]布兰登·桑德森 著

丁剑 译　李天奇 译审

 上海社会科学院出版社

致菲利斯·考尔

也许她永远不能理解我的奇幻作品

然而她对我生活的教导

远比她认为的要多

正是因为她，我才踏上写作之路

谢谢，外婆！

致简体中文版读者

即将首次阅读我的作品的中国读者们，我要对你们表达格外热烈的欢迎。谢谢你们选中了我的书，愿你们享受在字里行间发现的一切。等了这么久，我的书终于在中国出版了，这让我非常激动。我曾在亚洲地区生活过两年，中国源远流长的神话与文明为我的写作提供了不少灵感。

我写的书被归类为奇幻。奇幻是我热爱的题材，我已在其中深陷多年。但在我看来，有太多的人只根据简单的类别定位就对书籍作出草率的评判。在我的书中，我不仅营造神奇而令人惊异的气氛，也描绘人类自身所处的状况，竭尽全力将幻想和真实融为一体。对我来说，只有作为科学分支的魔法才最为有趣——只是这门科学并不存在于我们的世界。

在我接触过的中国民间传说和电影中，我也看到了类似的东西。精彩神奇的情节永远掩盖不了角色命运的意义——那才是故事的核心所在。

衷心感谢你们抽出时间阅读我的作品。希望你们能在这些书页中找到具有深度、值得去爱的事物，发现美好、有趣，但同时又令人深思的东西。

布兰登·桑德森

目录

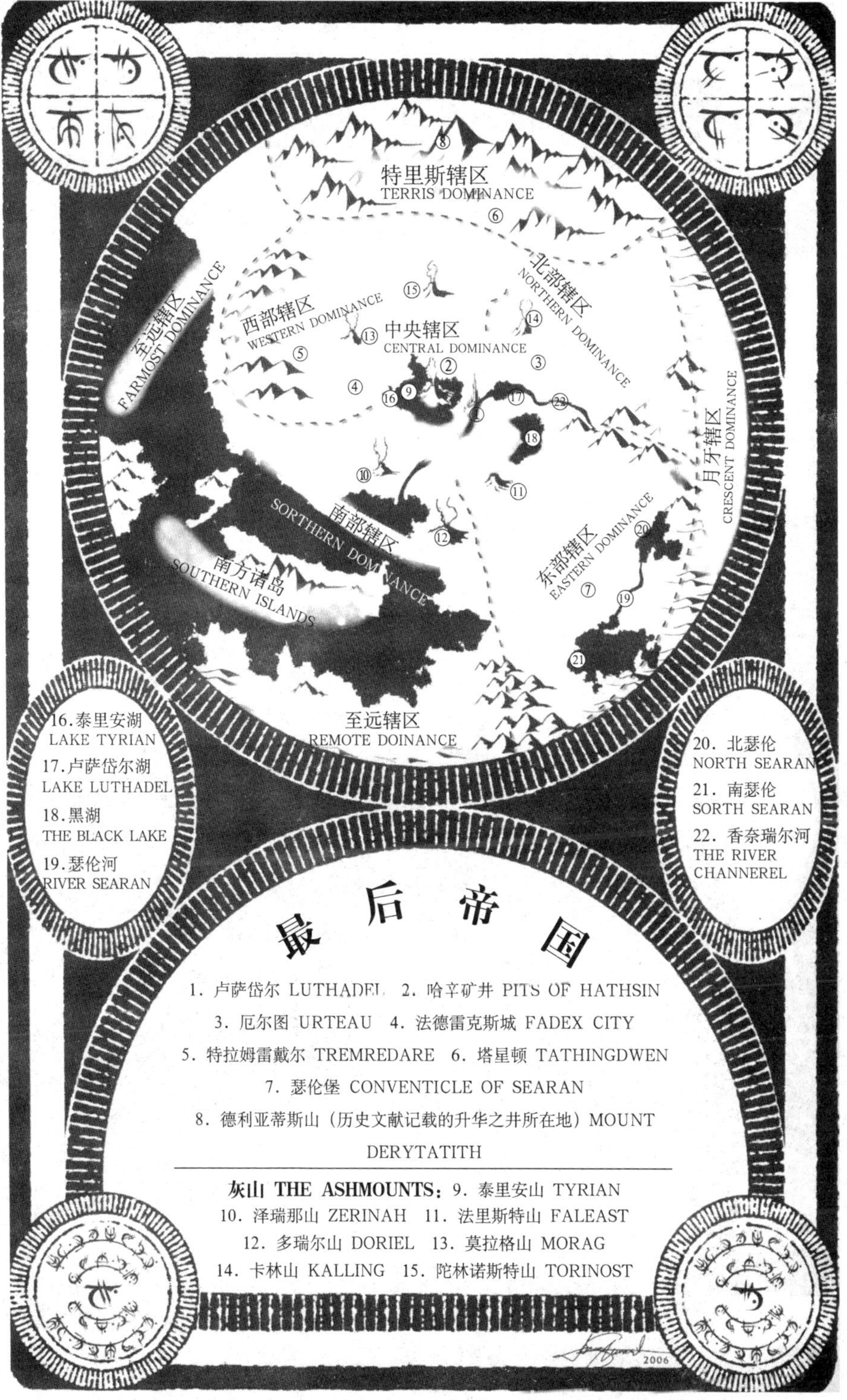
特里斯辖区
TERRIS DOMINANCE
北部辖区
NORTHERN DOMINANCE
西部辖区
WESTERN DOMINANCE
中央辖区
CENTRAL DOMINANCE
至远辖区
FARMOST DOMINANCE
月牙辖区
CRESCENT DOMINANCE
南部辖区
SORTHERN DOMINANCE
东部辖区
EASTERN DOMINANCE
南方诸岛
SOUTHERN ISLANDS
至远辖区
REMOTE DOINANCE
16.泰里安湖
LAKE TYRIAN
17.卢萨岱尔湖
LAKE LUTHADEL
18.黑湖
THE BLACK LAKE
19.瑟伦河
RIVER SEARAN
20. 北瑟伦
NORTH SEARAN
21. 南瑟伦
SORTH SEARAN
22. 香奈瑞尔河
THE RIVER
CHANNEREL
最后帝国
1. 卢萨岱尔 LUTHADEL 2. 哈辛矿井 PITS OF HATHSIN
3. 厄尔图 URTEAU 4. 法德雷克斯城 FADEX CITY
5. 特拉姆雷戴尔 TREMREDARE 6. 塔星顿 TATHINGDWEN
7. 瑟伦堡 CONVENTICLE OF SEARAN
8. 德利亚蒂斯山（历史文献记载的升华之井所在地）MOUNT
DERYTATITH
灰山 THE ASHMOUNTS：9. 泰里安山 TYRIAN
10. 泽瑞那山 ZERINAH 11. 法里斯特山 FALEAST
12. 多瑞尔山 DORIEL 13. 莫拉格山 MORAG
14. 卡林山 KALLING 15. 陀林诺斯特山 TORINOST
2006

卢
钢门
STEEL GATE
灰窝
ASHWARRENS
杨树街
ASPEN ROW
扭曲所
THE TWISTS
旅店区
HOTEL DISTRICT
铁门
IRON GATE
老门区
OLD GATE
商业区
COMMERCIAL DISTRIC
青铜门
BRONZE GATE
1. 幸存者广场 SQUARE OF THE SURVIVOR
2. 克瑞迪克肖宫 KREDIK SHAW
3. 布里姆斯书店 BILMES' BOOKS
4. 议会大楼 ASSEMBLY BUILDING
5. 卢萨岱尔卫戍部队 LUTHADEL GARRISON
6. 樊乔城堡 KEEP VENTURE
7. 哈斯丁城堡 KEEP HASTING
8. 勒卡尔城堡 KEEP LEKAL
9. 艾拉瑞尔城堡 KEEP ERIKELLER
10. 克拉布斯的店 CLUBS'SHOP
11. 卡蒙的藏身处 CAMON'S SAFEHOUSE
12. 老墙街 OLD WALL STREET
13. 肯顿大街 KENTON STREET
14. 阿尔风暴广场 AHLSTROM SQUARE
15. 费德运河 FEDER CANAL
16. 运河街 CANAL STREET
17. 斯卡人市场 SKAA MARKET

尔
锡门
TIN GATE
炭窝
SOOTWARREN
14
6
8
12
桥
BRIDGE
奈
白蜡门
PWETER GATE
街路区
BLOCK STREET
2
锌门
ZINC GATE
工业区
INDUSTRIAL DISTRICT
THE RIVER
CHANNEREL
南桥
SOUTH BRIDGE
裂缝区
THE CRACKS
黄铜门区
BRASS GATE
黄铜门
BRASS GATE
红铜门
COPPER GATE
2003

第一部

幸存者的继承人

我把这些话写在金属上，因为任何没有镌刻在金属上的东西都是不可信的。

1

那支军队像乌云一样从地平线上冒了出来。

国王伊兰德·樊乔一动不动地站在卢萨岱尔的城墙上，面向敌军。在他身旁，大片的尘埃正纷纷扬扬地飘落。不是炭烧透时常见的灰白色，而是一种更深、更刺眼的黑色。近来，灰山的活动特别频繁。

伊兰德感到尘埃落在脸上和衣服上，但他没有理会。远处，血红的太阳即将落山，夕阳为那些欲从伊兰德手里夺走王国的敌军抹上了一层余晖。

“有多少？”伊兰德轻声问。

“五万，我觉得。” 汉姆说，他靠着护墙，肌肉发达的双臂交叠着撑在石头上。和城里一样，城墙也被多年的尘埃染成了黑色。

“五万士兵……”伊兰德无力地说道。虽然他大力招募士兵，他手下的兵力才不过两万，而且都只是受训不足一年的农民。甚至维持这样一支数量不大的军队也已让他不堪重负了。要是他们能找到御主大帝的天金，也许情况就会不同。可事实上，伊兰德统治的王国正遭受着严重的经济危机。

“你怎么看？”伊兰德问。

“我不知道，伊尔，”汉姆回答道，“在我们中间，凯尔西才是最有见地的一个。”

“但是你也帮他制定了一些计划，”伊兰德说，“你和其他那些人，你们是他的团队，是制定出推翻帝国的战略并最终实现它的人。”

汉姆没有说话，伊兰德知道汉姆在想什么。凯尔西是一切的核心。他是组织者，是他召集会议讨论，而后又将讨论内容转化为切实行动。他是领袖，是天才。

然而，他在一年前死了。在他死去的同一天，人民作为他秘密计划的组成部分，揭竿而起，推翻了他们的神圣君王。伊兰德在接踵而来的混乱中登上了王座。而现在，他也许会失去凯尔西及其团队呕心沥血所取得的一切，这种可能性似乎越来越大了。夺去这一切的或许是个比御主大帝更坏的暴君，一个卑鄙、阴险却有着“贵族”外表的恶棍。那个人已经带领军队逼近了卢萨岱尔。

那人就是伊兰德的父亲，斯特拉夫·樊乔。

“有可能……劝他不进攻吗？”汉姆问。

“很可能，”伊兰德迟疑地说，“假如议会不同意移交这座城市。”

“他们不同意？”

“我不知道，说真的。恐怕他们会同意的。军队把他们吓坏了，汉姆。”而且还会以一个很好的理由，他心想，“不管怎么样，我为两天后的会议准备了一份提案，我要极力劝他们不要匆忙作决定。道克森今天回来了，是吗？”

汉姆点点头。“正好赶在敌人前面。”

“我们要召开团队会议，”伊兰德说，“看能不能找到一个摆脱困境的办法。”

“我们还是很缺人手，”汉姆摸着下巴说，“‘幽灵’下周也回不来，布里兹的去向恐怕只有御主大帝才清楚，我们有几个月没有他的消息了。”

伊兰德叹了口气，摇着头说：“我的心很乱，汉姆。”他转过身，再次面对着一片灰茫茫的景象。随着暮色来临，军队燃起了营火，迷雾很快就要出现了。

我要回宫准备一下那个提案，伊兰德想。

“纹跑哪儿去了？”汉姆转向伊兰德，问道。

伊兰德停下脚步。“你知道的，”他说，“我也不清楚。”

纹悄悄落在潮湿的鹅卵石上，看着迷雾在身边慢慢形成。天一黑，雾气就冒了出来，像一团团透明的藤蔓，弯弯曲曲地纠缠着。

卢萨岱尔城悄无声息。即使是现在，距离御主大帝一命呜呼、伊兰德的新自由政府成立已有一年，平民晚上还是待在家里。他们畏惧迷雾，这种传统的恐惧比御主大帝的律令在人心里的影响还要深刻。

纹警觉地潜行着。她体内和往常一样燃烧着锡和白蜡。锡能够强化她的感官，让她能轻而易举地在夜间视物；白蜡使她身体强健，脚步轻灵。这两种金属，再加上能够使其他燃烧青铜的人无法发现她在使用熔金术的黄铜，是她几乎时刻保持燃烧的金属。

有人说她有妄想症，她觉得这是有备无患。不管怎么说，这个习惯在不少场合救过她的命。

她在一个不起眼的街角停下来，朝外面看了看。她永远也不能真正理解自己是怎么燃烧金属的，不过她觉得自己天生就懂这个，甚至在正式接受凯尔西训练之前，她就在本能地使用熔金术了。她不像伊兰德，她不需要对一切事物都有逻辑的解释。对她而言，只要在吞下少许金属的时候，能够利用这些金属的力量就足够了。

她重视力量，因为她清楚自己缺乏力量。就是现在，她也不是那种能被人视为战士的人。瘦小的体形，五尺的身高，褐色的头发和苍白的皮肤，她知道自己看起来弱不禁风。她不再是童年时期在街头生活时营养不良的样子，但也不是任何人看了会心生畏惧的人物。

她喜欢力量。力量赋予她一种优势，她需要任何可能得到的优势。

她也喜欢夜晚。白天，卢萨岱尔城再大，内部也会显得狭窄而局促，而到了晚上，迷雾就会像厚厚的云层一样降临。雾气湿润一切，软化一切，遮蔽一切。巨大的塔楼变成云雾缭绕的山峰，拥挤的平民小屋溶化在雾霭中，就像一堆杂货铺处理的廉价商品。

纹蹲在房屋旁，依然监视着那个十字路口。她小心地燃烧钢——她先前吞下的另一种金属。瞬间，一簇透明的蓝线从她身上延伸出来。只有她的眼睛才能看到，那些线从她胸部延伸向附近的金属源，一切金属，不管什么种类。有些线条连着青铜门闩，另外一些则指向木板上的粗钉子。线条的粗细和金属大小成正比。

纹静候着，没有一根线移动。燃烧钢是分辨附近是否有人活动的好方法，如果他们身上有金属，就会拉动蓝色的指示线。当然，那不是钢的主要用途。纹把手伸进腰包，小心翼翼地从布套里取出一枚铸币。和其他金属物体一样，那枚铸币也有一根蓝线连到纹的胸部。

她把那枚铸币抛到空中，用意念牵引着它的线，然后燃烧钢，推动铸币。铸币被射向空中，被推动着穿过迷雾，最后，“叮”的一声落在街道中间。

迷雾继续翻滚着，即使对纹来说，它们也是厚重而神秘的，比普通的雾要浓，而且不像其他天气现象那样多变，夜间出现的迷雾是永恒的。雾气翻滚，在她身侧流动。她的眼睛能够穿透迷雾，锡使她的目光更敏锐，夜晚在她看来比常人更亮，迷雾也没那么浓厚。当然，它们本身并没有改变。

一个影子进了广场，显然是听到了她先前推进广场的铸币发出的信号。纹往前凑了凑，认出是坎德拉兽奥索尔。这次它用的是和一年前扮演雷诺克斯领主时不同的身体。现在，这个秃顶、没有明显特征的身躯，纹已经熟悉了。

奥索尔和她碰面了。“你找到要找的东西了吗，主人？”它问道，声音很恭敬，但不知为何不太友善，和往常一样。

纹摇摇头，环顾了一下黑暗的四周。“可能我错了，”她说，“我可能没被跟踪。”承认这个让她有点伤心。她一直盼着和跟踪者一较高下。她还是不知道他是谁。头天晚上，她误认为他是个刺客。也许她的预感是对的，然而看他的表现，似乎他对伊兰德的兴趣不大，和对自己的关注不可同日而语。

“我们该回去了，”纹决定道，站起身，“伊兰德还不知道我在哪里。”

奥索尔点点头。就在这时，一团铸币射穿迷雾，朝纹打了过来。

我开始怀疑我是最后一个心智健全的人。难道其他人都不明白吗，他们等待他们英雄的到来等得太久了，那个特里斯预言里提到的人？他们草率地得出了结论，认为每个故事和传奇都适用于这个人。

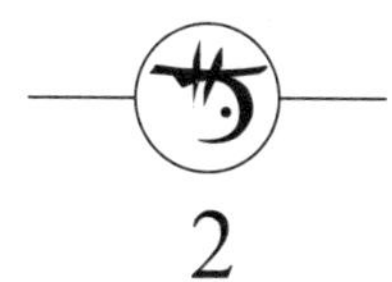

2

纹的反应很快，一跳躲开了。她以不可思议的速度移动，流苏斗篷在潮湿的鹅卵石上卷起一阵旋风。铸币打在她身后的地上，迸起片片石屑，然后纷纷弹开，在迷雾里拉出一道道纷乱的痕迹。

“奥索尔，快走！”她叫道，它已经朝着附近的小巷逃去。

纹伏低身子，双手撑在冰冷的石头上，金属在她胃里燃烧起来。她燃烧青铜，观察着身上浮现出的透明蓝线，紧张地等待着……

另一批铸币从迷雾里朝她射来，每个铸币都连着一根蓝线。纹爆燃钢，反推铸币，使它们偏离方向射进黑暗里。

夜又安静下来。

就卢萨岱尔而言，她附近的这条街道很宽敞，但两边的居民住宅都造得很高。雾气懒洋洋地翻滚着，把街道尽头掩盖得严严实实。

八个人出现在迷雾中，逼了过来。纹笑了，她是对的：有人在跟踪她。但跟踪者不是这些人。他们不如他严谨而优雅，也没有他的力量感。这些人要直接得多。他们是刺客。

这就说得通了。要是她领着军队攻打卢萨岱尔，首先要做的事也是派一队熔金术师来刺杀伊兰德。

纹的肋部突然感到压力，她咒骂一声，身体失去了平衡，她的腰包被扯离了腰部。她松开绳子，放手让敌人的熔金术师推开了腰包。杀手里至少有一个掷币者——有燃烧钢来推动金属的能力的迷雾行者。事实上，杀手中的两个人都拖着指向他们铸币口袋的蓝色线条。纹考虑着要对他们还以颜色，把他们的腰包推开，但她犹豫了一下，也许她还需要那些铸币。

没有自己的铸币作武器，她就不能从远处攻击。不过，如果对方是个训练有素的小组，远程攻击就失去了意义——他们的掷币者和牵拉师对此早有准备。逃走也不行。这些人的目标肯定不止她一个人，如果她逃走了，他们会继续寻找他们的真正目标。

没有人会为了杀保镖而派出杀手。杀手刺杀的是重要人物，是伊兰德·樊乔，掌握中央辖区的人，她爱的那个人。

纹爆燃白蜡，身体紧绷起来，表情警觉、充满威慑力。她看着那些渐渐逼近的人，心想：四个蛮力士打前阵。

这些燃烧白蜡的家伙都强壮无比，对肉体伤害有惊人的抵抗力。危险慢慢地迫近。那个手持木盾的人应该是牵拉师。

她向前佯攻，使逼近的蛮力士后退了一步。八个迷雾行者对一个迷雾之子，胜算很大，只要他们足够小心。两个掷币者朝街道两侧移动，形成了夹击阵势。最后一人纹丝不动地站在牵拉师身边，这一定是个烟幕手，他的作用在战斗中相对次要些，只是使己方不能被敌人的熔金术师察觉到。

八个迷雾行者。凯尔西能够应付，他曾杀过一个审判官。但她不是凯尔西，眼前的形势实在是吉凶未卜。

纹深吸一口气，要是有多余的天金就好了。她燃烧铁，拉起旁边的一枚铸币——刚才射向她的铸币中的一枚。她抓住这枚铸币，扔到脚下，然后跳起来，装作通过推铸币使自己弹向空中。

但是掷币者之一推开了这枚铸币。由于熔金术只能让人垂直地推或拉金属，这就使纹失去了合适的锚点。如果继续推铸币，她就得跳往人行道的方向。

她落回了地面。

让他们以为困住我了，她蹲在街道中间想。

逼过来的蛮力士显得更有信心了。

哈，纹心想，我知道你们怎么想——这就是杀死御主大帝的那个迷雾之子？这个骨瘦如柴的人？这怎么可能？

我自己也同样怀疑，她想。

第一个蛮力士弯腰发动了攻击。纹闪了一下，躲过蛮力士的手杖。出鞘的黑曜石匕首光芒一闪，在他的大腿上拉了一刀，鲜血在黑暗中喷涌而出。

那人的惨叫打破了夜晚的宁静。

刺客们咒骂着。蛮力士的搭档攻向她，出棍如风，肌肉里充满了白蜡的力量。他的手杖擦过她斗篷的流苏，她被迫在地上一滚，进入了第三个蛮力士的攻击范围。

一大片铸币朝她飞来。纹用力推挡，但那个掷币者没有放松。压力持续着，纹的力量冲击着对方的力量。

推拉金属全靠体重。就这样，铸币在两人之间，纹的体重撞击着刺客的体重，两人都被撞得倒退。纹跳出了蛮力士的攻击范围，那个掷币者跌倒在地上。

骤雨似的铸币从另一边袭来。纹的身体尚未落地就爆燃钢，给自己增加另一种能力。蓝色的指示线乱成一团，不过她不需要区分开所有的铸币并把它们全部推开。

这个掷币者一觉察到纹的手法，就掷出了所有的铸币。致命的金属片飞入了迷雾。

纹的肩部撞在鹅卵石地上。她在地上滚动着，爆燃白蜡保持身体的平衡，然后翻身站了起来。与此同时，她燃烧铁，用力拉那些正在远去的铸币。

这些铸币朝她飞过来。等它们一靠近，纹就跳到旁边，把它们朝正在靠近的蛮力士推去。于是牵拉师只得让这些铸币突然改变方向，穿过迷雾朝自己飞去。他是不能把铸币推开的，和所有的迷雾行者一样，他只有一种熔金术能力，他只能用铁拉。

为了保护蛮力士，他竖起盾牌。当铸币击中盾牌，弹到一旁时，冲击力使他叫出了声。

纹已经再次行动起来了。她径直跑向左边那个跌倒在地、无人掩护的掷币者。那人惊叫起来，另一个掷币者试图拖住纹，不过他太慢了。

那个掷币者死于刺中胸口的一把匕首。他不是蛮力士，不能通过燃烧白蜡强化身体。纹从他胸口拔出匕首，然后扯下了他的腰包。他的喉咙里发出咯咯的响声，倒在了石头上。

一个，纹想。

她旋转身体，把汗水从眉毛上甩落。现在她面对的是七个人。他们也许希望她逃走。正相反，她开始了进攻。

当她快接近蛮力士时，她跳了起来，然后抛下从垂死者身上拿到的腰包。另一个掷币者大叫一声，猛地推开了腰包。不过，纹借助从铸币上得到的一些推力，使自己从三个蛮力士头顶上跳了过去。

他们中受了伤的那个，聪明地留在后面保护掷币者。纹一落地，他就抡起手杖砸了过来。纹闪过他的第一次攻击，举起匕首，正要反击，一条蓝线突然跳进了她的视线。快！纹迅速作出了反应，扭身推动一扇门的门闩，把自己抛向路边。她侧身撞在地上，然后用胳膊把自己撑了起来，由于迷雾濡湿，她脚底一滑。

一枚铸币打在她身后的地上，被鹅卵石弹起来，太远了，根本不足以打到她。看起来，这枚铸币似乎瞄准的是剩下的那个掷币者。他可能是被迫把这枚铸币推开的。

对他发动攻击的是谁呢？

奥索尔？纹感到有些奇怪。不过，这样想太愚蠢了。坎德拉兽族是没有熔金术师的。此外，它也不会主动行动。奥索尔只做那些被明确告知的事情。

那个掷币者看起来也同样迷惑。纹爆燃锡，抬头一看，这才看到一个男子站在附近建筑的房顶上，一个深色的轮廓。他丝毫没有躲避的意思。

是他，那个跟踪者。

他站在栖身处，当那些蛮力士朝纹冲过去时，没有进一步干涉。三根手杖立即冲着纹飞舞过来，纹咒骂一声，弯腰躲过一根，闪身躲过了第二根，然后把匕首刺进了拿着第三根手杖的人的胸膛。他踉跄着退了几步，但是没有倒下，白蜡使他得以站立。

为什么跟踪者会插手？纹在跳开时想，为什么他要向明显可以推开铸币的掷币者射出一枚铸币？

这一走神差点使她送了命。一个没注意到的蛮力士从侧面对她发起了攻击。是那个被她割伤腿的人。纹及时察觉，躲开了他的一击。不过，这使她又陷入了另外三个人的包围。

三个人同时抡起手杖向她砸过来。

她百忙中避开了两个人的攻击，但还是被一个人击中了肋部。猛烈的击打把她抛向街道的另一边，她的身体撞在一家商店的木门上。她听到断裂声——门发出来的，幸好不是她的骨头，最后她沉重地倒在地上，匕首丢掉了。要是正常人早就没命了。不过，她那白蜡强化的身体要结实得多。

她深吸一口气，用力站了起来，接着燃烧锡。锡强化她的感觉，也包括痛觉，但突然而至的冲击使她的头脑保持清醒。肋部被击中的地方疼得厉害，但她不能停，而且一个蛮力士已经冲过来，正抡着手杖朝她当头砸下。

纹爆燃白蜡，弯着腰用双手抓住了手杖。她大吼一声，抽回左手，一拳击在手杖上，把那根上好的硬木手杖砸成了两段。那个蛮力士吓了一跳，纹抡起手中的半截手杖砸中了他的双眼。

尽管他晕头转向，却没倒下。她想：不能跟蛮力士斗，我必须持续移动。

她顾不上浑身的疼痛，朝旁边冲去。蛮力士们想跟上她，但她身子轻，又瘦，更重要的是，比他们快得多。她跟他们兜着圈子，朝掷币者、烟幕手和牵拉师的方向靠近。受伤的蛮力士再次退回来保护这些人。

纹一接近，掷币者就向她掷出了两把铸币。纹推开这些铸币，然后用力拉那人腰包里的铸币。

袋子是用一根短绳系在腰上的，掷币者哼哼着，被纹扯得收不住脚。那个蛮力士抓住他帮他稳住了身子。

因为她的锚点无法移动，纹反而被锚点拖了过去。她爆燃铁，整个身体腾空而起，挥起一只拳头。掷币者惊叫着，想把腰包的绳子解开。

太晚了。纹的身体被拉动着，一拳击中了他的面颊，他的头甩向一旁，脖子发出“咔吧”一声。纹落地时，用肘撞在那名惊呆的蛮力士脸上，把他撞退，接着她猱身而上，重重地在他脖子上来了一下。

两个人都没爬起来。解决掉三个了。被抛开的钱袋落在地上，破了，上百枚闪亮的铜币滚落在纹旁边的鹅卵石上。她没理会肘上一抽一抽的疼痛，转身面对牵拉师，牵拉师手持盾牌站着，一脸诡异的泰然自若。

身后传来“啪”的一声。纹尖叫起来，她被锡强化的听力对骤然出现的声音反应过头了。脑袋被声音震得发疼，她举手捂住双耳。她忘记了那个烟幕手，那个人双手各执一根木棍，木棍碰到一起时发出刺耳的声音。

移动伴随着反应，行动伴随着结果，这就是熔金术的本质。锡使她的眼睛看穿迷雾，使她面对刺客时占据优势，然而，锡也使她的耳朵极端敏感。烟幕手又举起了双棍。纹怒吼一声，从鹅卵石地面上拉起一把铸币，朝烟幕手猛推过去。当然，牵拉师把钱币朝自己拉了过来。铸币砸在他的盾牌上，弹了出去。在铸币落地前，纹小心地推着一枚铸币，使它落在牵拉师后面。

那人放下盾牌，根本没注意到纹操纵的那枚铸币。纹猛地把那枚铸币拉向自己，铸币射进牵拉师的后背，他一声没吭地倒了下去。

四个了。

一切都静止下来。向她跑来的蛮力士停下了脚步，烟幕手也放下了手杖。他们没了掷币者和牵拉师，没有人能推拉金属，而纹却站在一地的铸币中间。要是她用上这些铸币，就算是蛮力士也会很快一败涂地。她要做的只是推拉铸币。

另一枚铸币射穿了空气，是从跟踪者所在的屋顶射过来的。纹咒骂一声，伏下了身子。不过，那枚铸币没有打向她。它准确地击中了手持木棍的烟幕手的额头。那人仰面倒了下去，就此毙命。

为什么？纹瞪着地上的死人，吃惊地想。

蛮力士们逼过来，但纹却皱着眉后退。为什么杀烟幕手？他已经不再是威胁了。她感到费解。

除非……

纹熄掉黄铜，然后燃烧青铜，青铜使她能感觉到在附近施术的熔金术师。她无法感觉到蛮力士在燃烧白蜡。他们仍然被烟幕掩护着，他们的熔金术脉动被隐藏了。

还有另一个人在燃烧黄铜。

突然，一切都联系起来了：这伙人为何会冒险攻击一个完全的迷雾之子；跟踪者为何对着掷币者开火；他杀掉烟幕手也是有道理的。

纹的处境非常危险。

她只有很短的时间可以作出决定。她相信了自己的直觉。她是在街头长大的，是一个盗贼和诈骗高手。对她来说，用直觉远比用逻辑显得自然。

“奥索尔！”她喊道，“快回宫！”

当然，这是个暗号。纹跳了回去，在她的仆人弓着腰从一条小巷里跑出来时，她暂且放开了那些蛮力士。奥索尔从腰上扯出了什么东西，朝纹扔过来：一个小玻璃瓶，熔金术师们用来储存金属片的那种瓶子。纹飞快地把瓶子拉到手里。不远处，第二个掷币者——刚才还躺在那里，就像死了一样——嘴里一边咒骂着，一边从地上爬了起来。

纹转了个身，一口喝下了瓶子里的东西。瓶子里只有一粒金属球——天金。她不能冒险带在身边，因为害怕在打斗中被人拉掉。所以她命令奥索尔这天晚上不要远离她，以备在危急时把这个瓶子交给她。

那个所谓的“掷币者”从腰里抽出一把玻璃匕首，抢在已经逼近的蛮力士前面朝纹扑来。纹只愣了片刻：一方面为自己的决定懊悔，另一方面也看到了这样做的必然性。

这些人在他们的团伙里隐藏了一个迷雾之子，一个像纹一样的迷雾之子，一个能够燃烧所有十种金属的人。一个迷雾之子一直在伺机对她发起进攻，想出其不意地制服她。

他应该有天金，和有天金的人打只有一条路。这种金属是熔金术的终极金属，它能轻易地决定战斗的结果，只有全能的迷雾之子才能使用。每粒天金都是一笔巨大的财富。不过，要是她死了，一大笔财富又有何用？

纹燃烧起天金。

她身边的世界开始改变。每个移动的物体：摇摆的百叶窗、飘动的灰烬、进攻中的蛮力士，甚至迷雾流动的痕迹，都投射出半透明的重影。这些影子都在本体之前移动，向纹显示出下一刻将会发生的事情。

只有那个迷雾之子不同，他投射出的影子不是一条，而是数十条，这表明他也在燃烧天金。他没有动。纹的身体应该同样放射出数十道令人迷惑的天金阴影。此刻，她能够看到未来，能够看到他将要做的事情,那么，她的影子就会随着他要做的事情而改变，这也将改变他要做的事情，这样，就像两面相对的镜子造成的反射，可能性会变得无穷大，而两个人谁都占不到优势。

尽管敌方的迷雾之子没动，四个不幸的蛮力士却毫不知情，继续扑了过来。纹转动身子，站在倒地的烟幕手身旁，然后用一只脚把烟幕手的两根手杖踢向空中。

一个蛮力士先到，挥起了手杖。手杖透明的影子穿过她的身体。纹一拧身，猫着腰闪到旁边，真正的手杖随即带着风声从她耳朵旁掠过。在天金的作用下，躲闪起来显得特别轻松。

她伸手抓住空中落下的一根手杖，用它击中了那个蛮力士的脖子，然后转身抓住另一根手杖，重重地砸在蛮力士的脑袋上。他仆倒了。纹哼了一声，身子一扭，轻松地避开了另外两次攻击。

她挥起呼啸的哨棒击向第二个蛮力士的脑袋。哨棒断了，发出的声音像音乐家的节拍声，但也砸破了那人的脑壳。

他倒在地上，再也不动了。纹把他的手杖踢到空中，丢掉手里的哨棒，抓过手杖。她的身子旋转起来，挥舞手杖向剩下的两个蛮力士发动了进攻。她以流畅的动作，飞快而又有力地击出了两杖，砸在他们的脸上。

那两个人毙命的同时，她也以蹲伏的姿势落了地，一手持杖，一只手撑在潮湿的鹅卵石上。那个迷雾之子退缩了，她在他的眼睛里看到了犹疑。力量并不意味着能力，而且他的两大优势——出其不意和天金，已经失效了。

他转身，摸出一把铸币，然后就射了出去，没有朝着纹，而是射向仍然站在巷口的奥索尔。他显然希望利用纹对仆人的关切来吸引她的注意力，也许这能给他逃生的机会。

他错了。

虽然奥索尔疼得大叫，十几枚铸币嵌进了它的皮肤，但纹没有理会那些铸币，而是朝前冲。纹把手杖掷向那个迷雾之子的脑袋，手杖一离手，它的天金阴影就消失了。

那个迷雾之子杀手飞快地低下头，躲开了。这一躲给了纹足够的时间来缩短距离。纹需要迅速进攻，她吞下的天金珠子已经变小，很快就会燃尽。一旦天金燃尽，她就只好任人宰割，她的对手将取得完全的支配优势。

她的对手惊慌地举起了匕首。就在这时，他的天金燃尽了。

纹的本能立即作出了反应，她挥手就是一拳。他抬起一只胳膊抵挡，纹明白机会来了，改变了攻击的方向。这一拳正中他的面颊。然后，在他的匕首脱手落地摔碎之前，纹巧妙地接了过来，站起身，挥动匕首刺穿了对手的脖子。

他无声地倒在地上。

纹喘着粗气站直身子，一队刺客死在她周围。这时，她感到压倒一切的力量。依靠天金，她是不可战胜的，她能躲开任何打击，杀死任何敌人。

她的天金用完了。

突然，眼前的一切变得黯淡了。肋部的疼痛重新回到了意识里，她咳嗽着，呻吟了一声。她受了伤，伤势不轻，可能断了几根肋骨。

但是她又赢了，虽然很不容易。要是她败了会怎么样？要是她观察得不够仔细，或者缺乏战斗技巧，会怎么样？

伊兰德就会死。

纹叹口气，朝上面看去。他还在那里，在屋顶上看着她。尽管在几个月里进行过六次追逐，她还是没办法抓住他。总有一天她会在夜晚把他捉住。

但不是今天，她已经没有精力了。实际上，她还有点担心他会把她打倒。她想，不过……他救了我。要是我离那个隐蔽的迷雾之子够近，我早就死了。要是他在我没有觉察时燃烧起天金，我的胸口怕就多了一把匕首了。

跟踪者又站了一会儿，和往常一样，被滚滚的迷雾掩盖着。然后他转过身子，跳进了夜空。纹放过了他，她还得照料奥索尔。

她跌跌撞撞地走向奥索尔。它那具穿着仆人的长裤和衬衣的毫无特征的身体被铸币袭击后，好几处伤口都冒着血。

它仰头看着她。“怎么了？”它问道。

“我没想到这里会流血。”

奥索尔嗤之以鼻。“你大概也没想到我一样会疼。”

纹张开嘴，又闭上了。事实上，她还真没想到。接着，她硬起心肠来，这个东西有什么权力指责我？

不过，奥索尔确实是有用的。“谢谢你扔给我那个瓶子。”她说。

“这是我的职责，主人，”奥索尔靠着小巷的墙壁把自己毁坏的身体拉起来，嘴里咕哝着，“凯尔西主人把保护你的责任托付给我。一如往常，我为契约服务。”

啊，是的，那个万能的契约。“你能走路吗？”

“只要多花点力气，主人。那些铸币打断了几根骨头。我需要一个新的身体。也许我能用一个刺客的身体，也许？”

纹皱起眉。她回头看着那几个死人，看着那些尸体的可怕样子，她的胃里轻轻翻腾起来。她杀了他们，八个人，用凯尔西训练出来的残忍的高效。

她想：这就是我，一个杀手，和那些人一样。但她必须如此，要有人保护伊兰德。

但是，想到奥索尔要吃掉他们中的一个：消化掉尸体，以它奇怪的坎德拉兽思维记忆肌肉的组织、皮肤、器官，这样它就能够再造他们，她就觉得恶心。

她朝旁边瞟了一眼，看到了奥索尔眼中隐藏着的嘲讽。他们双方都知道她对于它吃人类尸体的想法，也都知道它对于她的偏见的看法。

“不行，”纹说，“我们不能用这些人。”

“那么，你要给我另外找一具尸体，”奥索尔说，“契约规定我不能被迫杀人。”

纹的胃里又翻腾起来。她想，我要考虑一下。它现在的身体是一个谋杀犯的，在这个犯人被处决后取得的。纹一直担心城里有人会认得这张脸。

“你能回宫吗？”纹问道。

“要花时间。”奥索尔说。

纹点点头，让它走了，然后转身朝尸体走去。不知道为什么，她怀疑这天晚上将是中央辖区命运的一个明显的转折点。

斯特拉夫的刺客们造成的破坏比他们所知道的更大。那颗天金是她最后的一颗了。下次一个迷雾之子攻击她，她就没什么可依仗的了，她很可能像她今天杀掉的那个迷雾之子一样轻易地死去。

我的同胞们忽视了另外的事实，他们不能把其他正在发生的怪事联系起来。他们对我的反对充耳不闻，对我的发现视而不见。

3

伊兰德叹了口气，把笔放在桌子上，然后向后靠在椅子上，用手揉着自己的前额。

他自认为在政治理论方面比当今任何人都懂得多，也确实比他认识的任何人在经济学和政府运作方面涉猎更多，而且参与过更多的政治辩论。他懂得如何使一个国家更加公平和稳定，而且计划在他的新王国里实施这些理念。

只是他没有想到王国议会是这样令人失望。

他站起身去给自己倒一些冰葡萄酒。不过当他从阳台门朝外看时，他站住了。远处，迷雾中隐隐透出亮光，那是他父亲的军队点燃的营火。

他放下葡萄酒。他已经筋疲力尽了，酒精也不一定能让他振作起来。他想，不把这个弄完，我绝对不能让自己睡。然后，他强迫自己回到座位上。议会会议很快就要召开，他今晚需要把这份提案完成。

伊兰德拿起草稿，看着上面的内容。他的字迹自己看着都觉得潦草，还有一些划掉的字句和标记，反映出他心里的烦乱。他们知道军队到来的消息已经几个星期了，而议会还在吵吵闹闹，拿不出一个对策。

有些议员想签署和平条约，有些人则认为他们应该投降，不过，还有另外一些人认为他们应该立即和敌人开战。伊兰德害怕投降派占了上风，所以他要做这个提案。如果这个提案获得通过，就能给他争取更多时间。作为国王，他有和外国领导人谈判的先决权。这份提案将至少可以禁止议会在他和他的父亲会谈前做出任何草率的举动。

伊兰德又叹了口气，放下了草稿。议会里只有二十四名议员，但是使他们在任何事情上达成一致比解决他们讨论的任何问题更有挑战性。伊兰德转过身，目光越过桌上的孤灯，透过敞开的阳台门看着远方迷雾里的火光。头顶的屋顶上响起了脚步声，是纹，每夜都会响起的声音显示了她的到来。

伊兰德微笑起来，不过不是因为纹能让他的心情好转。他想：今天她去对抗的那伙刺客，我能用什么法子利用一下吗？要是他把这次攻击事件公开化，也许能提醒议会斯特拉夫对人命的蔑视，这样向他投降的可能性就会少一些。但是……可能他们仍会害怕他派刺客对付他们，从而更倾向于投降。

有时候伊兰德会想，御主大帝是不是对的呢？当然，不是在压迫人民方面，而是指他集所有大权于一身。要是最后帝国不稳定，它肯定早就不存在了。但它延续了一千年，一边经受叛乱，一边对世界维持着牢固的统治。

但御主大帝是永生不死的，伊兰德想，那是我不可能拥有的优势。

议会制是个更好的方法，通过给予人民真正合法的权力，伊兰德也能组织一个稳定的政府。人民将会有一个国王——一个能够提供持续性、统一标志的人。一个不能在责任的约束下保持廉洁的国王将会被撤换。但是，人民也将拥有一个议会——一个由他们的代表组成并能传达他们呼声的委员会。

这一切在理论上看起来非常美妙，如果他们能在接下去的几个月里活下来的话。

伊兰德揉着眼睛，拿笔蘸了蘸墨水，又开始在那份文件的下面刷刷地写新句子。

御主大帝死了。

一年过后，纹有时还觉得这个概念难以捉摸。御主大帝曾经是……一切，国王和神明，立法者和无上的权威。他曾经是永恒和绝对的，但现在他死了。

是纹杀了他。

当然，事实常常不像故事一样感人。并非英雄般的体力或神秘的能力使纹战胜了国王，她只是猜到了他用来使自己永生不灭的诀窍，而且她幸运地，几乎可以说意外地，利用了他的弱点。她既不勇敢也不聪明，只是幸运一点。

纹叹息着。她的伤口还在一抽一抽地疼，但她经受过比这更严重的伤痛。她坐在宫殿的屋顶上——以前的樊乔城堡，就在伊兰德的阳台上方。虽然她的名声也许有运气的成分，但它对确保伊兰德活下去有很大帮助。尽管有数十名军阀争夺着这块从前属于最后帝国的地盘，但还没人对卢萨岱尔动过手。

直到现在。

火焰在城外燃烧。斯特拉夫很快就会知道他的杀手已经失败了。接下去会怎样？攻城？汉姆和克拉布斯警告说卢萨岱尔在坚决的进攻下守不住。斯特拉夫一定也明白。

不过，伊兰德暂时是安全的。纹已经在寻找和击杀刺客方面变得很有经验，只有这个月她没有抓到试图混进宫的家伙。这些人多数是间谍，只有极少数是熔金术师。但是，一个普通人的钢刀也能像熔金术师的玻璃匕首一样轻易地置伊兰德于死地。

她不允许这种事情发生。不管发生其他什么事，不管需要作出什么牺牲，伊兰德必须活着。

她突然有些担忧，蹑手蹑脚地走到天窗旁察看。伊兰德平平安安地坐在桌子旁，正在起草一些新提案或法令。国王的头衔并没有使这个人改变多少。他极为重视学习，但很少注意外表。他唯一烦恼的是在参加重要的集会时要梳好头发，而且不知怎的总是会把剪裁讲究的外套穿得乱糟糟的。

他也许是她所认识的最好的人，热诚，坚定，聪明，而且富有同情心。还有，不知为什么，他爱她。有时，这个事实甚至比她自己在御主大帝的死中扮演的角色更使她惊异。

纹抬起头，回望敌军的灯火，然后她又朝四周看了看。那个跟踪者还没回来。他常常在这样的夜晚煽动她，冒险靠近伊兰德的房间，然后消失在城市中。

当然，如果他想杀死伊兰德，在我和其他人打斗的时候，他早就可以趁机去做……她想道。

这是个令人不安的想法。纹不能每时每刻都盯着伊兰德。刚才那段时间伊兰德就非常危险。

是的，伊兰德有其他保镖，有些甚至还是熔金术师，但是他们也像她一样，时刻紧绷着弦，已经有些不堪重负了。今晚的刺客们训练有素，极端危险，是她以前从来没碰到过的。想到隐藏在他们中间的那个迷雾之子，她不由打了个寒战。他做得不算好，他没有燃烧天金的必要技巧，也没有直接在适当的地点向纹发动致命一击。

浮动的迷雾继续翻腾着。敌军的存在显示出一个令人烦恼的事实：周围的军阀正在巩固他们的领地，而且开始考虑扩张疆域。即使卢萨岱尔挡住了斯特拉夫，另外的军阀也会来的。

静静地，纹闭上眼睛并燃烧青铜，她仍然担心着那个跟踪者，或其他的熔金术师，也许他们正在附近，盘算着在刚才的暗杀尝试失败后再次攻伊兰德于不备。大多数迷雾之子认为青铜是相对无用的金属，因为它的作用很容易被抵消。借助黄铜，迷雾之子可以隐藏他们的熔金术脉动，更不用说他们能用锌或黄铜来使自己免受情绪操纵，但许多迷雾之子认为不随时燃烧红铜是愚蠢的行为。

不过……纹有识破铜障的能力。

铜障是肉眼看不到的，它的作用远非模糊视线那么简单。它是一团有隔离作用的空气，熔金术师可以在里面燃烧金属而且不用担心被燃烧青铜的人发现。她仍然不知道是什么原因。因为就算是凯尔西，她所知道的最强大的熔金术师，也没有看穿铜障的能力。

但是，今天晚上，她什么都没感觉到。

她叹口气，睁开眼。她奇怪的能力令人费解，但她并非唯一一个。马什曾证实钢铁审判官能够看穿铜障，而且她相信御主大帝也可以做到。但是……为什么她也能呢？为什么纹这个只接受过两年迷雾之子训练的女孩能做到呢？

不止如此。她还清清楚楚地记得她和御主大帝决战的那个上午，还发生过和这种能力有关的一件事。她从来没有告诉过任何人，部分原因是这件事让她害怕，虽然只有一点点。她害怕那些关于她的谣言和传说是真的。不知道什么原因，她曾经从迷雾中汲取了力量，利用这些力量施展了她的能力，而不是用金属。

只是借助了那种力量，迷雾的力量，她才最终得以击败了御主大帝。她想告诉自己，只是因为自己幸运地看穿了御主大帝的把戏。但是……那天晚上有些事比较奇怪，她做的一些事，一些她本来不能做到的，而且此后也不能重复的事情。

纹摇摇头。她不知道的事情太多了，而且不仅局限于熔金术。她和伊兰德那些羽翼未丰的领袖们尽了全力，但没有凯尔西引导他们，纹感到没有方向。计划、成就，甚至目标，都像迷雾里模糊的影子，没有形状且暧昧不明。

你不应该离开我们，凯尔你挽救了这个世界，但是你本来不需要牺牲自己的。纹在心中默念道。凯尔西，哈辛的幸存者，是曾经计划、实施、最后导致最后帝国崩溃的人。纹曾经熟识他，和他一起工作，并接受他的训练。他是一个神话，一个英雄，然而他也曾经是一个人，容易犯错误，有缺点。斯卡人很容易尊崇他，然后把他造成的这种可怕形势怪罪到伊兰德和其他人身上。

这种想法让她痛苦。想想凯尔西常做的事，也许这就是被抛弃的感觉，或者只是另一种令人不适的认识。凯尔西和纹一样，得到的名声超过了他本有的力量。

纹叹了口气，燃烧青铜，闭上眼睛。夜晚的战斗消耗很大，她开始担心，接下来她能否继续完成警戒工作。要是自己撑不住，保持警惕就难了。

就在这时，她感觉到了什么东西。

纹猛地睁开眼，爆燃锡。她翻身伏在屋顶上，掩藏好自己的身形。有人正在远处燃烧金属。青铜的脉动微弱而模糊，几乎注意不到，就像有人在暗中极轻地敲着鼓。他们被铜障覆盖着。那个人，不管他是谁，以为他们的红铜能够把他们掩藏起来。

到现在为止，纹还没有抛弃过任何活着的人，更不要说伊兰德和马什，即使他们都知道她的奇怪力量。

纹慢慢往前爬，手指和脚趾触在屋顶冰冷的铜覆板上。她试图捕捉那股脉动的方向。它们有些……奇怪。她在分辨敌人燃烧的金属上面遇到了困难。那是白蜡轻快跳动的砰砰声，还是铁的节奏？那脉动似乎很模糊，就像黏稠的泥浆里出现的波纹。

它们来自很近的某处……在屋顶上……

就在她前方。

纹伏在屋顶上，身子僵住了，夜风推动着厚重的迷雾从她身边穿过。他在哪里？她的感官出现了矛盾：她的青铜告诉她有东西在正前方，但她的眼睛拒绝接受。

她凝视着黑色的迷雾，只是为了肯定，接着她站了起来。这是我的青铜第一次出错，她皱着眉头想。

接着她看到了它。

不是有什么东西在迷雾里，而是这东西就是迷雾的一部分。那个形体立在几尺外，很容易漏过，因为它的轮廓只被迷雾隐约地勾勒出来。纹退后两步，不由倒吸一口凉气。

那个轮廓继续立在那里。她无法看得更清楚，它的样子模糊不清，只在风吹动雾气时搅起的混沌中显示出一个轮廓。要不是因为这个轮廓始终没有变化，她恐怕还是发现不了……就像在云里看到的一个动物的形状。

但它一动不动。每一缕新卷起的雾气都确定着它的形状，暗示出它瘦瘦的身体和长长的脑袋。虽然迷雾变化无方，但渐渐可以肯定，这似乎是个人，但没有跟踪者个子大。它让人觉得……看起来……不对劲。

那个人影朝前走了一步。

纹瞬间反应过来，掷出了一把铸币，把它们朝空中推去。这些金属片划破迷雾，拖着尾迹，直奔那个模糊的人影而去。

它站了一会儿，接着，它随风而逝，消失在迷雾变幻无穷的烟霭里。

伊兰德写完画龙点睛的最后一笔。虽然他知道这篇提案得让抄写员再重新誊一遍才能看清，不过，他还是很得意。他认为他想出了一个论据，最终会使议会相信，他们不能随便向斯特拉夫投降了事。

他无意识地瞟了一眼桌子上的一叠纸。在这叠纸上放着一封看来平常的黄色信件，还是折叠起来的，封口上血红的蜡封已经碎裂。信的内容很短。伊兰德毫不费力就记住了里面的内容。

孩子：

我相信你乐于在卢萨岱尔照顾樊乔家族的利益。我已经平定了北部辖区，很快就会返回我们卢萨岱尔的城堡。届时，你可以向我移交城市的控制权。

国王斯特拉夫 · 樊乔

御主大帝死后，在骚扰最后帝国的所有军阀和暴君里，斯特拉夫是最危险的。伊兰德最明白这一点。他的父亲是个真正飞扬跋扈的贵族：他把人生看作是有望赢得最高声誉的领主间展开的一场竞赛。他把这个游戏玩得得心应手，把樊乔家族经营成了大崩溃前贵族世家里最有实力的一个。

伊兰德的父亲不会把御主大帝的死看作一场悲剧或一场胜利，而是看作一个机会。在斯特拉夫心中，像个意志薄弱的傻瓜般的儿子在中央辖区称了王，这个事实一定带给了他无边的快乐。

伊兰德摇摇头，思绪重新回到了提案上。他想：再多读几次，作点修改，我就能去睡一会了。

一个身穿斗篷的身影从屋顶的天窗上落了下来，在身后留下轻轻的落地声。

伊兰德扬起眉毛，看向那个微蹲在地上的身影。“你要知道，我开着阳台门是有原因的，纹。要是你愿意，你可以从那里进来。”

“我知道。”纹说。接着，她几步穿过房间，以熔金术师异常敏捷的步伐移动着。她检查了他的床底，然后跑向他的盥洗室，一把推开了门。她带着动物般的警觉紧张地向后跳，但显然在里面没有找到和她预想相符的东西，因为她又动了起来，去察看伊兰德府邸里通往另外几个房间的门。

伊兰德宠溺地看着她。他花了不少时间才适应了纹特别的……风格。他取笑她是妄想狂；她只辩称她是仔细。不管怎样，她用相当长的时间拜访他的府邸，检查床底和盥洗室。之后，她控制住了自己，但伊兰德常常看到她瞟向某些隐蔽处的不信任的目光。

在没有特别的理由担心他时，她一惊一乍的次数已经少多了。但是，伊兰德只是刚刚才开始理解，有一个非常复杂的人躲在这张他从前熟知的法莱特·雷诺克斯的面庞后面。他已经爱上了她高贵典雅的一面，但对她神经质的、行踪诡秘的迷雾之子的一面一无所知。把两者看作同一个人仍然有点困难。

纹关上门，站了一会，用圆圆的黑眼睛注视着他。伊兰德笑了起来。尽管她很古怪，或者，正是由于这些古怪，他爱上了这个目光坚定、性格率直的小女人。她不像他认识的任何人——一个单纯的女人，忠诚、美丽且不乏智慧。

然而，她有时的确太担心他了。

“纹？”他站起身问。

“今晚你碰到什么奇怪的事了吗？”

伊兰德踌躇了一下。“除了你之外吗？”

她皱起眉头，在房间里踱着步。伊兰德看着她小巧的身子，穿着黑裤子和男式衬衣，迷雾斗篷的流苏在身后飘动。和往常一样，她戴着斗篷上的兜帽，步态中透着灵活之美——燃烧白蜡之人无意识的优雅。

专心！他告诫自己，你真的很累了。“纹，发生什么事了？”

纹朝阳台方向看去。“那个迷雾之子，跟踪者，又在城里露面了。”

“你确定？”

纹点点头。“但是……我不认为他今晚是来找你的。”

伊兰德皱起眉。阳台门还是开着的，一缕缕迷雾从门口涌进来，沿着地板蔓延直至飘散无踪，门外是黑暗和混沌。

那只是迷雾，他告诫自己，是水蒸气，没什么好怕的。“你为什么认为那个迷雾之子不会来找我？”

纹耸耸肩。“我只是感觉他不会。”

她常常这样回答。纹在街头长大，她相信自己的直觉。无独有偶，伊兰德也是。他盯着她，从她的姿态里看出了不确定。今天晚上有其他事令她不安了。他盯着她的眼睛，看了一会儿，直到她移开了目光。

“发生了什么事？”他问。

“我看到了……别的东西，”她说，“哦，我想我看到了。迷雾里有某种东西，就像烟雾形成的一个人。我也能够感觉到，用熔金术。可是，它消失了。”

伊兰德的眉头蹙得更紧了。他走向前去，用双手环抱着她。“纹，你给自己的压力太大了。你不能总是晚上在市里巡行，然后整个白天都不睡觉。就算迷雾之子也需要休息。”

她安静地点点头。在他的手臂里，她看起来不像那个杀死御主大帝的强大战士。她感觉自己像一个疲惫不堪的女人，一个心力交瘁的女人，一个可能像伊兰德一样有着巨大压力的女人。

她让他抱着她。起初，她的姿势有点轻微的不自然，就像她的一部分仍然有被伤害的预期，在她心灵深处的一些原始的片段不能理解在愤怒之外，基于爱的接触是否可能。但是，她后来放松下来。伊兰德是少数几个能这么做的人。当她搂着他时，真正地搂着他，她带着接近恐惧的绝望紧紧地抓着他。不知道是什么原因，尽管有着迷雾之子的强大技能和顽强的决心，纹还是脆弱得可怕。她仿佛需要伊兰德。他很庆幸这一点。

虽然偶尔会感到泄气，他还是感到自己很幸运。纹和他还没有讨论过他的求婚和她的拒绝，尽管伊兰德总会想到那次遭遇。

理解女人真难，而我却不得不选择众多女人中最古怪的一个。他暗自想道。不过，他不是真心抱怨。她爱他。他能够对付她的怪脾气。

纹叹了口气，然后抬头看着他。当他俯身吻她时，她终于松弛下来。他搂着她过了良久。亲吻过后，她把头倚在他的肩头。“我们还有另一个难题，”她轻声说，“今晚我用掉了最后一点天金。”

“跟刺客打了？”

纹点点头。

“啊，我们知道这一天总会来的。我们的储备不可能永远用不完。”

“储备？”纹问，“凯尔西留给我们六颗。”

伊兰德叹了口气，然后把她抱得更紧了。他的新政府本该继承御主大帝的天金储备。料想中，这些金属储备应该是一笔数量惊人的财富。凯尔西曾经指望他的新王国拥有这笔财富，他梦想着这笔财富。只有一个问题，谁都没有找到那笔储备。他们曾经发现过一点：那些天金被做在护腕上，充作御主大帝储存年龄的储金术媒介。但是，他们已经把这些天金用在城市供给上了，而且事实上，这些护腕只含有少量的天金。传说中的储备一点影子都没找到。它们应该还在，在城里的某个地方，那是一笔比那些手镯多几万倍的财富。

“我们正要解决这件事。”伊兰德说。

“如果有迷雾之子攻击你，我就不能杀死他了。”

“只是因为他有天金。”伊兰德说，“天金正变得越来越稀少，我怀疑其他国王也没有多少了。”

凯尔西破坏了唯一能开采天金的哈辛矿井。然而，如果纹确实要和某个有天金的人战斗的话……

他告诫自己，别去想那个，只要继续搜查下去。也许他们能买到一些，或者也许能找到御主大帝的储备，只要它存在……

纹看着他，从他的眼睛里看到了忧虑，伊兰德明白她得出了和他一样的结论。在那个时候能做的事情不多，纹已经尽可能久地保留了她的天金。不过，当纹退回去并让伊兰德回到桌子旁时，他不禁想：我们怎么能浪费那些天金呢？我的人民还需要粮食过冬呢。

他坐下来时想：不过，通过卖掉那些金属，我们就把世界上最危险的熔金术金属送到了敌人手上。纹最好把它们都用完。

当他开始工作时，纹从他肩上探过头，遮住了他的灯光。“这是什么？”她问。

“阻止议会在我行使谈判权前作出任何决定的议案。”

“第二份？”她问道，她眯着眼辨认着他的字迹。

“议会否决了上一份。”

纹皱起了眉头。“为什么你不告诉他们必须接受？你是国王。”

“你看，”伊兰德说，“这就是我通过所有这些行动希望证明的。我只是一个人，纹，很可能我的意见没有他们的好。如果我们一起来为这个议案出力，最终结果肯定比一个人单独做要好。”

纹摇摇头。“那太软弱了，缺乏威信。你应该更信任自己一些。”

“这和信任无关，这关系到对错。我们花了一千年打败御主大帝，要是我用跟他一样的方法做事，那和他又有什么不同？”

纹扭头看着他的眼睛。“御主大帝是个邪恶的人，你是个好人。那就是不同之处。”

伊兰德笑了。“那会使你轻松一些，是吗？”

纹点点头。

伊兰德弯腰吻了她一下。“好吧，我们中的一些人不得不把事情弄得更复杂一点，你得迁就着他们点。现在，行行好，别挡着我的灯光，我要回去工作了。”

纹哼了一声，起身绕开桌子，留下一片淡淡的香水味儿。伊兰德皱着眉头想：她是什么时候涂的香水？她的许多动作都太快了，他常常注意不到。

香水是构成这个自称为纹的女子的另一种明显的矛盾。在迷雾里时，她一定还没用香水，通常，香水只是为他而涂的。纹不喜欢引人注目，但她热爱香水，要是她试用一种新的香水而他没有注意到，她就会发脾气。她表面上多疑且偏执，但却以固执的忠诚信任着她的朋友们。她夜晚身着黑色和灰色的衣服外出时，努力隐藏自己，但伊兰德一年前在舞会上第一次见到她时，她身穿长礼服，表现得泰然自若。

出于某种原因，她不再穿那些衣服，而且她始终没有解释是为什么。

伊兰德摇摇头，回去做他的提案。纹似乎把政治过于简单化了。她把双臂放在桌子上，一边打哈欠，一边看他工作。

“你应该休息一下。”伊兰德蘸了下墨水，对纹说。

纹点点头。她脱下迷雾斗篷，把自己裹在里面，蜷着身子在桌旁的小地毯上躺了下去。

伊兰德停下工作。“我说的可不是这里，纹。”他又好气又好笑地说。

“外面还有个迷雾之子，”她用疲倦朦胧的声音说，“我不会离开你。”她在斗篷里翻了个身，伊兰德在她脸上捕捉到了一闪即逝的痛苦神情。她的右肋受了伤。

她不常对他讲战斗的细节，她不希望他担心，这毫无用处。

伊兰德压制住自己的担心，强迫自己重新开始阅读。他几乎要看完了，再看一点。

这时传来了敲门声。

伊兰德气恼地转过身，想知道这次是谁打断了他。一秒钟后，汉姆从门口探出了头。

“汉姆？”伊兰德说，“你还没睡？”

“很不幸，是的。”汉姆一边说，一边走进了房间。

“又工作到这么晚，玛卓会杀了你的。”伊兰德放下笔说。尽管他会抱怨纹的一些怪癖，但至少她和伊兰德都是夜猫子。

汉姆对他的言论报以白眼。他还穿着他的招牌背心和长裤。他同意做伊兰德的卫队长只有一个条件，就是他永远不用穿制服。纹在汉姆走进房间时睁眼看了一下，然后放松了戒备。

“怎么样？”伊兰德说，“这么晚来有何贵干？”

“你也许想知道我们查出了攻击纹的那些刺客的身份。”

伊兰德点点头。“也许是我认识的人。”多数熔金术师是贵族，而且他熟悉斯特拉夫的所有随员。

“事实上，我怀疑这一点，”汉姆说，“他们是西部人。”

伊兰德皱起眉，愣住了，纹也抬起了头。“你肯定吗？”

汉姆点点头。“这些人看起来不像你父亲派来的，除非他在法德雷克斯花了大价钱招募了他们。他们主要是加尔德拉和康拉德家族的人。”

伊兰德坐回椅子上。他父亲以厄尔图为总部，那是樊乔家族世袭的故土。从厄尔图到法德雷克斯差不多横跨半个帝国，需要几个月的路程。他父亲勾结西部熔金术师的可能性很小。

“你听说过阿什韦瑟·赛特吗？”汉姆问。

伊兰德点点头。“在西部辖区称王的人物之一，我对他了解不多。”

纹皱着眉坐下来。“你认为这些人是他派来的？”

汉姆点点头。“他们肯定是伺机溜进城的，最近几天城门人流量大增，给他们提供了机会。这样看来，斯特拉夫的军队的到来和纹被攻击似乎是一个巧合。”

伊兰德朝纹看了一眼。她和他对视着，伊兰德看得出她不完全相信那些刺客不是斯特拉夫派来的，但伊兰德没有那么多疑。这块土地上的每个暴君都或多或少地希望把他干掉。为什么赛特不会呢？

这是因为那些天金，伊兰德苦恼地想。他根本没找到御主大帝的宝库，但这并不能阻止帝国的其他独裁者以为他把这笔财宝藏到了什么地方。

“啊，至少你父亲没有派刺客。”一贯乐天的汉姆说。

伊兰德摇起了头。“我们的亲属关系阻止不了他，汉姆。相信我。”

“他是你父亲。”汉姆担忧地说。

“这种事情对斯特拉夫来说不重要。他没有派人刺杀我，也许是因为他认为我不是个麻烦。要是我们拖延得足够长，他会派人来的。”

汉姆摇着头。“我听过儿子杀老子夺权……可是老子杀儿子……真不知道斯特拉夫是怎么想的，他居然想杀了你。你觉得——”

“汉姆？”伊兰德打断了他。

“什么？”

“你知道我平时喜欢讨论，不过我现在真的没时间谈人生哲理。”

“哦，对。”汉姆不自然地笑了一下，站起身准备走了，“我也该回去见玛卓了。”

伊兰德点点头，然后揉揉前额，又拿起了笔。“记着召集团队开个会。我们需要组建我们的同盟，汉姆。要是我们找不到好办法，这个王国恐怕就难逃一劫了。”

汉姆转过头，脸上还带着笑容。“你说得太严重了，伊尔。”

伊兰德盯着他。“议会里一团混乱，六个手握精兵的军阀对我们虎视眈眈，没有刺客上门的好日子只过了一个月，而且我爱的女人正慢慢使我陷入疯狂。”

纹对他的最后一句话嗤之以鼻。

"哦，这就是全部吗？"汉姆说，"明白吗，这毕竟还不算很糟？我是说，我们毕竟不用面对一个永生不死的神明和他全能的祭司。"

伊兰德停了一会儿，然后轻轻笑了。"晚安，汉姆。"他说，然后回去继续他的工作。

"晚安，陛下。"

也许他们是对的。可能我疯了，因为嫉妒，或仅仅是愚蠢。我的名字叫柯万，哲学家，学者，叛徒。是我发现了阿兰迪，并第一个宣称他为永世英雄。我是开始这一切的人。

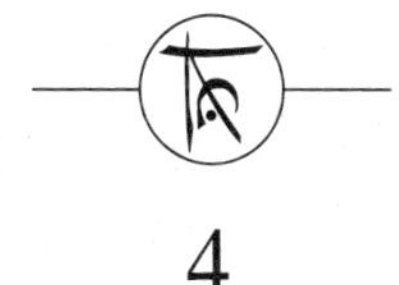

4

那具尸体没有外伤。它仍然躺在倒下的位置上，其他村民们不敢移动它。它的手臂和腿扭曲成奇怪的姿势，周围的土地上还保留着它死前挣扎的痕迹。

萨奇德伸出手，用手指摸索着其中一条印迹。尽管南部辖区的上壤比北部的含有更多的黏土，但黑色还是多过褐色。尘埃甚至影响到南方这么远的地方。不含灰烬的土壤极为纯净和肥沃，是只有贵族园林里才能看见的、种植观赏植物的奢侈品。这个世界的其他地方，人们只能竭尽所能地利用未经纯化的土壤。

"你说他死的时候周围没有其他人？"萨奇德扭头问身后站着的几个村民。

一个身穿皮衣的男子点点头。"我刚才说过了，特里斯老爷。他刚才站在这里，旁边没有一个人。他停了一下，接着倒在地上，在地上扭了几下。然后，他就……不动了。”

萨奇德回头看着那具尸体，检查着那扭曲的肌肉，那张凝固着痛苦的脸庞。萨奇德带着他的医学红铜智库——右上臂的一个金属臂环。他用意念在里面探寻着，从里面找出几本他熟记过的书。是的，有一些疾病是通过震颤和痉挛致人死亡的。这些病很少使人死得如此突然，但这种情况也会偶尔发生。如果这件事没有在很多其他地方发生过，他本来不会对这起死亡事件多加注意的。

“拜托你，请把你看到的再向我说一遍。”萨奇德说。

站在人群前面的皮衣男子——泰乌尔，脸色微微发白。他有些尴尬，喜欢出风头的天性使他乐于谈论自己的经历，但这样又会增加周围迷信的同伴们的不信任。

“我正从旁边经过，特里斯老爷，”泰乌尔说，“在二十码外的那条路上。我看到老杰德在他的地里干活，他是个工作努力的人。我们一些人在领主离开的时候会歇一会儿，但老杰德总是继续干活。我猜他晓得我们需要粮食过冬，不管有没有领主都一样。”

泰乌尔停顿了一下，然后朝旁边看了看。“我知道人们在说什么，特里斯老爷，但我看到的是真的。我路过的时候是白天，但那边的山谷里有迷雾。它拦住了我，因为我从来都没进到过迷雾里，我老婆能替我作证。我正准备回头，接着就看到了老杰德。他正在那边干活，好像他没看到迷雾一样。

“我正要提醒他，但在我开口之前，他就……喏，像我告诉你的那样。我看见他站在那里，然后就僵住了。迷雾在他身边打着旋儿，接着他就开始抽搐和旋转，像被什么东西抓起来摇一样。他倒在地上，后来就没再起来。”

萨奇德仍跪在地上，回头看着那具尸体。泰乌尔显然有夸大其辞的名声。然而，这具尸体是一个冷冰冰的证据，何况，萨奇德几周前自己也看到过。

出现在白昼里的迷雾。

萨奇德站起身，朝村民们转过身。“请拿把铲子给我。”

没有人帮他挖掘墓穴。尽管已经入秋，天气还是热度不减，在南方的溽热天气里，这是一件缓慢而沉闷的工作。黏土很难掘动，不过，幸运的是，萨奇德在他的白蜡智库里储存了一些额外的体力，他借助了这些力气。

他需要这个，因为他不再健壮。他身材高大，有长长的四肢，有学者的风度，身上仍然穿着特里斯侍从官的彩色长袍。他还是留着光头，保留着他在人生的前四十多年所担任的身份。他没有佩戴过多饰物，他不希望招惹沿途的强盗，但他拉长的耳垂上穿着很多耳洞。

从白蜡智库里摄取的力量微微地增大了他的肌肉，给了他强壮的体形。不过，就算有额外的力量，当他挖好墓穴时，他的侍从官长袍还是被汗水和尘土弄脏了。他把尸体滚到墓穴里，然后静静地站了片刻。这个人曾经是一位勤劳的农民。

萨奇德在他的宗教红铜智库里搜寻着合适的信仰体系。他从一条索引开始——他所创造的多条索引之一。在他找到适当的信仰后，他把有关这种信仰传统的详细记忆提取出来。那篇文章进入他的脑海，就像他刚记住这篇文章时那般印象深刻。它们终将消失，随着时间的流逝，就像所有的记忆一样。但是，在它们消失前，他会尽可能长地把它们记录在红铜智库里。这就是保管师的方式，他们利用这种方法保留了浩如烟海的信息财富。

这天，他选择的记忆是哈达，一个信仰农业女神的南方宗教。和大多数宗教一样，哈达的信仰在御主大帝统治时被压制了，已经灭绝了一千年。

按照哈达葬礼仪式的规定，萨奇德走向附近的一棵树，或者，至少可以说在这个地区被当作树的一种灌木。在那些农民好奇的目光下，他折下一根长树枝，然后把这根树枝拿到墓穴旁。他弯下腰把树枝插在墓穴底部的泥土里，就在尸体的头旁边。接着，他站起身，开始把泥土填回墓穴。

农民们用呆滞的目光看着他。真是太萧条了，萨奇德心想。南部辖区在五个内部辖区中是最混乱、最不安定的一个。这群人里仅有的几个男人都已经年迈。征兵队搜刮得很彻底：这个村子里的丈夫和父亲们很可能已经葬身于某个不再重要的战场上了。

很难相信，有些事实际上比御主大帝的压迫更糟糕。萨奇德告诉自己这些人的痛苦会过去，总有一天，他们会因为他和另外那些人的作为而看到希望。然而，他看到了农民被迫自相残杀，看到了儿童因为某些暴君“征用”了村子的所有粮食而忍饥挨饿。他也看到盗贼肆无忌惮地杀人，因为御主大帝的军队不再巡查运河。他见过混乱、死亡、仇恨、骚乱，而且他不得不承认，造成这种乱象的部分原因要归咎于自己。

他继续填着土。他曾被训练成一名学者和一名内侍；他是个特里斯侍从官，是最后帝国的仆人中最有用、最昂贵、最有地位的人。这个头衔现在毫无意义。他从来没挖过墓穴，但他很用心，在把土堆到尸体上时尽量做到恭敬。让人吃惊的是，差不多埋到一半的时候，那些农民们开始帮助他，开始把土堆上的土往墓穴里推。

也许他们还是有希望的，萨奇德想，充满感激地让他们中的一个接过他的铲子。填好墓穴后，哈达仪式的树枝正好从坟头上探出一点点头。

“为什么你要那样做？”泰乌尔问，朝树枝扬扬下巴。

萨奇德笑了。“这是一个宗教仪式，泰乌尔。要是你愿意，仪式里还需要一篇祷文。”

“一篇祷文？是钢铁教团的东西吗？”

萨奇德摇摇头。“不，我的朋友。这篇祷文是以前留下来的，比御主大帝的年纪还老。”

农夫们皱着眉头，面面相觑。泰乌尔摸着布满皱纹的下巴。不过，在萨奇德念起一篇短短的哈达祷文时，他们都没出声。念完后，他转过身子，对农夫们说：“这是一种叫作哈达的宗教。我想，也许你们的一些祖先信仰过它。要是你们谁愿意，我可以教你们一些里面的箴言。”

聚集起来的人群静静地站着。愿意的不少，大概二十多个，大多是中年妇女，还有几个老年男子。唯一的一个年轻男子装了一条木腿，萨奇德惊讶于他在种植园里活了这么久。多数领主会杀掉残疾人，免得他们浪费资源。

“御主大帝什么时候会回来？”一个妇女问。

“我想他不会回来了。”萨奇德说。

“为什么他抛弃了我们？”

“是改变的时候了，”萨奇德说，“也是学习其他真理、其他生活方式的时候了。”

众人不安地沉默着。萨奇德轻轻叹了口气：这些人还没有摆脱钢铁教团及其帮凶的阴影。宗教不是斯卡人担心的东西，或者，在可能时避开这个话题吧。

保管师花费数千年光阴收集和记忆世界上那些死亡的宗教，萨奇德沉思着，可谁能想到呢，御主大帝不存在了，人们却对找回他们曾经失去的东西没有足够的兴趣。

然而，他感到很难指责这些人。他们挣扎求生，他们那已然残酷的世界突然又变得不可捉摸。他们疲倦了。谈论被遗忘很久的信念无法引起他们的兴趣，这有什么好奇怪的?

“来，”萨奇德转过身，面对着村民说，“还有些别的事，更实用的，我可以教给你们。”

而且，我也是背叛阿兰迪的那个人。因为我现在意识到他肯定没有资格完成他的任务。

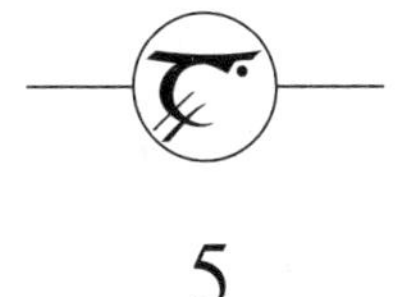

5

纹能够看出城市空气中的焦虑信号。工人们心绪不安地工作着，市场在忧虑的气氛里闹哄哄地运作，显示出总是偷偷摸摸活动的啮齿动物般的焦虑。害怕，但又不知道该做什么。大难临头又无处躲藏。

去年一年里，很多人离开了这座城市：贵族逃走了，商人找其他地方做生意去了。但是，同一时间，城市因为大量涌入的斯卡人而迅速膨胀起来。他们听说了伊兰德的自由宣言，而且是带着乐观的想法迁来的。或者，至少可以说，以一个终年劳作、填不饱肚子、挨打是家常便饭的平民所能有的最大的乐观。

因此，尽管有人预言卢萨岱尔将很快陷落，尽管有人说卢萨岱尔的守军又少又弱，人们还是留了下来，就像他们平时一样，工作，生活。斯卡人从不曾把握自己的生活。

但看到市场如此繁忙，纹还是觉得奇怪。她沿着肯顿街走下去，身上穿着她习惯的长裤和衬衣，回想着大崩溃前自己在这条街上的时候。这里曾经是高级成衣店集中的地方。

在伊兰德废除对斯卡商人的限制后，肯顿街就变了。这条大街已经发展成一个由熙熙攘攘的商铺、手推车、大篷构成的集市。为了迎合新的客人和收入来源——斯卡人工人，店铺主人已经改变了他们的销售方法。从前他们用醒目的橱窗招徕顾客，现在他们大声叫卖，用广告员、销售员甚至杂耍艺人来吸引生意。

这条街太繁忙，纹经常避免来这里，而且今天这里甚至比平时更热闹。军队的来临激发了最后的买卖狂潮，人们竭力为未知的未来做准备。这种气氛里带着一股残酷的味道。街头演出的人更少了，嘈杂声却更大了。伊兰德已经下令关闭了八座城门，所以不可能逃走。纹在想，有多少人会后悔自己选择住在这儿呢？

她用快速的步伐走在大街上，紧握着双手，以免自己的紧张形之于外。她年幼时就已经不喜欢人多了，那时她还是一个在十几个不同的城市流浪的小乞丐。跟上这么多的人很难，在这么嘈杂的环境里集中精神也很难。作为一个小孩，她总是躲在人群的边缘，躲起来，偶尔才出去抢夺一枚无意中落下的铸币或无人注意的一点食物。

她现在不一样了。她强迫自己挺直腰走路，克制住自己朝地上看或找地方躲藏的念头。她的自制力变得更好了，但一看到人群，她就会想起自己的过去。那就是她将始终会保留的样子，至少在某种程度上。

就像在回应她的想法，两个街头流浪儿惊惶地钻进人群里，一个身穿面包师围裙的大个子冲着他们大骂。在伊兰德的新世界里仍然有小乞丐。她思考起这件事：事实上，给斯卡人居民发工资可能为街头流浪儿营造了一个好得多的生活环境。有更多的钱包可以偷，有更多的人可以分散店主的注意力，能找到更多的剩饭剩菜吃，而且也有更多的人施舍乞丐。

很难把她的童年和这样的生活协调起来。对她来说，一个街上的小孩是要学会安静和躲藏，是夜晚出去翻垃圾的人。只有最勇敢的流浪儿才敢去偷钱包：斯卡人的生命对贵族来说曾经是不值一钱的。在她的童年时代，纹曾经见过好几个流浪儿被惹怒的过路贵族杀死或打成残废。

伊兰德的法律也许没有消灭贫穷，这是他非常想实现的一个目标，但他已经改善了哪怕是街头流浪儿的生活。因为这一点，纹爱他。

人群里还是有一些贵族，或者是因为伊兰德的劝说，或者形势表明他们的财产在城里会更安全，他们才留下来。他们这么做是出于绝望、软弱，或者只是敢于冒险。纹看到一个人经过，由一队卫兵簇拥着。他没有看她第二眼：对他来说，纹简朴的穿着足够作为忽视她的理由。贵妇是不会像她这样穿的。

那就是我的样子吗？纹问自己，她在一家商店的橱窗前停下来，看着店里的书籍，它们的销量总是很小，但利润丰厚，主顾都是有闲的帝国贵族。她同时也利用玻璃的反射来确认身后没人跟踪。我是一个贵妇吗？

可以这样说，单以关系来说她是贵族。国王爱她，曾向她求婚，而且她曾受过哈辛幸存者的培训。确实，她的父亲是贵族，即使她的母亲是斯卡人。纹伸手触摸着那个简单的青铜耳环，那是她怀念母亲的唯一一件纪念物。

这还不够。但是，纹不确定自己是否愿意记起这么多关于她母亲的事。毕竟，那个女人曾经试图杀死她。事实上，她杀死了纹的妹妹。是睿，纹的同父异母兄弟，出手救了她。该死的，是他夺走了纹，从一个刚把那个耳环戴到她耳朵上的女人的怀抱里。

而且纹还留着它。作为一个引起回忆的东西，虽然很粗陋。事实上，她不认为自己是个贵妇。有时，她认为比起伊兰德圈子里的贵族来，她跟自己疯了的母亲更像一些。她在大崩溃前参加的那些舞会和社交聚会，都是伪装，如一场梦般的记忆。那里没有这个将要垮掉的政府和夜晚暗杀的世界的容身之地。此外，纹在舞会里的身份，自称法莱特·雷诺克斯，始终是假的。

她还在假装，假装自己不是那个在街头挨饿长大的女孩，一个经常挨打很少感受到友情的女孩。纹叹了口气，离开了橱窗。但是，尽管她不想，接下来的一家店铺还是吸引了她。

店里卖的是舞会礼服。

商店里没有主顾：很少有人在大兵压境时关心礼服。纹在开着的店门口站住了，就像被拉住的金属一样。店铺里面摆着身穿华丽长袍的模特。纹看着那些衣服，收紧的腰部渐渐变细，钟形的裙摆。她几乎幻想自己在一个舞会上，轻柔的音乐作为背景，台子上盖着纯白色的桌布，伊兰德站在阳台上，正迅速地翻着一本书……

她快要走进去了。不过何必呢？城市将要遭到攻击。此外，这些衣服很贵。和她花凯尔西的钱时不一样了，现在她花的是伊兰德的钱，而伊兰德的钱是王国的钱。

她从礼服前转过身，又走上了大街。那些事情已经和我无关了。法莱特对伊兰德毫无用处，他需要一个迷雾之子，而不是一个穿着不太合身的礼服长裙的拘谨女孩。她昨夜受的伤，现在已经结了痂，提醒着她的身份。这些伤愈合得很好，她一整天都在爆燃白蜡，但她还需要一段时间恢复灵活性。

纹加快脚步，朝牲畜栏方向走去。但是，在她赶路时，突然发现有人跟踪她。

啊，也许“跟踪”这个词过于夸奖他了，那个男人在掩蔽自己方面做得确实不够好。他是个秃顶，但两边的头发很长。他穿的是斯卡人的工作服：一件褐色的连体单衣，被尘埃污染成了黑色。

糟糕，纹暗想。还有另外一个理由使她避开这个市场，或者任何斯卡人聚集的地方。

她又加快了脚步，不过那个人也跟得更紧了。很快，他笨拙的脚步引起了人们的注意，但是，没人咒骂他。很多人恭敬地停下了脚步，而且马上有其他人加入了他，于是，跟在纹身后的人变成了一个小队。

她真希望能扔下一个铸币，然后把自己弹开。她自嘲地想：是的，大白天用熔金术，你不被人注意才怪。

于是，她只好叹了口气，转身面对着那群人。他们没有一个人看上去有恶意。男人们穿着裤子和呆板的衬衣；女人们穿着裙子，都是实用的衣服；还有几个男人穿着连体服，是满身尘土的工作服。

幸存者的祭司们。

“继承人女士。”他们中的一个走近她，跪在地上说。

“别这样叫我。”纹小声说。

那名祭司仰望着她。“求求你，我们需要方向。我们摆脱了御主大帝，现在我们该做什么？”

纹后退了一步。唉，凯尔西明白他做了什么吗？他树立了斯卡人对他的信仰，然后牺牲自己作为殉道者，挑起了他们对最后帝国的怒火。他曾想过在这之后会发生什么吗？他能预见到幸存者教会以凯尔西本人代替御主大帝，作为新的神明吗？

问题是，凯尔西没有给他的追随者留下任何教义。他唯一的目标是打败御主大帝：一方面为了复仇，一方面为了了结心愿，还有一方面，纹希望如此，他希望解放斯卡人。

但接下来怎么办呢？这些人一定和她一样感到被抛弃在黑暗里，而且没有一盏灯能引导他们。

纹不可能是那盏灯。“我不是凯尔西。”她轻声地说，又向后退了一步。

“我们明白，”其中一个人说，“你是他的继承人，他去世了，但这一次你却生还了。”

“求求你，”一名妇女说，她走到前面，怀里抱着一个小孩，“继承人女士，愿你以杀死御主大帝的手为我的孩子赐福。”

纹试图后退，但发现后面是另一群期待的平民。那名妇女又走近了一些，纹最终举起了一只犹疑的手，放到那婴儿的额头上。

“谢谢你。”那位妇女说。

“你会保护我们，是吗，继承人女士？”一个年轻人问，他不比伊兰德的年龄大，脸上脏乎乎的，但有一双诚实的眼睛。“祭司们说你会阻止那支军队，有你在这里，他们的士兵就进不了城。”

这叫她实在无法承担。纹含糊地答应了，接着回头挤出了人群。幸运的是，这些信徒们没有继续跟着她。

尽管不累，纹还是喘了半天粗气，呼吸才平缓下来。她走进两间店铺之间的一条巷子，站到阴影里，用双手抱住肩膀。她一生都在学习如何不引人注意，如何不发出声音，如何让自己无足轻重。现在这些她都做不到了。

人们对她的期望是什么呢？他们难道真的以为她能凭一己之力阻止一支军队？她在训练中很早就学会了一课：迷雾之子不是不可战胜的。一个人，她杀得死。十个人，就会给她带来麻烦。一支军队……

纹控制住自己，深吸几口气让自己冷静下来。然后，她才走出去，回到忙碌的街道上。现在她靠近目的地了——一座小小的、周围有四个畜栏的开放式帐篷。商人正懒洋洋地靠在畜栏上，那是一个脏兮兮的家伙，头上只有右半边有头发。纹站了片刻，猜他那个奇怪的发型是因为生病、受伤还是出于个人偏好。

那人看到她站在他的畜栏旁边，马上来了精神。他在身上拍打几下，拍掉衣服上的尘土，然后龇着牙露出一副笑脸，朝她走过来，就像他还没听说，或者从不关心城外来了一支军队一样。

“啊，年轻的女士，”他说，“想买一只小狗吗？我有几只任何女孩都会喜欢的小调皮。这儿，让我为你抓一只。你会承认这是你见过的最可爱的小东西。”

纹抱着双臂，看着那个人弯着腰从其中一个畜栏里抓小狗。“实际上，”她说，“我想要一只猎狼犬。”

那商人抬头看着她。“猎狼犬，小姐？那可不是给你这样的女孩的宠物。它们又凶狠又好斗。让我给你找一只波比犬。好狗，它们也一样聪明。”

“不，”纹说，猛然把他拉了起来，“去给我找一只猎狼犬。”

那个人看着她，又愣住了，抬起手不知道往哪里放好。“哦，我猜我可以看看……”

他朝离街道最远的那个畜栏走去。在他冲着几只动物吆喝着，挑选合适的犬只时，纹静候着，皱着鼻子闻周围的味道。最后，他拉着一只用皮带系着的狗朝纹走来。这是一只猎狼犬，虽然个头不大，但有着温和、驯服的眼睛，一副明显讨人喜欢的性格。

“一窝里最小的一只，”商人说，“我得说，对年轻女孩来说它是只好狗，而且可能会变成一个优秀的猎人。这些猎狼犬，它们的嗅觉比你见过的任何动物都灵敏。”

纹伸手去摸钱袋，但又停住了，她看着那只狗晃动的脸。那张脸看上去几乎像在对她微笑。

“哦，看在御主大帝的分上。”她叫了一声，从狗和它的主人身边挤过去，朝背后的畜栏走去。

“年轻女士？”商人一边犹豫不决地跟上她，一边问道。

纹扫视着那些猎狼犬。在靠后的地方，她发现了一只巨大的黑灰色动物。它被拴在桩子上，用挑战的目光看着她，喉咙里发出一声低吼。

纹指了一下。“后面那只多少钱？”

“那只？”商人问，“女士呀，那是一只看门狗。就是说一旦放到主人的院子里，它就会攻击任何进入的人！它是你见过的最凶猛的动物之一。”

“太好了。”纹一边摸出一些铸币，一边说。

“女士呀，我不可能把这只野兽卖给你，根本不可能。为什么？我相信它一半的重量就能赶上你的体重了。”

纹点点头，然后拉开畜栏的大门，走了进去。商人惊叫起来，但纹径直朝那只猎狼犬走过去。它疯狂地冲着她叫，嘴角泛着白沫。

抱歉了，纹心想。然后，她燃烧起白蜡，跨过去，一拳砸在那只狗的头上。

那只狗僵住了，晃动着，然后倒在地上，失去了知觉。那商人在她身后不远处停下来，张着嘴，吓傻了。

“皮带。”纹命令道。

他给了她一条。她用它把猎狼犬的四个爪子绑在一起，然后，她瞬间爆燃白蜡，把那条狗甩到了肩膀上，只因为肋部的疼痛微微弯了一下腰。

这东西最好不要把口水流在我的肩膀上，她想。她递给商人一些铸币，然后朝宫里走去。

纹把失去知觉的猎狼犬扔在地板上，把手拍拍干净。卫兵在她进宫时就已经用奇怪的眼神看了她几眼，不过她正在习惯这种目光。

“那是什么？”奥索尔问。它已经回到她宫中的房间里，但它现在的身体显然不能用了。在那些人破坏了它的身体和骨骼时，它就需要重组肌肉了。治好自己的伤口后，它的身体看起来很奇怪。它仍旧穿着前天晚上染着血污的衣服。

“这，”纹指着那只猎狼犬说，“是你的新身体。”

奥索尔愣住了。“那个？主人，那是一条狗。”

“对。”纹说。

“我是人。”

“你是坎德拉兽，”纹说，“你能让肉体重生，那么皮毛呢？”

坎德拉兽看起来很不高兴。“我不能让它重生，”它说，“但我能利用动物自身的皮毛，就像利用它的骨骼一样。但是，那里确实有——”

“我不打算为你杀人，坎德拉兽，”纹说，“而且即使我杀了某个人，我也不会让你……吃他们。另外，这样更加不会引起人们的注意。要是我总是更换新仆人，人们就会开始议论。几个月来我一直在告诉人们我打算解雇你。

啊，我要告诉他们我终于这样做了，谁也想不到我身边的新宠物其实是我的坎德拉兽。”

她转过身，朝那具狗尸点点头。“这会非常有用。人们对宠物的关注比对人少，这样你就能窃听谈话。”

奥索尔的眉头皱得更深了。“我做这件事可不容易。你需要强迫我，凭借契约的力量。”

“好，”纹说，“你得到命令了。要用多长时间？”

“一具合用的尸体只需要几个小时，”奥索尔说，“这个要花更长的时间。让这么多的皮毛看上去令人满意会很困难。”

“那就开始吧。”纹一边朝门的方向走，一边说。但是，她在中途注意到桌子上放着一个小盒子。她皱起眉头，走过去拿掉盖子，看到里面有封短信。

纹女士：

这是你要的下一种合金。铝很难得到，但在一个贵族家庭最近离开城市的时候，我买到了他们的一些餐具。

我不知道这次的是否有用，但我相信值得一试。我已经把铝和百分之四的红铜混合在一起，我认为获得的混合物相当可靠。我读过这个配方：这种金属名叫硬铝。

你的仆人 泰瑞恩

纹微笑着，把短信放到一边，取出了盒子里剩下的东西：一小袋金属粉末和一根银色的细金属条，都是被推测为“硬铝”的金属。泰瑞恩是熔金术冶金学家里的大师。尽管他本人不是熔金术师，但他一生的大多数时间都在为迷雾之子和迷雾行者混制合金和制造金属粉末。

纹把小袋子和金属条装到口袋里，然后扭过头看着奥索尔，奥索尔面无表情地看着她。

“这是今天送来的吗？” 纹朝那个盒子点点头，问道。

“是的，主人，”奥索尔说，“几个小时前。”

“但你没有告诉我？”

“对不起，主人，”奥索尔用它一贯单调的声音说，“但是你没有命令我包裹一来就告诉你。”

纹咬着牙。它知道她正焦急地等待着来自泰瑞恩的另一种合金。他们之前尝试的所有铝合金都失败了。她想知道是否还有另外一种熔金术金属存在于某处，正等着被人发现。如果能找到这种合金，她就心满意足了。

奥索尔站在原地，面无表情，失去知觉的猎狼犬躺在它面前的地板上。

“快去对付那具尸体。”纹说，然后转身离开了房间，去找伊兰德。

纹后来在书房里找到了伊兰德，伊兰德正以熟悉的姿势检查着几本分类账。

“道克斯！”纹说。他前天回来后就进了自己的房间，纹还没怎么见过他。

道克森抬头看着纹，微笑着。他身体敦实，留着短短的黑发，还蓄着他特有的短须。“你好，纹。”

“特里斯怎么样？”她问。

“很冷，”道克森答道，“很高兴能回来。虽然我更希望自己没有一回来就看到军队。”

“不管怎样，很高兴看到你回来，”伊兰德说，“没有你，王国几乎散架了。”

“看起来可不是这样，”道克森说，他合上手里的账簿放到书架上，“所有的事情，包括军队，都照管得不错，皇家官员在我离开期间合作得很好。你几乎不再需要我了。”

“胡说。”伊兰德说。

纹靠在门上，看着两个人继续讨论。他们极力保持着良好的气氛。两个人都致力于使新王国顺利运行，即使这意味着他们要装作互相喜欢的样子。道克森指着账簿上的一个地方，谈论着经济和他在伊兰德控制下的外围村庄里的发现。

纹叹了口气，朝房间里看了一眼。阳光透过彩色玻璃圆花窗照进来，把色彩投在账簿和桌子上。就算现在，纹还是不能适应贵族城堡里表面的奢华。那扇红色和淡紫色的窗户拥有复杂之美。然而，贵族们显然认为它司空见惯，就把这扇窗户装到了城堡的密室上，一个伊兰德现在用作书房的小房间。

正如人们所猜测的，房间里摞着一排排的书。靠墙的书架有天花板那么高，但还是容纳不下伊兰德飞速增长的收藏品。她从来没有过分关注伊兰德的读书口味。这些书大多是政治或历史作品，书里讲述的事情和那泛黄的书页一样古老，其中的很多书曾一度被钢铁教团禁止。不知为何，那些古代的思想家甚至能把色情题材都写得索然无味。

“不管怎么说，”道克森最后合上账册说，“在你明天演讲之前，我得去做一些事情，陛下。汉姆说过明晚还有一场城市防务会议吗？”

伊兰德点点头。“如果我能说服议会同意不把城市交给我父亲，我们就需要制订一个对付这支军队的方案。明晚我会派些人给你。”

“好。”道克森说。然后，他向伊兰德点点头，朝纹眨了眨眼，然后走出了这个乱糟糟的房间。

道克森带上门后，伊兰德松了口气，然后放松地靠在他那张特大号的毛绒椅子上。

纹走过去。“他是个真正的好人，伊兰德。”

“哦，我知道他是。但是，好人并不等于和蔼可亲。”

“他脾气也很好，”纹说，“性格坚定，沉稳持重。团伙里的人都信任他。”尽管道克森不是熔金术师，他却是凯尔西的得力助手。

“他不喜欢我，纹，”伊兰德说，“哦……和一个如此看待我的人好好相处很困难。”

“你没有给他公平的机会。”纹抱怨着，在伊兰德的椅子旁停了下来。

他看着她，微微笑了一下，他的背心没系扣子，头发乱糟糟的。“嗯……”他懒洋洋地拉住她的手说，“我真喜欢这件衬衣，你穿红色看起来很合适。”

纹眨着眼睛，任由他温柔地把她拉进椅子里亲吻。吻里带着一种激情，也许还有对安宁的渴望。纹回应着，感到被他拉近时的放松感觉。几分钟后，她松了口气，紧靠在他身边蜷缩在椅子里的感觉更好了。他把她拉近一些，靠在椅背上，沐浴在窗后透出的阳光里。

他微笑着朝她看了一眼。“那是……你涂的一种新香水？”

纹哼了一声，把头靠在他的胸口上。“不是香水，伊兰德，是狗身上的。”

“哦，好极了，”伊兰德说，“我担心你有点走火入魔了。那么，有什么特别的理由吗？为什么你身上有狗的气味？”

“我去集市上买了一只，然后带回来给奥索尔，这样它就能成为它的新身体。”

伊兰德叫了起来。“哎呀，纹，好主意！谁都不会怀疑一只狗是间谍。恐怕以前还没有人想到过这个……”

“会有人的，”纹说，“我的意思是，这样做的好处显而易见。我怀疑，那些想到这个办法的人只是没和别人分享罢了。”

“有道理。”伊兰德放松下来。然而，在那么近的距离，她仍然能感觉到他心里的一丝紧张。

明天的演讲，他在担心这个，纹心想。

“但是，我必须说，”伊兰德懒洋洋地说，“你用的不是狗味香水，我对此有点失望。以你的社会地位，可以想象一些本地贵妇会极力效仿你。那就真的太好玩了。”

她抬起头，看着他得意的笑脸。“伊兰德，你知道，有时候分辨出你是在开玩笑还是在说蠢话可真困难。”

“那会让我变得更神秘，是吗？”

“差不多。”她说，重新依偎在他身边。

“你看，你还意识不到我有多聪明，”他说，“要是人们看不出我什么时候是傻瓜，什么时候是天才，也许他们会认为我的错误是聪明的政治手段。”

“只要他们没有把你实际的聪明举动错认为失误。”

“那不难，”伊兰德说，“但恐怕我可以让人误认的聪明举动并不多。”

纹听着他的语气，关切地抬头看着他。但他微笑着，转移了话题。“那么，小狗奥索尔，它仍能在夜间陪你出去吗？”

纹耸耸肩。“我猜可以，不过事实上我暂时不打算带它出去。”

“我希望你带着它，”伊兰德说，“我每天都担心你，你把自己逼得太紧了。”

“我能应付得来，”纹说，“要有人守着你。”

“是的，”伊兰德说，“但谁来照看你呢？”

凯尔西。即使现在，这个名字仍是她的第一反应。她认识他不到一年，但这一年是她一生中第一次有了被人保护的感觉。

凯尔西死了。她、整个世界仿佛也随之一起死了，她不得不在没有他的情况下继续生活。

“我知道你那天晚上在和熔金术师作战时受了伤，”伊兰德说，“要是我知道有人跟你在一起，我会放心得多。”

“但坎德拉兽不是保镖。”纹说。

“我知道，”伊兰德说，“但它们非常忠诚，我从来没听说有背叛契约的坎德拉兽。它会替你警戒。我担心你，纹。你想知道我为什么这么晚还在熬夜，写我的提案吗？我睡不着，想到你也许在外面和敌人战斗，哦，或许更糟，倒在街上的某处，因为那里没人帮你而死去。”

“我有时带着奥索尔出去的。”

“是的，”伊兰德说，“不过我知道你经常找借口让它留下来。凯尔西留下一个极有价值的仆人为你服务。我不能理解你为什么处心积虑地避开它。”

纹闭上了眼睛。“伊兰德，它吃掉了凯尔西。”

“那又怎么样？”伊兰德问，“凯尔西已经死了。再说，这是他本人的命令。”

纹叹了口气，睁开眼。“我只是……不相信那件事，伊兰德。这种生物是没有人性的。”

“我知道，”伊兰德说，“我父亲也有一个坎德拉兽。但是，至少奥索尔很重要。答应我以后把它带在你身边。”

“好吧，但我想它不会喜欢这个安排的。在它扮成雷诺克斯领主、当我叔叔的时候，我们就相处得不好。”

伊兰德耸耸肩。“它会遵守契约，这才是最重要的。”

“它遵守契约，”纹说，“但不情愿。我发誓它以惹我生气为乐。”

伊兰德低头看着她。“纹，坎德拉兽是优秀的仆人。它们不会做那样的事。”

“不，伊兰德，”纹说，“萨奇德才是最优秀的仆人。他乐于和人在一起，帮助他们。我从来没觉得他让我恼火过。奥索尔也许会做我命令它做的一切事，但它不喜欢我，它从来没有喜欢过。我感觉得出来。”

伊兰德叹着气，抚摩着她的肩膀。“难道你没有觉得自己有点不理性？没有理由这样恨它。”

“嗯？”纹问道，“就像你没理由不跟道克森好好相处一样？”

伊兰德没说话，然后他叹了口气。“我想你说得有道理。”他说。他继续抚摩着纹的肩膀，仰头望着天花板，陷入了沉思。

“怎么了？”纹问道。

“我在这方面做得不好，是吗？”

“别傻了，”纹说，“你是个很好的国王。”

“我大概算是个过得去的国王，纹，但我不是他。”

“谁？”

“凯尔西。”伊兰德平静地说。

“伊兰德，谁都没指望你变成凯尔西。”

“哦？”他说，“那就是道克森不喜欢我的原因。他憎恨贵族，可以从他说话和行动的方式里明显地看出来。考虑到他熟悉的生活，我不知道自己是否该怪他。不管怎么样，他不认为我可以做国王。他认为在我这个位置的应该是斯卡人，或者，最好是凯尔西。他们都这样想。”

“这是胡说，伊兰德。”

“真的？要是凯尔西还活着，我会当上国王吗？”

纹沉默了。

“你明白吗，他们接受了我，人民、商人，甚至贵族，但在他们的心底深处，他们想要的是凯尔西？”

“我不这样想。”

“真的吗？”

纹皱着眉，然后她坐直并转过身来，这样她就跪在椅子上，面对着伊兰德，两人的面颊只相隔几寸远。“难道你没感到奇怪吗，伊兰德？凯尔西是我的老师，但我不爱他，不像我爱你一样。”

伊兰德盯着她的眼睛，点了点头。纹深深地吻了他一下，然后重新靠着他坐了下来。

“为什么不？”伊兰德终于问。

“嗯，首先，他老了。”

伊兰德咯咯地笑起来。“我好像还记得你同样取笑过我的年龄。”

“那不一样，”纹说，“你只比我大几岁，凯尔西是个老人。”

“纹，三十八岁算不上是老人。”

“够接近了。”

伊兰德又咯咯地笑起来，但她可以感觉到他对她的回答并不满意。为什么她选择了伊兰德，而不是凯尔西呢？凯尔西是个有远见的人，是英雄，是迷雾之子。

“凯尔西是个伟大的人，”纹在伊兰德开始抚摩她的头发时静静地说，“但是……他经历过一些事情，伊兰德，可怕的事情。他热情、莽撞，甚至有一点残忍，没有宽容之心。他毫无负罪感或心理负担地杀人，只因为他们支持最后帝国或为御主大帝工作。

“我把他当作一个老师和朋友来爱，但我不认为我能爱，不可能真正地爱一个这样的人。我不是指责他，他像我一样，出身街头。当你努力挣扎着活下来后，你就会变得强壮，但也会变得冷酷。不管是对是错，凯尔西让我想起了太多……我小时候认识的一些人。凯尔远比他们好，他确实很仁慈，而且他为斯卡人牺牲了自己的生命，但是，他有点太冷酷无情了。”

她闭上眼睛，感受着伊兰德的温暖。“你，伊兰德·樊乔，是个善良的人，一个真正心地善良的人。”

“善良的人不会成为传奇人物。”他轻声说。

“善良的人不需要变成传奇人物。”她睁开眼，仰头看着他，“他们只要行善就对了。”

伊兰德笑了，然后他亲亲她的前额，又躺回椅子上。他们在椅子上懒洋洋地躺了一会儿，在沐浴着温暖阳光的房间里。

“他曾经救过我一命。”伊兰德后来说。

“谁？”纹吃惊地问，“凯尔西？”

伊兰德点点头。“凯尔西牺牲的那天，在‘幽灵’和奥索尔被捕后，汉姆和一些士兵试图营救被捕的人，在广场上发生了一场战斗。”

“我在那里，”纹说，“和布里兹、道克斯一起藏在一条小巷子里。”

“真的？”伊兰德说，他的语气带着点顽皮，“因为我是去找你的。我觉得他们逮捕了你和奥索尔，那时它装扮成你的叔叔。我设法挤到囚笼旁去营救你。”

“你在做什么，伊兰德？那广场上正在打仗！还有一个审判官在那里，看在御主大帝的分上！”

“我知道，”伊兰德微笑着说，“是的，那个审判官就是要杀我的人。他已经举起了斧子，然而……凯尔西在那里，他猛撞在那个审判官身上，把他撞倒了。”

“也许只是一个巧合。”纹说。

“不，”伊兰德温和地说，“他是认真的，纹。他在和审判官打的时候看着我，我从他的目光里看得出来。我一直对当时的情景感到惊奇：每个人都告诉我凯尔西甚至比道克斯还要恨贵族。”

纹愣住了。“他……最后改变了这一点，我想。”

“变得足以冒着生命危险来保护一个过路的贵族吗？”

“他知道我爱你，”纹露出虚弱的笑容，说，“我猜，最后，这一认识胜过了他的仇恨。”

“没想到……”在纹转身时，他放低了声音，努力听着什么。脚步声接近了。她坐直身子。一秒钟后，汉姆探头进了房间，但在看到纹坐在伊兰德膝头时站住了。

“哦，”汉姆说，“抱歉。”

“别，等等。”纹说。汉姆又走进来，纹转向伊兰德，“我几乎忘了为什么来找你了。今天我收到了泰瑞恩的一个新包裹。”

“另一个？”伊兰德问，“纹，你准备什么时候放弃这个？”

“我不能。”纹说。

“这没那么重要，对吗？”他问，“我是说，要是每个人都忘记了最后一种金属的作用，那么它的威力一定不会很大。”

“或者是，”纹说，“或者它异常强大，钢铁教团想极力掩盖这个秘密。”她从椅子上溜下来，站起身来，然后从口袋里取出那个小袋子和细金属条。她把金属条递给椅子上的伊兰德。

那银色的金属闪着光，和制成它的铝一样，感觉轻得不真实。任何意外燃烧铝的熔金术师体内的其他金属储备都会被清除掉，使他们变得毫无力量。铝的秘密曾经被钢铁教团牢牢控制着。纹在被审判官抓获的那天，也是她杀死御主大帝的同一天晚上，才第一次发现了这个秘密。

他们一直没有弄清楚铝的正确合金配对。熔金术金属总是成对的——铁和钢，锡和白蜡，铜和青铜，锌和黄铜，铝和……某种东西。某种强大的、令人满怀希望的东西。她的天金已经没了，她需要某种优势。

伊兰德叹口气，把金属条还给纹。“上次你尝试燃烧一种合金，结果病了两天，纹。我被吓坏了。”

“它要不了我的命，”纹说，“凯尔西保证过，燃烧错误的合金只会让我难受。”

伊兰德摇摇头。“凯尔西偶尔也会犯错，纹。你不是说过他弄错了青铜的作用吗？”

纹没说话，伊兰德真诚的忧虑使她动摇了，但是……

要是那支军队攻城，伊兰德就有性命之忧。城里的斯卡人也许能活下去，统治者不会傻到屠杀这样一个物产丰富的城市里的平民，但是，国王将被处死。她没办法干掉一整支军队，在战争准备上所能尽的力也十分微薄。

但她确实精通熔金术。她越是熟练，就越能保护她爱的这个男人。

“我必须试一下，伊兰德，”她平静地说，“克拉布斯说斯特拉夫发动进攻还需要几天，他需要这段时间休整长途跋涉后的军队，还要侦察城市做攻击前的准备。这意味着我不能等下去。如果这次的金属不让我不适，我就能更好更及时地协助作战，但我只能马上试。”

伊兰德板着脸，但没有阻止她。他对她的性格已经很熟悉了，所以，他站了起来。“汉姆，你觉得这是个好主意吗？”

汉姆点点头。他是个战士，对他来说，纹的冒险是有道理的。她要他留下来是怕如果出了问题，好有人把她扛回床上。

“好吧。”伊兰德说。然后转向纹，脸上一副屈从的表情。

纹坐进椅子，靠到椅背上，然后取出一撮硬铝粉吞了下去。她闭上眼睛，感觉着她的金属储备：八种常用的金属都在，分量很足，但她没有天金和金，也没有它们的合金。就算她有天金，这种过于珍贵的金属只能在危急关头用，而另外三种金属的用处非常有限。

一种新的储备出现了，和她前四次吞下去的金属很类似。那几次她一燃烧起这种合金，就会猛地感到剧烈的头疼。她咬着牙，用意念感受着，燃烧那种新的合金。

什么都没发生。

“你试过了吗？”伊兰德不安地问。

纹慢慢地点了点头。“头不疼。但是……我不确定这种合金有没有产生作用。”

“但它在燃烧？”汉姆问。

纹点点头。她感觉着体内熟悉的暖意，那微弱的火焰告诉她有一种金属在燃烧。她试着走动了一下，没有感觉到身体的任何变化。最后，她抬起头，耸了耸肩。

汉姆皱着眉。“如果它没有让你不舒服，那就说明你找到了正确的合金。一种金属只有一种有效的合金。”

“或者说，”纹说，“只是别人一直这么对我们说。”

汉姆点点头。“这是什么合金？”

“铝和铜。”纹说。

“有意思，”汉姆说，“你什么感觉都没有？”

纹摇摇头。

“你需要多试几次。”

“看起来我运气不错，”纹说，她熄灭了硬铝，“一有了足够的铝，泰瑞恩就提出需要试验四十种不同的合金。这只是第五种。”

“四十种？”伊兰德怀疑地问，“原来有这么多的金属可以用来制造合金！”

“不一定非要用两种金属来做合金，”纹心不在焉地说，“只要一种金属和别的什么东西。比如钢，就是铁和碳构成的。”

“四十种……”伊兰德喃喃地说，“而且要把它们全试一遍？”

纹耸耸肩。“看起来是个着手的好办法。”

伊兰德看上去对这个想法很担心，但没有再说什么，而是转向了汉姆。“不管怎么说，汉姆，你来见我们有什么事吗？”

“没什么要紧的，”汉姆说，“我只是想看看纹做好对练的准备没有。那支军队让我很烦躁，所以我希望能让纹用手杖做一些训练。”

纹耸耸肩。“当然，为什么不呢？”

“你想来吗，伊尔？”汉姆问，“来训练一下？”

伊兰德笑了。“对付你们中的一个吗？我要考虑一下王室的尊严。”

纹微微皱着眉头，抬头看着他。“你真应该多锻炼一下，伊兰德。你几乎只懂得怎么持剑，而且你拿决斗手杖的样子很糟糕。”

“唉，你看。我有你保护，为什么要担心那些人？”

纹更恼火了。“我们不能一直在你身边，伊兰德。如果你能更好地保护自己，我就不用那么担心了。”

他只是笑着把她拉起来。“我以后会去练习的，我答应你。但是，今天不行，现在我有很多事情要思考。我只去看你们俩比赛怎么样？也许我能通过观察学到一些东西，顺便说一下，这是兵器训练的最好办法，这样我就不会被一个女孩子暴打一顿了。”

纹叹了口气，但没有进一步要求他。

现在我写下这个记录，镌刻在一块钢板上，因为我害怕，害怕自己。是的，我也是人。如果阿兰迪真从升华之井返回，我相信杀死我将是他的目标之一。他不邪恶，但他是个无情的人。我认为，那是他过去的经历造成的。

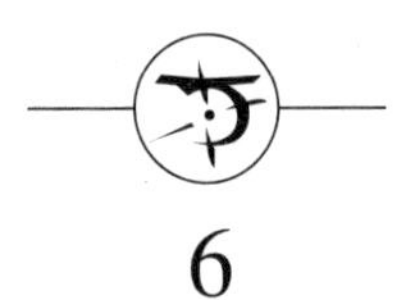

6

伊兰德靠在围栏上，看着校场里面。他不是不想去和纹及汉姆练习，只是他认为这种练习没啥作用。

他想：任何来行刺我的杀手都极有可能是熔金术师，即使我练上十年也不是他们中任何一个的对手。

在校场上，汉姆挥了几下手中的手杖，然后点点头。纹也握着手里的手杖走了上去，那手杖足足比她高了一尺多。两人的悬殊显而易见：汉姆有结实的肌肉和战士特有的强壮身材，相比之下，纹甚至显得比平时更单薄，她穿着一件紧身男式衬衣和长裤，没有用斗篷遮住她的体形。

这种不对等被汉姆接下来的一句话扩大了。“我们是练习用手杖战斗，而不是练习推和拉。除了白蜡什么都不用，怎么样？”

纹点点头。

这就是他们对练常用的方式。汉姆说，不管一个熔金术师有多么强大的实力，训练和实战都是不能替代的。但他让纹用白蜡，因为他说过如果无法适应强化过的体能和灵活性，人们会在战斗中失去方向感。

校场区像一个庭院，设在宫廷兵营里，围着校场有一个开放的走廊。伊兰德就站在走廊里，上面的屋顶遮蔽着火红的太阳。这个设计很好，因为尘埃又开始了，片片飞灰不时从天上飘落，随风舞动。但是，还是有人驻足观看。纹和汉姆的比试是很受宫廷卫士欢迎的一个娱乐活动。

我本来应该继续做我的提案的，而不是站在这里看纹打斗，伊兰德想。

但是……这几天他的精神实在太紧张，他觉得自己很难打起精神再把提案稿通读一遍。他真正需要的是花点时间来思考。

于是，他只好继续观看。纹双手握棍，以坚定的姿势谨慎地朝汉姆靠近。放在以前，伊兰德也许会认为长裤和衬衣穿在一位女士身上是不合适的，但他和纹相处这么久，已经习惯了。舞会长裙和礼服虽然好看，但纹的简朴服饰也不是一无是处。她觉得这些衣服更舒服。

此外，他有点喜欢这些紧身的衣服穿在她身上的样子。

纹通常让别人先动手，今天也不例外。汉姆抢先发起了攻击，两人手杖相交，尽管体形不占上风，纹还是牢牢握紧手杖。两人迅速转换了位置，退后几步，谨慎地绕着圈子。

“我押这个女孩。”

伊兰德觉察到一个身影蹒跚着沿走廊朝他走来，他扭过头，原来是克拉布斯。他走到伊兰德身边，把一摞十个铸币“啪”的一声砸在扶手上。伊兰德对将军一笑，而克拉布斯冲他瞪了一眼，这是公认的克拉布斯式的微笑。除了道克斯，伊兰德很快喜欢上了纹团伙里的其他成员。不过，适应克拉布斯让他颇费了点工夫。这个矮壮的男人有一张粗橘皮般的脸，总是生气般地斜着眼睛，和他平时说话的语气相得益彰。

不过，他是天生的能工巧匠，更不用说还是个熔金术师——一个烟幕手。实际上，他已经不太运用他的能力了，在这一年里，他担任着伊兰德军队的将军。伊兰德不知道克拉布斯是在哪里学会领兵的，但他在这方面有非凡的本领。也许这种技巧和他腿上的伤疤是在同一个地方得到的。这个伤疤使他走路一瘸一拐，克拉布斯的绰号就由此而来。

“他们只是在对练，克拉布斯，”伊兰德说，“这里不会有‘胜利者’。”

“他们将在一个激烈的回合里结束。”克拉布斯说，“他们总是这样。”

伊兰德顿了顿。“你在让我赌纹输，你知道，”他评论道，“那很变态哎。”

“那又怎么样？”

伊兰德微笑着，拿出了一枚铸币。克拉布斯有点威胁的意思，但伊兰德不想扫他的兴。

“我那个没用的侄子在哪里？”克拉布斯一边看着比试一边问。

“‘幽灵’？”伊兰德问，“他回来了？他是怎么进城的？”

克拉布斯耸耸肩。“他早晨在我门口的台阶上留了些东西。”

“一件礼物？”

克拉布斯哼了一声。“是一件叶尔瓦城木匠大师刻的木雕。纸条上写着：‘我只想让你看看真正的木匠是什么样子的，老头。’”

伊兰德哈哈大笑，但看到克拉布斯用不快的目光瞪着他，赶紧收起了笑容。

“这小崽子以前可从来没这么无礼过。”克拉布斯说，“我敢说，是你们这些家伙带坏了他。”

克拉布斯看上去几乎在微笑。哦，他是认真的吗？伊兰德有点摸不着头脑，也许这个家伙并不像他看起来的那么爱发脾气，或者，难道自己成了一个精心设计的恶作剧里的笑柄?

“军队怎么样？”他改变了话题。

“很糟糕，”克拉布斯说，“想要一支军队？那就要给我一年以上的时间训练。现在，我几乎只能指望那些孩子打败一伙拿着拐杖的老头组成的暴力团伙。”

好极了，伊兰德心想。

“不过，现在也只能这样了，”克拉布斯抱怨道，“斯特拉夫正在挖掘一些简单的防御工事，但他主要是在休整士兵。进攻可能会在周末发动。”

在校场里，纹和汉姆继续搏斗着。两人的动作很慢，此刻，汉姆把时间花在讲解对战的原则和姿势上。伊兰德和克拉布斯看了片刻，两人的拼斗逐渐变得激烈，每个回合花的时间也变长了。两个人开始出汗，他们在被碾硬的黑土上你来我往，带起一股股灰尘。

尽管两人在力量、臂长和经验上的差异很明显，纹却也没让汉姆讨得便宜。伊兰德微笑着，发觉自己看得入了神。她真特别，差不多两年前，伊兰德在樊齐的舞会上初次看到她时就发觉了。直到这时他才开始了解，对于她，“特别”是多么轻描淡写的一种说法。

一枚铸币“啪”地落在木扶手上。“我也押纹。”

伊兰德惊讶地转过身。说话的是一个刚才和其他人一起站在后面观战的士兵。伊兰德皱起眉头。“谁——”

接着，伊兰德闭了嘴。胡子显然贴歪了，站的姿势也太直，但身后的人很眼熟。“‘幽灵’？”伊兰德不敢相信地问。

戴着明显的假胡子的少年微笑着。“正在……何方……喧哗。”

伊兰德的头猛然变大了。“御主大帝在上，别告诉我你带着这种方言回来了？”

“哦，只是偶尔作为怀旧的俏皮话。”“幽灵”大笑着说。他的话带着南方口音。在伊兰德认识“幽灵”的最初几个月里，这男孩的话绝对让人无法理解。幸运的是，就像他在成长中换掉了大多数衣服一样，他也在成长中抛弃了用街头黑话的习惯。现在“幽灵”的个头足有六尺，伊兰德几乎不能把眼前这个十六岁的少年和一年前碰到的那个瘦弱少年联系起来了。

“幽灵”靠着扶手站在伊兰德身边，用的是少年懒洋洋的姿势，完全破坏了作为一个士兵的形象，的确，他不是士兵。

“怎么穿成这样，‘幽灵’？”伊兰德皱着眉问。

“幽灵”耸耸肩。“我不是迷雾之子。我们更像是平凡的间谍，只能想办法得到情报，不能像迷雾之子一样飞到窗户上或者从外面偷听。”

“你在那里站多长时间了？”克拉布斯瞪着他的侄子问。

“在你来这儿之前就在了，坏脾气叔叔，”“幽灵”说，“而且，我是几天前回来的。实际上，比道克森早。我只是想在回来工作前稍微休息一下。”

“我不知道你有没有注意到，‘幽灵’，”伊兰德说，“我们要开战了。没那么多时间用来休息。”

“幽灵”耸耸肩。“我只是不希望你再把我派走。要是这里发生战争，我希望自己就待在这儿。你明白，这多刺激呀。”

克拉布斯嗤之以鼻。“那么，你是从哪里弄到这套制服的？”

“呃……哦……”“幽灵”朝旁边看了一眼，露出了一丝伊兰德熟悉的不自信男孩的模样。

克拉布斯抱怨着这个无礼的男孩，但伊兰德却笑着拍了拍“幽灵”的肩膀。男孩抬起头，微笑着。尽管起初他很容易被忽视，但他正在证明自己和纹以前团伙里的任何人一样有价值。作为一个锡眼师——一个能够燃烧锡来增强感知能力的迷雾行者，“幽灵”能从远处听到别人的谈话，看到远处的细节就更不用说了。

“无论如何，欢迎回来，”伊兰德说，“西面有什么消息？”

“幽灵”摇摇头。“我讨厌听到坏脾气叔叔的声音。消息不太好。你知道关于御主大帝的天金在卢萨岱尔的那个谣言吗？嗯，谣言又流传起来了，这次更厉害。”

“我以为我们已经挺过去了！”伊兰德说。布里兹和他的小组花了六个月的时间散播谣言，使军阀们认为天金藏在别的城市里，因为伊兰德在卢萨岱尔没有找到它们。

“我想没有，”“幽灵”说，“而且……我认为有人蓄意传播这些谣言。我在街头花了很长时间收集消息，这次的谣言味道不对。有人希望那些军阀对付我们。”

好极了，伊兰德想。“你不知道布里兹在哪儿，是吗？”

“幽灵”耸耸肩，但他的注意力似乎不在伊兰德身上。他正在关注着比试。伊兰德也朝纹和汉姆看去。

就像克拉布斯预测的那样，两个人进入了更加认真的比赛状态。没有额外的指点；没有快速、重复的互换位置。他们非常认真地打斗着，在校场里卷起一团尘土和手杖的旋风。飞灰在他们身边舞动，被他们带动的气流吹到空中，而且站在周围走道上观战的士兵更多了。

伊兰德身体前倾。两个熔金术师的打斗自有一种紧张的氛围。纹发动了一次攻击，但汉姆同时挥起手杖，他的动作很快。纹的武器也及时跟上，但汉姆打击的力量把她向后抛在地上。她一边肩膀撞到地上，然而，她只是疼得哼了一声，就用一只手撑住地面，使自己跳了起来。她在地上滑了一下，重新找回平衡，举起了手杖。

白蜡，甚至能使一个笨拙的人变得身手敏捷。那么，一个像纹一样平时文雅端庄的人呢？伊兰德暗想。

纹眯着眼睛，紧绷的下颚显示出她固有的倔强，脸上带着不快的神色。她不喜欢被打，即使在对手明显比她强壮的时候。

伊兰德站直身子，想建议比试到此为止。正在这时，纹朝前猛冲过去。

汉姆期待地举起手杖，在纹进入攻击范围的时候挥了出去。纹弓身躲到一边，在间不容发之际躲开了攻击，然后举着武器转身击在汉姆手杖的后部，把他打得失去了平衡，然后又抢前一步准备进攻。

但汉姆恢复得也很快。他利用纹击打的力量旋转身体，然后利用动能抡起手杖，对准纹的胸部猛然击去。

伊兰德惊叫了一声。

纹跳了起来。

她没有金属用来反推，但那似乎并不重要。她腾空跃起七尺高，轻松跳过汉姆的手杖。在手杖从身下扫过时，她在空中翻了个身，指尖刚好在手杖上方扫过。她自己的手杖已经紧攥在一只手里。

纹落在地上，她的手杖已经呼啸着贴地抡了出去，手杖的尖端在地上带起一条灰线，正中汉姆的两腿后部。这一击把汉姆打得双腿离了地，他大叫一声倒了下去。

纹再次跳到空中。

汉姆仰面朝天倒在地上，纹落在他胸膛上，然后，她沉着地用手杖的尖端指着他的前额。"我赢了。"

汉姆躺在地上，看起来有点发晕，纹蹲在他胸脯上。校场里的尘土和灰烬平息下来。

"该死……""幽灵"小声说，这句评论说出了在场的十几个士兵都想说的话。

最后，汉姆咯咯地笑了起来。"不错，你打败了我。嗯，要是你愿意，最好给我找点喝的来。我要揉揉我没有知觉的双腿，把感觉找回来。"

纹笑着从他身上跳下来，蹦蹦跳跳地去拿饮料。汉姆摇着头从地上爬起来。尽管他说得很严重，但只是走起路来稍微有些拐；他也许有点瘀伤，但这点伤不会让他烦恼很久。白蜡不光可以增强一个人的体力、平衡感和速度，也会使人的内在变得更强壮。汉姆可以若无其事地应付一次足以把伊兰德的双腿打断的重击。

汉姆走到他们身边，朝克拉布斯点点头，并在"幽灵"肩上轻轻击了一拳。然后他弯下腰把脚放在栏杆上，揉着他的左腿肚子，疼得身子轻轻一抽。"我发誓，伊兰德，有时候和这个姑娘比试就和对付一阵风一样，你永远猜不到她的方向。"

“她是怎么做到的，汉姆？”伊兰德问，“我是说，那一跳。那种高度似乎不是人类能做到的，就算熔金术师也一样。”

“她用了钢，不是吗？”“幽灵”说。

汉姆摇摇头。“不，我不那么认为。”

“那是怎么做到的？”伊兰德问。

“熔金术师从他们的金属里获得力量，”汉姆说，他叹着气把脚放下来，“有些人可以从金属里得到比别人更多的力量，但真正的力量来自于金属本身，而不是这个人的身体。”

伊兰德顿了顿。“所以呢？”

“所以，”汉姆说，“熔金术师不需要有无比强壮的身体。如果纹是储金术师，那就不同了，要是你们见过萨奇德增加他的力量，就会发现他的肌肉增大，但使用熔金术，一切力量都直接来自金属。

“目前，多数蛮力士，包括我自己，都认为健壮身体能增强他们的能力，毕竟一个肌肉发达的人燃烧白蜡会比拥有同样熔金术本领的普通人强健一些。”

他搓着下巴，看着纹离开的走廊。“但是……嗯，我开始想到也许还有另一种方法。纹是又瘦又小，但在她燃烧白蜡时，她变得比任何普通战士强壮几倍。她把所有这些力量容纳在瘦弱的身体里，而且不需要担心大块肌肉的重量。她就像……一只昆虫，远比她的重量和体形所显示的强健。所以，在她跳的时候，她就能跳这么高。”

“但你仍然比她强壮。”“幽灵”说。

汉姆点点头。“而且我能利用这一点，只要我能够打到她，只是这变得越来越难了。”

纹终于回来了，带了一壶冰果汁，显然她回了趟城堡，而没有在院子里随便找些浓啤酒。她递了一个酒壶给汉姆，并且给伊兰德和克拉布斯也带了杯子。

“嘿！”“幽灵”在她倒果汁的时候叫道，“我的呢？”

“你戴的那撮胡子真可笑。”纹一边倒果汁一边说。

“所以我就什么都没得喝？”

“是的。”

“幽灵”愣了一下。“纹，你真是个奇怪的女孩子。”

纹眨眨眼，她朝院子角落的一个水桶里看过去，一个锡杯正摆在桶旁边。纹伸出一只手，“啪”的一声把它抓了过来，然后把它放在“幽灵”面前的护手上。“高兴了吧？”

“除非你给我倒点。”“幽灵”说。克拉布斯满意地喝了一大口自己杯里的果汁，然后伸手摸起扶手上的两枚铸币，揣进了口袋。

“嘿，对了！”“幽灵”说，“你欠我的，伊尔。拿钱来。”

伊兰德放下杯子。“我还没答应和你赌呢。”

“你给了坏脾气叔叔，为什么不给我？”

伊兰德没话说，只好叹了口气，取出十个铸币放在“幽灵”的铸币旁。“幽灵”眉开眼笑，以熟练的街头窃贼的姿势一把抓了起来。“谢谢你赢了这场比赛，纹。”他朝纹挤了挤眼睛，说。

纹皱着眉头问伊兰德：“你赌我输了？”

伊兰德大笑，俯身探过栏杆吻了她一下。“我可不是这个意思，都是被克拉布斯逼的。”

克拉布斯不满地哼了一声，把剩下的果汁一饮而尽，然后举着杯子要求再续。纹没有反应，他转头用恶狠狠的目光看着“幽灵”。终于，“幽灵”哀叹一声，提着水壶给他续了杯。

纹仍然不满地瞪着伊兰德。

“以后我要小心了，伊兰德，”汉姆咯咯笑着说，“她现在下手可真重……”

伊兰德点点头。“我懂，要是旁边有武器，我就小心点，不招惹她，是吧？”

“你算说对了。”汉姆说。

纹对这一评论嗤之以鼻，她翻过栏杆站在伊兰德旁边。伊兰德用胳膊环抱着她。这时，他在“幽灵”的眼睛里看到了一丝隐隐的嫉妒。伊兰德怀疑这个男孩曾经对纹倾心过一段时间，不过，嗯，伊兰德不能因此怪罪他。

“幽灵”摇摇头。“我要给自己找个女人了。”

“哦，那撮胡子可不会有什么帮助。”纹说。

“这是伪装用的，纹。”“幽灵”说，“伊尔，我猜你不会给我一个头衔或别的什么。”

伊兰德笑了。“这不重要，‘幽灵’。”

“但你的头衔起了作用。”

“哦，我不清楚，”伊兰德说，“不知道为什么，尽管我有这个头衔，我认为纹爱上我并不是因为这个。”

“但是你在她之前有过别的女孩子，”“幽灵”说，“贵族女孩。”

“两个。”伊兰德承认了。

“但是纹一向有杀死竞争对手的习惯。”汉姆开了句玩笑。

伊兰德大笑。“唉，听着，她只做过一次，而且我认为仙是咎由自取，毕竟，当时她正试图刺杀我。”他深情地看着纹，“但是，我确实不得不承认，纹比起其他女子来，倔了一点。但有她在旁边，其他人相比之下会显得黯然失色。”

“幽灵”转动眼睛。“要是她把她们全都杀了，那就有趣多了。”

汉姆一边咯咯笑，一边让“幽灵”给他加果汁。“要是你有一天想离开她，只有御主大帝才知道她会怎样对付你，伊兰德。”

纹突然变得有些不自然，她把他拉得更紧了。她被抛弃过这么多次。即使在他们经历过这么多之后，就算他已经向她求婚，伊兰德也不得不郑重承诺他不会离开她。

该换个话题了，伊兰德心想。快乐的气氛正在消退。“哦，”他说，“我想我应该去厨房拿点东西吃。你去吗，纹？”

纹看着天色，好像在查看还有多久天会黑下来。最后，她点了点头。

“我也去。”“幽灵”说。

“不，你不能去，”克拉布斯用手抓住他的后颈说，“你要留在这里解释到底在什么地方弄到了我手下士兵的制服。”

伊兰德轻声笑着，带着纹离开了。说实话，虽然最后的谈话有点伤感，但他觉得来观看这场比试让他的心情更好了。在最严酷的环境里，凯尔西团伙的成员们这种制造笑料和营造轻松气氛的本事很了不起。他们用这种方法使他忘记了自己的烦恼。也许这也是幸存者的遗产之一。显然，凯尔西过去也始终带着笑意，不管环境多么窘迫。对他来说，这就是一种反抗的方式。

但这样不能解决难题。他们仍面对着数倍于己的敌军，困在一个他们几乎不能守住的城市里。然而，如果说有人能在这种环境里活下来，那就是凯尔西的团伙。

那天夜里稍晚的时候，纹在伊兰德的坚持下填饱了肚子，然后和他一起回她的房间。

房间的地板上，一只她早先买回来的猎狼犬的完美复制品正站在那里。它看着她，然后点点头。“欢迎回来，主人。”坎德拉兽用咆哮般的模糊声音说。

伊兰德欣赏地吹了声口哨，纹绕着这个生物转了一圈。每根毛看来都安排得很妥帖。只要它不说话，人们就永远不会知道它已经不是原来那条狗了。

“你是用什么办法说话的？”伊兰德好奇地问。

“喉是肉体组织，不是骨头，陛下，”奥索尔说，“年长的坎德拉兽学习控制它们的身体，而不仅仅是复制它们。我还需要透彻了解一个人的尸体，来记忆和再造他们的准确特征。但是，我也能临时拼凑一些东西。”

纹点点头。“就是因为这个，制造这副身体花了比你所说的长得多的时间吗？”

“不，主人，”奥索尔说，“是这些皮毛。很抱歉没有提醒你，像这样安置皮毛需要很高的准确性和大量的工作。”

“事实上，你确实没有说。”纹挥挥手说。

“你认为这个身体怎么样，奥索尔？”伊兰德问道。

“要听实话吗，陛下？”

“当然。”

“它令人不快而且有辱人格。”奥索尔说。

纹扬起了眉毛。太过分了，雷诺克斯。今天脾气不太好，是吗？她暗想。

奥索尔看着她，她努力地辨识着狗的表情，但最终失败了。

“不过，”伊兰德说，“你还是会用这副身体，是吗？”

“当然，陛下，”奥索尔说，“要是背叛契约，我就会死。这就是生活。”

伊兰德对纹点点头，就像他刚作了一个重大的决定。

纹想：谁都可以自称忠诚，但如果一个人用契约来担保他的忠实，那就更好了。要是你真正在乎一个人了，那些意想不到的背叛就尤其令人伤心。

伊兰德显然在等待着什么，纹叹了口气。“奥索尔，以后我们要花更多的时间在一起了。”

“只要你愿意，主人。”

“我不确定是不是愿意，”纹说，“但无论如何要这样了。你用这副身体活动起来怎么样？”

“足够方便，主人。”

“来，”她说，“看看你是不是能跟上我。”

然而，我还是害怕，所有我知晓的东西——我自己的故事将会被遗忘。我担心将要到来的那个世界，害怕我的计划失败。

害怕甚至比黑暗力量还要恐怖的厄运。

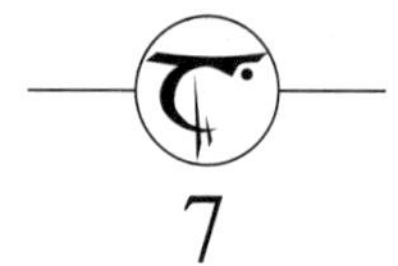

7

萨奇德从没想过有朝一日要感谢泥地。不过，在屋里的泥地上写说明非常好。他用一根长树枝在土地上写了几个字，给他的六个学生做示范。他们照着样子抄写，把这几个字抄了几遍。

虽然在不同的农村斯卡人团体中生活了一年，萨奇德仍会为他们贫乏的资源感到吃惊。整个村子里连一支粉笔都没有，更不用说墨水和纸了。一半儿童光着身子跑来跑去，唯一的住所是简陋的茅屋：长长的、带有不完整屋顶的单室建筑。幸运的是，这些斯卡人有农具，但根本没有用来捕猎的弓箭和弹弓。

萨奇德曾带人搜索过一次种植园主遗弃的庄园，但没找到什么有用的东西。他建议村里的族长把他们的人迁移到庄园里过冬，但他怀疑他们不会那样做。他们带着恐惧和疑惑参观过那座庄园，很多人都不敢离开萨奇德身边。那个地方让他们想起领主，而领主让他们回忆起痛苦。

他的学生们继续写着字。他花了不少工夫向族长解释书写的重要性。最后，他们给他挑了几个学生，萨奇德相信，部分原因是为了敷衍他。他看着他们写字，慢慢地摇了摇头。他们没有学习的热情。他们来是因为他们接受了命令，因为“特里斯老爷”有这个意思，而不是因为任何真实的接受教育的渴望。

在大崩溃前的那些日子里，萨奇德经常会猜测一旦御主大帝消失，世界将会是什么样子。他曾想象过保管师会现身，把被遗忘的知识和真理传授给兴奋的、感恩戴德的平民。他也曾想象过夜晚在温暖的壁炉前讲课，为一个热切的听众讲故事。但他从来没有停下来考虑过，村庄里劳作的人们，这些人们过于疲劳，没有精力去听那些过去的故事。他也从来没想过有人会因他的存在烦恼而不是感激。

你必须对他们充满耐心，萨奇德严厉地告诫自己。他的梦想现在看起来似乎过于自大。在他之前来过的那些保管师，那数百个保管师至死保守着知识的安全和宁静，却从未期盼过称赞和嘉奖。他们以郑重的匿名方式履行了他们的伟大使命。

萨奇德起身检查着他的学生们的字迹，写得好了一点，他能认出所有的字母了。这还不够，但这是个开始。他对学生们点点头，放他们回家准备晚饭。

他们鞠过躬，然后四散回去了。萨奇德跟着他们出去，这才发现天色已经很昏暗；他大概把学生们留得太久了。他摇摇头，在那些山头一样的茅屋间漫步。他又穿上了带着彩色V型图案的侍从官袍，而且戴上了几个耳环。他遵循老方法是因为熟悉它们，即使它们也是压迫的符号。未来一代的特里斯族人会怎么穿戴呢？御主大帝强加给他们的生活方式会不会成为特里斯族文化里的固有部分呢？

他在村子边缘停下来，向下看着通向南部山谷的道路。道路上的黑色土壤不时被灌木棕色的藤蔓所遮盖。当然，没有迷雾。迷雾只在晚间出现，那些故事一定错了。他曾经看到的那个东西也许只是偶然现象。

如果它不是，又有什么要紧呢？调查这样的东西并不是他的职责。现在，大崩溃已经到来，他必须散播自己的知识，而不是在捕风捉影的故事上浪费时间。保管师不再是调查者，而是教导人。他携带着数千本书：关于农业、卫生、政治和医药的知识。他需要把这些知识传授给斯卡人。这是教会会议的决定。

可是，他的潜意识里还有一部分在抗拒。这使他感到深深的自责。村民们需要他的教导，而且他热切地希望帮助他们。但是……他觉得他失落了一些东西。御主大帝死了，但那个故事似乎还未结束。他忽视了什么东西吗？

一些强大的东西，甚至超越了御主大帝？它是如此庞大，实际上又是不可见的。

哦，难道我希望这里出现一些别的东西吗？他困惑着。我已经花去大部分的成年时光来抵抗和战斗，冒着被其他保管师斥之为疯狂的风险。我不满足于在想象中发挥自己的能力，我必须投身于反叛的实际行动中。

虽然叛乱成功了，但萨奇德的同胞仍然没有原谅他涉身叛乱的行为。在纹和其他人看来他是温和的，但和其他保管师比较起来他是个无法无天的人。一个鲁莽的、靠不住的傻瓜，因为自己的缺乏耐心威胁了整个部族的秩序。他的同胞们认为他们的责任是等待，等到御主大帝消失的那一天。储金术师一族是如此稀有，不能冒险参与公开的叛乱。

萨奇德没有遵从。此刻他平和的教师生活里出现了一些困扰，是因为他下意识里感到平民仍处在危险中，还是只是因为他不能接受自己被排斥的现状？

"特里斯老爷！"

萨奇德转过身。那声音很惊恐。迷雾里又发生了死亡事件？他立刻产生了这种想法。

尽管声音很恐怖，但其他的斯卡人仍然待在他们的茅屋里，这种情况很诡异。几扇门嘎吱作响，但没人因为警报，或者因为好奇，在呼喊者朝萨奇德跑来的时候冲出来。她是一个在田野里做工的人，一个胖胖的中年妇女。萨奇德在她接近时检查了一下自己的储备：他在白蜡智库里存有力量，而且在一个很小的钢耳环里储存着速度。事发突然，他想如果今天选择多戴几个手镯就好了。

"特里斯老爷！"那妇女上气不接下气地说，"哦，他回来了！他回来找我们了！"

"谁？"萨奇德问，"是那个在迷雾里死了的人吗？"

"不，特里斯老爷，是御主大帝。"

萨奇德正站在村外。天色已经变黑，而且那个找他的妇女已经因为害怕返回了自己的茅屋。萨奇德只能想象这些穷苦平民的感受，被夜和迷雾的到来困在屋子里，挤在一起并担心着潜伏在外面的危机。

而且这个危机透着不祥的气息。那个陌生人静静地等候在破损的路上，身上穿着黑色长袍，站着几乎和萨奇德一样高。那个人是光头，而且没有佩戴任何首饰，当然，如果不把那两根尖头穿过眼睛的销钉计算在内的话。

不是御主大帝。是一个钢铁审判官。

萨奇德仍然没弄明白这种生物是如何存活的。那两根销钉粗得足以填满整个眼窝：钉子已经破坏了眼睛，而且尖头从颅骨的后面探出来。伤处没有血滴出来，不知道为什么，这让他们看起来更加奇异。

幸运的是，萨奇德认识这个特别的审判官。“马什。”在迷雾开始形成的时候，萨奇德平静地说。

“你很难追踪，特里斯人。”马什说，他的声音使萨奇德感到震惊。它变了，不知道什么原因，变得更刺耳，更可怕。他现在的声音有一种刺耳的感觉，就像一个咳嗽的人说出来的。正像萨奇德听到过的其他审判官的声音。

“追踪？”萨奇德问，“我可没想过有人会找我。”

“无论如何，”马什转向南方，说，“我找到了。你要跟我走一趟。”

萨奇德皱起眉。“什么？马什，我在这里有工作。”

“无足轻重。”马什回过头，用他没有眼睛的目光盯着萨奇德。

是我，还是他，在我们上次见面后变得更奇怪了？萨奇德身体颤抖着想。“有什么事，马什？”

“瑟伦堡空了。”

萨奇德沉思着。瑟伦堡是南方一个钢铁教团的大本营，御主大帝教派的审判官和高级圣务官在大崩溃后退守的一个地方。

“空了？”萨奇德问，“这不可能，我觉得。”

“但这是真的。”马什说。他说话的时候没有用身体语言：没有手势，脸上也毫无表情。

“我……”萨奇德的声音变小了。他突然想到，不管什么种类的信息、奇迹和秘密，瑟伦堡的图书馆里一定都有。

“你必须跟我来，”马什说，“我可能需要帮助，我的兄弟们也许已经发现我们了。”

我的兄弟们。从什么时候开始审判官们变成了马什的“兄弟”？萨奇德暗自思忖。马什作为凯尔西推翻最后帝国计划的一部分渗透进他们的组织。他是那些人中的叛徒，而不是他们的兄弟。

萨奇德犹豫着。在昏暗的光线下，马什的样子看起来……不自然，甚至有些急躁。有危险。

别傻了，萨奇德责备着自己。马什是凯尔西的哥哥——幸存者唯一活着的亲属。作为一个审判官，马什在钢铁教团掌有权力，尽管他跟叛乱有密切关系，许多圣务官都要听他的，而且他已经成了伊兰德·樊乔新政府的一个珍贵的资源。

“去拿你的东西。”马什说。

萨奇德想：我的位置在这里，教育这些人民，不是在乡下闲逛，追逐自我的利益。

然而……

“迷雾正在白天出现。”马什低声说。

萨奇德抬起头。马什正看着他，销钉的头部在最后的一线阳光中像一对闪光的圆盘。迷信的斯卡人认为审判官能够阅读人的思想，但萨奇德知道这种想法很傻。审判官有迷雾之子的能力，因此可以影响人们的情绪，但他们不能阅读意识。

“为什么说这个？”萨奇德问。

“因为这是真的，”马什说，“还没有结束，萨奇德。一切还没有开始。御主大帝……他只是起到拖延作用，一个小卒。现在他消失了，我们只剩下一点点时间。快跟我去瑟伦堡，我们必须抓住机会搜查一下。”

萨奇德顿了一下，然后点点头。“让我去向村民解释一下。我想我们可以在今晚离开。”

马什点点头，但他在萨奇德回村的时候没有动。他留了下来，站在黑暗里，让迷雾在他周围聚集。

先回到可怜的阿兰迪身上。我对他的感觉不好，因为所有他被迫承担的事情，因为他被迫成为的那个人。

8

纹纵身跳进迷雾。她在夜空中跳跃着，从黑糊糊的房子和大街上空越过。一点跳动的灯光在迷雾里闪动着——一个巡逻的卫兵，也可能是一个不走运的深夜旅人。

纹开始下落，她在落下前丢下一枚铸币。她推着它，她的重量使它加速落地。一等到它触及下方的街道，她的推力就把自己推了上去，她又弹到空中。柔和地推很困难，所以她每次反推铸币，每一次跳跃，都使她以令人恐怖的速度弹到空中。迷雾之子的跳跃不像鸟的飞翔，更像箭射出去的轨迹。

然而，这种跳跃也并不乏味。当她在城市上方飞掠时，她深深地呼吸着，体会着冰凉、潮湿的空气。白天的卢萨岱尔充斥着燃烧的熔炉，充斥着被太阳晒热的垃圾和尘埃灰烬的气味。但在晚上，迷雾使空气变得凉爽而清新，就像净化过一样。

纹跳到了高点，身体在动量改变时在空中停滞了片刻，然后她再次朝城市落下去。迷雾斗篷的流苏在她周身拍打，和头发搅在一起。她闭起眼睛下降着，回忆起最初几个星期，她在迷雾里，在凯尔西随随便便而又处处留心的教导下训练的情景。是他给了她自由。尽管成为迷雾之子已经两年，她从来没有失掉在迷雾里翱翔时所感受到的那种令人迷醉的惊奇感觉。

她闭着眼睛燃烧起钢；那些线条如期出现，她眼皮下的黑暗里出现了一条条可见的蓝色线条。她选择了指向后方的两个，然后用力推，把自己抛向一个锚点。

要是没了这种力量，我还能做什么？纹想。她睁开眼睛，一甩手把迷雾斗篷拍到身后。

终于，她又开始降落，但她这次没有投铸币。她点燃白蜡来强化四肢，沉重地落在樊乔城堡的围墙上。她的青铜表明附近没有熔金术活动，而且她的钢也没有显示出有金属朝城堡方向移动的异常状况。

她在黑暗的墙头上蹲伏了一会儿，在墙壁的边缘，脚趾蜷在石块的边沿。脚下的那些石头凉飕飕的，而且锡使她的皮肤比平常敏感得多。她感觉到这堵墙需要清理了：附近的塔楼遮挡了白天的阳光，在夜晚湿气的滋润下，苔藓正在墙壁的边缘生长。

纹静静地观察着一阵轻风推卷着雾气。她听到下方街头传来了活动的声音。她紧张起来，检视了一下她的储备，就在这时，她辨别出了黑暗里猎狼犬的身影。

她在墙边扔下一枚铸币，然后跳了下去。奥索尔等候着，她利用快速的反推减缓了下落的速度，在它前面落了下来。

“你动作很快。”纹嘉许地评论道。

“可我必须绕过宫墙，主人。”

“不过，你这次跟我跟得比以前紧。这副猎狼犬的身体比人的身体快多了。”

奥索尔顿了一下。“我想是的。”它承认道。

“你能跟着我穿越城市吗？”

“也许吧，”奥索尔说，“要是我找不到你，我会回到这里，这样你就能找到我。”

纹转身顺着一条小巷跑起来。奥索尔默然在她身后行动起来，跟了上来。

让我看看它在一场更吃力的追逐中能表现得多好，她想。然后她燃烧起白蜡，加快了速度。她像平时一样赤着脚，在鹅卵石路上奋力奔跑。普通人不可能保持这种速度，就算一个受过训练的跑步者也没办法追上她，因为他会很快感到疲劳。

然而借助白蜡，纹能以极快的速度连续跑上几个小时。白蜡给她力量，给她难以置信的平衡感。她像箭一样射向黑暗的、被迷雾笼罩的街道，流苏和脚步的拍打声就像一阵骤雨。

奥索尔和她齐步。它在她身旁跳跃着，沉重地呼吸着，全神贯注地奔跑。

厉害，纹心想。然后她拐进了一条巷子。她轻松地跳过背面的一道六尺高的篱笆，进了一个低等贵族宅第的后花园。她在湿漉漉的草地上滑着转了个身，看着后面。

奥索尔越过木篱笆顶端，它黑色的身影从迷雾中跳下来，落在纹前方的土地上。它停下来，坐在地上，喘着气，静静地等着。在它的眼睛里有挑衅的神情。

纹摸出一把铸币来，想：好吧，跟着我。

她抛下一枚铸币，把自己向后抛到空中。她在迷雾里一转身，利用一个水井栓把自己朝侧面推去。她落在屋顶上，跳开，用另外一枚铸币把自己推到街道上空。

她在必要时利用铸币，从一个屋顶跳到另一个屋顶。她间或朝后面瞟一眼，看到一个黑影奋力追赶着她。它很少作为一个人来跟着她，通常她都是跟它在某个特定的地方碰头。在夜间出发，在迷雾里跳跃……这就是迷雾之子的真正领地。在伊兰德告诉她把奥索尔带在身边时，他明白自己这个要求的含义吗？她不能待在大街上，那会暴露自己。

她落在一个屋顶上，抓住房屋的石头屋檐使自己急停下来，探头看着三层楼下面的街道。她保持着身体的平衡，迷雾在她下方盘旋。一点动静都没有。

她想：好，用不了多久，我就必须向伊兰德解释——

奥索尔的影子“砰”的一声落在不远处的屋顶上。它跑向她，然后蹲坐在地上，期盼地等待着。

纹皱起眉头。她已经飞驰了十几分钟，以迷雾之子的速度在屋顶上奔跑。“你……怎么到这里的？”她问道。

“我跳到一座矮房子的屋顶，然后利用它跳到了这些房子上，主人，”奥索尔说，“后来一直顺着这些屋顶跟在你后面。它们挨得很紧凑，从一个房顶跳到另一个房顶并不难。”

纹困惑的表情一定很明显，因为奥索尔又接着解释道：“我也许，草率地判断了这些骨骼，主人。它们的确有令人吃惊的嗅觉，事实上，它们所有的感觉都十分敏锐。跟踪你容易得让人吃惊，即使在黑暗里。”

“我……明白了，”纹说，“哦，这很好。”

“我可以问一下吗，主人，这场追逐的目的？”

纹耸耸肩。“我每晚都干这种事。”

“你似乎非常想把我甩开。要是你不让我在你旁边，我会很难保护你的。”

“保护我？”纹问道，“你甚至不能搏斗。”

“契约禁止我杀人，”奥索尔说，“但我有这个能力，如果需要，你可以寻求我的帮助。”

或者在危险时刻扔给我一点天金，纹认可了。它是对的，它可以帮助我。为什么我要如此坚决地把它甩开呢？

她看看奥索尔，后者正耐心地坐着，它的胸脯吃力地起伏着。她还没意识到即使是坎德拉兽也需要呼吸。

它吃了凯尔西。

“走。”纹说。她从房子上跳下来，用一枚铸币把自己推离。她没有停下来看奥索尔是否跟上来。

落地时，她摸出另一枚铸币，但决定不使用它。她改推一个经过的窗户托架。和多数迷雾之子一样，她常常使用夹币——最小的货币单位来跳跃。这种常见的制式铸币，大小和重量都很适合用来跳跃和推射，而且非常方便。对多数迷雾之子来说，丢一枚夹币，甚至一袋夹币的成本是可以忽略不计的。

但纹不是大多数迷雾之子。在她幼年时，一把夹币对她来说就是一笔惊人的财富。只要她节约点用，这样一笔钱就意味着几周的食物。而且它也可能意味着痛苦，甚至死亡，如果别的盗贼发现她获得了这样一笔财富。

挨饿已经是很久以前的事情了，但她仍然在住处放着一包干粮，她这样做更多是出于习惯而非焦虑。说老实话，她不能肯定自己思想的变化。不用担心基本必需品的感觉很好，然而，久远的焦虑被另一种更令人畏缩的东西取代了。一种对整个国家未来的忧虑。

一个人的……未来。她落在城墙上——一座比樊乔城堡的围墙更高、更坚固的建筑物。她跳到城垛上，抓紧城齿，趴在城墙边上远望着军队的营火。

她从没见过斯特拉夫 · 樊乔，但她从伊兰德担心的话语里听过很多。

她叹着气，从城垛跳回到城墙上，背靠着城齿。在她旁边，奥索尔沿台阶小跑着过来了。它又一次蹲坐下来，耐心地看守着。

不管是好是坏，纹挨打受饿的单调生活一去不回了。伊兰德的新王国面临着严重的危机，而且她为了保命燃尽了他们的最后一点天金。她使伊兰德失去了防护能力，不只对敌军，而且包括任何想刺杀他的熔金术师杀手。

也许是一个像跟踪者一样的杀手？那个在她和赛特的迷雾之子的战斗中出手干涉的神秘身影。他有什么目的？为什么他跟踪她，而不是伊兰德？

纹叹了口气，伸手到铸币口袋里摸出那根硬铝。她体内还存着一点，早些时候吞下去的一点。

几个世纪来，人们一直认为只有十种熔金术金属：四种基本金属和它们的合金，再加上天金和金。然而，熔金术金属总是成对出现的：一种基础金属和一种合金。金和天金开始被认为是一对，但两者都不是彼此的合金，纹一直困惑不已。到后来，终于发现它们其实并不是一对：两者都有一种合金。其中一种——复合天金，所谓的第十一种金属，后来给了纹用以击败御主大帝的线索。

不知道凯尔西是怎么发现复合天金的。萨奇德还是没能查找出凯尔西信以为真却不一定存在的关于第十一种金属和它击败御主大帝的能力的传说。

纹用手指揉搓着硬铝条的光滑表面。在纹上次看到萨奇德时，他看上去很泄气，他没能发现和凯尔西信以为真的那个传说有关的任何线索。虽然萨奇德宣布他要离开卢萨岱尔去教育最后帝国的人民，去尽保管师的职责，但纹没有忽视萨奇德去南方的事实。那就是凯尔西声称发现第十一种金属的方向。

也有关于这种金属的谣言吗？纹疑惑着，捻着手里的硬铝。有人能告诉我它的作用吗？

别的金属都会产生即刻的、可见的效果，只有红铜没有明显的可以感知的线索，它是用来制造雾障，掩盖熔金术者的能力不被发觉的。也许硬铝类似。它的效果只能被其他熔金术师察觉吗，一个试图对纹施展能力的人？它的作用和铝相反，铝使金属消失。这意味着硬铝可以使别的金属更持久吗？

移动。

纹几乎只捕捉到了那个影子移动的迹象。一开始，她突然感到了一种原始的恐惧：这是那个迷雾一样的身影，那个她在前一天晚上看到的黑暗中的幽灵吗？

你刚才看见了什么东西，她告诉自己，你太累了。但是，那一闪而过的影子看起来太黑，太真实，不可能是同一个幻影。

是他。

他站在一个岗楼上，挺直着身子，没有一点躲闪的意思。是自大还是愚蠢，这个不知名的迷雾之子？纹笑了，她的担忧变成了兴奋。她准备着金属，查看自己的储备。一切都准备好了。

今晚我要捉住你，我的朋友。

纹身子一拧，掷出了一把铸币。那个迷雾之子或者明白自己被发现了，或者早有准备，轻而易举地躲开了。奥索尔跃到纹脚下，纹扯开带子，扔下了自己的金属。

“尽量跟着我。”她小声对坎德拉兽说，然后跟着她的猎物跳进黑暗里。

那个跟踪者把身子从岗楼上弹开，在夜空里跳离了。纹只有一点点追逐另一个迷雾之子的经验，她唯一真正的练习机会是在跟凯尔西训练的时候。她很快发觉自己追得很辛苦，不由得为刚才对奥索尔的所作所为感到一丝内疚。现在她自己亲身体会到在迷雾里追赶一个铁石心肠的迷雾之子的困难，而且她还没有犬类嗅觉灵敏的优势。

但是，她有锡。锡能使夜晚变得不那么黑暗，而且能增强她的听力。借助锡，她在追踪者朝城中心的一个角落移动的时候跟了上去。终于，他在一个中央喷泉广场落了地。纹也落下来，燃着白蜡撞在光滑的鹅卵石地上，然后闪到一旁，躲开了他掷出的一把铸币。

那些铸币打在鹅卵石和雕像上，在安静的夜里丁丁作响。纹四脚着地，微微一笑。接着用白蜡强化的身体纵身向前一跳，同时把一枚铸币拉在手里。

她的对手向后飞跃，落在附近一座喷泉的边缘。纹落了地，然后丢下铸币，利用它把自己推起来，凌空越过了那个跟踪者的头顶。他弯下腰，谨慎地盯着她的动作。

纹抓住喷泉中央的一尊青铜雕像，使自己停在雕像顶端。她蹲在这个凹凸不平的立足点上，俯视着她的对手。他身着黑衣，用一只脚稳稳地站在喷泉边缘，在翻腾的迷雾里沉默着。他的姿势……有种挑衅的味道。

你能捉到我吗？他似乎在问。

纹抽出匕首，从雕像上跳了下去。她以冰冷的青铜做锚点，把自己径直向对手推去。

跟踪者同样利用那尊雕像，把自己向前方拉。他的身体正好从纹下方穿过，掠起了一片水花，他令人难以置信的速度使他在喷泉平静的水面上像石头一样滑过。脱离水面后，他把自己推开，朝广场上射去。

纹落在喷泉旁，被冷水溅了一身。她怒吼一声，朝跟踪者的方向追去。

他落地后，转身抽出了自己的匕首。纹在地上一滚，躲过了他的第一次攻击，然后双手各持一把匕首朝他刺去。跟踪者迅速跳开，他的匕首湿淋淋地滴着水珠，在夜色里闪闪发光。他轻巧自如地落在地上，两腿微屈。他看起来沉稳内敛，一副精干的样子。

纹的呼吸急促起来，她脸上露出了微笑。很久以前，她和凯尔西进行过搏斗练习，从那以后，她还是第一次有这种感觉。她继续半蹲着身子，期待着，看着迷雾缭绕在她和对手之间。那个人中等身高，身材瘦长而结实，他没有穿迷雾斗篷。

为什么他不穿迷雾斗篷？迷雾斗篷是她这类人的普遍标志，是一个安全和自豪的标志。

因为距离较远，她看不清楚他的脸，不过她觉得他脸上带着一丝笑意，当他推着另一尊雕像向后跳开时。追逐又开始了。

纹跟着他穿过城市，一会儿在屋顶上，一会又在街道上，燃烧钢推动着自己作大幅度的跳跃。两个人像操场上的小孩一样在卢萨岱尔城里绕着圈子，纹试图截住对手，但对方很聪明，总是不远不近地在前面和她保持着距离。

这和我从前训练的时段一模一样，当纹落在一道狭窄的小巷里时，她脑子里浮现起这样一个想法。她皱起眉头，伏在地上一动不动。她刚才看到那个跟踪者落在这条街道上了。

这条街道十分狭窄，缺乏维护，实际上可以说是一条小巷子，沿街两边都是三层四层的房屋。纹看不到一丝动静，跟踪者不是溜走就是躲到了附近的某个地方。她燃烧起铁，但铁线没有任何移动。

不过，还有个办法。

纹装作四处查看的样子，暗中燃烧起青铜，试图穿破她认为已经靠近的铜障。

哦，他在那里。躲在一所废弃建筑的房间里，就在关闭的百叶窗后面。现在她知道去哪里找了，她看到了一块可以用来跳上二楼的金属，那个插销一定是他刚才用来拉上身后的百叶窗的。他肯定事先来这里踩过点，打算在这里把她甩开。

聪明，纹心想。

他肯定想不到她有看破铜障的本领。但是，现在攻击他的话就会暴露这种能力。纹一动不动地站着，想着他正伏在上面，紧张地等她离开。

她微笑了。她查看着体内，检查着剩下的硬铝。这正是一个用观察另外一个迷雾之子的方式来验证燃烧硬铝是否会制造一些变化的机会。跟踪者很可能也正在燃烧着他的大部分金属，设法确定她的下一步行动会是什么。

于是，纹一边为自己的明智得意，一边燃烧起第十四种金属。

一声巨大的爆炸声在她耳朵里响起。纹倒吸一口凉气，被震得双腿一软，跪到了地上。周边的一切都变得亮如白昼，就像某种爆炸的能量突然照亮了整个街道一样。接着她感到了冷，非常冷，令人吃惊的冷。

她呻吟着，试图找回自己的听力。那……那不是一声爆炸，而是很多次爆炸。一种节拍砰砰作响，就像身边正敲着一面大鼓，这是……她的心跳。还有微风，响得像怒号的狂风。一只狗寻找食物的刨地声。某个人在睡眠里说着梦话。就像她的听力被放大了一百倍。

然后……一切都消失了。纹仰面倒在鹅卵石地上，突然而来的亮光、寒冷和声音都消失了。一个影子在附近的黑暗里移动着，但她看不真切，她不能在夜里看东西了。

她的锡消失了，她突然意识到。我剩下的锡已经烧掉了。我正在……燃烧它，在我燃烧硬铝的时候。

我同时点燃这两种金属。这就是那个秘密：把硬铝一次性爆燃，烧掉了她所有的锡，使她的感觉在短时间内超常地敏锐，却偷走了她的全部储备。而且，嗯，她发现她的青铜和白蜡——她同时燃烧着的其他两样金属，都荡然无存了。汹涌而至的感官信息是如此强大，她根本没有注意到另外两种金属的效果。

以后再好好回想吧，纹摇着头告诉自己。她觉得自己可能会变成聋子和瞎子，幸好没有。她只是有点晕。

那个黑影从迷雾里来到她身边。她没有时间恢复，她撑着身体摇摇晃晃地站起来。那个影子太矮，不是跟踪者。它是奥索尔。

“主人，你需要帮助吗？”

奥索尔啪嗒啪嗒地跑过来，坐在地上。

“你……想办法跟着我。”纹说。

“这简单，主人，”奥索尔坚持着问，“你需要帮助吗？”

“什么？不，不需要。”纹摇着头，清理着思路，“我想，在让你变成狗的时候，我有件事没考虑到。你现在不能给我带金属了。”

坎德拉兽昂着头，然后跑进一条小巷。一会儿，它就叼着个什么东西回来了。那是她的袋子。

它把袋子放在她脚下，然后回到了它等候的位置。纹捡起袋子，取出一只备用的金属瓶子。“谢谢你，”她缓缓地说，“你想得很周到。”

“我是在履行契约，主人，”坎德拉兽说，“没什么大不了的。”

喂，你可比以前体贴多了，她心想。放下瓶子，她感觉到自己的金属储备恢复了。她燃烧起锡，恢复了夜视能力，心里的焦虑消失了几分。既然她的能力已经恢复，那就无需担心夜晚在完全的黑暗里外出巡视了。

跟踪者所在房间的百叶窗是打开的，显然他在她昏厥的时候已经趁机逃走了。纹叹了口气。

“主人！”奥索尔厉声叫道。

纹一转身。一个人无声地在她身后落了下来。不知道什么原因，他看起来……很眼熟。他有张瘦削的脸，黑色的头发，而且他困惑地歪着头。她看得出他眼里的疑问。为什么她摔倒了？

纹微笑着。“也许我只是想吸引你靠近。”她低声说，声音很轻，然而足以让锡强化过的耳朵听到。

那个迷雾之子笑了，然后向她点了点头，像是在致意。

“你是谁？”纹一边朝前走，一边问。

“一个敌人。”他举起一只手示意她退后，然后回答。

纹停下脚步。静静的街道上，迷雾在他们中间翻腾着。“那么，为什么你要帮我对付那些刺客？”

“因为，”他说，“我也发了疯。”

纹盯着这个人，皱起了眉头。她曾在乞讨者的眼睛里看到过发疯的样子。这个人并不疯。他骄傲地站立着，眼睛盯着她一眨不眨。

他在耍什么花样？她有点奇怪。

她的本能，从小养成的本能，警告她要小心。她才刚刚学会信任她的朋友们，她还没做好对一个晚上刚碰到的男人提供同样待遇的准备。

但是，这是她一年后再次和一个迷雾之子交谈。她心里有一种不能向别人解释的苦闷。就算像汉姆和布里兹一样的迷雾行者，也不能理解迷雾之子奇怪的双重生活：部分是杀手，部分是卫士，部分是贵族……还有一部分，是困惑的、喜欢安静的女孩。这个人对他的身份也有同样的困扰吗？

也许她能和他结为同盟，为中央辖区的保卫引进第二个迷雾之子。即使她不能，她也承担不起和他打斗的代价。打一场倒也罢了，不过打到一定的程度，也许就要被迫使用天金。

要是这样，她就完了。

跟踪者用谨慎的目光盯着她。“回答我几个问题。”他在迷雾中说。

纹点点头。

“你真的杀了他？”

“是的。”纹小声说。他问的只可能是一个人。

他缓缓地点了点头。“为什么你去玩他们的游戏？”

“谁的？”

跟踪者在迷雾中朝樊乔城堡做了个手势。

“那不是游戏，”纹说，“我爱的人有生命危险，这可不是游戏。”

跟踪者静静地站着，然后摇摇头，似乎……有些失望。然后，他从腰里抽出了个什么东西。

纹立即向后跳。但那个跟踪者只是把一枚铸币扔到两人中间。那枚铸币在地上蹦了几下，在鹅卵石上静止下来。然后跟踪者把自己朝后推到空中。

纹没有跟上去。她伸手揉着额头，她还是觉得自己可能有些头疼。

“你打算放他走？”奥索尔问。

纹点点头。“今晚我们就到此为止。他的身手不错。”

“听起来你对他几乎有点尊敬了。”坎德拉兽说。

她叹了口气，把袋子绑到腰上。“我要给你准备个绳套或别的什么东西，”她说，“我希望你给我另外带些金属瓶子，就像你做人时那样。”

“不需要绳套的，主人。”奥索尔说。

“哦？”

奥索尔站起身走过来。“请拿出一个瓶子来。”

纹照他说的，拿出了一个小玻璃瓶。奥索尔把一侧的肩膀转向她。在她的注视下，它的皮毛和皮肤裂开了一道缝，露出里面的血管和皮肤的纹理。纹不禁向后退了一步。

“不用担心，主人。”奥索尔说，“我的肉体和你的不一样。可以说，我对它有……更强的控制力。把金属瓶放进我肩膀里。”

纹按它说的做了。皮肉把瓶子裹起来，看不到了。纹实验性地燃烧起铁。没有出现指向那只瓶子的蓝线。人胃里的金属是不受其他熔金术师影响的。事实上，贯穿人体的金属，就像审判官的销钉或纹的耳环，也是其他熔金术师无法推或者拉动的。显然，这一规律同样适用于藏在坎德拉兽肉体里的金属。

“我会在紧急的时候把它交给你。”

“谢谢你。”纹说。

“是契约，主人。不要谢我。我是只按命令做事情的。”

纹慢慢地点了点头。“那么，我们回宫吧。”她说，“我想去察看一下伊兰德的情况。”

不过，让我从头说起吧。我第一次遇见阿兰迪是在克莱尼姆。那时候他是个小伙子，还没有被十年的领袖生活所扭曲。

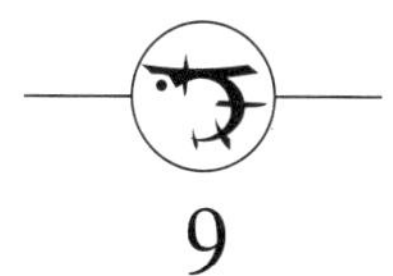

9

马什变了。这个以前的搜寻师在某些地方变得更让人难以忍受：他总是盯着一些萨奇德看不到的东西，以及他生硬的回应和简短的语言。

当然，马什一直是个直来直去的人。萨奇德看着他的朋友三步两步跨上了灰扑扑的大路。他们没骑马。萨奇德有匹马，但大部分动物都不敢接近审判官。

萨奇德边走边想，“幽灵”说马什的绰号是什么来着？在他变身前，他们常常叫他……铁眼。那个绰号竟成了一个让人起鸡皮疙瘩的预言。其他很多人都觉得马什变身后的状态令人不安，就孤立了他。虽然马什看起来对这种态度并不在意，萨奇德还是刻意友好地对待他。

他不知道马什是否感激他的这种姿态。他们看起来相处得挺好。两个人都喜欢学术和历史，而且对最后帝国的宗教思潮都同样感兴趣。

而且，他确实来找我了，萨奇德想。当然，他也确实说过，以防审判官没有全部离开瑟伦堡，他需要自己的帮助，但这是个苍白的借口。尽管他有储金术师的力量，但他不是个战士。

“你应该在卢萨岱尔。”马什说。

萨奇德抬起头。马什说得很直接，和平常一样毫无铺垫。“为什么你这样说？”萨奇德问。

“他们那儿需要你。”

“最后帝国的其他地方也需要我，马什。我是个保管师，一个团体不能占用我所有的时间。”

马什摇摇头。“这些农民们，他们会忘记你来过这里。但没人能忘掉很快将在中央辖区发生的事情。

“你会对人们能够遗忘的事情感到吃惊，我想。战争和王国也许此刻看起来重要，但即使最后帝国也有灭亡的一天。现在既然它已经灭亡，保管师就不再有涉身政治的必要了。”

马什转向他。那双眼睛，眼窝完全被钢填满了。萨奇德虽然没发抖，但也感到了明显的不适。

“那么，你的朋友们呢？”马什问。

“我曾经给予过帮助，”萨奇德说，“我还能帮上什么忙呢？”

“还不够，”马什说，“卢萨岱尔正在发生的事重要得无法置之不理。”

“我没有抛弃他们，马什，”萨奇德说，“我只是尽可能努力地行使自己的职责。”

马什最后扭开头。“错误的职责。一等我们结束，你要尽快回卢萨岱尔。”

萨奇德张口要争辩，但没说出话来。能说什么呢？马什是对的。尽管萨奇德没有证据，但他明白卢萨岱尔正在发生的事情有多么重要，那里的战斗将需要他的帮助。那些事将影响这片曾被称作最后帝国的土地的未来。

所以，他闭上嘴巴跟在马什后面。他将再次作为一个叛逆者，回到卢萨岱尔。也许，他最终会发现这个世界并没有面临着可怕的威胁，他回去只是因为希望和朋友们会合的自私愿望。

事实上，他希望这一点能够得到证实。他对相反的一面感到非常不舒服。

第一次看到阿兰迪时，我对他的身高很惊讶。他比其他所有人都高出一截，虽然年轻且衣履寒酸，却是个值得尊重的人。

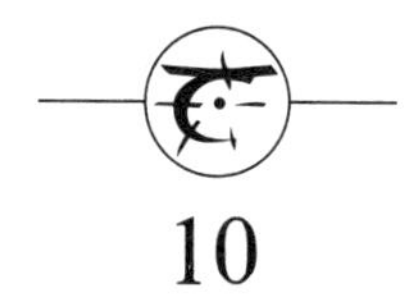

10

议院设在以前的钢铁财政部总署，是个天花板很低的空间，更像一个大演讲室。一排排板凳摆在一个高出来的平台前面。在平台右侧，伊兰德造了一排座位，供议会成员使用。在左侧，他造了一个演讲台。

演讲台面对着议员，而不是观众。但是，平民也是被鼓励参与的。伊兰德认为每个人都应该对他们政府的运作感兴趣，议会每周一次的会议听众甚少让他感觉很伤心。

纹的座位在平台上，但是在后面，面对着听众。这样她和其他的卫士可以清楚地观察演讲台后的观众。另一排汉姆的卫士，身着便装，坐在第一排听众中间，提供第一层保护。对于纹提出的在演讲台前后都设置保镖的要求，伊兰德低了头，他觉得保镖坐在演讲者后面会让人分心，但汉姆和纹一再坚持。要是伊兰德每周都要出现在一群人前面，纹希望能留心照看他，同时也监督那些盯着他的人。

然而到她的座位上，需要穿过台子，就会有不同的目光追踪着她。有些观看的人对绯闻感兴趣，他们认为她是伊兰德的情妇，国王和他的私人刺客睡在一起是个嚼舌头的好话题；另外一些人对政治感兴趣，他们想知道她对伊兰德有多大的影响力，以及他们是否能利用她向伊兰德施加影响；还有一些人对那个流传很广的传说好奇，他们怀疑一个像纹这样的女孩子是否真的杀死了御主大帝。

纹加快脚步。她经过议员身旁，在汉姆身边找到了她的位子。尽管这是正式场合，汉姆仍然穿着一件背心，里面没穿衬衣。纹穿着衬衣和长裤坐在他身旁，觉得自己还不算太出格。

汉姆微笑着亲切地拍了拍她的肩膀。纹竭力克制着，没有因为这一拍跳起来。这不是因为她不喜欢汉姆，其实恰恰相反。她像爱前凯尔西团伙成员一样地爱他。只是……唉，她很难解释，就算对自己也一样。汉姆亲切的姿态使她坐立不安。在她看来，人们互相接触不该用这样随便的方式。

她把那些想法抛开。她必须学着喜欢别人。伊兰德应该拥有一个正常的女人。

他已经到了。他在看到纹到场后对她点了点头，她微笑了一下。然后他转头和彭罗德领主小声地说起话来，后者是议会里的一个贵族。

“伊兰德会高兴的，”纹小声说，“人挤满了。”

“他们很担心，”汉姆压低声音说，“担心人们关注这类议题。很难说我会高兴，这些人只会让我们的工作更难做。”

纹点点头，扫视着听众。他们是一个非常奇怪的人群，由一些在最后帝国时代永远不会聚在一起的不同群体构成。当然，一个主要的群体是贵族。纹皱起眉头，想到这些贵族成员平常都是极力想操纵伊兰德，还有伊兰德曾对他们作过的承诺……

“那件事有希望吗？”汉姆轻轻碰了她一下，问道。

纹盯着蛮力士，看着他结实的、方方正正的面孔上闪动着的期望的目光。汉姆在涉及到争论的事情时几乎有超常的嗅觉。

纹叹了口气。“我也不知道那个，汉姆。”

“哪个？”

“那个，”纹朝着议员们扬了一下手，平静地说，“伊兰德作了这么多努力，是为了让每个人都快乐。他付出了那么多，他的权力、他的财产……”

“他只希望看到每个人都被公平对待。”

“远不止如此，汉姆，”纹说，“他好像决定把每个人都变成贵族。”

“那是一件很糟糕的事情吗？”

“如果每个人都是贵族，那就没有贵族这种东西了。不可能每个人都变得富裕，也不可能每个人都掌管权力。这不是事物运行的规律。”

“也许吧，”汉姆若有所思地说，“但是，难道尝试并确保公平的实现不是伊兰德的公民义务吗？”

“公民义务？我早知道不该跟汉姆谈这种话题的……”纹暗暗叫苦。

纹低下头。“我只是觉得他应该明白没有议会也可以很好地对待每个人。他们所做的只是争论不休和企图夺走他的权力，但他对他们听之任之。”

汉姆没有继续讨论，于是纹继续把注意力集中到听众身上。看起来有一群工厂的工人早早占据了最好的位置。在议会早期的历史上，也许十个月前，贵族们派仆人为他们占位置，或者贿赂别人得到好位置。不过，一发现这种情况，伊兰德就立刻禁止了这两种做法。

除了贵族和工厂工人，还有为数不少的“新”阶级成员。他们是经许可可以为自己的服务定价的斯卡人商人和工匠。他们是伊兰德王国经济里的真正胜利者。在御主大帝高压统治的时候，只有少数最杰出的有技能的斯卡人才能得到地位的提升，但生活也很难谈得上舒适。没了那些限制后，这些人很快证明了他们远远超出贵族同行的才智。他们代表着议会里几乎和贵族势均力敌的一个派别。

人群里也有其他的斯卡人。他们看起来和伊兰德的新王国成立前没什么两样。贵族们通常穿礼服：全套的礼帽和外套，而这些斯卡人只穿着简单的长裤。其中一些人身上还穿着白天工作时弄脏的衣服，他们的服装陈旧、破烂，带着飞灰的污迹。

然而……他们身上有了点和往日不同的东西，不在于他们的服饰，而是他们的姿态。他们坐得直了些，他们的头抬得高了点，而且他们还有了足够的空闲时间来旁听议会的会议。

伊兰德终于站起身，会议开始了。这天早上他是让随从为他穿的衣服，所以他的衣着几乎称得上一丝不苟。他的套装很合身，所有的纽扣都扣得整整齐齐，而且他的背心是深蓝色的，很适合这种场合。甚至他的头发也梳得很整洁，短短的、棕色的发卷看上去服服帖帖。

在平时，伊兰德会通过指派其他人发言来开场，议员们会就税率或环境卫生之类的话题唠叨上几个小时。但是，今天有更紧要的事务。

“先生们，”伊兰德说，“我请大家今天下午拨冗前来，是为了讨论我们城市所面临的严重情况。”

二十四个议员纷纷点头，有几个还凑在一起窃窃私语。伊兰德没理会他们。他在人群面前显得很舒服，但纹永远不可能像他这样。当他打开演讲稿时，纹注意着台下的人群，察看他们的反应或可能出现的问题。

“很明显，我们的情况很危险，”伊兰德说着，开始了他早前准备过的这场演讲，“我们面临着这个城市从来没经历过的一场危机，面临着外面的暴君发动的入侵和围攻。

“我们是一个新国家，是以在御主大帝时代闻所未闻的原则建立的一个新王国。然而，我们已经是一个有传统的王国了：给斯卡人自由，以我们自己的选择、自己的设计来管理国家，贵族也无需再屈从于御主大帝的圣务官和审判官的淫威。

“先生们，一年是不够的。我们品味过自由，但我们还需要时间来尽情享受。在上个月里，我们曾经频繁地讨论过，一旦这一天到来，我们应该如何应对。显然，我们在这个问题上有不少分歧。因此，我提议对此进行表决。让我们向自己和不愿放手把这座城市交给外来势力的人作个承诺。让我们想办法来收集更多的情报，寻找一下另外的途径，甚至在必要的时候放手一搏。”

演讲继续着，不过纹已经在伊兰德练习的时候听过十几遍了。所以在他演讲时，纹一直盯着台下。她最担心的是几个坐在后面的圣务官。他们对伊兰德针对他们的负面评论似乎毫无反应。

她总是不理解伊兰德为什么允许钢铁教团继续进行教学活动。这是御主大帝的势力所留下的最后痕迹。多数圣务官倔强地拒绝向伊兰德的政府提供他们关于政府和行政的知识，而且依然歧视斯卡人。

然而，伊兰德保留了他们。他制定了严格的规则，禁止他们煽动反叛和暴力行动，但是，他没有像纹建议的那样把他们逐出城市。其实，如果纹一个人就能说了算，也许她宁愿把他们全部处死。

终于，伊兰德的演讲到了尾声，纹的注意力回到了他身上。“先生们，”他说，“我以我的信念，以那些我们所代表着的人的名义，作一个提议。我请求多一些时间。我提议，在一个适当的王室代表团得以和外面的敌军会谈，以决定是否有谈判的可能性之前，任何涉及到城市未来的投票都不应进行。”

他放下稿子，抬起头，等着别人发表意见。

“那么，”议会里一个叫菲伦的商人成员说，“你是在要求我们授予你决定城市命运的权力。”他穿着得体的华丽礼服，人们根本看不出他是一年前才穿上这种衣服的。

“什么？”伊兰德问道，“我可没说这种话，我只是想多要一些时间，和斯特拉夫进行会晤。”

“他已经回绝了我们以前发出的所有信息，”另一名议员说，“你为什么认为他现在会听我们说话呢？”

“我们这样做不对！”一个贵族代表说，“我们应该尽快想办法请斯特拉夫不要发起进攻，而不是设法和他会面和闲聊。我们要尽快使他相信我们愿意同他合作。你们都看得到那支军队。他正准备毁灭我们。”

“拜托，”伊兰德扬起一只手说，“让我们集中在主题上。”

另一个议员——一个斯卡人，说话的声音更大，好像没听到伊兰德的话一样。“你那样说是因为你是贵族，”他指着被伊兰德打断的那个贵族说。“对你而言，说和斯特拉夫合作可以说得很轻松，是因为你可以损失的东西很少。”

“可以损失的东西很少？”那名贵族说，“为了支持伊兰德反抗他的父亲，我可以奉献我自己和我所有的房子！”

“呸，”一个商人议员说，“说这种话一点没用。我们几个月前就应该招募雇佣兵了，就像我建议的那样。”

“那么，征兵的资金从哪里来？”贵族议员里的一个年长者——彭罗德领主问。

“税收。”那个商人挥着手说。

“先生们！”伊兰德说道，然后他提高声音，“先生们！”

这才为他赢得了一些注意力。

“我们必须作个决定，”伊兰德说，“要是你们同意，我们先集中讨论一下我的提案怎么样？”

“没有意义，”商人菲伦说，“我们还等什么？只要把斯特拉夫请进城不就行了？总之他是要把这座城拿下的。”

纹静坐着看他们又争论起来。麻烦在于，那个商人菲伦说的话不无道理，虽然她讨厌他。反抗看起来并不是个有吸引力的选择。斯特拉夫有这么庞大的一支军队。拖延真的是个好主意吗？

“嗨，诸位，”伊兰德说，试图把人们的注意力重新吸引过来，却只得到了部分成功，“斯特拉夫是我的父亲。也许我该跟他谈谈，让他听一听？卢萨岱尔是他多年的家。也许我能说服他不攻城。”

“等等，”那个斯卡人议员说，“粮食问题呢？你们都看到商人对粮食要什么价了吧？在担心那支军队之前，我们应该先谈谈如何把粮价降下来。”

“总是把你们的问题怪到我们头上。”一个商人议员指出。争论又开始了。演讲台后的伊兰德显得有些消沉。讨论偏了题，纹摇着头，为伊兰德感到难过。这就是在议会会议上经常发生的情况。在她看来，这是因为他们没有给予伊兰德应得的尊重。也许这是他自己的错，把他们提升到了和自己几乎对等的位置。

终于，讨论平息了，伊兰德拿出一张纸，显然是想在上面记录提案的投票情况。他看起来不太乐观。

“好吧，”伊兰德说，“我们开始投票。请记着，给我些时间并不是要摊牌，只是给我个机会去试试，使我父亲重新考虑他希望把这座城从我们手里夺走的想法。”

“伊兰德，年轻人，”彭罗德领主说，“在御主大帝统治的时候我们都住在这里。我们知道你父亲是什么样的人。要是他想要这座城，他就会占领它。那么，我们所能决定的，就是怎样放弃会有最好的结果。也许我们能想个办法，让人民在他的统治下保留一些自由。”

议员们静静地坐着，第一次没有人发起新的争论。几个人扭头看着彭罗德，后者静坐着，脸上一副镇定的、胸有成竹的表情。纹对他了解不多。他是大崩溃后留在城里的较有势力的贵族之一，而且在政治上比较保守。不过，纹从来没听他说过贬低斯卡人的言论，这也许是他人缘好的原因。

“我说得坦率一点，”彭罗德说，“因为这是事实。我们的形势不允许我们讨价还价。”

“我赞同彭罗德，”菲伦插话说，“如果伊兰德希望和斯特拉夫·樊乔会谈，我想那是他的权利。我明白，君主的身份赋予了他和其他君王谈判的权利。但是，我们不必承诺不向斯特拉夫交付这座城市。”

“菲伦少爷，”彭罗德领主说，“我想你误解了我的意图。我说过弃城不可避免，但我们应该想办法尽可能地讨价还价。那代表我们至少要和斯特拉夫会见以了解他的意图。现在对向他移交城市进行表决过早地透露了我们的底牌。”

讨论陷入了僵局，伊兰德第一次充满希望地抬起了头。“那么，你支持我的提案？”他问道。

“这是个获得必要缓冲时间的笨办法，”彭罗德说，“不过……敌人既然已经在那里了，我怀疑我们做什么都是来不及的。所以，是的，我支持你的提案。”

彭罗德发言的时候，议会里其他几个成员纷纷点头，就像刚刚开始考虑这个提案一样。纹眯起眼打量着那个老奸巨猾的政治家，心里想道：彭罗德势力不小，比起伊兰德来，他们更愿意听他的话。

“那么，我们就表决吧？”一个议员问道。

他们开始投票了。伊兰德记录着票数。八名贵族，包括伊兰德，投票赞成提案，使彭罗德的主张获得了多数。八名斯卡人议员大部分投了赞成票，而商人议员则多数反对。但是，最终伊兰德得到了他需要的三分之二多数票。

“提案通过，”伊兰德数完最后一票后说道，脸上的表情显得有些惊讶，“在国王和斯特拉夫·樊乔进行谈判之前，议会将不行使弃城的权力。”

纹坐在座位上，整理着她对这场表决的想法。伊兰德的想法得到实现这件事不错，但实现的方式让她很烦恼。

伊兰德总算离开了演讲台，坐回自己的位子，让不满的菲伦上台继续发言。商人读了一份号召把城里食物储备的控制权交给商人的提案，并要求对这份提案进行表决。这一次，伊兰德带头反对，争论又开始了。纹饶有兴趣地观察着。不知道伊兰德有没有意识到，在反对别人的提案时，他的表现和他们简直没什么两样。

伊兰德和几个斯卡人议员成功地阻挠了这份议案，直到午间休息时，投票还没开始。观众席上的人们站起身，舒展着身子，这时汉姆朝纹转过身子。“结果不错，嗯？”

纹只是耸了耸肩。

汉姆低声笑着说，“我们真得想办法改变一下你对公民义务的矛盾态度，孩子。”

“我已经推翻了一个政府，”纹说，“我想，这已经让我尽了一部分‘公民义务’了。”

汉姆微笑起来，用机警的目光留意着人群，纹也一样。这个时侯，每个人都在活动，正是刺杀伊兰德的好时机。一个人引起了她的注意，她皱起了眉头。

“我去去就回。”她一边对汉姆说，一边站了起来。

“你做了件好事，彭罗德领主，”休息期间，伊兰德站到老贵族身旁，小声对他说，“我们需要多一些时间。要是我父亲占领了这座城，你也知道他会做出什么事来。”

彭罗德领主摇了摇头。“我这样做不是为了你，孩子。在贵族们从你父亲那里得到关于我们保留的承诺之前，我要确保愚蠢的菲伦不能交出我们的城池，这才是我这样做的原因。”

“不过，”伊兰德举起一根手指说，“一定还有另外的办法，幸存者不会一仗不打就拱手交出城市的。”

彭罗德皱着眉头，伊兰德闭上嘴，在心里暗骂自己。这个老领主是个传统派，对他提起幸存者不会有好效果。很多贵族对凯尔西在斯卡人族群里的影响力感到心有余悸。

“考虑一下吧。”伊兰德说，这时他看到纹正从旁边走过来。她招手唤他从议员席离开。于是他趁机告退，穿过台子来到她身边。“什么事？”他小声问。

“后面那个女人，”纹怀疑地盯着后面，轻声回答，“高个子，穿蓝衣服的。”

她怀疑的那个女人很好找。她身上穿着一件亮蓝色的罩衣和鲜艳的红裙子。她是个中年人，身材瘦削，齐腰长的头发在后面梳成一条长辫。当其他人活动的时候，她耐心地等候着。

“她是什么人？”伊兰德问道。

“特里斯人。”纹回答。

伊兰德顿了一下。“你肯定？”

纹点点头。“那些颜色……那些过多的珠宝，她肯定是个特里斯族女人。”

“那又怎样？”

“我从来没见过她，”纹说，“而且她正看着你，就现在。”

“人们都会看我，纹，”伊兰德点了点头，“毕竟我是国王。另外，为什么你应该见过她呢？”

“所有其他特里斯族人在进城后都来见过我，”纹说，“我杀死了御主大帝，他们把我看成了解救他们家乡的人。但我不认识她。她没有感谢过我。”

伊兰德转动眼珠，抓着纹的肩膀把她的身子从那名妇女的方向转过来。“纹，我觉得，以我绅士应尽的责任，我要告诉你一些事情。”

纹皱起眉头。“什么？”

“你很了不起。”

“这跟我们的话题有什么关系？”

“完全没有，”伊兰德笑着说，“我只是在想办法转移你的注意力。”

纹慢慢地松弛下来，微微笑了一下。

“不知道是不是有人告诉过你这个，纹，”伊兰德点着头，“有时候，你可能有些过于多疑。”

她扬起眉毛。“哦？”

“我知道这很难相信，但这是真的。哦，我碰巧发现这很迷人，你真的认为一个特里斯女人会设法刺杀我吗？”

“也许不会，”纹承认，“但是，我的老习惯……”

伊兰德笑起来。然后，他扭头看向议员们，他们多数在轻声交谈着，分成几组，泾渭分明。贵族和贵族，商人和商人，斯卡人工人和斯卡人工人。他们看上去那样分散，那么顽固。有时候最简单的提议都要花上几个小时讨论才能形成统一的意见。

他们要给我更多的时间！他想。然而，就算他这样想，他也意识到了那个难题。要更多的时间做什么呢？彭罗德和菲伦对他提案的攻击正中要害。

事实在于，整座城市正危如累卵。谁都不知道该怎么对付一支实力悬殊的入侵力量，就算伊兰德也是如此。他只是知道他们不能放弃。至少不是现在。一定还有个抗争的办法。

纹还在看着旁边，目光落在观众后面。伊兰德顺着她的目光看去。“还在看那个特里斯女人？”

纹摇摇头。“不是……很奇怪。那是克拉布斯的一名信使吗？”

伊兰德没说话，转身看去。确实，几名士兵正从人群里挤过来。房间后面，人们开始嗡嗡地小声议论起来，有些人已经飞快地离开了议院的房间。

伊兰德感到纹的身子因为焦虑而僵硬起来，他自己也有点惴惴不安。我们太晚了。敌军开始进攻了。

终于，一个士兵挤到平台前，伊兰德冲了过去。“怎么了？”他问道，“斯特拉夫开始进攻了吗？”

那名士兵皱着眉头，似乎很忧虑。“没有，陛下。”

伊兰德微微松了口气。“那，发生了什么事？”

“陛下，来了第二支军队，刚刚抵达城外。”

奇怪的是，正是阿兰迪率真的天性使我们成为了朋友。他在这伟大城市的最初几个月里，我雇他作为我的助手。

11

这两天来，伊兰德第二次登上了卢萨岱尔城墙，察看着前来侵略他的王国的军队。他迎着午后红色的阳光斜视着，但他不是锡眼师，他看不清新来那支军队的情况。

“有没有可能他们是来帮助我们的？”伊兰德看着身旁的克拉布斯，充满希望地问道。

克拉布斯一如既往地板着脸。“他们打着赛特的旗号。记得他吗？两天前派了八个熔金术杀手行刺你的那个家伙。”

伊兰德不由得在带着秋意的天气里打了个冷战，他回头看着第二支军队。这支军队在距离斯特拉夫足够远的地方扎了营，靠近香奈瑞尔河西侧分流的卢萨-岱温运河。汉姆去安排市内治安的事情了，纹站在伊兰德身边。奥索尔则披着猎狼犬的身体，耐心地蹲在纹下方城墙的走廊上。

“我们怎么没有发现他们靠近？”伊兰德问道。

“斯特拉夫，”克拉布斯说，“赛特是跟他从同一个方向来的，我们侦察兵的注意力都在斯特拉夫身上。斯特拉夫大概几天前就知道这支军队了，但我们实际上是没有机会侦察到他们的。”

伊兰德点点头。

“斯特拉夫正在布置防线，戒备敌军，”纹说，“我怀疑他们之间并不友好。”她站在一个城齿的垛口上，双脚危险地踏在城墙的边缘。

“但愿他们会互相进攻。”伊兰德怀着希望说。

克拉布斯哼了一声。“恐怕不会。他们的兵力过于势均力敌，斯特拉夫稍微强一点。我怀疑赛特恐怕不会冒险攻击他。”

“那么，他们来干什么？”伊兰德问。

克拉布斯耸耸肩膀。“也许他希望把樊乔打进卢萨岱尔城里，而且抢先一步攻下卢萨岱尔。”

他提到卢萨岱尔被攻陷，就像那已经成了定局一样。伊兰德背靠着城垛，透过城齿看出去，胃里不由得感到一阵翻腾。纹和其他人都是窃贼和斯卡人熔金术师，是一生中大部分时间里被追捕的流浪者。也许他们已经适应了这种压力、这种恐惧，但伊兰德还没有。

他们是如何在对生活毫无把握，不知道明天如何的情况下生活的呢？伊兰德感到很无力。他能做什么呢？逃走，离开这座城市任其听天由命？当然，那不能作为一个选择。但是，面临着不是一支，而是两支准备破坏他的城市并夺走他的王位的军队。伊兰德抓紧城垛上粗糙的石头，感到很难保持双手的稳定。

凯尔西肯定能想到一个摆脱这个困境的办法，他想。

“那边！”纹的声音打断了伊兰德的沉思，“那是什么？”

伊兰德转过身。纹侧着身体朝赛特一方的军队看着，用锡看着一些伊兰德平常人的视力看不到的东西。

“有人离开了军队，”纹说，“骑在马背上。”

“信使？”克拉布斯问道。

“也许是，”纹说，“他骑得非常快……”她开始从一座石齿跳到另一座石齿，沿着城墙跑起来。她的坎德拉兽立即跟了上去，啪嗒啪嗒地从下面的城墙上跑了过去。

伊兰德看看克拉布斯，后者耸耸肩膀，他们也迈开脚步跟了上去。在一个塔楼旁，他们跟上了站在城墙上的纹。纹正注视着那个接近中的骑士。或者说，伊兰德想象中她注视着的那个人，他还是看不到她所看到的东西。

伊兰德摇着头想：熔金术力量。为什么自己就没有至少一种能力，甚至最弱的一种，就像铜和铁也可以呀？

纹突然站直身子，咒骂了一句。“伊兰德，那是布里兹！”

“什么！”伊兰德说，“你肯定吗？”

“是的，他后面有人追他，是骑着马的弓箭手。”

克拉布斯骂了一声，挥手叫来一个信使。“派骑兵！截住追他的兵力！”

那名信使跑开了。但纹摇了摇头。“他们不可能及时赶过去，”她几乎像是在对自己说话，“那些弓箭手会抓住他，或者射中他的。甚至我也不能足够快地赶过去，跑是不行的。不过，也许……”

伊兰德皱起眉头，抬头看着他。“纹，这段距离太远，不能跳过去的，就算你也不行。”

纹瞟了他一眼，笑了笑，然后纵身跳了起来。

纹准备好了第十四种金属，硬铝。她有储备，但并没有燃烧它，还不到时候。但愿这样能够奏效，她一边寻找下一个合适的锚点，一边在心里想。她身边的塔楼上有一个加固的铁顶，正好用得上。

她拉着铁顶，把自己拉到塔楼上。她立即再次跳起来，把自己推起来，跳离了城墙。她熄灭了除了钢和白蜡以外的其他金属。

然后，仍旧反推着铁顶，她燃烧起硬铝。

汹涌而来的力量冲击着她。这种力量是如此巨大，她确信只是因为同样巨大的白蜡力量的爆发才保住了自己的身体。她的身体从堡垒旁射了出去，划过空中，就像被某个庞大的却不可见的神明掷出去一样。空气呼啸着掠过她的耳边，突然加速造成的压力使她几乎无法思考。

她挣扎着，设法重新获得对自身的控制。幸运的是，她选择的轨迹不错：她径直被射向布里兹和追逐者的方向。不管布里兹做了什么，一定让某些人极端恼怒，追他的足有二十多骑，个个弓箭上弦。

纹开始下落，她的钢和白蜡在硬铝作用下的爆燃中消耗殆尽。她从腰带上抓下一个金属瓶一饮而尽。但是，在她掷开金属瓶时，突然感到一种奇怪的眩晕。她还不习惯在白天跳跃。看着土地扑面而来的感觉很奇怪，没有迷雾斗篷在身后拍打也很奇怪，而且，没有迷雾的掩蔽……

领头的骑士放低弓箭，瞄准布里兹。双方都没注意到像鹰一样飞扑下来的纹。

嗯，准确地说不是俯冲，而是砸下来。

身体猛然在空中一折，纹燃烧起白蜡，把一枚铸币抛向飞速靠近的地面。她推着那枚铸币，利用它缓冲自己的动量，把自己朝侧面推去。她的身体正好落在布里兹和弓箭手之间的地面上，伴随着“砰”的一声闷响，砸起了一团尘土和灰烬。

那名弓箭手松开了弓弦。

纹从地上弹起来，身旁尘土弥漫。她伸出双手，把自己重新推到空中，正对着箭射来的方向。然后她反推那支箭。箭头摇摇晃晃地往回飞去，把箭杆挤得四分五裂，空中木屑飞扬，然后击中了放箭的那名射手的前额。

那人从马鞍上坠了下去。纹再次落到地面。她伸出双手，推那名首领身后的两匹马的蹄铁，使马匹绊倒在地。推力把纹向后抛出去，随着几声身体撞击地面的闷响，马匹的悲嘶声也响了起来。

纹继续推，身体距离地面几尺，沿着道路向后飞跃，追赶着布里兹。粗壮的布里兹吃惊地转过身，看着悬在他疾驰着的坐骑旁的半空中的纹，一副不知所措的样子。纹朝他挤了挤眼，然后伸手拉动另一名骑士的盔甲。

她的身子在空中猛地一挫。她抗拒着动量的突然改变，没有理会身体扭曲的疼痛。她拉着的那个人挣扎着坐在马鞍上，直到被纹一脚踢在身上，才仰面跌了下去。

纹落在黑色的土地上，那骑士在她旁边的地面上翻滚。不远处，剩下的骑士终于勒住马，猛然在几尺外停了下来。

如果是凯尔西的话，也许已经开始进攻了。说实话，他们人数不少，而且他们穿着盔甲，他们的马也钉着蹄铁。但纹不是凯尔西。她已经把这些骑士拖了足够长的时间，布里兹足以逃离。这就够了。

纹推其中的一名战士，把自己向后抛，放手让那些骑士去料理伤员。不过，那些战士迅速抽出石头镞的箭，开始搭弓上弦。

纹在这伙人瞄准的时候懊恼地嘘了一声，心想：好吧，伙计们，我建议你们握紧一点。

她轻推着他们所有人，然后燃烧起硬铝。这种瞬间爆发的力量是她想要的——胸膛的绞痛，胃里剧烈的闪光，呼号的风声。她不希望的是作用在那些锚点上的效果。猛烈的力量冲散了那些人和马匹，把他们像风中的树叶一样卷到了空中。

我以后用这个一定要非常小心，纹咬紧牙在空中翻滚时想。她的钢和白蜡又用完了，她不得不喝下了最后一瓶金属。以后，她要多带点金属在身上了。

她落地后开始奔跑，白蜡使她在令人恐怖的速度下不会被绊倒。她稍微放慢速度，让布里兹跟上她。然后又稍稍加快速度，和他并驾齐驱。她跑得像个赛跑选手，在她和那匹疲劳的马一起奔跑时，白蜡的力量和平衡感使她显得游刃有余。那匹马用大眼睛瞪着她，似乎有一种遇到人类对手的受挫感。

一会儿工夫，他们就到了城下。在通向铁城门的通道开放后，布里兹骑马走进去。但纹根本没等，她扔下一枚铸币，推着铸币使自己朝城墙飞去。城门打开后，她又反推门上的门钉，这两种力量使她垂直跃了起来。她刚好越过城垛，从两个目瞪口呆的士兵之间穿过，从城墙的另一侧落了下去。她落在城门内侧的空地上，用一只手撑着地面，稳住了身子。这时，布里兹从城门里走了出来。

纹站起身。布里兹一边骑着马跑到她身旁，一边用一块手帕擦拭着额头。

和她上次见他时比起来，他的头发留长了不少，而且是向后梳的，头发的下缘垂到了衣领上。尽管他已经四十多岁，但他的头发还没变白。他没戴帽子，也许帽子被风吹掉了，不过他穿着一件华丽的外套和丝质内衣。这些衣服在他匆匆骑马逃跑时蒙上了一层黑灰。

“啊，纹，我亲爱的，”布里兹说，他喘着粗气，几乎和他的马一样，“我必须说，你的出现太及时了，你的勇气也同样令人难忘。我实在讨厌让人救我，但是，嗯，如果确实有必要，那最好还像这次一样。”

纹笑着看他从马上爬下来，用手抚摸着马匹，和广场上的人比起来，他实在算不上一个敏捷的人。布里兹又擦了擦眉头，这时伊兰德、克拉布斯和奥索尔从台阶上赶了过来。显然，一个助手找到了汉姆，他也朝广场跑来了。

“布里兹！”伊兰德走过来，亲热地拍了拍矮个子的胳膊。

“陛下，”布里兹说，“我猜你的健康和心情不错？”

“健康，是的，”伊兰德说，“心情……嗯，一支军队正在我的城外虎视眈眈呢。”

“事实上，是两支军队。”克拉布斯蹒跚着走过来，嘴里咕哝了一句。

布里兹收好手帕。“哦，我亲爱的克拉登特。我明白，你还是和往常一样乐观。”

克拉布斯嗤之以鼻。旁边，奥索尔啪嗒啪嗒地跑过来，在纹身旁蹲了下来。

“哈蒙德，”布里兹看着正咧着大嘴笑的汉姆说，“我正在想办法骗自己忘了回来后会见到你呢。”

“承认吧，”汉姆说，“其实你见到我很高兴。”

“见到你，也许吧；听你说话，完全不会。我非常惋惜浪费在你那些没完没了、冒充哲学的胡言乱语上的时间了。”

汉姆只是笑得更加灿烂了些。

“很高兴见到你，布里兹，”伊兰德说，“但你回来的时机应该更好一点。我正盼着你能阻止一些军队攻击我们呢。”

“阻止他们？”布里兹问道，“啊，为什么我要那样做，老弟？事实上，我刚花了三个月的时间，想办法让赛特的部队来到这里。”

伊兰德愣住了，纹站在他们的圈子外面，也皱起了眉头。布里兹看起来很得意，说老实话，这种沾沾自喜的姿态对他而言很平常。

“那……赛特领主是站在我们这边的？”伊兰德满怀希望地问。

“当然不是，”布里兹说，“他来这里是为了毁灭这座城市，偷走传说中在你手里的天金储备。”

“你，”纹说，“你就是那个散布关于御主大帝的天金藏匿地点的谣言的人，是吗？”

“当然。”布里兹看了看最后赶到这里的“幽灵”，回答说。

伊兰德皱着眉头，“但是……为什么呢？”

“看看城墙外面，老弟，”布里兹说，“我知道你父亲最终会进军卢萨岱尔，即使以我的劝诱能力也不足以阻止他。所以，我开始在西部辖区散布谣言，然后让我自己成了赛特领主的一名参谋。”

克拉布斯沉声说，“好主意。疯狂，但是很巧妙。”

“疯狂？”布里兹说，“我精神的稳定不允许这个词，克拉布斯。这一举动不疯狂，而是绝妙。”

伊兰德表情困惑。“不是要冒犯你的智慧，布里兹。不过……究竟为什么说把敌方的军队带到我们城下是个好主意呢？”

“这是个基本的谈判策略，老弟。”布里兹在一个随从把决斗手杖递给他并把马牵走的时候解释道。他用决斗手杖指着西方赛特领主的军队。“在谈判中只有两个参与者的时候，一方通常比另一方强大。这样，弱的一方就非常困难，在这件事上，弱者是我们。”

“对，”伊兰德说，“但有了第三支军队，我们仍然是最弱的一方。”

“啊，”布里兹举着手杖说，“但另外的两派实力不相上下。斯特拉夫或许强大一些，但赛特有非常强大的军力。如果两者之一冒险进攻卢萨岱尔，他的军队将遭受损失，足以使他无法抵御第三支军队的进攻。进攻我们将使其陷于不利境地。”

“那就形成了一种均衡。”克拉布斯说。

“对，”布里兹说，“相信我，伊兰德老弟。在这种形势下，两支强大的敌军比一支强大的敌军好得多。在一场三方谈判里，最弱的一方事实上有更大的力量，因为他对任何一方的效忠将决定最后的胜利一方。”

伊兰德皱着眉头。“布里兹，我们不打算效忠他们任何一方。”

“我知道，”布里兹说，“但是，我们的对手还蒙在鼓里。带来这两支军队，我为我们争取了思考的时间。两个军阀都认为他们能抢先一步到达。现在他们已经同时抵达，他们将不得不重估局势。我想，我们终止了一场旷日持久的围攻，至少争取了几个月的时间。”

“那还是解决不了我们应该如何除掉他们的问题。”

布里兹耸耸肩膀。“我把他们带来了，你来决定如何对付他们。而且我告诉你，让赛特及时赶到可不是件容易做到的事。他本来应该比樊乔早整整五天到达的。幸运的是，某种……疾病几天前在兵营里传播起来。显然，有人在主供水系统下了毒，让整营的人得了腹泻。”

站在克拉布斯身后的“幽灵”窃笑起来。

“哼，”布里兹瞪着他说，“我想你应该感激这个。你还是个让人莫名其妙的讨厌鬼，小子？”

“哇行不是哪里。”“幽灵”笑着，恢复了东部的街头黑话。

布里兹哼了一声。“你还是比哈蒙德好一点，一半时间。”他喃喃地说，然后转身对伊兰德说。“嗯，有人打算派辆马车带我回宫吗？我已经强打精神安抚了你们五分多钟了，我看起来如此的疲惫和悲惨，难道你们就没人可怜可怜我？”

“你一定是失手了。”纹微笑着说。布里兹是个安抚者，能够燃烧黄铜来安抚其他人情绪的熔金术师。他是个非常有能力的安抚者，纹没见过比他更厉害的。他能抑制一个人所有的情绪，而不是其中的某一种，随心所欲地控制他们的感情。

“事实上，”伊兰德扭头看着城墙说，“我在想我们是不是能再到城墙上好好看看那些军队。既然你在赛特领主的军队里待过，大概你能多跟我们说说里面的情况。”

“是的，我会告诉你们，可是我不打算爬台阶。你难道看不出我有多累吗，老弟？”

汉姆哼了一声，拍拍布里兹的肩膀，拍起了一团灰尘。“你怎么会累？一直在跑的是你那匹可怜的马。”

“这是精神上的疲惫，哈蒙德，”布里兹用手杖拨开汉姆的手，“我的离开有点不太愉快。”

“到底是怎么回事？”纹问道，“赛特发现了你是间谍？”

布里兹看起来有点窘。“我只能说，赛特领主和我发生了一场……争吵。”

“捉到你和他女儿睡在一张床上，嗯？”汉姆说道，他的话惹起一场哄笑。布里兹别的都好，就是没有女人缘。尽管他有影响别人情绪的能力，但纹从认识他开始，还没发现过他对风流韵事发生过兴趣。道克森有一次曾说过，布里兹因为过于关注自身，所以不考虑那类事情。

布里兹对汉姆的评论只是翻了翻眼睛。“说老实话，哈蒙德。我觉得你的笑话和你的年纪一样越来越老，是因为脑袋在拳击场上被打的次数太多了吧，我猜。”

汉姆笑了起来，伊兰德派人去叫马车。等车的时候，布里兹开始讲述他的旅途经历。纹低头看着奥索尔。她还没找到合适的机会告诉团伙里其他人关于这个新身体的事。也许现在布里兹回来，伊兰德会和他的核心集团开个会。那应该是个好机会。这件事她不能声张，因为她希望宫里的人以为她已经把奥索尔遣散了。

布里兹继续着他的故事，纹回头笑着看他。布里兹不仅是个天生的演说家，而且他对熔金术有一种非常微妙的控制力。她几乎感觉不到他对自己情绪的触碰。从前，她曾认为他的侵扰令人不快，但她后来开始认识到这种对人们感情的触碰是布里兹本能的一部分，正像一个美丽女子的容貌和形体天然地引人注意一样，布里兹以近乎无意识地对自己能力的应用得到人们的关注。

当然，那并不能让他比一个恶棍好多少。让别人按照他的意愿行事是布里兹的一个主要工作。纹只是不再因为他利用熔金术能力这样做而怪罪他。

马车来了，布里兹舒了口气。车拉过来后，他的目光落在纹身上，然后朝奥索尔点了点头。“那是什么？”

“一条狗。”纹说。

“哦，不说我还真不知道，”布里兹说，“那么，为什么现在你养了一条狗？”

“我给她的，”伊兰德说，“她想要狗，我就给她买了一条。”

“而且你选了一条猎狼犬？”汉姆觉得有点好玩。

“你和她交过手，汉姆，”伊兰德笑着说，“你会选什么给她？一条狮子狗？”

汉姆嘿嘿笑了。“不，我想不会。确实，这条狗很合适。”

“尽管这条狗几乎跟她一样重。”克拉布斯斜着眼打量着她，附和道。

纹弯下腰，把手放在奥索尔的头上。克拉布斯说得不错：她确实选了个大家伙，就算在猎狼犬里也算得上大个头。它站起来的话要比纹的肩膀高三尺，而且纹知道它的身体有多重。

“对猎狼犬而言，这条狗的脾性非常好。”汉姆点着头说，“你眼光不错，伊尔。”

“先不说这些，”布里兹说，“我们可以先回宫去吗？先不管军队和猎狼犬的好坏，我觉得，都这个时候了，还是吃午饭比较重要。”

“那么，为什么我们不告诉他们关于奥索尔的事呢？”在马车颠簸着朝樊乔城堡驶去的路上，伊兰德说。他们三个坐的是自己的马车，而另外四个人坐着另外一辆马车跟在后面。

纹耸耸肩。奥索尔坐在她和伊兰德对面的位置上，安静地看着他们谈话。“我最终会告诉他们，”纹说，“但人来人往的城市广场似乎不是揭露这个真相的好地方。”

伊兰德笑了。“保守秘密是个很难打破的顽固习惯，嗯？”

纹的脸红了。“我不是要保守它的秘密，只是……”她低下头，没说下去。

“别难为情，纹，”伊兰德说，“你一个人生活了很长时间，没有人可以信任。没人希望你在一夜间改变。”

“不是一夜，伊兰德，”她说，“已经过去两年了。”

伊兰德把一只手放在她膝上。“你已经变得很好了，别人都在说你改变了很多呢。”

纹点点头想：换个人的话，也许会害怕我对他保守秘密，但伊兰德只是想办法让我不那么内疚。他是个比她对生活的预期更好的男人。

“坎德拉兽，”伊兰德说，“纹说你能很好地跟上她。”

“是的，陛下，”奥索尔说，“那些骨头，虽然味道很差，但组合起来很适于跟踪和快速移动。”

“那如果她受伤了，”伊兰德说，“你能把她拖到安全的地方吗？”

“不，那样太慢，陛下。但是，我会去找人帮助。那些骨头有很多限制，但我会尽最大努力来完成契约。”

伊兰德一定是看到了纹扬起的眉毛，因为他咯咯地笑了起来。“它会照我说的做，纹。”

“契约就是一切，主人，”奥索尔说，“完成契约不只需要简单的服务。而且需要勤奋和投入。这就是坎德拉兽。通过完成契约，我们服务我们的族人。”

纹耸了耸肩膀。他们沉默了，伊兰德从口袋里拿出一本书来，纹靠在他身上。奥索尔则躺在椅子上，占据了两人对面的整个座位。最后，马车驶进了樊乔城堡的院子，纹感到自己需要洗个热水澡。但当他们下车时，一个卫兵朝伊兰德跑来。锡使纹听到了那个人说的话，尽管他在纹得以靠近前就说完了。

“陛下，”那名卫兵小声说，·“我们的传话者找到你了吗？”

“没有。”当纹走近时，伊兰德皱起眉头回答道。那名士兵看了纹一眼，然后继续说了下去。这些士兵都知道纹是伊兰德最重要的保镖和心腹。不过，这个人看她时的表情仍然显得很古怪。

“我们……哦，并不想惊动您，”那名士兵说，“那就是我们没有声张的原因。我们只是想知道是不是……一切都好。”他一边看着纹，一边说。

“到底怎么回事？”伊兰德说。

那名卫兵转身对他说，“纹女士房间里的尸体。”

那具“尸体”事实上是一具骷髅。这具骷髅干干净净，没有一丝血迹或身体组织弄脏它亮闪闪的白色表面，但有不少骨头是断的。

“对不起，主人，”奥索尔低声用只有纹能听到的声音说，“我以为你会处理那些东西的。”

纹点点头。当然，那具骷髅是奥索尔在她给它动物身体之前用的那个身体。看到门没锁女仆就进了房间，那是纹表示房间需要打扫的信号。纹把骨头藏在一个篮子里，打算随后处理它们。显然女仆要看看篮子里有什么东西，并为此吃了一惊。

“没什么，上尉。”伊兰德对年轻的宫廷卫队副队长德默克斯上尉说。虽然汉姆一直不穿制服，这个年轻人却以保持自己制服的整洁合体而自豪。

“你保守了秘密，做得不错。”伊兰德说，“我们已经知道这些骨头了。不需要为它们担心。”

德默克斯点点头。“我们认为这样做是有意图的。”他在说话时没有看纹。

有意图的，好，这个人不知道在想我做了什么，纹心想。很少有斯卡人知道坎德拉兽是什么，而德默克斯也不知道这具骷髅是怎么回事。

“你可以为我保守这个秘密吗，上尉？”伊兰德对那些骨头点点头，问道。

“当然，陛下。”卫兵说。

纹叹了口气，心想：他也许以为我吃了那个人之类的，把皮肉从他的骨头上啃下来。

事实上，这个想法离事实并不远。

“陛下，”德默克斯说，“您愿意我们同样保守另一具尸体的秘密吗？”

纹愣住了。

“另一具？”伊兰德缓缓地问道。

那名卫兵点点头。“在我们发现这具骷髅时，我们带着狗在附近搜查。那些狗没有发现凶手，但找到了另一具尸体。和这具一样，一具完全没有皮肉的骷髅。”

纹和伊兰德对望了一眼。“带我们去看。”伊兰德说。

德默克斯点点头，对他的一个手下小声下了几个命令，然后领着他们出了房间。他们四个——三个人和一个坎德拉兽，沿着宫殿的走廊走了一段，朝着一个平时很少用的客房区域走去。德默克斯派一个士兵站在一扇门外，然后领他们走了进去。

“这具尸体不在篮子里，陛下，”德默克斯说，“而是被藏在后面的一个壁橱里。要是没狗我们也许永远发现不了。它们的鼻子捕捉气味非常轻松，虽然我不明白它们是怎么做到的。这些尸体都是完全没有肉体的。”

眼前就是第二具骷髅，堆在衣柜里，和第一具一模一样。伊兰德瞟了纹一眼，然后转向德默克斯。“可以先离开一下吗，上尉？”

年轻卫士点点头，从房间里走了出去，并关上了门。

“怎么回事？”伊兰德朝奥索尔说。

“我不知道这是哪里来的。”奥索尔回答。

“但这是另一个被坎德拉兽吃掉的尸体。”纹说。

“毫无疑问，主人，”奥索尔说，“那只狗找到它，是因为最近留在骨头上的我们消化液的特殊气味。”

伊兰德和纹对视了一眼。

“但是，”奥索尔说，“也许并不像你们想的那样。这个人可能是在离这里很远的地方被杀的。”

“你的意思是？”

“它们是被丢弃的骨头，陛下，”奥索尔说，“这些骨头是一个坎德拉兽留下的……”

“在它们找到新的身体后。”纹接着他说。

“是的，主人。”奥索尔说。

纹看着伊兰德，后者正皱着眉。“是多长时间之前？”他问道，“也许这些骨头是一年前留下来的，被我父亲的坎德拉兽。”

“可能是的，陛下。”奥索尔说。但它的声音听起来很犹豫。它跑过来，在骨头上嗅着。纹也伸手拿起一块骨头，举到鼻子旁。借助锡，她很轻而易举地捕捉到一股浓重的气味，有点像胆汁。

“气味很重。”她看看奥索尔说。

它点点头。“这些骨头在这里的时间不长，陛下。最多几个小时，也许更短一些。”

“那就是说宫里有另外一个坎德拉兽，”伊兰德说，他看起来有点不舒服，“我的一个手下已经被……吃掉并取而代之。”

“是的，陛下，”奥索尔说，“从这些骨头上没有办法辨别是谁的，因为这些是丢弃物。那个坎德拉兽可以使用新的骨头，吃掉他们的肉体并穿上他们的衣服。”

伊兰德站起身，点点头。他和纹交换了一下眼神，纹明白他和自己想的一样。宫里的一个职员可能被替换了，那就是说在安全上出现了一个轻微的裂口，但意味着很多种危险的可能性。

坎德拉兽都是无以伦比的演员。奥索尔曾经把雷诺克斯领主模仿得惟妙惟肖，甚至认识雷诺克斯的人都上了当。这样的天才完全可以用于模仿一个女仆或侍从。但是，如果敌人希望在伊兰德的秘密会议上安插间谍，那就要替换更加重要的人物。

应该是我们在最近几个小时里没有看到过的某个人，纹丢下骨头，思索着。她、伊兰德，还有奥索尔下午和晚上的大部分时间都在城墙上，从议会会议结束后到现在，但城里和宫中从第二支军队到达后一直处于混乱状态。使者们找汉姆很费了一番工夫，而且她现在也不知道道克森在哪里。事实上，在克拉布斯在城墙上加入她和伊兰德之前，她也不知道他在哪里。还有“幽灵”，是最后一个到的。

纹低头看着那堆骨头，感到一阵令人晕眩的不安。很可能有人混进了他们的核心小组。一个凯尔西的前团伙成员此刻变成了冒名顶替者。

第二部

迷雾里的幽灵

直到几年后，我才开始相信阿兰迪是永世英雄。永世英雄，在克莱尼姆语里叫拉布赞，也被称为厄纳姆内斯。

那是救世主的别名。

12

那座城堡矗立在迷雾笼罩的暮色里。

它扎根在地面上一大片洼地的底部。那个边缘陡峭、像碗一样凹陷下去的山谷极为宽阔，在白天里萨奇德也只能勉强看到另一侧。在黑夜将临时分，巨大凹陷的远端在迷雾中变得更加朦胧，看过去只是一片深色的阴影。

萨奇德对战术和战略所知不多，尽管他的金属意识里保存着几十本相关的书籍，但他为了创建存储记录已经忘掉了这些书的内容。以他记着的有限内容告诉他这座城堡——瑟伦堡，不太适合防御。它没有建在高地上，凹陷处的地势为攻城车朝城堡的墙壁投掷石块提供了极好的位置。

不过，这座城堡并不是用来抵挡敌人士兵的。建造它是为了提供一个独居之地。深深的山谷使它很难被人发现。碗状凹陷边缘的地势微微隆起，如果不走近，这座城堡几乎是不可见的。没有道路或小径标志出进入的途径，行人顺着陡峭的边缘爬下去非常困难。

审判官不希望有来访者。

“怎么样？”马什问道。

在爬下去之前，他和萨奇德站在凹陷地带的北边缘。萨奇德抽取他的视力锡智库，从里面取出一些储存的视力。他视野的边缘是模糊的，但正前方的事物似乎变近了。他释放出更多视力，忍受着过多景象冲击造成的反胃的感觉。

增强的视力使他如同站在瑟伦堡前方一样审视着它。他看得清黑石墙上的每道接缝，墙体宽阔平整，极为壮观。他辨别得出钉在石墙外的那些巨大钢板上的每一点锈迹。他也能看到每个生出苔藓的角落和被尘埃玷污的岩脊。墙上没有一扇窗户。

“我不知道，”萨奇德释放了他的视力锡智库，缓缓地回答道，“很难看出城堡里是否住着人，看不到动静，也没有光。不过，审判官们躲在里面也说不定。”

“不。”马什说，他呆板的声音在夜晚的空气里显得异常响亮，令人不适。“他们走了。”

“他们为什么要走？这是个非常牢固的地方，我想。这里的防御不足以抵挡军队，却足够坚固，可以抵御混乱的年代。”

马什摇摇头。“他们走了。”

“你为什么这样肯定？”

“我不知道。”

“那么，他们去了哪里？”

马什看着他，然后把目光转向他的后方。“北方。”

“朝卢萨岱尔方向？”萨奇德皱着眉头问。

“先不管这些，”马什说，“走。我不知道他们是不是会回来，但我们应该好好利用这次机会。”

萨奇德点点头，毕竟，这是他们来这里的目的，但他还是有点犹豫。他是个学识渊博和为上流社会提供服务的人，他刚刚适应了在乡下游历的生活，可是混进审判官的堡垒……

马什显然并不在乎他内心的挣扎。他回头开始沿着深谷的边缘朝前走。萨奇德把背包甩上肩头，跟上了他。他们最后到了一个像笼子一样的装置旁边，显然是用来通过绳子和滑轮机构下到山谷底部的。这个笼子被安置在一处岩脊上，马什站在旁边，却没有进去。

“怎么了？”萨奇德问道。

“这是个滑轮系统，”马什说，“笼子是由下面的人操纵着下降的。”

萨奇德点点头，意识到这是事实。马什走上前，扳动一根杠杆。笼子从岩脊上掉了下去。绳子开始冒烟，沉重的笼子径直朝谷底落下去，滑轮发出刺耳的尖叫声。最后，谷底传来一声微弱的碰撞声。

萨奇德想，要是下面有人，他们就会知道我们在这里。

马什朝他转过身，眼睛里销钉的尖头在微弱的夕阳下闪着光。“尽量跟着我。”他说。然后，他系好安全索，开始顺着绳子往下爬。

萨奇德走到平台边缘，看着马什顺着摇摆的绳索爬进了阴暗的、笼罩着薄雾的黑暗力量。然后，萨奇德跪在地上，打开了背包。他取下了上臂和前臂上戴着的金属护臂——他的核心红铜智库。这些手镯里储存的是一个保管师的记忆，过去几个世纪的知识。他虔诚地把这些护臂放在旁边，然后取出一对小得多的镯子：一只铁的，一只白蜡的。这是战士的金属储备。

马什明白萨奇德对这个地区是多么缺乏认识吗？一个力大无穷的战士在这里恐怕也没有用武之地。不管那么多了，萨奇德把两个镯子套在脚踝上。接着，他找出了两个戒指：一个锡的，一个铜的，戴到手上。

他合起背包，把背包甩到肩膀上，然后拿起他的核心铜智库。他慎重地找好了一个隐藏处：两块大石头之间的一个隐蔽的空穴，把它们放在里面。不管在下面发生什么，他不希望它们被审判官夺走并毁掉。

为了用记忆填满一个红铜智库，萨奇德曾经倾听另一个保管师背诵了他关于历史、事实和故事的所有收藏，然后把这些记忆全部塞进这个红铜智库以备取用。萨奇德只记得其中很少的内容，但他可以提取出他想要的任何一本书或文章，把它们重新恢复在他的记忆里，就像刚刚记住它们时一样鲜明。只需要他把这些护臂戴上。

不带着红铜智库令他担忧。他摇摇头，重新回到平台上。马什朝深谷下的平台下滑得很快；和所有的审判官一样，他有迷雾之子的力量。可是他是如何得到这种能力的，还有他是如何在销钉贯脑之后得以存活的，是一个秘密。马什从来没有回答过萨奇德关于这个话题的答案。

萨奇德朝下面喊了一声，让马什注意，然后把背包举起来丢了下去。马什伸出手，背包坠落的方向突然改变，被里面的金属牵引着落在马什手里。马什把背包甩到肩头，继续往下降落。

萨奇德感激地点点头，然后跨出了平台。在他的身体坠下去的时候，他用意念探进铁智库，探寻着其中储存的力量。填充金属智库是要付出代价的：为了存储视力，萨奇德需要在几个星期里忍受视力下降的生活。在这期间，他需要戴上一只锡手镯，把多余的视力存储起来以备后用。

铁和其他金属相比有点不同。它不可以储存视力、力量、耐力，以及记忆。它储存的是完全不同的东西：重量。

这天，萨奇德没有摄取储存在铁智库里的力量；那会使他的身体更重。相反，他开始填充铁智库，使它抽取自己的重量。他感到了熟悉的轻飘飘的感觉，一种身体不再成为自身的负担的感觉。

他下降的速度慢了下来。特里斯哲学家对铁智库的应用有很多说法。他们解释说这种能力并不会在事实上改变一个人的体积或重量，它只是用某种方法改变了大地对人体产生引力的方式。萨奇德的下降并不是因为他身体重量的减少慢下来的，而是因为在他降落过程中相对大的迎风面积，加上他变轻了的身体。

不管这些科学上的原因，萨奇德坠落得并不快。他腿上的那对细细的金属镯子是他身体上最重的东西，使他保持脚朝下的姿态。他张开双臂，身体微微弯曲，让风反推着他。他的坠落不是十分慢，不像一片树叶或羽毛，但也不是特别快，而是以一种可控的、几乎可以称得上从容的姿态。他双臂舒展，在衣衫的拍打声中越过了马什，后者以一种好奇的表情注视着他。

在靠近地面时，萨奇德抽取他的白蜡智库，从中摄取了一点力量。他触到了地面，但是，因为他的身体很轻，冲击很小。他几乎只是屈了屈膝就吸收了大部分的冲击力。

他停止填充铁储备，释放了白蜡智库，静静地等着马什。在他旁边，那个载人的笼子四分五裂地躺在地上。萨奇德还不安地注意到几段碎裂的脚镣。显然一些曾造访过集会所的人遭受了不幸。

等到马什靠近谷底时，空气里的迷雾已经变得厚重。萨奇德终生和迷雾一起生活，以前从来没有在迷雾里感到不适。然而，此刻他却有点担心这些迷雾让他窒息，来杀他，就像他们对老杰德所做的那样，他是萨奇德曾经调查过的离奇死亡事件的主角。

马什又下降了最后的十尺，以熔金术师逐渐变强的敏捷落了地。即使在和迷雾之子一起生活了这么长时间后，萨奇德仍然不时为熔金术师的天赋惊叹。当然，那绝不是羡慕，不太准确。说实话，熔金术能力在战斗中优势很大；但这种能力不能发展人的头脑，不能为人们提供通向梦想、希望和上千年的文化所构成的信念的途径；这种能力也不能提供处理创伤的知识，或教会可怜的村民使用现代的施肥技术。储金术的金属智库不那么引人注目，却对社会有更持久的价值。

此外，萨奇德懂得几个储金术的诀窍，足以让最有防备的战士大吃一惊。

马什把背包递给他。“来。”

萨奇德点点头，背上背包，跟着他穿过石头地面。走在马什身边的感觉很奇怪，因为萨奇德不太适应和跟他一样高的人在一起。特里斯人身材天生高大，而萨奇德甚至更高一些：他的双腿和双臂对于他的身体而言显得有点儿过于长大，这种情况是因为他在很小的时候就被阉割造成的。尽管御主大帝已经死掉，但特里斯文化将在一个很长的时期受到他所制定的职业分配和教养程序的影响，他试图以这种方式在特里斯族群之外发展储金术能力。

塞朗的瑟伦堡在黑暗里浮现出来，在谷底看过去，它似乎显得更加阴森可怖。马什迈着大步朝正门走去，萨奇德跟在后面。萨奇德并不害怕。恐惧不是他的生活中的主要考虑因素。但是，他的确有些担忧。幸存的保管师已经寥寥无几；如果他死了，能够四处游历、传播失去的真理和教育人民的少数人就又少了一个。

总之不该在这个时候来做这种事……

马什看了看那扇巨大的钢门，然后用身体朝门撞去，显然，他燃烧白蜡强化了力量。萨奇德也加入进去，用力推着钢门。那扇门却纹丝不动。

萨奇德懊恼地叹了口气，探寻自己的白蜡智库，从里面抽取了力量。这次他用上了比刚才落地时更多的力量，他的肌肉突然增大了体积。和熔金术不同，储金术通常会直接影响人的身体。长袍下面，萨奇德的身体变得像久经磨练的战士一样强壮，他的力量瞬间比刚才增长了两倍。他们俩一起用力，才推开了那两扇门。

没有发出任何声响，大门平缓地滑向两旁，露出一条长长的、黑暗的走廊。

萨奇德释放了他的白蜡智库，变回了平时的样子。马什大步跨进瑟伦堡，迷雾随之涌进了开放的走廊。

“马什？”萨奇德问。

马什转过头。

“我到里面就看不到东西了。”

“你的储金术……”

萨奇德摇摇头。“它能让我看得更清晰，但要在有光的环境里。另外，摄取过多的视力会在几分钟里把我的锡储备消耗一空。我需要一盏灯。”

马什愣了一下，然后点点头。他转身朝黑暗里走去，很快从萨奇德的视线里消失了。

啊，审判官不需要光线看东西，萨奇德想，他可以想象：销钉填满了马什的眼窝，完全破坏了他的眼球。不管是什么奇怪的力量使审判官得以视物，它显然在完全的黑暗环境里和在白天一样起作用。

马什很快就带着一盏灯回来了。从萨奇德刚才在吊笼旁看到的锁链来看，审判官们曾经用过相当多的奴隶和仆人来供养他们。如果这个推测是正确的，那么这些人去了哪里？他们逃走了吗？

萨奇德用背包里的燧石点亮灯笼。朦胧的灯火照亮了那条荒凉的、令人毛骨悚然的走廊。他高举灯笼，迈步走进了瑟伦堡，并开始往那枚小小的铜戒指里做记录，把它用作一个红铜智库。

“许多巨大的房间，”他低声说，“没有任何装饰。”他其实不需要说这些话，但他发现语言有助于形成清晰的记忆。他可以把这些话放进那个红铜智库里。

“很显然，审判官对钢铁有偏爱，”他接着说，“这一点不足为奇，考虑到他们的宗教通常和钢铁教团联系在一起。墙壁上悬挂着巨大的铁板，铁板上不像外面的那样蒙着锈迹。很多铁板的表面不是十分平整，上面蚀刻着一些有趣的图案。”

马什扭过头看着他，皱起了眉头。“你在干什么？”

萨奇德举起右手，给他看了看手上的铜戒指。“我必须把这次访问记录下来。一有机会，我要向其他的保管师复述我的体验。这里有很多需要认识的地方，我想。”

马什移开了目光。“你不应该关注审判官，他们不值得你记录。”

“这不是值不值得的问题，马什。”萨奇德一边举起灯笼研究着一根方柱，一边说，“所有有关信仰的知识都是有价值的。我必须确保这些知识的延续。”

萨奇德盯着那根方柱看了一会儿，然后闭上眼睛，在脑子里形成一张图画，把这张图画加到他的红铜智库里。不过，视觉记忆比语言记录的用处要小一些。视觉记忆一旦从红铜智库里取出来，由于意识的扭曲，它们会很快消散。此外，视觉不能传递给其他的保管师。

马什对萨奇德关于信仰的评论没作回应；他转过身，继续朝建筑的深处走去。萨奇德一边对自己说着话，把这些话记录在红铜智库里，一边用缓慢的步伐跟着他。这是一场有趣的体验。他的话一出口，就感到这些想法被吸收掉，留下一片空白。他很难明确地记住自己刚刚说过的内容，但是，一旦他在红铜智库里完成记录，以后就可以从中取出这些记忆，就像刚刚记住它们一样清晰。

“这个房间很高，”他说，“有几根方柱，同样用铁皮包裹着。它们呈方形，很结实。我有一种感觉，这个地方是由一个不拘小节的人创造的。这座建筑忽视了微小的细节，代之以粗犷的线条和完全的几何体。

“当我们离开主通道时，这种建筑风格仍然没有改变。在墙壁上既没有油画，也没有木质装饰品或瓷砖地面，只是长长的、宽阔的走廊，表面粗糙而深沉。地板是由方形钢板构成，一片有几尺宽。它们……摸上去很凉。

“很奇怪，没有看到挂毯、染色玻璃窗和石头雕像等在卢萨岱尔的建筑中常见的装饰物，也没有看到尖顶和拱顶，只有正方形和长方形，还有线条……如此之多的线条。这里的一切都是坚硬的。没有地毯，没有软垫，没有窗户。这里是给那些和常人看待世界的目光不同的人准备的地方。

“马什径直走进了这个巨大的走廊，就像在无意识中走向他的舞台。我要跟在他后面，然后再回来记录更多的东西。他似乎跟随着一些东西……一些我无法感知的东西。也许那是……”

萨奇德跟着马什拐了一个弯，看到马什站在一个大房间的门口。灯火在萨奇德颤抖的手里不安地跳动着。

马什找到了那些仆人。

他们已经死了很长时间，以至于萨奇德直到走近也没有觉察到异味。也许这就是马什跟随的东西：燃烧锡的人嗅觉可以变得相当敏锐。

审判官下手很彻底。这是一场大屠杀的遗迹。这个房间很大，但只有一个出口，那些尸体在房间后部堆了一堆，似乎是被巨剑或斧头杀死的。这些仆人死的时候靠着后墙挤成一团。

萨奇德把头扭到一旁。

但马什仍站在门口。“这个地方空气很不好。”他说。

“你刚刚注意到吗？”萨奇德问道。

马什转过身看着他，捕捉着他的目光。“我们不应该在这里浪费太长时间。我们后面，走廊的尽头有楼梯。我准备到上面，那应该是审判官的住处。要是我要找的情报在那里，我要找到它。你可以留下来，也可以下去。但是不要跟着我。”

萨奇德皱起眉头。“为什么？”

“我必须一个人在这儿。我没办法解释。我不介意你看到审判官的暴行。只是……不希望你看的时候，跟你在一起。”

萨奇德放下灯笼，把光线从那可怕的场景上移开。“好。”

马什转过身，快步从萨奇德身旁走开，消失在黑暗的走廊里。现在萨奇德孤身一人了。

他试着不去对这件事想得太多。他回到主通道里，对他的红铜智库描述了这场屠杀，然后对这里的建筑和艺术作了更详尽的说明，如果墙覆板上那些不同的图案能够称之为艺术的话。

他的声音静静地回响在坚固的建筑里，灯笼昏暗的光线从钢板上反射回来，他的眼睛被走廊后面吸引住了。那里有一处阴影。一个通往下方的楼梯井。

在他转过头继续描述一面墙时，他明白自己最终会朝那处阴影走去。这是每个人的天性——好奇心，了解未知的欲望。这种欲望曾在他作为保管师时驱策过他，曾把他引进了凯尔西的团伙。他对真理的寻求永远都不会停止。所以，他最终转身朝楼梯井走去，他自言自语的声音是他唯一的伴侣。

“这道阶梯和我在走廊里看到的类似。它们非常宽大，就像这些台阶是通往庙宇或宫殿一样。不过，它们是通到下面的，通向黑暗。台阶很大，似乎是用大石头切割好，然后和钢铁一起砌出来的。它们很高，每一步都要跨得很大。

“走在上面，我不禁想知道有什么样的秘密值得被审判官隐藏在地下，隐藏在他们的堡垒的地下室里。这整栋建筑是一个秘密。他们在这里干什么，在这些宽广的走廊和开放的、空无一人的房间里？

“阶梯终止在另一个巨大的、四方形的房间里。我注意到一些东西，这里的每个房间都没有门。每个房间都是开放的，从外面可以一览无余。我一边走，一边走马观花地看着这些地下的房间，我发现这些宽敞的房间里几乎没有任何家具。没有图书馆，没有大厅。有几个房间里有可能是祭坛的巨大铁块。

“最后一个房间……有点不一样，在楼梯平台后面。我能肯定它的用途。审讯室，或许是吧？地面上摆着几张金属桌子，桌面上血迹斑斑，但这里没有尸体。我的脚下全是干涸的血块和粉末，看来有不少人死在这个房间里，我想。但这里似乎没有刑具，除了……

“销钉，像审判官眼睛里的那种销钉，粗大、沉重。这些销钉似乎被人用大锤钉到了地面上，一些销钉上染着血迹。我可不想碰它们。另外的一些……是的，它们看上去和马什眼睛里的销钉毫无分别。然而，有几个是用不同的金属做成的。”

萨奇德把一枚销钉放在桌子上，金属碰到金属，发出冷冷的丁当声。他打了个冷战，不由得又朝房间四周打量了一遍。这里是制造新的审判官的地方，有可能吗？他突然对这些生物有了一种可怕的想法，这些从前只有几十个的家伙曾躲藏在这座瑟伦堡里扩张他们的数量。

但这种想法并不一定对。审判官是一个隐秘的、限制严格的群体。它们能从哪里找到足够的有资格加入它们阶层的人员呢？为什么不利用上面的那些仆人制造审判官，而是让他们一死了之呢？

萨奇德一直怀疑只有熔金术师才能被转变为审判官。马什的经历也证实了这一前提：马什曾是一个搜寻师，在变身前他是个能够燃烧青铜的人。萨奇德又看了看那些血迹、销钉和桌子，自己真的希望知道一个新的审判官是怎么产生的吗？他很迟疑。

正在他打算离开这个房间时，灯光照到了后面的什么东西，另一个楼梯井。

他走过去，尽量不去想脚下干涸的血迹。楼梯下面，是一个和其他那些令人畏缩的建筑风格不同的空间。这是在石头里切割出来的，弯曲着向下进入了一个很小的楼梯井。萨奇德好奇地沿着那些破旧的台阶走下去。自从进了这座建筑后，他第一次感到了空间的逼仄。他不得不弯着腰走到了楼梯井的底部，进了一个小房间。他站直身子，举起了灯笼。

面前出现了……一堵墙，这个房间终止得很突然。他的灯光照着那面墙，和上面的墙壁一样，这面墙上也镶着钢板。这块钢板足有五尺见方。而且钢板上有镌刻的字迹。萨奇德突然来了兴致，他放下背包走到前面，举着灯笼看着最上面的字句。

这些文字是用特里斯文写的。

当然，是一种古老的方言，但是萨奇德几乎不用语言红铜智库就可以读懂。看着这些词句，他的胳膊不由得颤抖起来。

我把这些话写在金属上，因为任何没有镌刻在金属上的东西都是不可信的。

我开始怀疑我是最后一个心智健全的人。难道其他人都不明白吗，他们等待他们英雄的到来等得太久了，那个特里斯预言里提到的人，他们草率地得出了结论，认为每个故事和传奇都适用于这个人？

我的同胞们忽视了另外的事实，他们不能把其他正在发生的怪事联系起来。他们对我的反对充耳不闻，对我的发现视而不见。

也许他们是对的。可能我疯了，因为嫉妒，或仅仅是愚蠢。我的名字叫柯万，哲学家，学者，叛徒。是我发现了阿兰迪，并第一个宣称他为永世英雄。我是开始这一切的人。

而且，我也是背叛阿兰迪的那个人。因为我现在意识到他肯定没有资格完成他的任务。

“萨奇德。”

萨奇德跳了起来，手里的灯笼也几乎掉到地上。在他背后，马什正站在门口，看起来既专横，又令人不安，而且如此黑暗。他和这个地方非常契合，有着同样的线条和硬度。

“楼上的房间是空的，”马什说，“这一趟白跑了，我的弟兄们把一切有用的东西都带走了。”

“没白来，马什。”萨奇德转身看着钢板上的文字说。他还没看完，甚至还没来得及走近。那些文字密密麻麻，很难辨认。镌刻着这些文字的的钢板显然已经年深日久。萨奇德的心跳不禁有点加速。

这是从御主大帝统治之前流传下来的一些文字片断。这些文字是一个特里斯哲学家、一个圣人写下来的。经过了一千多年的搜寻，保管师从来没有完成他们创建时的那个最原始的目标，他们一直没有发现本族的特里斯宗教。

御主大帝即位之后，很快镇压了特里斯的宗教教学。他对自己的本族人——特里斯人的迫害贯穿了他漫长的统治时期，而保管师从来没有找到过有关他们昔日信仰的哪怕一点模糊的片断。

“我必须把这些复制下来，马什。”萨奇德摸索着背包，对马什说。提取视觉记忆是不行的，谁都不能看一眼有这么多文字的墙，就记住所有的词句。也许，他能把它们读一遍，然后记录到红铜智库里。但是，他希望有一份物理的记录，可以完美地保留这篇文字原有的结构和标点。

马什摇摇头。“我们不能待在这儿。我甚至希望我们没有来过这里。”

萨奇德抬起头，考虑了一下。然后他从背包里拿出几大张纸。“好吧，那么，”他说，“我把它拓下来。我想，这样会好得多。拓片能让我看到这些文字原本的样子。”

马什点点头，萨奇德找出了碳。

他激动地想：这个发现……和拉谢克的日记一样。我们离真相更近了。

但是，当他开始做拓片，他的双手小心而精准地移动着时，他突然有了一个想法：有了这样的一则文字，他的责任感将不允许他在乡村里游荡。他必须回到北方去分享他的发现，以防自己遭遇意外致使这些文字丢失。他必须回特里斯。或者……回卢萨岱尔，从那里可以传信息到北方。这样，他就有了回到运动中心的正当借口，可以再次看到另外的团伙成员了。

为什么这种想法会让他感到越发内疚呢？

当我最终得出了结论，把所有预言中的征兆和阿兰迪联系起来后，我是如此激动。然而，当我把这一发现告诉其他的创世师时，我被嘲笑了一顿。

哦，我真希望自己当时听从了他们的意见。

13

迷雾旋转翻腾，就像几支单色的画笔一起在画布上涂抹一样。西方的光线暗了下去，黑夜来临了。

纹皱着眉头。“雾气是不是出现得早了一点？”

“早了？”奥索尔用它呆板的声音回答道。它正和她一起坐在屋顶上。

纹点点头。“以前，迷雾是在天黑之后才出现的，对吗？”

“天已经黑了，主人。”

“但已经起雾了，太阳几乎刚落山就起了雾。”

“我看没什么，主人。也许迷雾和其他的天气现象一样，它们是变化的，有些时候。”

“难道它们在你看来一点都不奇怪吗？”

“如果你愿意我这样，我会认为它们是奇怪的，主人。”奥索尔说。

“我不是那个意思。”

“抱歉，主人，”奥索尔说，“请把你真正的意思告诉我，我肯定会按你的命令相信的。”

纹叹口气，揉了揉额头。我希望萨奇德回来，她想。不过，这是个毫无意义的愿望。即使萨奇德在卢萨岱尔，他也不会做她的仆人了。特里斯人已经不再把任何人称作主人。她只能用奥索尔。至少，坎德拉兽能提供萨奇德不能提供的信息，只要她能从它那里挖出来。

“我们要找到那个冒名顶替的人，”纹说，“那个取代了某个人的家伙。”

“是的，主人。”奥索尔说。

纹在迷雾里坐下来，靠在倾斜的屋顶上，把双臂搁在瓦片上。“那么，我需要多了解一些有关你的事情。”

“我，主人？”

“有关坎德拉兽的事情。如果我要找到那个冒名顶替的人，我要知道它是怎么想的，还要理解它的动机。”

“它的动机很简单，主人，”奥索尔说，“它要遵守它的契约。”

“要是它并不是按照契约行动的呢？”

奥索尔摇摇头。“坎德拉兽都会有一个契约。要是没有，它们是禁止进入人类社会的。”

“绝对不会？”

“是的。”

“如果这是个不守规矩的坎德拉兽呢？”

“这种事情是不存在的。”奥索尔斩钉截铁地说。

是吗？纹怀疑地想。不过，她没再继续这个问题。坎德拉兽不受人指使地混进宫里的可能性是很小的，更可能是伊兰德的某个敌人派他们来的。也许是某个军阀，或者是圣务官，甚至城里的其他贵族也有监视伊兰德的足够理由。

“好吧，”纹说，“那个坎德拉兽是个奸细，是被派到这里为某个人搜集情报的。”

“是的。”

“但是，”纹说，“要是它确实占据了宫里某个人的尸体，杀那个人的肯定不是它本人。坎德拉兽是不能杀人类的，对吗？”

奥索尔点点头。“我们都遵守这个规定。”

“那么，有个人溜到宫里，杀死了一个人，然后让他们的坎德拉兽占据了他的身体。”她顿了顿，整理了一下思路。“考虑到最危险的可能性，应该首先盘查团伙成员。幸运的是，由于谋杀是昨天发生的，我们可以排除布里兹，他当时在城外。”

奥索尔点点头。

“我们也可以同样排除伊兰德，”纹说，“昨天他和我们一起在城墙上。”

“那还剩下大部分团伙成员，主人。”

纹皱着眉，她设法为汉姆、道克森、克拉布斯和“幽灵”找出可靠的不在现场的证明。但是，他们都有至少几个小时不知去向。这段时间足以让一个坎德拉兽消化掉他们并取代他们。

“好吧，”她说，“那么，我怎么才能找到那个冒名顶替者？我应该怎么把它和其他人区分开呢？”

奥索尔平静地坐在迷雾里。

“一定有办法，”纹说，“它的模仿不可能十全十美。它会露马脚吗？”

奥索尔摇摇头。“坎德拉兽复制的身体非常完美，主人，血、肉体、皮肤和肌肉。在我分裂皮肤的时候你已经看到过了。”

纹叹了口气，站起身走到房屋的尖顶上。迷雾正盛，夜晚变得漆黑一片。她在屋脊上来来回回走动着，展示着迷雾之子超人的平衡感。

“也许我能看得出谁的表现没出现异常，”她说，“大部分坎德拉兽都能跟你模仿得一样好吗？”

“在坎德拉兽一族里，我的本领只能算中等水平。”

“但演员都不是无懈可击的。”纹说。

“坎德拉兽很少犯错误，主人，”奥索尔说，“但是，这也许是你最好的选择。但是，要警惕，它很可能是任何人。我们的族群非常善于模仿。”

纹沉默了片刻。不会是伊兰德，她努力说服自己。昨天他一整天都跟我在一起，除了早上。

时间够长了，她下了结论。我们在城墙上待了几个小时，而且那些骨头是最近排出来的。除此之外，我确实不知道是不是他，不是吗?

她摇摇头。“一定还有另外一个办法。我可以通过某些方法用熔金术发现坎德拉兽吗？”

奥索尔没有立刻回答。纹转身看着黑暗中的它，盯着它的脸。“怎么了？”她问道。

“这是我们不向外人说起的事情。”

纹叹了口气。“无论如何要告诉我。”

“你在命令我说吗？”

“我没有真正命令过你什么事情。”

“那我可以走了吗？”奥索尔问道，“你不想命令我，这样我们的契约就解除了，是吗？”

“我不是这个意思。”纹说。

奥索尔皱着眉，在狗的面孔上看起来这种表情真奇怪。“如果你能明确地把你的意思说出来，对我来说会轻松得多，主人。”

纹咬咬牙。“为什么你这样充满敌意？”

“我没有敌意，主人。我是你的仆人，并遵照你的命令做事。那是契约的一部分。”

“确实。和你所有的主人在一起时，你都乐于这样做吗？”

“和多数主人在一起时，我是在扮演一个特定的角色，”奥索尔说，“我用骨头进行模拟，变成一个人，沿用他的性格。你没有给我任何此类指示，只有这具……动物的骨头。”

那就是了，它还在为这条狗的身体生气，纹想。“嗨，那些骨头真的改变不了什么。你还是同一个人。”

“你不明白。坎德拉兽的重要性不在于自身是什么，而在于它要变成的人是谁。它借用的那些骨头，它完成的那个角色。我的前主人无一例外都让我做过这样的事。”

“啊，我跟别的主人不一样，”纹说，“不管怎么样，我要问你一个问题。我有办法用熔金术发现坎德拉兽吗？嗯，是的，我命令你说。”

奥索尔的眼睛里闪过一道胜利的光芒，好像很乐于看到强迫她进入角色。“坎德拉兽不受精神熔金术的影响，主人。”

纹眉头紧锁。“一点也不吗？”

“是的，主人，”奥索尔说，“要是你愿意，你可以试着煽动或安抚我们的情感，但不会有任何效果，我们甚至感觉不到你在试着操纵我们。”

像燃烧铜的人一样。“准确地说，这不算是最有用的信息。”她迈步走过坎德拉兽身旁，说道。熔金术师不能阅读人的思想和表情，当他们抚慰或煽动一个人时，他们只能祈祷那个人会按照他的意图作出反应。

也许，她可以用安抚某个人的情绪的办法来“检验”他是不是坎德拉兽。如果他没有作出回应，那也许意味着他是坎德拉兽，但也很可能只是证明他有很好的情绪控制能力。

奥索尔看着她踱步。“如果察觉到坎德拉兽很容易，主人，那么我们作为冒名顶替者就没有那么大价值了，是吗？”

“我想是的。”纹承认了，但是，它的那些话使她有了一些别的想法，“坎德拉兽能使用熔金术吗？我的意思是，要是它吃掉了一个熔金术师？”

奥索尔摇摇头。

纹想：那么，这就是另外的办法，如果我发现一个团伙成员能燃烧金属，那么我就知道他不是坎德拉兽。这个办法对道克森或宫廷仆人不起作用，但可以让她排除汉姆和“幽灵”。

“还有些事情，”纹说，“从前，在你和凯尔西一起工作时，他说我们必须让你远离御主大帝和他的审判官。这是为什么？”

奥索尔转移了目光。“这是一件我们不能谈论的事情。”

“那我命令你说。”

“我必须拒绝回答。”奥索尔说。

“拒绝回答？”纹问道，“你可以这样做吗？”

奥索尔点点头。“我们不能泄露关于坎德拉兽天性的秘密，主人。这是——”

“契约里约定的。”纹皱起眉头替它把话说完。我真的需要把那个东西重新读一遍。

“是的，主人。也许，我已经说得太多了。”

纹把目光从奥索尔身上转开，看向城里。迷雾继续翻滚着。纹闭上眼睛，用青铜向四处感应着，想发现附近熔金术师燃烧金属发出的脉动。

奥索尔站起身跑到她身边，坐在倾斜的屋顶上。“你难道不应该在国王正在举行的会议上吗，主人？”

“也许晚点会去。”纹睁开眼说。城外面，敌人的营火点亮了天际。被照亮的樊乔城堡在右边，伊兰德正和其他几个人开会。政府里几个最重要的人正坐在一个房间里。伊兰德会因为她坚持在外面警戒间谍和刺客而叫她妄想狂的。就让他叫吧，需要她的话他会叫她的，只要他活着。

她在房顶上躺下来。她很庆幸伊兰德没有搬进克雷迪克肖宫，而是决定把樊乔城堡作为王宫。不仅是因为克雷迪克肖宫太大无法适当布防，也因为那里会让她想起他，御主大帝。

近来，她常常想起御主大帝，或者说，拉谢克，那个成为御主大帝的人。一个天生的特里斯人，拉谢克杀死了那个本来应取得升华之井力量的人，然后……

然后做了什么？他们还是不知道。那位英雄正在冒险进行使人民摆脱一场被称为黑暗力量的危机。太多的内容遗失，太多的事物被有意破坏。他们关于那些日子的唯一的信息来源是一本古老的日记，是永世英雄在被拉谢克杀死之前写的。幸好，这本日记里透露了一些和他的探险有关的珍贵线索。

纹想：为什么我要为这些事情忧虑呢？黑暗力量是个被遗忘了一千年的东西。伊兰德和其他人正在为更危急的事件忧心忡忡。

而且，纹很奇怪地没有跟他们在一起。也许这些想法就是她在外面守卫的原因，不是因为她担心那些敌人。她只是觉得……想从那些麻烦里脱身出来。

就是现在，当她考虑着卢萨岱尔面临的威胁时，她仍然不由自主地想到御主大帝。

你不知道我为人类做了什么，他曾这样说过。我是你们的神明，即使你们不明白这一点。杀了我，你们就毁灭了你们自己。这是御主大帝的遗言，当他躺在自己的宫殿里的地板上死去时说出来的话。这些话使她忧虑。现在想起来心头仍会有一丝寒意。

她要转移一下注意力。“你喜欢哪一类东西，坎德拉兽？”她转向仍坐在她身旁的奥索尔，问道，“你爱什么？憎恨什么？”

“我不想回答这个问题。”

纹扬起眉毛。“你是不愿意，还是不能回答？”

奥索尔沉默了一下。“不愿意，主人。”含义很明显。你必须向我下令。

她差点这样做。但是，有些东西使她没说话，那双眼睛里的什么东西，尽管不是人类的眼睛，却流露出一些她熟悉的感情。

她熟悉这样的怨恨。在小时候为窃贼团伙的头目工作的时候，她常常有这样的怨恨。在团伙里，人们要听命行事，尤其你是个流浪的小女孩，没有地位也没有任何威胁别人的能力时。

“要是你不想说，”纹把目光从坎德拉兽身上移开，说道，“我不会强迫你的。”

奥索尔没说话。

纹在迷雾里吸了口气，湿冷的空气流进她的咽喉和肺部。“你知道我喜欢什么吗，坎德拉兽？”

“不知道，主人。”

“迷雾，”她抱着双臂说，“力量，自由。”

奥索尔慢慢地点了点头。这时，纹感受到了附近的一丝微弱的律动。从容，陌生，令人胆怯。这种古怪的律动和她几天前在樊乔城堡的屋顶上感觉到的一模一样。她几乎没有足够的勇气再次调查它。

应该对它采取一些行动，她最终作了决定。“你知道我痛恨什么吗，坎德拉兽？”她伏下身子，检查了一下她的匕首和金属，低声问。

“不知道，主人。”

她转身迎着奥索尔的目光。“我痛恨自己胆怯。”

她明白别人认为自己神经质、妄想狂。她曾经在恐惧中生活那么长时间，曾经把恐惧看作自然而然的事物，就像灰烬、太阳，像脚下的土地。

凯尔西为她驱散了那些恐惧。她仍然小心翼翼，但不再有无处不在的恐惧感。幸存者给了她不被她所爱的人痛打的生活，给她展示了一些比惧怕更好的事物：信任。现在她熟悉了这些，她不会轻易交出它们。敌人，刺客，都不能让她屈服。

“幽灵”也一样。

“尽量跟着我。”她低声说，然后跳离房顶到了下面的街道上。

她猫着腰冲过迷雾覆盖的街道，用速度和勇气的消逝竞赛。青铜律动的源头近了：它发自一条街道上方，在一栋建筑里。不在房顶，她断定。在三楼一间暗着灯的房间里，窗子是开着的。

纹丢下一枚铸币，跳到空中。她的身子向上射去，利用街道对面的一根插销让自己改变方向。她落在窗子黑暗力量一样的开口处，用手臂抓住窗框。她燃烧锡，让眼睛适应那间被遗弃的房屋里的黑暗。

它在里面。它的身体完全由迷雾形成，飘浮着盘旋着，它的轮廓在黑暗的房间里显得模糊不清。从这里监视纹和奥索尔谈天的屋顶角度正好。

阴魂不会窥视人类，是吗？斯卡人不谈论阴魂或鬼怪。它们涉及到太多有关宗教的问题，而宗教是属于贵族的。敬神对斯卡人来说是死罪。当然，这不能阻止所有的人，但像纹一样现实的窃贼是不会关心这种事情的。

在斯卡人的眼光里只有一种生物符合面前这个东西的样子。迷雾阴魂，据说这种生物会偷走愚蠢到敢于在夜间外出的人的灵魂。但是，纹现在知道迷雾阴魂是什么了。它们是坎德拉兽的表亲——一种奇特的、半智能的生物，能够利用自己吞下去的骨头。确实，它们很古怪，但不是幻影，甚至称不上真正的危险。夜里没有黑暗的阴魂，也没有飘浮在空中的妖怪或鬼魂。

似乎凯尔西也这样说过。而这个站在暗室里的东西看上去是一个有力的反证，它飘浮不定的形体在迷雾里翻腾。她抓紧窗框，她的老朋友——恐惧又回来了。

跑，逃开，躲起来。

“为什么你一直在这里监视我？”她质问道。

那东西没有动。它的身体似乎在把迷雾朝前拉，雾气微微盘旋着，就像在气流里。

我可以用青铜感应到它，那就是说它在使用熔金术，熔金术能够吸引迷雾。

它朝前移动了。纹紧张起来。

然后那阴魂就消失了。

纹蹙起眉头，愣住了。那就是它？她曾经——

什么东西抓住了她的胳膊。一种冰冷、可怕却又真实的东西。一阵疼痛袭击了她的大脑，就像从她的耳朵一直钻进头脑里一样。她想大叫，却又发不出声。她无声地呻吟一声，双臂颤抖着，从窗口向后掉了下去。

她的胳膊仍然很冷。她感到它在她旁边移动，似乎有冰冷的空气从它身上流出来。迷雾像流云一样掠过她的身体。

她燃烧起白蜡。疼痛，冰冷，潮湿，意识猛地清晰起来，她一翻身，在撞到地面前爆燃起白蜡。

“主人？”奥索尔说，它从阴影里跑了出来。

纹摇摇头，把身子撑起来跪在地上，手掌撑着冰冷圆滑的鹅卵石。她的左臂仍然能感到那阵蔓延的凉意。

“要找人帮忙吗？”奥索尔问道。

纹摇摇头，奋力摇摇晃晃地站了起来。她抬起头，透过翻滚的迷雾看着那扇黑洞洞的窗户。

她又打了个冷战。她撞到地面上的一侧肩膀很疼，伤还没好的肋部也一抽一抽地作痛，但她的力气确实慢慢恢复了。她看着上面，天上深不可测的迷雾晦暗朦胧，似乎包藏祸心，她离开了这栋房子。

不，迷雾是我的特权，夜晚是我的家园！这是属于我的地方。我不需要在夜晚感到恐惧，因为凯尔西教给了我相反的东西。她强迫自己这样想。

她不能输了这一场。她不能再回到恐惧里。不过，在她向奥索尔挥手并从那栋房子前跑开时，她无法控制自己过于急促的脚步。她也没有解释自己奇怪的行动。

奥索尔也没有询问。

伊兰德把第三摞书放在桌子上，这摞书倒在了另外两堆书上，差点把书弄翻到地板上。伊兰德把书放稳，然后抬起了头。

布里兹穿着整洁的套装，一边倒葡萄酒，一边迷惑地打量着桌子。汉姆和“幽灵”在等待会议开始的时候，正玩着石子游戏；“幽灵”要赢了。道克森坐在房间的角落里，在记账，克拉布斯陷在一张长绒毛沙发里，斜着眼睛看着伊兰德。

这些人里的任何一个都可能是冒名顶替的，伊兰德心想。这种想法在他看来仍然很疯狂。他该怎么办呢？难道要因此不信任他们吗？不，他太需要他们了。

唯一的办法就是不动声色地观察他们。纹让他设法在他们的性格里找出破绽。他愿意尽力观察，但事实是他不能肯定自己可以观察到多少。这种事在很大程度上是纹的领域。他要操心的是外面的敌人。

一想到她，他不由得朝书房后面的染色玻璃窗瞟了一眼，然后惊奇地发现天黑了。

已经这么晚了吗？他心想。

“亲爱的，”布里兹说，“当你告诉我们你去找一些重要的参考资料的时候，你应该告诉我们你打算离开整整两个小时的。”

“是的，啊，”伊兰德说，“我有点失去时间概念了……”

“整整两个小时？”

伊兰德羞怯地点点头。“这是有关的书籍。”

布里兹摇摇头。“要不是中央辖区正面临着危机，而且要不是看到哈蒙德破天荒地把一整月的薪水输给了这里的小男孩，我一个小时前就走了。”

“啊，是的，我们现在可以开始了。”伊兰德说。

汉姆咯咯笑着站了起来。“事实上，这有点像过去的日子。凯尔也总是迟到，而且他喜欢在晚上开会。迷雾之子时间。”

“幽灵”也眉开眼笑，他的钱包鼓鼓囊囊的。

伊兰德想：我们还在用箱币作为我们的货币，那是御主大帝的法定货币，我们要在这方面做点改变了。

“我怀念那块黑板。”“幽灵”说。

“我才不，”布里兹回应说，“凯尔的板书太丑陋了。”

“绝对丑陋，”汉姆坐下去，笑着说，“不过，你必须承认，他的字与众不同。”

布里兹扬起眉毛。“对，是这么回事。”

凯尔西，哈辛的幸存者，就连他的笔迹也是传奇，伊兰德想，“不管怎么样，”他说，“我想，我们要开始工作了。外面还有两支敌军等着。今天晚上不想出对付他们的办法我们就不离开这里！”

团伙成员对望了一眼。

“事实上，陛下，”道克森说，“我们已经想了一些办法。”

“哦？”伊兰德吃惊地问。嗯，确实，我把他们丢在这里几个小时了。“快说给我听听。”

道克森站起身，把椅子拉近一些和他们坐在一起，汉姆开始说了。

“是这样的，伊尔，”汉姆说，“有两支敌军在城外，我们就不用担心遭到突然的攻击。但是，我们仍然非常危险。只要一支敌军比另外一支坚持的时间更长，就很可能发生大规模的攻城。”

“在发动进攻之前，他们会想办法让我们挨饿，”克拉布斯说，“使我们变得虚弱，包括他们的敌人。”

“而且，”汉姆接着说，“这会让我们陷入困境，我们不可能坚持很长时间。城里已经处于饥饿的边缘，而敌军的国王很可能已经察觉了这一现实。”

“你的办法呢？”伊兰德慢悠悠地问。

“我们必须和两支敌军之一结盟，陛下，”道克森说，“他们双方也清楚，只靠自己，他们都没有打败对方的把握。但是，如果有我们的帮助，这种均势就会被打破。”

“他们会包围我们，”汉姆说，“封锁我们，直到我们因为饥饿而投向他们中的一方。最终，我们不得不这样做，或者这样，或者使我们的人民陷入饥荒。”

“我们的决定就是基于这个现实，”布里兹说，“我们不可能比他们支持得时间更长，所以我们不得不选择我们希望臣服的一方。而且，我建议我们尽快作决定，不然只能等着供给消耗殆尽。”

伊兰德平静地站起来。“和那些敌人中的一方做交易，我们在本质上是放弃了我们的王国。”

“对，”布里兹敲了敲他的杯子的边缘说，“但是，我通过引来第二支军队为我们赢得了谈判的本钱。你看，至少我们的地位可以让我们要求一些东西来作为交换。”

“那又能好到哪里去？”伊兰德问道，“我们还是输了。”

“比什么都得不到好，”布里兹说，“我想我们也许能说服赛特让你做卢萨岱尔的临时首脑。他不喜欢中央辖区，他觉得这里过于单调贫瘠。”

“临时首脑，”伊兰德皱着眉头说，“那和中央辖区之王还是有几分差别的。”

“没错，”道克森说，“但是，每个国王都需要有才干的人为他们管理治下的城市。你做不了国王，但是你和我们的军队将活过接下来的几个月，而且卢萨岱尔也不会遭到掠夺。”

汉姆、布里兹和道克森都主意已定，坐着等他表态。伊兰德低头看着他的那堆书，考虑着自己的研究和打算。团伙的成员们是从什么时候开始觉得只有这一条路可以走的呢？

他们似乎把他的沉默当成了同意。

“赛特确实是最佳选择，接下去呢？”道克森问，“也许斯特拉夫更可能跟伊兰德签署协定，他们，毕竟是一家人。”

伊兰德想：哦，他会和我签署协定的，而且一旦时机成熟就会撕毁协议。但是另一边呢？把城市交给赛特？那么这块土地、这些人民会有什么遭遇，要是他能继续管理的话？

“我认为赛特最好，”布里兹说，“他很愿意让别人管理，只要他得到了名声和金钱。麻烦的可能会是天金。赛特相信天金在这里，而他要是找不到的话……”

“我们只要让他在城里搜查一遍就行了。”汉姆说。

布里兹点点头。“你得说服他天金这件事是我误导了他才行，考虑到他对我的猜测，这件事应该不会很难。还有另外一件小事，你要让他相信我已经被干掉了。也许他认为一旦伊兰德发现我招惹了一支军队来打他，我就会被马上处死。”

其他人纷纷点头。

“布里兹，”伊兰德问，“赛特领主对他土地上的斯卡人怎么样？”

布里兹顿了顿，转移了目光。“恐怕不太好。”

“那么，看着，”伊兰德说，“我认为我们要考虑如何更好地保护我们的人民。我的意思是，如果我们把一切都交给赛特，那么我们就保全了自己，但代价是中央辖区的所有斯卡人。”

道克森摇摇头。“伊兰德，这不是出卖。如果这是我们唯一的出路的话。”

“这样说很容易，”伊兰德说，“但做这样的事，我是一定会感到内疚的。我不是说我们应该放弃你们的建议，只是我确实有一些想法要和大家讨论……”

其他人交换着目光。和往常一样，克拉布斯和“幽灵”在会议中保持安静，克拉布斯只在绝对必要的时候才发话，“幽灵”则倾向于在谈话时待在外围。最后，布里兹、汉姆和道克森把目光转向伊兰德。

“这是你的国家，陛下，”道克森谨慎地说，“我们只是在这里提建议。”很好的建议，他的声音暗示着。

“是的，很好。”伊兰德说，他飞快地拿起一本书。由于匆忙，他碰翻了一摞书，几本书“哗啦”一声从桌子上落在布里兹的膝盖上。

“抱歉，”伊兰德说。布里兹翻着白眼把书放回到桌子上。伊兰德翻开手里的那本书。“嗯，这一章有些很有趣的东西，说的是关于军队主力调动和管理的事情——”

“哦，伊尔？”汉姆皱着眉问，“这本书似乎是关于粮食漕运的。”

“我知道，”伊兰德说，“图书馆里关于军事的书不多。我想这是因为我们一千多年没有战争的结果。不过，这本书确实提到了维持最后帝国各种各样的卫戍部队需要多少粮食。你知道一支军队需要多少粮食吗？”

“好问题，”克拉布斯点着头说，“一般来说，让士兵吃饱是非常头疼的事情；我们在前线打仗时常常会碰到供给问题，而且我们只有少量的军法官，派去镇压偶尔发生的叛乱。”

伊兰德点点头。克拉布斯平时很少谈起他过去在御主大帝的军队里作战的事情，而且团伙成员也很少问他相关的事。

“总之，”伊兰德说，“我敢打赌赛特和我父亲都不适应大规模部队的移动。他们将会出现供应问题，特别是赛特，因为他出兵过于匆忙。”

“也许不会，”克拉布斯说，“两方的军队都在进入卢萨岱尔的河道旁扎了营。这样他们运输补给品就比较容易。”

“另外，”布里兹补充说，“尽管赛特的大部分领土正在暴动，但他控制着海法瑞克斯，那里有一个御主大帝的大罐头厂。赛特有大量的粮食可以通过短途水运送过来。”

“那么，我们就破坏河道，”伊兰德说，“我们找个打断他们运输补给的办法。河道可以加快补给速度，但也很容易受攻击，既然我们知道他们会走哪条路线。另外，如果我们能抢走他们的粮食，他们也许将不得不掉头回家。”

“或者这样，”布里兹说，“或者他们会冒险进攻卢萨岱尔。”

伊兰德停顿了一下。“这是一种可能，”他说，“不过，嗯，我也同样研究了如何守城。”他伸手从桌子上拿起另一本书。“这是颜德拉的《近代城市管理》。他提到因为卢萨岱尔城面积巨大，而且有非常多的斯卡人贫民，所以难以管辖。他建议使用流动的城市警卫队。我想我们可以把他的建议用在战争里，我们的城墙太长不能处处设防，但只要我们有流动的小部队能及时反应——”

“陛下。”道克森插话说。

“嗯？怎么了？”

“我们只有一支由刚受过一年训练的男孩和男子组成的部队，而我们面对的是两支而不是一支对我们有压倒性优势的部队。我们不能以武力赢得这场战争。”

“啊，是的，”伊兰德说，“当然。我只是在说要是我们不得不战斗，我有一些策略……”

“如果我们打，我们就输，”克拉布斯说，“总之我们可能会输。”

伊兰德沉默了一下。“是的，嗯，我只是……”

“不过，在河道攻击是个好主意，”道克森说，“我们可以偷偷摸摸地搞，或许雇一些强盗去那里袭击运输船。我们可能不足以让赛特和斯特拉夫撤军，但可以让他们士气低落并和我们结盟。”

布里兹点点头。“赛特已经在担心后方的骚乱。我们应该给他发出一个试探的消息，让他知道我们对结盟感兴趣。这样，一旦他在供给上出现问题，他就会想到我们。”

“我们甚至可以给他一封解释布里兹之死的信，”道克森说，“作为一种诚意的表现。那样——”

伊兰德清了清嗓子，其他人不说话了。

“我，呃，还没有把话说完。”伊兰德说。

“抱歉，陛下。”道克森说。

伊兰德深吸了一口气。“你说得不错，我们承担不起和他们打仗的代价。但是，我想，我们可以找个办法让他们自相残杀。”

“一个很有趣的想法，老弟，”布里兹说，“但让那两家打起来可不像劝说‘幽灵’为我续满葡萄酒那样简单。”他举着空杯子转过身。“幽灵”愣了一下，然后叹口气，站起身抓起了葡萄酒瓶。

“是啊，没错，”伊兰德说，“但是，虽然关于军事的书很少，却有不少关于政治的。布里兹，你前一天说，作为僵持的三方里最弱的一方是我们的优势。”

“对，”布里兹说，“我们可以决定战争的结果倒向两个较强力量的任何一方。”

“是的，”伊兰德打开一本书说，“现在这里有三派力量，这不是战争，这是政治。这就像一场在家族间展开的竞赛。在家族政治里，即使最有实力的家族也不能在没有盟友的情况下屹立不倒。小家族虽然在个体上力量很弱，但把它们看成一个整体时则很强。

“我们就像那些小家族里面的一个。如果我们想得到财富，我们就必须让我们的敌人忘记我们，或者，至少让他们觉得我们无关紧要。如果他们两边都认为自己吃定了我们，他们可以利用我们打败另一方，然后在能腾出手时把我们吃掉，那么，他们就会抛开我们不管，把精力集中在对方身上。”

汉姆摸着下巴说，“你说的是脚踩两只船，伊兰德。这会把我们放到一个危险的位置上。”

布里兹点点头。“到那个时候，我们得和看上去力量较弱的一方结盟，让他们互相斗下去。但获胜方的力量是否能被削弱到会被我们打败，还是个未知数。”

“别忘了我们的粮食问题，”道克森说，“你的提议要花时间，陛下。在此期间我们被包围着，我们的粮食在不断减少。现在是秋天，很快我们要面临过冬的问题。”

“形势将会很艰难，”伊兰德表示赞同，“而且很危险。不过，我认为我们能做到。我们让他们都认为我们会跟他们结盟，但我们不出兵支持。我们煽动他们互相争斗，耗尽他们的军需和士气，使他们陷入冲突的泥潭。等到尘埃落定，幸存的军队也许正好被削弱到可以被我们轻易战胜。”

布里兹似乎若有所思。“这个想法有一套，”他承认道，“而且，听起来确实很有意思。”

道克森笑了。“你就说，因为这是个借刀杀人的计划就好了。”

布里兹耸耸肩。“煽动离间在个人层面上效果很好，我不知道这个办法在国家政策上是否同样可行。”

“事实上，那关系到大部分政权如何运作的问题，”汉姆沉思道，“所谓政府，不过是个确保别人完成所有工作的制度化的方法。”

“嗯，有办法了？”

“我不知道，伊尔，”汉姆说，“这听起来像凯尔的一个计划——莽撞、勇敢，还有几分疯狂。”他似乎为伊兰德提出这样的计划感到非常吃惊。

伊兰德气愤地想：我可以像任何人一样莽撞，不过，自己真的愿意一直用这个路子思考吗？

“我们很可能使自己陷进非常严重的麻烦里，”道克森说，“如果两边都识破了我们的伎俩。”

“他们将毁灭我们，”伊兰德说，“但是……好吧，诸位，你们都喜欢赌。但是，与向赛特领主弯腰致礼比起来，你们能说这个计划对你们没有吸引力吗？”

汉姆和布里兹交换了一下眼色，他们似乎在考虑这个主意。道克森翻着白眼，但他的反对似乎只是出于习惯。

不，他们并不情愿选择安全的路径脱身。这些人是曾经挑战御主大帝的斗士，是靠敲诈贵族为生的恶棍。在某些方面，他们可以非常谨慎；他们小心翼翼地掩盖他们的踪迹并保护他们的利益。但是当值得一搏的时机来临，他们又很愿意抓住机会。

不，不只是愿意，而是渴望。

伊兰德想：好极了，我的核心参议员都是喜欢寻找刺激的受虐狂。糟糕的是，我决定入伙了。是呀，不然他又能怎么办呢？

“我们至少要好好盘算一下，”布里兹说，“这个计划听起来很带劲。”

“喂，听着，我提这个建议可不是因为它带劲，布里兹，”伊兰德说，“我在年轻的时候就开始计划，如果有一天我当上家族领袖的话，我该怎样把卢萨岱尔变成一个更好的城市。我可不准备一有人反对就抛弃我的梦想。”

“议会怎么办？”汉姆说。

“那是最容易的部分，”伊兰德说，“他们两天前在议会上通过了我的提案。在我和我父亲谈判前，他们不能向任何入侵者打开城门。”

成员们沉默地坐了片刻。最后，汉姆摇着头对伊兰德说：“我真不知道，伊尔。这个计划听起来很吸引人。我们在等你的时候，其实也讨论过几个比这更大胆的计划。但是……”

“但是怎么了？”伊兰德问。

“一个这样的计划在很大程度上取决于你，老弟，”布里兹说，他啜了口葡萄酒，“你必须去和那些独裁者会面，你要使他们都相信我们支持他们那一边，无意冒犯，但你是个玩弄计谋的新手。让一个新手充当组织里的关键人物，我们很难赞同一个如此莽撞的计划。”

“我能做到，”伊兰德说，“真的。”

汉姆瞟了布里兹一眼，然后两个人都把目光投向克拉布斯。性情乖僻的将军耸耸肩，“要是这孩子想去试试，那就让他去。”

汉姆叹口气，又把目光转向伊兰德。“我想我同意。只要你能胜任，伊尔。”

“我会的，”伊兰德掩饰着自己的紧张说，“我只是觉得我们不能放弃，不能轻易放弃。也许这个计划不会成功，也许，在被围困几个月后，我们最后还是不得不放弃这座城市，但是，这为我们争取了几个月的时间，在这段时间里可能会出现转机。比起彻底失败来，冒险等待是值得的。一边等，一边想办法。”

“那好吧，”道克森说，“给我们些时间来想点办法和意见，陛下。我们几天后再会面谈一下细节。”

“好，”伊兰德说，“不错。现在，要是我们可以将话题转到其他的问题上，我想——”

外面有人敲门。在伊兰德发话后，德默克斯上尉带着局促不安的表情推开了门。“陛下？”他说，“很抱歉，但是……我想我们抓到了一个偷听你们会议的人。”

“什么？”伊兰德说，“谁？”

德默克斯转过身，对两个护卫挥挥手。他们带进房间的那个女人伊兰德还隐约记得。和大多数特里斯人一样是高个子，她穿着一件颜色鲜艳却很实用的衣服。她的耳朵有些下垂，耳垂为了适应大量的耳环被拉长了。

“我认得你，”伊兰德说，“几天前在议会大厅里，你监视过我。”

那个女人没说话。她打量着房间里的人，身体站得很直，甚至可以说傲慢，尽管双手被反绑着。伊兰德从前没有见过特里斯女人。他只见过特里斯仆人，生下来就被训练做男仆的阉人。不知道为什么，伊兰德本以为特里斯女人应该看起来更恭顺些才对。

“她正藏在隔壁房间里，”德默克斯说，“很抱歉，陛下。我不知道她是怎么通过我们的守卫的。我们发现她正靠着墙偷听，虽然我怀疑她听不到什么。我是说，那些墙都是用石头砌成的。”

伊兰德和她对视着。她年纪有点大，大概有五十岁，称不上美，但也不能说不好看。她身体健壮，有一张坦率的方形面庞。她的目光沉着而坚定，使伊兰德有点不舒服。

“呃，你想偷听什么，女士？”伊兰德问。

那个特里斯女人没有理他。她转向其他人，用带着轻微口音的声音说：“我要和国王单独谈话。余下的人可以出去了。”

汉姆笑起来。“哈，至少她很有种。”

道克森问那个特里斯女人。“你凭什么觉得我们会让国王和你单独在一起呢？”

“陛下和我有事情要谈。”那个女人用公事公办的语气说，好像忘记了，或者没觉得她被捕的身份，“你们不用担心他的安全，藏在窗户外面的那个年轻的迷雾之子就足够对付我了。”

伊兰德朝旁边巨大的染色玻璃窗旁的小换气窗看了一眼。这个特里斯女人怎么知道纹在旁边警戒呢？她的耳朵一定异常敏锐。也许，足以隔着一道石墙听到我们的会谈。

伊兰德转身面对着造访者。“你是保管师？”

她点点头。

“是萨奇德派你来的吗？”

“我因为他而来，”她说，“但我不是被‘派’来的。”

“汉姆，没事，”伊兰德缓缓说道，“你们可以走了。”

“你确定？”汉姆皱着眉问。

“就让我被这么绑着吧，要是你们不放心。”那个女人说。

伊兰德心里盘算着：如果她真是个储金术师，绳索并不是障碍。当然，如果她的确是储金术师，像萨奇德一样是保管师，我就不该对她有任何疑虑。按照一般情况来说应该如此。

其他人慢吞吞地离开了房间，他们的姿态透露出他们对伊兰德所作决定的想法。尽管他们在身份上已经不再是窃贼，但伊兰德怀疑他们，和纹一样，总会带着过往生活的印记。

“我们就在外面，伊尔。”最后一个出门的汉姆说，然后他拉上了门。

可是，任何熟悉我的人都知道我不会轻易放弃。一旦我发现需要调查的事情，我就会锲而不舍。

14

那个特里斯女子一发力，绳子就断落在地上。

“啊，纹？”伊兰德说，他开始怀疑自己怎么会有和这个女人单独会面的怪异逻辑，“也许你该进来了。”

“她其实不在这里，”特里斯女子一边往前走，一边说，“几分钟前她离开去巡视了，这就是我自投罗网的原因。”

“哦，我明白了，”伊兰德说，“我要叫护卫了。”

“别傻了，”那个特里斯女子说，“要是我想杀你，我可以赶在他们进来之前把你杀了。现在你安静一会儿。”

伊兰德惴惴不安地站着。那个高个子女人围着桌子缓缓地走了一圈，像一个商人打量一件打算拍卖的家具一样地看着他。后来，她停住脚步，两手叉着腰。

“站直。”她命令道。

“抱歉？”

“你无精打采的，”那个女人说，“一个国王必须时时维护他的尊严，就算是和他的朋友在一起的时候。”

伊兰德皱起眉头。“嗯，虽然我感激你的建议，但我不——”

“住嘴，”那个女人说，“别打岔。这是命令！”

“抱歉？”伊兰德说。

那女人走上来，用一只手用力压在他肩膀上为他正好姿势。她退后两步，然后微微点了点头。

“喂，看着，”伊兰德说，“我不——”

“住嘴，”那女人打断了他，“你必须在说话的方式上强硬一些。所有表达：措辞、动作、姿态，会决定人们对你的评价和反应。如果你每次说话都这样软弱和迟疑，你就会在人们眼里变得软弱和不可靠。拿点力气出来！”

“这到底是怎么回事？”伊兰德恼火地问道。

“这就对了，”这个女人说，“终于有力气了。”

“你说你认识萨奇德？”伊兰德问道，抑制住自己恢复原先的懒散姿势的冲动。

“他是我的老朋友，”那个女人说，“我的名字是婷德薇尔。我，正如你所猜测的，是个特里斯族保管师。”她的脚步迟疑了一下，然后摇了摇头。“萨奇德说你懒散，可老实说我真没见过一个国王表达自我的能力如此糟糕。”

“懒散？”伊兰德问道，“抱歉？”

“别再那样说，”婷德薇尔厉声说，“不要提问，怎么想就怎么说。如果你反对，你就反对，不要把你的话交给我来解释。”

“哦，好吧，真有意思，”伊兰德一边说，一边朝门口走去，“今天晚上我确实不想再领教了。要是你愿意……”

“你的人认为你是个傻瓜，伊兰德·樊乔。”婷德薇尔静静地说。

伊兰德站住了。

“议会，你亲自组建的那个团体，无视你的权威。斯卡人认定你没有保护他们的能力，就算你自己的团队朋友也在你缺席时自定计划，认为你的参与无关紧要。”

伊兰德闭上眼，缓缓地深吸了一口长气。

“你有好想法，伊兰德·樊乔，”婷德薇尔说，“帝王的想法。但是，你不是个王。一个人只有在其他人接受他作为领袖时才能领导他们，而且他需要有他的子民给予他的足够权威。世界上一切绝妙的想法都不能拯救你的王国，如果没有一个人愿意听这些想法的话。”

伊兰德转过身来。“过去一年来，我读完了四个图书馆里的与领导能力以及政府管理有关的每一本书。”

婷德薇尔扬起眉毛。“那么，我猜你花了大量的时间在你的房间里，这些时间你本应该到外面，去见你的子民，学习做一个管理者。”

“书籍有巨大的价值。”伊兰德说。

“行动有更大的价值。”

“我从哪里可以学到正确的行动呢？”

“从我这里。”

伊兰德没说话。

“你也许知道每个保管师都有某个领域的特殊兴趣，”婷德薇尔说，“虽然我们所有的保管师都记忆着同样的信息库，但一个人只能研究和理解数量有限的内容。我们共同的朋友萨奇德把他的时间花在了宗教上。”

“那么你的专长呢？”

“传记，”她说，“我研究了许多将军、国王，还有你从来没有听过的一些帝王的生活。理解政治和领导力的理论，伊兰德·樊乔，和理解生活在这种规律中的人的生活是不一样的。”

“那……你能教我去效仿这些人？”

“也许吧，”婷德薇尔说，“我还没确定你是否有药可救。不过，我来了，所以我会做一些力所能及的事。几个月前，我接到一封萨奇德的信，里面解释了你的困境。他没有请我来训练你。但是，结果，萨奇德也许是另一个应该学习变得更加果断些的人。”

伊兰德慢慢地点点头，然后看着这个特里斯女人的眼睛。

“那么，你愿意接受我的指导吗？”她问道。

伊兰德想了想，只要她能像萨奇德一样有用，那……好吧，她肯定能在这件事上帮到我。“我愿意。”他说。

婷德薇尔点点头。“萨奇德也提到了你的谦卑。这可能会成为一种资产，假如你不让它对你产生妨碍。现在，我想，你的迷雾之子已经回来了。”

伊兰德朝侧窗转过身去。百叶窗是开着的，迷雾正开始流进房间，窗边出现了一个身着斗篷的身影。

“你怎么知道我在这里？”纹平静地问。

婷德薇尔笑了，这是伊兰德第一次看到她有这样的表情。“萨奇德也提到过你，孩子。你和我过会儿应该私下谈谈，我想。”

纹带着一阵迷雾溜进房间，关上了百叶窗。她站到了婷德薇尔和伊兰德之间，没有掩饰自己不信任的敌意。

“你到这里干什么？”纹问道。

婷德薇尔又笑了。“你的国王用了几分钟时间才问到这个问题上，而你一上来就问了。你们真是有趣的一对。”

纹眯起了眼睛。

“无论如何，我要告退了，”婷德薇尔说，“我想我们会再谈一次吧，陛下？”

“是的，当然，”伊兰德说，“呃，有什么我应该着手练习的吗？”

“有，”婷德薇尔一边朝门口走，一边说，“停止说‘嗯’。”

“好。”

婷德薇尔刚打开门，汉姆的头就探了进来。他立即注意到了她掉在地上的绳索，不过，他没吭声，似乎以为是伊兰德放了她。

“今天晚上我们到此为止吧，诸位，”伊兰德说，“汉姆，你能为婷德薇尔女士在宫里找一间客房吗？她是萨奇德的一个朋友。”

汉姆耸耸肩。“好吧。”他冲纹点点头，然后退了出去。婷德薇尔出门时连个晚安都没有说。

纹蹙着眉看着伊兰德。他看起来有点……心不在焉。“我不喜欢她。”她说。

伊兰德笑了，他把桌子上的书收拢起来。“你不喜欢任何一个初次见面的人，纹。”

“我喜欢你。”

“那正表明你对人的判断力很糟糕。”

纹愣了一下，然后笑起来。她走上来查看那些书。它们不是伊兰德常看的那类书，这些书要实用得多。“今天晚上进行得怎么样？”她问道，“我没那么多时间来听。”

伊兰德叹了口气。他转过身，坐在桌子上抬头看着房间后面巨大的圆花窗。天黑了，花窗的颜色在黑暗里只能隐约地反射出来。“进行得不错，我想。”

“我说过他们会喜欢你的计划。这是他们能找到挑战性的那类事情。”

“我想是的。”伊兰德说。

纹皱着眉头。“好。”她说，然后她飞身跳到桌子上，在他身边坐下来。“是怎么回事？她说了些什么吗？她究竟想干什么？”

“只是来传递一些知识，”他说，“你知道，保管师总希望有一双耳朵来听他们的说教。”

“没错。”纹说。她没见过伊兰德垂头丧气的样子，但他确实感到很泄气。他有那么多的想法，那么多的计划和希望，她有时候会奇怪他是怎么把这么多东西理清楚的。她大可以说他不专注。睿以前总是说专注使窃贼得以生存。然而，伊兰德的梦想在很大程度上是他这个人的组成部分。她不相信他会抛弃它们。她也不希望他那样做，因为那些梦想是她爱他的一部分原因。

“他们同意了那个计划，纹，”伊兰德说，他仍然抬头看着窗户，“他们甚至看起来很激动，就像你预言的那样。只是，我不能不承认他们的建议比我的合理得多。他们希望和两支军队之一结盟，用我们的支持换取我做卢萨岱尔的代理统治者。”

“那是放弃。”

“有时候，放弃比失败要好。我刚刚导致我的城市陷进一场旷日持久的围攻。那意味着饥饿，也许会饿死人，在这一切结束之前。”

纹把一只手按在他肩上，奇怪地看着他。在平时，都是他为她打气的。“这仍然是一个好办法，”她说，“他们提了一个软弱的计划，也许因为他们觉得你不会赞成比较大胆的计划。”

“不，”伊兰德说，“他们不会迎合我，纹。他们确实觉得结成战略同盟是个有益的、安全的办法。”他顿了顿，转头看着她。“从什么时候起这个团伙代表我政府里通情达理的一方了？”

“他们必须成长，”纹说，“承担这么多的责任，他们不能再做他们从前所做的那种人了。”

伊兰德转身朝着窗户。“我告诉你我担心的是什么，纹。我担心他们的计划不合理，也许计划本身有点有勇无谋，也许和一方结盟会非常困难。如果确实如此，那么我的建议就是个彻底的笑话。”

纹抓着他的肩膀。“我们打败了御主大帝。”

“那时候你有凯尔西。”

“别再那样说了！”

“对不起，”伊兰德说，“但是，说真的，纹。也许我试图控制内阁的计划只是一种自大。你跟我说的关于你童年的事呢？当你在偷窃团伙里的时候，每个人都比你个子大，比你强壮，而且比你卑鄙，你是怎么做的？你敢于反抗团伙头目吗？”

回忆闪现在她的脑海里，关于躲藏，关于眼睛一直往下看，关于软弱。

“那时候不敢，”她说，“你永远都不能让别人再打你了。这就是凯尔西教会我的，那就是我们为什么要跟御主大帝战斗的原因。那就是那些年里斯卡人为什么掀起反抗最后帝国的暴动的原因，即使当时没有胜利的希望。睿跟我说那些反叛者是傻瓜。但睿现在死了，最后帝国也灭亡了。而且……”

她弯下身子，捕捉到伊兰德的目光。“你不能放弃这座城市，伊兰德，”她平静地说，“我想，我不喜欢你被人揍的样子。”

伊兰德沉默了一下，然后慢慢笑了。“有时候你可以非常聪明，纹。”

“你真的这样想？”

他点点头。

“啊，”她说，“那你显然跟我一样对人的判断力很糟糕。”

伊兰德大笑起来，用胳膊环抱着她，把她拥在自己身侧。“这样看来，我猜今夜的巡视平安无事？”

那个迷雾阴魂。她的跌落。前臂上仍然能感觉到的寒意。“是的。”她说。上次她告诉他关于那个迷雾阴魂的事时，他立即认为她确实看到了东西。

“是吧，”伊兰德说，“你本来应该来开会吧？我本来也想让你参加的。”

她没说话。

他们坐了一会儿，一起看着那扇黑色的大窗。这扇窗有一种奇怪的美：因为背面缺乏光线，看不出它的颜色，但这样她就能把焦点转移到玻璃的图案上。块状、条状、片状和盘状的玻璃交织着镶嵌在一个金属框架里。

“伊兰德？”她发了话，“我担心。”

“你不担心我反而会觉得奇怪，”他说，“那些军队让我愁得脑子都不好使了。”

“不是的，”纹说，“和这个没关系。我担心的是其他事。”

“什么样的事？”

“哦……我一直在想御主大帝在被我杀死前说的话。你还记得吗？”

伊兰德点点头。他当时不在场，但纹对他说过。

“他提到他对人类做的事，”纹说，“他拯救了我们，就像故事里说的，从黑暗力量那里。”

伊兰德点点头。

“但是，”纹说，“黑暗力量是什么呢？你是贵族，宗教对你不是禁忌。祭司在传教时是怎么说黑暗力量和御主大帝的？”

伊兰德耸耸肩。“事实上，说得不多。宗教并没有被禁止，但也不受鼓励。祭司有点类似于私有物，有说法称他们会处理宗教的事务，我们自己无需费心。”

“但他们确实教了你一些东西，是吗？”

伊兰德点点头。“大体上，他们谈的是为什么贵族拥有特权而斯卡人是被诅咒的。我猜他们希望我们认识到自己是多么幸运，不过说实话，我一直对这样的教育很烦。你看，他们说，我们之所以是贵族是因为我们的祖先在升华之前支持御主大帝。但是，那就表示我们的特权是源于别人所做的事情。真不公平，嗯？”

纹耸耸肩。“和其他任何事情一样不公平，我猜。”

“但是，难道你不气愤吗？”伊兰德说，“贵族得到那么多而你得到那么少，这不会让你感到灰心丧气吗？”

“我不这样想，”纹说，“贵族的东西多，所以我们可以从他们那里拿过来。我们干吗要操心他们是怎么得到的？有时候，我有食物，其他小偷打我并且抢走了我的食物。我从哪里得到食物又有什么要紧？它还是从我这里被抢走了。”

伊兰德顿了一下。“你知道，有时候我觉得，要是我读过的那些政治理论家碰到你，我有种感觉，他们也一定会束手无策的。”

她捅了他一下。“说够政治了。跟我谈谈黑暗力量吧。”

“好，我认为它是某种形式的生物，一个黑暗而邪恶的几乎毁灭了世界的东西。御主大帝长途跋涉到升华之井旁，在那里得到了击败黑暗力量并统一人类的能力。城里有几尊描述这个事件的雕像。”

纹眉头紧锁。“是的，但它们根本没有表现出黑暗力量真正的外表，黑暗力量只是被描绘成御主大帝脚下一团扭曲的块状物体。”

“是呀，最后一个真正见过黑暗力量的人在去年就死了，所以我想我们只能通过雕像猜测一番了。”

“除非它再次出现。”

伊兰德皱着眉头看着她。“就是这些事吗，纹？”他的脸色缓和了一些，“两支敌军还不够吗？你也要关心一下城市的命运啊。”

纹羞怯地低下头，伊兰德笑着把她拉近一些。“哦，纹。我知道你有点妄想狂，说实话，考虑到我们的处境，我也开始有同样的感觉了，但我觉得这是个我们不需要担心的问题。我还没收到任何关于凶残的邪恶化身在世上作乱的报告。”

纹点点头。伊兰德把身子向后靠一点，一副可以回答她的问题的样子。

她想：永世英雄长途跋涉到升华之井旁打败了黑暗力量，但那些预言都说英雄本人不应取得井的能量，他要献出这些力量，相信这些力量本身可以毁灭黑暗力量。

拉谢克没这么做，他自己取得了那些力量。那是否意味着黑暗力量本身从来没有被消灭？那么，为什么世界没有毁灭呢？

“血红的太阳和棕色的植物，”纹说，“是黑暗力量导致的吗？”

“还想着那些问题？”伊兰德皱着眉，“血红的太阳和棕色的植物？它们还会是什么颜色呢？”

“凯尔西说过太阳从前是黄色的，而植物是绿色的。”

“真是奇怪的想象。”

“萨奇德赞同凯尔西，”纹说，“传说里都说在御主大帝时代的早期，太阳改变了颜色，而且灰烬开始在天空飘落。”

“哦，”伊兰德说，“我猜黑暗力量可能跟这个有关系。说真的，我不知道。”他坐在那里沉思了片刻。“绿色的植物？为什么不能是紫色或蓝色？真奇怪……”

永世英雄向北行，去往升华之井。她微微转动身子，双眼望着极为遥远的特里斯山方向，想：它还在那里吗，升华之井？

“你从奥索尔那里得到消息没有？”伊兰德问，“有没有可以帮助我们找出间谍的办法？”

纹耸耸肩。“它告诉我坎德拉兽不能使用熔金术。”

“那么，你能用这个办法找到冒名顶替的奸细？”伊兰德抬起头问。

“有可能，”纹说，“我可以测试‘幽灵’和汉姆，至少。但要检测普通人则难得多，坎德拉兽不受精神抚慰的影响，所以也许我能通过这个找出间谍。”

“听起来很有希望。”伊兰德说。

纹点点头。躲藏在她潜意识里的那个窃贼，伊兰德常常取笑的那个妄想狂女孩，其实早就跃跃欲试，想在他身上用熔金术来检验他，看他是否会对她的推和拉作出反应。但她制止了自己。她要信任这个人。其他人她要检验，但她不会质疑伊兰德。她有种想法，她宁愿错认了他，也不愿意承担猜疑的焦虑。

她想：我终于理解了。凯尔西，我懂得你和梅尔是怎么回事了。我不能犯同样的错误。

伊兰德正盯着她。

“怎么了？”她问。

“你在微笑，”他说，“我是不是能听到一个笑话了？”

她抱抱他。“不是的。”她微微一笑。

伊兰德也笑了。“好吧。你可以检查‘幽灵’和汉姆，但我非常肯定潜入者不是团伙里的某个人，我跟他们谈了一天，而且他们都是本人。我们要搜查宫里的其他人员。”

他不知道坎德拉兽有多厉害。敌方的坎德拉兽可能已经对目标研究了几个月，学习和记住了他的每一个习惯。

“我已经对汉姆和德默克斯说了，”伊兰德说，“作为宫里的守卫，他们知道那些骨头，而且汉姆能猜得到那是什么。幸运的是，他们可以不闹出太大动静梳理宫内人员，查找那个冒名顶替的人。”

纹试图检测伊兰德有多么值得信任的想法又冒了出来。不，她想，让他采取最好的办法吧。他要操心的事已经够多了。另外，也许那个坎德拉兽冒充的是我们核心小组之外的某个人。伊兰德可以用那个办法去找。

但是，如果那个冒名顶替者是团伙成员……好吧，这种情况我的妄想狂就有用武之地了。

“不管怎么说，”伊兰德站起身说，“在太晚之前，我有几件事要去检查一下。”

纹点点头。他给了她一个长吻，然后离开了。她在桌子上又坐了一会儿，没有看那个大圆花窗，而是看着旁边她溜进来的那个小窗户。它竖在那里，就像一扇通向夜的门。迷雾在黑暗里翻滚着，不时把一些丝絮送到房间里，然后在温暖的空气里静静地消散。

“我不会害怕你，”纹低声说，“而且我要找出你的秘密。”她爬离桌子并溜出窗户，去外面和奥索尔会合并再次检查宫廷里的守卫。

我已经确定阿兰迪是永世英雄，而且我决定证明这件事。我本应该虚心接受其他人的意见。我不该坚持和阿兰迪一起前往圣井，去见证他的旅程。

不可避免地，阿兰迪会自己发现我对他的信念和期待。

15

从瑟伦堡离开的第八天，萨奇德醒来时发现只剩下自己一个人。

他站起身，抖掉夜间落在毯子上的一层浮灰。马什在树冠下的位置是空的，尽管那块空地有他睡过的痕迹。

萨奇德顺着马什的脚印走进刺目的红色阳光下。这里因为没有树冠遮盖，而且风也大，所以灰积得比较厚。萨奇德注视着风中的原野，没有马什进一步的踪迹了。

萨奇德返回营地。在中央辖区有树，长得扭曲而多节，但它们有华盖般重重叠叠的枝丫，长着浓密的褐色针叶。这些树提供了良好的荫蔽，尽管那些无孔不入的灰烬似乎能够渗透进任何避难所。

萨奇德做了道简单的汤作为早餐。马什没有回来。萨奇德在附近的小溪里洗了他旅行时穿的褐色袍子。马什没有回来。萨奇德缝好了袖子上的一个破口，给靴子擦了油，最后又刮了头。马什没有回来。萨奇德取出在瑟伦堡里做的拓片，转录了几句话，然后强迫自己把这些拓片放开，他怕拓片打开得过于频繁会弄糊上面的字迹，或者沾染上外面的灰。最好等等，等到他能有张合适的桌子和干净的房间再作打算。

马什还是没有回来。

最后，萨奇德离开了。他感受不到马什离开时仓促的意味，部分是因为他急于分享他新发现的信息，部分是因为他渴望知道纹和那个年轻的伊兰德国王是如何处理卢萨岱尔的事务的。

马什认识路。他会赶上来的。

萨奇德抬起手，遮在眼睛上挡住红色的阳光，从山顶上向下眺望。地平线上有一抹黑色。那些知识充溢他的大脑，让他找回了回忆。那片黑色是个叫乌尔贝尼的村庄。他从一个索引里查找着正确的地名。那个索引变模糊了，里面的信息很难记忆，这表示他把这个索引从红铜智库提取到记忆里的次数太多了。红铜智库里的知识会保持原样，但脑子里的东西会衰减，哪怕只过了短短片刻。他以后必须重新记忆这个索引。

他找到了要找的东西，然后把正确的记忆重新记在大脑里。地名词典把乌尔贝尼列为“名胜”类，那也许表示一些有地位的贵族曾决定把他们的庄园建在这里。此外，条目里说乌尔贝尼的斯卡人都是牧民。

萨奇德草草地做了笔记，然后把地名词典的记忆重新储存起来。阅读笔记能让他知道刚才忘记的东西。和索引一样，地名词典的记忆在他的大脑里也会不可避免地发生衰减。幸运的是，他有另一套红铜智库藏在特里斯作为备份，并且可以用那套红铜智库来把他的知识传递给另外的保管师。他当前的红铜智库是日常使用的。如果知识不能使用，那它对人们又能有什么好处?

他背上包。拜访一下这个村子对他有好处，即使会拖慢他的脚步。他的肚皮也赞同他的决定。虽然村民可能没有什么食物，但他们也许能提供一些肉汤之外的东西。另外，他们也许有一些关于卢萨岱尔的新闻。

他走下小山，选了一条较小的、朝东的岔路。从前，在最后帝国人们很少流动。御主大帝禁止斯卡人离开他们签订契约的土地，只有窃贼和反叛者才敢违背禁令。另外，也有很多贵族靠贸易为生，所以这样的村子里人们也许习惯了来访者。

萨奇德很快注意到了一些奇怪的情况。羊群沿着大路在村子附近游荡，却没有一个人看护。他停下脚步，然后从背包里摸出一个红铜智库。他一边走，一边在里面查找。一本关于畜牧的书说牧人有时会让他们的牲畜自己找草吃。但是，无人看守的牲畜使他紧张。他加快了脚步。

他想：在南方，斯卡人正在闹饥荒，然而这里牲口这么多，却没有抽人出来看管并防备可能出现的强盗或掠食动物。

小村庄出现在远方。萨奇德相信自己没有看到一点动静，街道上没有人活动，破败的门窗在他的到来带起的微风中摆动着。也许人们都吓得藏了起来。或者，可能他们只是出去了，照管牧群……

萨奇德站住脚。风向的改变从村子里带来了令人警觉的气味。那些斯卡人不是躲起来了，他们也没逃走。这是腐烂的尸体的气味。

突发紧急情况，萨奇德取出一个小戒指戴在了拇指上，那是一个嗅觉锡智库。风里的气味不像是屠杀造成的，这是一种更陈腐、更污秽的气味。这种气味不光是死亡造成的，还源于腐烂的、不清洁的尸体，还有垃圾。他反过来使用锡智库，储存而不是摄取嗅觉，这样他的嗅觉就变得很弱，使他不至于作呕。

他继续朝前走，小心地走近村子。和大多数斯卡人村庄一样，乌尔贝尼的结构很简单。它有十间大茅屋，围着一口井形成一个松散的圈子。这些房屋是用木头搭建的，屋顶是用他曾见过的那些树上长着针叶的树枝苫盖的。工头的棚屋和一栋漂亮的贵族别墅，则坐落在山谷方向稍远一点的地方。

如果不是因为那股气味，还有那种闹鬼一样空落落的感觉，萨奇德也许会认同他的地名词典里对乌尔贝尼的描述。对斯卡人居民来说，那些茅屋看起来维护得很好，而且这个村子坐落在一个群山环绕的安静山谷里。

等到他再走近一些，才发现了第一批尸体。这些尸体乱七八糟地躺在最近一间茅屋的门口附近，大约有六七个人。萨奇德小心翼翼地走过去，发现这些尸体至少已经死了好几天了。他跪在第一具尸体旁边，是个妇女，但看不出致死的原因。其他尸体也一样。

萨奇德忐忑不安地强制自己伸手推开了茅屋的门。房屋内部的恶臭如此强烈，连他用锡智库弱化了的鼻子都闻得出来。

这间茅屋和大多数斯卡人的房屋一样，只有一个房间。房间里充斥着尸体，多数包着薄毯子躺在地上。有些背靠墙坐在地上，腐烂的头颅无力地从颈子上垂下来。他们有着枯瘦的、几乎皮包骨头的身体，干枯的四肢和突出的肋骨。一双双看不见东西的眼睛诡异地大睁着挂在干瘪的面孔上。

这些人是因为饥饿和脱水死去的。

萨奇德低着头，慢吞吞地从茅屋里走出来。他没指望在其他茅屋里发现不同的情况，但他还是一一检查过去。同样的场景重复了一次又一次。没有伤痕的尸体躺在外面，更多的尸体蜷缩在室内。苍蝇成群地嗡嗡飞着，遮住那些面孔。在一些建筑里，他在房屋中间发现了被啃过的人类骨头。

他拖着脚从最后一间茅屋里走出来，用嘴深深吸了口气。总计超过一百名村民不明原因地死掉了。到底是什么原因导致这些人坐在、躲藏在他们的房间里，而不是出去寻找食物和水呢？外面随处跑着牲畜，他们怎么能饿死呢？他在外面发现的那些躺在灰烬里的尸体，他们又是被什么杀死的呢？他们看起来不像室内的那些尸体那么瘦弱，尽管这些尸体都腐烂得很厉害，但还是可以分辨出来。

我肯定想错了，这里肯定发生了一场瘟疫，萨奇德对自己说。这才是更加合理的解释。他在自己的医学红铜智库里搜索了一下，确实有些疾病可以迅猛地发作，使病人如此虚弱。而那些幸存者肯定逃离了这里，把他们所爱的人抛弃在这里，而且没有从他们的牧场带走任何牲畜。

萨奇德眉头紧锁。就在这时，他觉得他听到了些什么。

他扭转身，从他的听觉锡智库里取出一些听力。声音是从那边传来的——

呼吸和活动的声音，来自他检查过的一座茅屋。他冲过去打开了门，再次察看着那些令人难过的死者。那些尸体都躺在刚才的地方。萨奇德又仔细检查了一遍，这次他看到了一个胸脯还在起伏的人。

萨奇德想：向被遗忘的神明起誓……那个人根本不需要这样辛苦地装死。他的头发披散着，他的眼睛深陷在脸上。虽然他看起来明显不是被饿死的，萨奇德还是很可能因为他那肮脏的、像死人一样的身体而忽视他。

萨奇德朝那个人走过去。“我没有恶意。”他轻声说。那个人仍然一动不动。萨奇德皱起眉，走过去把一只手放在他的肩膀上。

那人猛然睁开了眼睛，惊叫着跳了起来。他茫然而慌张地在死人堆里爬着，躲到屋子后面。他的身子蜷成一团，眼睛死死地盯着萨奇德。

“请不要害怕。”萨奇德说着，把背包放下来。他仅有的食物除了一些肉汤香料外只有几把面粉，但他取了一些出来。“我有吃的。”

那个人摇摇头。“这里没有吃的，”他低声说，“我们把粮食全吃光了。除了……那些食物。”他的目光对着屋子中间，朝着萨奇德早些时候看到的那些骨头，没有煮过，上面带着啃过的痕迹，堆在一块粗布下面，似乎要把它们藏起来的样子。

“我没吃那些食物。”那个男人小声说。

“我知道，”萨奇德说，他朝前走了一步，“但是，还有别的食物。在外面。”

“不能去外面。”

“为什么不能？”

那个人停了一下，然后低下了头。“迷雾。”

萨奇德朝门口看了一眼。太阳正在靠近地平线，但一个小时内还不会落山。没有迷雾，至少现在还没有。

萨奇德感到一阵寒意。他慢慢朝那个男人转过身。“迷雾……在白天？”

那个人点点头。

“而且没有散，”萨奇德问，“几个小时都没散？”

那个人摇摇头。“整天整天的，几个星期。全是迷雾。”

“御主大帝！”萨奇德不禁在心中默念道，然后马上停下来。他已经好长时间不用那个人的名字起誓了，即使在思想里。

但说到白天出现的迷雾，还驻留不散几个星期，如果这个人可信的话……萨奇德可以想象这些斯卡人，恐慌地挤在他们的茅屋里，一千年来的恐惧、传统、迷信使他们不敢冒险外出。

但是留在房子里一直到饿死？即使他们对于迷雾的恐惧根深蒂固，也不足以让他们把自己饿死呀，是吗？

“你为什么不离开？”萨奇德轻声问道。

“有的人离开了，”那个人一边说，一边点着头，“杰尔。你知道他发生了什么吗？”

萨奇德皱起眉头。“死了？”

“被迷雾抓走了。哦，他被摇得啊。那是个顽固的东西，你知道的。老杰尔。哦，他被摇得呀。它抓着杰尔的时候他那个翻腾呀。”

萨奇德闭上了眼。那就是他在门外面发现的那些死尸。

“有些被抓走了。”那个人说。

萨奇德猛地睁开了眼。“什么？”

那个疯癫的村民又点了点头。“有些被抓走了，你知道。他们在离开村子的时候对我们喊，说他们没事。它带走了他们。不知道为什么。它杀了其他人。有些人，它把他们摇到地上，但他们后来又站起来了。它杀掉了有些人。”

“迷雾让一些人活下来，但它杀死了其他人？”

那个人没回话。他坐下来，然后躺在地上，目光茫然地盯着天花板。

“请一定回答我，”萨奇德说，“它杀了谁和放过了谁。这里面有什么原因？”

那个人朝他转过身。“该吃饭了。”他说，然后站了起来。他走向一具尸体，然后拉起一条胳膊，从腐烂的肉体上扯了下来。很容易看出来，他为什么没有像别人一样饿死。

萨奇德忍着恶心走过去，在他举着几乎没有肉的骨头送到嘴边时抓住了他。那个人呆住了，然后仰头看着萨奇德。“这不是我！”他叫喊着，扔下骨头跑到了房间后面。

萨奇德站了一会儿。我必须赶快。我必须赶到卢萨岱尔。这个世界上出了比强盗和军队更大的乱子。

那个疯了的人极其惊恐地看着萨奇德提起背包，然后又顿了顿把背包再次放到地上。萨奇德从里面取出他最大的一个白蜡智库。他把这个宽大的金属护臂固定在前臂上，然后转身朝那个村民走过去。

“不！”那个人尖叫着，想往旁边躲。萨奇德抽取白蜡智库，从中取出一股力量。他感到肌肉膨胀起来，他的长袍变紧了。他在那个人逃开时抓住了他，然后把他提得远远的，使他不能做出对他们两人不利的事情。

接着他提着那个人从茅屋里走了出去。

一到阳光下，那个人就停止了挣扎。他仰着头，像是第一次看到太阳一样。萨奇德放下他，然后放开了白蜡智库。

那个人跪在地上，仰头看着太阳，然后转向萨奇德。“御主大帝……为什么他抛弃了我们？他为什么走了？”

“御主大帝是个暴君。”

那人摇摇头。“他爱我们，他统治我们。现在他走了，迷雾就可以杀死我们，它们恨我们。”

然后，他以惊人的敏捷跳了起来，沿着村里的小路连滚带爬地逃离了村子。萨奇德动了动脚步，又站住了。他又能做什么呢？拖着那个人去卢萨岱尔？这里有水可饮，有动物可以吃。萨奇德只能希望那个可怜人自己应付得了。

叹了口气，萨奇德回到茅屋里拿背包。在出门时，他停下来取出了一个钢智库。钢储存了最难存储的属性之一：物理速度。他曾经花了几个月充实这个钢智库，准备着有一天他可能需要非常、非常快地跑到某个地方。

现在，他戴上了它。

是的，他是事后对那些谣言推波助澜的人，让世界相信他才是真的英雄，我永远干不出他干的那种事。我不知道他自己是否相信，但他确实让别人相信他肯定是那个人。

16

纹很少用自己的住处。伊兰德给她分了一个很大的寓所，也许这就是问题所在。她童年时睡的都是隐匿处、窝点，或者小巷子。这样三个独立的大房间有点让人害怕。

但这也没什么。她醒着的时候不是和伊兰德在一起，就是在迷雾里。她的房间只是用来睡觉的。还有，拿眼前这件事来说，是用来让她把里面搞得一团糟的。

她坐在大房间中间的地板上。伊兰德的仆人担心纹没有家具，执意为她的房间作了装饰。这天上午，纹把一些家具推到旁边，把垫子和椅子收拢到一旁，这样她就能和她的书一起坐在冰凉的石头上。

这是她拥有的第一本真正的书，尽管现在只是一叠放在旁边的装订得很松散的书页。这本书很适合她；简单的装订可以让她很容易把这本书拆散。

她坐在纸堆里。一旦把书拆开，她才对这本书究竟有多少页感到惊讶。纹坐在其中一叠旁边，浏览着里面的内容，然后她摇摇头，爬到另一叠旁边。她翻阅着那叠书页，然后抽出了一张。

有时，我想知道，我是否快要疯了。也许是因为知道，自己不知何故必须肩负整个世界所带来的压力。也许是因为我看到的死亡和失去的朋友，那些我被迫杀死的朋友。

不管怎样，有时候，我看见有幻影跟着我。我不知道、也不想知道那黑糊糊的东西是什么。也许，它们是我负担过重的头脑虚构出来的？

纹坐了一会儿，重新把那几段读了一遍。然后她把那张纸拿到另一叠纸旁。奥索尔躺在屋子另一边，头枕在爪子上，眼睛盯着她。“主人，”它在她放下那张纸时说，“我已经看着你忙了两个小时了，但要承认我被彻底弄糊涂了。你这样做到底是在干什么呢？”

纹爬到另一叠纸旁边。“我以为你不关心我是怎么打发时间的。”

“是的，”奥索尔说，“但我实在感到很无聊。”

“还很气愤，显然。”

“我想知道身边在发生什么。”

纹耸了耸肩，朝那几堆纸做了个手势。“只是御主大帝的日记。啊，事实上，它不是我们认识的那个御主大帝的日记，而是那个本来应该成为御主大帝的人的日记。”

“本来应该？”奥索尔问，“你的意思是他本来应该征服世界，但后来没有？”

“不，”纹说，“我是说在升华之井旁取得力量的那个人本来应该是他。这个人，我们不知道他确切的名字，但这个写了这本书的人是某个预言里的英雄。或者……人人都认为他是。总之，后来成为御主大帝的人——拉谢克，是这个英雄的搬运工。你记得我们谈起过这件事，在你冒充雷诺克斯的时候？”

奥索尔点点头。“我记得你简单地提起过。”

“嗯，这就是凯尔西和我潜入御主大帝的皇宫里找到的。我们以为它是御主大帝写的，但后来发现它是御主大帝杀掉的那个人写的，那个被他取代的人。”

“是的，主人，”奥索尔说，“那么，你又为什么要把它撕成碎片呢？”

“我没有，”纹说，“我只是去掉装订，把书页取出来。这样可以帮助我思考。”

“我……明白了，”奥索尔说，“那么，你到底在找什么呢？御主大帝已经死了，主人。上次我检查过，你杀死了他。”

纹挑出另外一页，在心里想道：我在找什么呢？迷雾里的阴魂。

她慢慢地读着这一页上的词句。

它不是一个影子。

这个跟着我、只有我能看见的黑糊糊的东西，不是真的影子。它是黑色透明的，但是它没有像影子那样完整的轮廓。它没有实质的东西：虚无缥缈，没有形状。好像是由黑暗的雾气形成的。

或者说，也许，那就是迷雾。

纹放下那一页，想：它也在监视着他。她回忆起一年多以前读那些句子时，以为那个英雄肯定是疯了。身上负担着那么多的压力，变成了疯子又会有谁觉得奇怪？

但是现在，她觉得对这本无名日记的作者了解得深入了一些。她知道他不是御主大帝，而且明白他本来可以成为御主大帝。他虽然不确定他在世界上的位置，但被迫卷进了重大的事件里，然后决定尽自己所能，以一种理想主义的方式。

而且迷雾阴魂曾经跟踪过他。那代表什么？知道这件事对她又有什么启发呢？

她又爬向另外一堆书页。她已经花了一个上午的时间在日志里寻找关于迷雾阴魂的线索。但是，在那熟悉的两段文字之外，她发现想发掘出更多的信息很困难。

她找出了一叠提到任何奇怪或超自然事物的书页，有一小叠谈及了雾灵，她也找到了一叠提及黑暗力量的。但讽刺的是，后者是篇幅最多却信息最少的。日志的作者有谈论黑暗力量的习惯，但对它却描写不多。

黑暗力量是危险的，这很清楚。它曾经在大地上肆虐，杀死了数千人。这个怪物在涉足之处散播混乱，带来破坏和恐慌，但人类的军队却无法击败它。只有特里斯预言和永世英雄为人们提供过些许希望。

要是他写得更详尽一点多好！纹一边翻看着，一边失望地想。这本日志的调子实在是令人消沉多过增长见闻。它是那个英雄写给自己的，为了保持自己的心智，为了把恐惧和希望倾注在纸上。伊兰德说他有时候也因为同样的原因写作。对纹来说，这似乎是个处理问题的愚蠢的办法。

纹叹息一声，转向最后一叠纸，她还得把这些看一遍。她躺在石头地板上开始阅读，寻找着有用的信息。

这要花时间。不光因为她读书慢，而且因为她的注意力一直集中不起来。她从前读过这本日志，所以，很奇怪，书里的暗示和语句总是使她想起她当时所在的地方。两年前，在另一个世界里，她正在菲利斯，正在养她差点在审判官手下死掉时受的伤，她曾经被迫花时间冒充法莱特·雷诺克斯，一个年轻的、缺乏经验的乡下贵族女孩。

那时候，她还不相信凯尔西推翻最后帝国的计划。她留在团伙里是因为看重他们提供给她的奇怪的东西：友情、信任和熔金术课程，而不是因为认可他们的目标。她永远也想不到自己将走到哪里。去参加舞会和聚会，成为她曾经冒充的贵妇，获得实际的成长，虽然只是一点点。

但那曾经是一场闹剧，只有几个月的伪装。她努力把思绪从镶着褶边的衣服和舞会上拉回来。她需要把精神集中在实际的事情上。

但是……这是实际的事情吗？研究我几乎不理解的东西，畏惧别人无心关注的威胁。她懒懒地想，把一页书插到其中一叠里去。

她叹息着，把下巴枕在胳膊上。她真正担忧的是什么呢？是黑暗力量将再次出现吗？她看到的只有几个迷雾里的幻影。这种东西很可能，像伊兰德指出的，是她过度操劳的头脑捏造出来的。更重要的是另一个问题。假如那个黑暗力量是真实的，她希望怎么对付它呢？她不是英雄、将军，也不是领袖。

哦，凯尔西，我们现在需要你。她想着，拿起了另外一页书。凯尔西是个不守常规的人，是个不知为何能够反抗现实的人。他曾经设想通过献出自己的生命来推翻御主大帝，他要为斯卡人带来自由。但是，假如他的牺牲释放出了一个比御主大帝的压迫更危险、破坏性更强的事物，那又会怎么样呢？

她终于读完了那页书，把它放在没有包含有用信息的页面里。然后她愣了一会儿，她甚至记不起刚才读过的内容。她叹了口气，又重新把那一页拿起来，再次看着它。伊兰德是怎么做的？他能把同一本书翻来覆去地读。但是，对纹来说，很难——

她停了一下。那些话是这样说的：

我必须假设我没有疯，在我仅存的理性看来，如果我不相信这一点，我将不能继续这个任务。因此，那个跟踪我的东西一定是真实的。

她坐起身。她只模糊地记得日志里的这段话。这本书写得像一本日记，充斥着连续的却又年代不详的条目。它有一种长篇大论的趋势，而那个英雄似乎偏爱对他的缺乏安全感喋喋不休。只有这一段特别简练。

只有在这个地方，在他抱怨的字句间，透露了一个珍贵的信息。文字继续着：

我相信如果可以的话，它会杀了我。

那阴影和雾气构成的东西看上去很邪恶，我的皮肤因它的触摸而畏缩。然而，似乎它在能力上有局限，特别是对于我。

但是，它能影响这个世界。插在菲迪克胸膛上的刀子足以证明这一点。我仍然不能肯定什么对他更致命一点，是伤口本身，或者因为看见了那个对他行凶的东西。

拉谢克暗地里说是我刺死了菲迪克，因为只有菲迪克和我能够见证那天晚上发生的事。但是，我必须作个决断。我必须确定我没有疯，要不就承认是我拿起了刀子。

不知何故，知道拉谢克对这件事的看法后，我更容易相信后者。

接下去的一段继续说拉谢克，而下面的几篇没有提到迷雾阴魂。不过，纹觉得没几段能让人打起精神的。

纹想：他作了决定，我也必须作出同样的决定。她还没担心自己疯了，但她已经在伊兰德的话里听出了一些端倪。现在她可以理直气壮地反对他们。迷雾阴魂不是她的压力和关于日志的会议所带来的错觉。它是真实的。

那并不意味着黑暗力量回来了，也不代表卢萨岱尔面临着任何种类的超自然力量的危机。但是，两者都是有可能的。

她把这一张和另外两张包含迷雾阴魂具体信息的书页放好，然后回到书房里，打算更仔细地读一遍。

敌军正在挖掘工事。

伊兰德在城墙上观察着。他的计划尽管模糊，但已经开始成形了。斯特拉夫在北边设置了防御圈，据守着离他的主城和首都相对较近的河道。赛特则正在城西修建工事，把守着通到海法瑞克斯罐头厂的卢萨–岱温运河。

一座罐头厂。正是伊兰德希望城里有的东西。这种技术比较新，也许只有五年历史，但他曾读过有关的书籍。学者们认为，它的主要用途是为在帝国边缘征战的士兵提供易于携带的补给。但他们没想到它也可以作为围城中的人的储备，特别是在卢萨岱尔。不过，那时谁又能想到呢？

在伊兰德的眼皮底下，两支敌军的巡逻兵双双出了营，一些去两军的边界警戒，一些去保护另外的河道、香奈瑞尔河上的桥梁，还有卢萨岱尔出行的道路。在很短的时间里，卢萨岱尔被完全围了起来，和外面的世界以及伊兰德王国的其余部分的联系被切断了。城里的人不能再出城，城外的人也不能再进城。他们指望疾病、饥饿或其他因素能迫使伊兰德向他们屈服。

对卢萨岱尔的围城开始了。

这是好事，他对自己说，这个计划要奏效，必须让他们认为我走投无路。

他们一定都信心十足地觉得我愿意和他们结盟，但他们没想到我也许会和他们的敌人达成同样的交易。

正看着，伊兰德注意到有人沿着台阶爬了上来。是克拉布斯。他一瘸一拐地走到正独自一个人站着的伊兰德身旁。“恭喜，”克拉布斯说，“看起来你现在被全面围困了。”

“很好。”

“我们还有一点喘息的空间，我猜，”克拉布斯说，他冷眼看着伊兰德，“你最好能胜任，孩子。”

“我明白。”伊兰德低声说。

“你已经使自己成了焦点，”克拉布斯说，“议会在你正式和斯特拉夫谈判前不能打破困局，而那两个国王不可能和除了你本人外的任何团伙成员会面。都在盯着你。我想，这对一个国王来说是个好局面，只要他能胜任。”

克拉布斯沉默了。伊兰德看着那两支各自为战的敌军，也没说话。特里斯女人婷德薇尔对他说的话仍然烦扰着他。你是个傻瓜，伊兰德·樊乔……

到目前为止，两个国王都没有对伊兰德的会谈请求作回应，尽管团伙相信他们会很快回复。他的敌人们想用等待使伊兰德焦躁不安。议会刚开了另一场会，也许想逼他撤销上次通过的提案。伊兰德找理由躲过了那次会议。

他看着克拉布斯，“我是个好国王吗，克拉布斯，依你看？”

将军看了他一眼，伊兰德在他的眼睛里看到一种无情的智慧。“我认识的最坏的领导者，”他说，“但我也见过很多很多好的。”

伊兰德缓缓地点了点头。“我想做一个好领导人，克拉布斯。没有其他领导者打算给斯卡人应有的关心。赛特、斯特拉夫，他们只会把人民再次变成奴隶。可是，我……我……除了我的想法之外，还想做得更多。我希望或者需要，成为一个别人可以指望的人。”

克拉布斯耸耸肩。“时势造英雄。在几乎被矿井毁掉之前，凯尔西是个自私的花花公子。”他扫了一眼伊兰德。“这次围城能成为你的哈辛矿井吗，伊兰德·樊乔？”

“我不知道。”他诚实地回答。

“那么我们得等着瞧了，我想。眼下，有人想和你谈谈。”他转过身，冲着四十多尺下的街道点了点头。一个身材高大、穿着鲜艳的特里斯长袍的女子的身影正站在那里。

“她让我叫你下去。”克拉布斯说。他顿了一下，然后看了伊兰德一眼。“你会见某个自以为能对我发号施令的人可不常见，而且这样做的是一个特里斯妇女。我以为那些特里斯人全是温驯善良的人呢。”

伊兰德笑了。“我想是萨奇德惯坏了我们。”

克拉布斯哼了一声。“一千年的教养就只有这些，嗯？”

伊兰德点点头。

“你确定她安全？”克拉布斯问。

“是的，”伊兰德说，“我们查了她的来历，纹从城里带来几个特里斯人，他们都了解并熟悉婷德薇尔。在她的家乡，她是个相当重要的人物。”

另外，她在他眼前用过储金术，使自己变强壮并挣脱了束缚。这意味着她不是坎德拉兽。这些事放在一起表明她是值得信任的，甚至纹也承认，即使她还是不喜欢这个特里斯妇女。

克拉布斯对他点点头，伊兰德深吸了口气。然后走下城墙去见婷德薇尔，进行第二轮的课程。

“今天，我们要在你的穿着上做点文章。”婷德薇尔说，同时关上了伊兰德的书房门。一个留着蘑菇头发型的胖乎乎的白发女裁缝正在里面等着，身边站着几个毕恭毕敬的年轻助手。

伊兰德看看自己的衣服。他穿得其实不差，外套和背心搭配得很好。他的裤子不是那种皇家贵族喜欢的呆板样式，但他现在是皇帝了，难道他不能在穿着上带个头吗？

“我看没什么问题。”他说。在婷德薇尔开口讲话之前，他举手打断了她。“我知道这套衣服不像其他人喜欢的那种衣服一样正式，但它们适合我。”

“它们很丢人。”婷德薇尔说。

“啊，我看不——”

“不要跟我争辩。”

“但是，你看，上一次你说——”

“国王不争辩，伊兰德·樊乔，”婷德薇尔坚定地说，“他们命令。而且，你发号施令的能力的一部分来自于你的举止风度。懒散随意的服饰带来其他懒散随意的习惯，比如你的姿势，我想我已经向你提起过了。”

伊兰德叹口气，翻了个白眼。这时，婷德薇尔打了个响指。女裁缝和他的助手开始打开两只大箱子。

“这没必要，”伊兰德说，“我已经有了一些穿起来很合体的礼服，在正式场合可以穿的。”

“你以后不穿礼服了。”婷德薇尔说。

“什么？”

婷德薇尔用命令的目光盯着他，伊兰德叹了口气。

“说出你的理由！”他说，费力地使自己的话听起来有发号施令的气势。

婷德薇尔点点头。“你保持了最后帝国时代贵族认可的着装要求。在某些方面，这是个好主意，它会带给你一种和过去政府的联系，而且使你显得不会太出格。但是，现在你的位置不同了。你的人民处境危急，只需要简单外交的时代已经结束。你在战争状态里，你的穿着应该反映这一点。”

女裁缝选了一件特别的衣服，然后递给伊兰德，助手们摆好了更衣屏风。

伊兰德犹豫地接过那件衣服。它是白色的，式样很拘谨，而且前襟的纽扣一直扣到硬领上。总之，它看起来就像……

“一件制服。”他皱着眉头说。

“如假包换，”婷德薇尔说，“你想让你的人民相信你能保护他们？好，一个国王并不是简单的立法者，他还要是个将军。到了你用行动证明自己名副其实的时候了，伊兰德·樊乔。”

“我不是战士，”伊兰德说，“这件制服是个谎言。”

“第一点我们很快会改变，”婷德薇尔说，“第二点是不正确的，你指挥着中央辖区的军队。不管你是不是知道如何挥剑，你都是一个军人。所以，改变起来。”

伊兰德耸耸肩，同意了。他绕过更衣屏风，推开一堆书腾出地方，然后开始换衣服。那条白色的裤子很贴身，只在小腿处有点紧。还有一件衬衣，被那件大大的、带着军队肩饰的紧身上衣遮得严严实实。上衣有一排纽扣，所有这些纽扣，他注意到，是木头的而不是金属的，右胸部还有一块奇怪的盾形设计，似乎有某种箭，或者是矛的图案装饰在上面。

合体的剪裁，还有设计，伊兰德惊讶地感觉到这套制服是多么合体。“大小正合适。”他说，然后束上皮带，拉了拉垂到臀部的衣服下摆。

“我们从你的裁缝那里得到了你的尺码。”婷德薇尔说。

伊兰德从屏风里走出来，几个助手走到他身边。一个助手礼貌地提醒他穿上一双闪亮的黑色长靴，另外几个把一条白色短斗篷绑在他肩上的锁扣上。最后一个助手递给他一根亮晶晶的硬木决斗手杖和鞘。伊兰德把手杖挂在皮带上，然后把它从上衣的一个豁口里拉出来，使它悬在外面。至少，这一点，以前他是做过的。

“不错，”婷德薇尔上下打量了一下，说道，“一旦你学会站直，那就会好得多了。现在，坐下来。”

伊兰德要张嘴反对，但他好好想了一下，然后坐了下来。一个助手走过来，把一张床单裹在他的肩膀上，然后取出了一把大剪刀。

“喂，等等。”伊兰德说，“这是在干什么？”

“要么表达反对，”婷德薇尔说，“不要争辩！”

“那好吧，”伊兰德说，“我喜欢我的头发。”

“短发比长发易于梳理，”婷德薇尔说，“而且你已经证明自己在个人修饰方面不足以令人信服。”

“你不能剪我的头发。”伊兰德坚决地说。

婷德薇尔顿了一下，然后点点头。那名助手退了下去，伊兰德站起来，扯下床单。女裁缝取出一面大镜子，伊兰德走到镜子前面检查自己。

他愣住了。

那种差别令人吃惊。在他的生活里，他总是自视为一名学者和社会名流，但也可以说是个呆子。他是伊兰德——友好的、带着有趣想法的令人很舒服的人，也许很容易打发，但很难使人讨厌。

现在他在镜子里看到的那个人绝不是宫廷里的纨绔子弟。他是个严肃的人，一个郑重其事的人，一个需要认真对待的人。这套制服使他希望自己站得更直，并把一只手放在决斗手杖上。但他的头发一点都不相称，微微打着卷儿，头顶和周围都很长，而且被城墙上的风吹得乱蓬蓬的。

伊兰德转过身。“好吧，”他说，“剪掉它。”

婷德薇尔笑了，然后点头让他坐下。他坐下来，静等着那名助手为他剪头发。等他再次站起来，他的发型已经和衣服相得益彰。他的头发不是特别短，不像汉姆的头发，但整洁而严谨。一个助手走过来，递给他一个涂成银色的木质环状饰物。他转身对着婷德薇尔，皱起了眉头。

“王冠？”他问道。

“绝非装饰，”婷德薇尔说，“这是个比那些过去的时代更独特的时期。这顶王冠不是财富的符号，而是你权威的象征。从此以后你要戴着它，不管是在私人场合还是公众场合。”

“御主大帝都不戴王冠。”

“御主大帝不需要提醒人民他是掌权者。”婷德薇尔说。

伊兰德愣了一下，然后戴上了王冠。这顶王冠上没有宝石或装饰品，它只是个简单的王冠。和他想的一样，大小正合适。

他转过身对着婷德薇尔，后者挥手示意女裁缝收拾好离开。“有六套这样的制服已经放在了你的房间里，”婷德薇尔说，“在这次围城结束之前，你不能穿别的衣服。如果你想改变，就更换王冠的颜色。”

伊兰德点点头。他身后，女裁缝和她的助手正朝门外走。“谢谢你，”他对婷德薇尔说，“我起初有点犹豫，但你是对的。这样使人有不同的感觉。”

“现在，至少骗骗人民是足够了。”婷德薇尔说。

“骗骗人民？”

“当然。你不认为是这样吗，嗯？”

“啊……”

婷德薇尔扬起眉毛。“几堂课，你认为你通过了吗？我们才刚开始。你还是个呆子，伊兰德·樊乔，你只是看起来不再像个呆子了。幸好，我们的伪装游戏开始扭转一些你对自己的名誉造成的破坏。但是，在我真正相信你能够和人们互动而不会使自己感到局促之前，我们还要进行更多的训练。”

伊兰德涨红了脸。“你打算——”他顿了一下，“那么，告诉我你计划怎样教我。”

“好吧，拿一件事来说，你需要学习如何走路。”

“我走路的方式有什么问题吗？”

“以被遗忘的神明之名，是的！”婷德薇尔似乎很开心地说，尽管她的嘴角没有一丝笑意。“而且你的演讲方式仍需要改进。此外，当然，你在使用武器方面很无能。”

“我做过一些训练，”伊兰德说，“你去问纹，在大崩溃那天晚上，我在御主大帝的宫殿里救了她。”

“我知道，”婷德薇尔说，“而且，从我听到的过程看来，你能活下来是个奇迹。幸运的是，那个女孩在那里进行了真正的战斗。在这类事情上，你显然仰仗着她。”

“她是迷雾之子。”

“那不是你懒散缺乏技巧的借口，”婷德薇尔说，“你不能总靠着你的女人保护你。这样不仅令人惭愧，而且你的人民和你的士兵，希望你能和他们一起战斗。我怀疑你永远成不了能够带兵向敌人冲锋的那种领导人，但你至少要能在受到攻击时保护自己。”

“那么，你希望我在纹和汉姆进行训练活动时跟他们比试？”

“天哪，不！难道你想象不到吗？如果人们看见你在大庭广众下被人痛打，他们的士气会变得多么糟糕？”婷德薇尔摇着头，“不，我要让一个角斗教师秘密训练你。用几个月时间，你就能够熟练使用手杖和剑。幸好，在战斗开始前，这场小小的围城会持续这么长时间。”

伊兰德的脸又红了。“你一直居高临下地对我说话，就像我在你的眼里连个国王都不是，你把我当成了某种摆设。”

婷德薇尔没回答，但她满意地眨了眨眼睛。是你说的，不是我，她的表情似乎这样说。

伊兰德的脸更红了。

“你可以，也许，学习成为一个王，伊兰德·樊乔，”婷德薇尔说，“在那之前，你必须学着沐猴而冠。”

伊兰德愤怒的反应被一阵敲门声打断了。他咬着牙转过身。“进来。”

门开了。“有新闻，”德默克斯上尉说，当他进门时，他年轻的脸庞一副激动的表情，“我——”他愣住了。

伊兰德仰起头。“什么？”

“我……呃……”德默克斯顿了顿，又打量了一下伊兰德，然后接着说，“是汉姆派我来的，陛下。他说两个国王中的一方派信使来了。”

伊兰德皱起眉头。“好，告诉汉姆我马上过去。”

“好，陛下，”德默克斯说，他准备退下了，“嗯，我喜欢这件新制服，陛下。”

“谢谢你，德默克斯，”伊兰德说，“你会不会碰巧知道纹女士在哪里？我一天都没看到她。”

“我想她在她的住处，陛下。”

她的住处？她从来不待在那里的。她病了？

“你想让我召她来吗？”德默克斯问。

“不，谢谢你，”伊兰德说，“我去找她。告诉汉姆好好接待使者。”

德默克斯点点头，退了出去。

伊兰德转向婷德薇尔，后者正满意地自顾自笑。伊兰德从她身边挤过去，抓起他的笔记本。"我要去学着做一些不仅仅'沐猴而冠'的事，婷德薇尔。"

"我会看着的。"

伊兰德冲着这个中年特里斯妇女的长袍和首饰瞪了一眼。

"练习刚才的那种表情，"婷德薇尔说，"你应该那样。"

"就只是这些吗？"伊兰德问，"表情和装束？这就可以造就一个国王？"

"当然不是。"

伊兰德在门前站住，扭转头。"那么，什么可以呢？你认为什么能让一个人成为好国王，特里斯的婷德薇尔？"

"信任，"婷德薇尔盯着他的眼睛说，"一个好国王是被他的子民信任的人，而且是应该得到这种信任的人。"

伊兰德顿了一下，然后点点头。好回答，他承认，然后他拉开门冲出去找纹。

要是特里斯宗教，还有对预言的信仰，没有在我们的人民中传播，那该有多好。

17

纹从日志里找出来希望单独记住的资料越来越多，那叠纸也越来越厚。关于永世英雄的预言是什么呢？这本日志的作者是如何知道该去哪里、他必须干什么和什么时候到达那里的？

最后，纹躺在那堆凌乱的书页里，为了分开它们，她把一摞摞书页以奇怪的方向搭在一起。她突然认识到一个不幸的事实，她需要做笔记。

一声长叹后，她站起身，小心地跨过几叠书，穿过房间走到书桌旁。她还从来没有用过它；事实上，她还向伊兰德抱怨过。她有必要用书桌吗？

她以前就是那样想的。她选了一支笔，然后找出一瓶墨水，回忆着睿教她写字的那些日子。他很快就被她的笔迹打败了，对她抱怨起墨水和纸张的昂贵。他教她阅读，这样她就能阅读合同和冒充贵妇，但他觉得书写的用处比较小。大体上，纹也是这样认为的。

但是很显然，即使一个人不是抄写员，书写也是有用的。伊兰德常常自己记笔记和备忘录，她经常对他写字的速度感到吃惊。他写那些字母怎么那么轻松呢？

她抓着一摞白纸走回到她分好类的书页旁，盘腿坐下来，拧开墨水瓶。

"主人，"奥索尔说，它仍然趴在自己的前腿上，"你意识到自己刚从书桌前离开，然后坐在地板上了吗？"

纹抬起头。"然后呢？"

"书桌的用途是，唉，写字。"

"但我的纸都在这里。"

"纸张是可以移动的，我相信。如果它们太重，你可以燃烧白蜡给自己增加一些力量。"

纹看着它笑嘻嘻的脸，给笔尖蘸了墨。好吧，至少它表现了一些讨厌我之外的感情。"地板更舒服一些。"

"要是你这样说，主人。我会相信这是真的。"

她停下来，想分辨它是否仍在嘲笑她，最后只能无奈地想：讨厌的狗面孔，太难辨别了。

她叹息一声后，俯下身子开始写第一句话。她得把每一划写直，这样墨水才不会洇开，而且她要不时停下来把句子理顺，找到更好的单词。敲门声响起的时候，她几乎刚刚写好几个句子。她皱着眉抬起头来。来打扰她的是谁？

"进来。"她叫道。

她听到另一个房间的门开了，伊兰德的声音响了起来。“纹？”

“在这儿，”她说，把她写过字的纸翻了个个，“你干吗敲门？”

“啊，你可能在换衣服。”他走进来说。

“那又怎样？”纹问道。

伊兰德咯咯一笑。“两年了，隐私对你来说还是个奇怪的概念。”

纹抬起头。“啊，我其实——”

一瞬间，她觉得他是另外某个人。她的本能在她的大脑反应过来之前行动起来，她反射性地扔下笔，跳起来并燃起了白蜡。

然后她停了下来。

“变化这么大，嗯？”伊兰德问道，然后张开双臂，让她可以好好看看他的衣服。

纹用一只手捂在胸口上，她被震惊得把脚踩到了一叠书上。这是伊兰德，但又不是。这身光彩照人的白色衣服，有着清晰的线条和挺拔的外观，看上去和他平时穿的宽松的上衣和裤子是如此不同。他看起来更威风，更有君王的气度。

“你把头发剪了。”她说，她慢慢地围着他走了一圈，研究着他的衣服。

“婷德薇尔的主意，”他说，“你觉得怎么样？”

“在搏斗中人们就不容易抓住你了。”纹说。

伊兰德笑了。“你只想到这么多？”

“不。”纹呆呆地说。她伸手拉拉他的短斗篷，很轻松地拉了下来。她赞许地点点头。迷雾斗篷也是这样的，伊兰德不用担心在搏斗中有人抓他的斗篷了。

她后退两步，双手抱着肩。“这么说，我也可以剪掉我的头发了？”

伊兰德微微一愣。“你一直自由地做你愿意做的事，纹。但是，我有点希望它们更长一些。”

“那就留着吧。”

“不管怎么说，”伊兰德说，“你批准了？”

“当然，”纹说，“你看上去像个国王。”尽管她怀疑自己会想念那个头发乱糟糟、衣冠不整的伊兰德。那种诚挚的内心和心不在焉的外表混合起来的样子真有几分可爱。

“太好了，”伊兰德说，“因为我想我们需要一点优势。一个使者刚刚……”他看到她脚下一堆堆的纸，声音小下来。“纹，你在做研究吗？”

纹红了脸。“我正在查那本日志，想找找关于黑暗力量的资料。”

“真的？”他兴奋地走上来。在她的懊恼中，他一下子发现了那张她记着人生第一次笔记的纸。他举着那张纸，上下打量着她。“这是你写的？”

“是的。”她说。

“你的笔迹很美，”他说，声音听起来有点吃惊，“为什么你没告诉过我你能写得这么好？”

“你刚才说过些什么和使者有关的事吗？”

伊兰德把手里的纸放下来，表情古怪，就像一个骄傲的父亲。“是的，我父亲的军队来了一个使者。我正在让他等着，太急着露面不明智。但是，也许我们该去和他会面了。”

纹点点头，对奥索尔挥挥手。坎德拉兽跑到她身边，他们离开了她的住处。

书籍和笔记有一个好处。它们能一直等在那里让你再看一次。

他们在樊乔城堡三楼的大厅里见到了那名使者，纹和伊兰德走进去，而她突然站住了。

是他。那个跟踪她的人。

伊兰德继续往前走去见那个人，纹抓住了他的胳膊。“等等。”她小声嘘了一声。

伊兰德困惑地转过身。

纹惊恐地想：如果那个人有天金，伊兰德就死了，我们都会死。

那个跟踪者静静地站着。他看上去不太像使者或邮差，他身穿黑衣，甚至还戴了一双黑手套。他穿着裤子和丝质衬衣，没有穿斗篷。她记得那张脸。就是他。

但是……如果他想杀伊兰德，他早就可以杀了。这种念头使她很害怕，然而她不得不承认那是事实。

“怎么了？”伊兰德和她一起站在门口，问道。

“小心，”她低声说，“这个人不是个简单的使者，他是个迷雾之子。”

伊兰德皱着眉愣住了。他朝那个跟踪者转过身，后者静静地站着，双手背在身后，看起来很自信。是的，他是迷雾之子。只有像他这样的人才能信步走进敌方的宫殿，虽然被守卫重重包围，也不会有丝毫惊慌。

“好，”伊兰德走进房间，开口说，“斯特拉夫的人，你带了消息给我吗？”

“不仅仅是消息，陛下，”跟踪者说，“我叫赞恩，而且我有点像一个……大使。你的父亲收到你的结盟邀请非常高兴。他很乐于看到你最后明白事理了。”

纹盯着他，这个“赞恩”。他的名字是什么？为什么孤身而来？为什么吐露了自己的身份？

伊兰德点点头，和赞恩保持着一定的距离。“两支军队，”伊兰德说，“在我的门外安上营扎了寨……很好，这种事情我不能视而不见。我希望和我父亲会面，讨论一下未来的可能性。”

“我想他会乐于这样做，”赞恩说，“从他上一次见你算起已经有些时候了，而且他一直很后悔和你争吵。毕竟，你是他唯一的儿子。”

“那件事我们都很难过，”伊兰德说，“也许我们能设一座帐篷，在城外会面。”

“恐怕不可能，”赞恩说，“吾王实在担心刺客。如果你希望和我们谈，他会很乐于在樊乔军营他的大帐里款待你。”

伊兰德皱起了眉头。“但是，我并不认为这种做法有什么道理。如果他害怕刺客，那么我呢？”

“我保证吾王将在自己的军营里保护你，陛下，”赞恩说，“在那里，你无需担心赛特的刺客。”

“我……明白。”伊兰德说。

“恐怕吾王在这个问题上很坚决，”赞恩说，“你是急于寻求盟友的人，要是你希望会谈，你必须去见他。”

伊兰德瞟了纹一眼。她还在盯着赞恩。那个人迎着她的眼睛，然后开口说：“我听到过陪伴樊乔家族继承人的美貌的迷雾之子的报告。她就是杀了御主大帝的人，而且是由幸存者本人训练出来的。”

房间里沉默了片刻。

伊兰德最后开了口。“告诉我父亲，我会考虑他的提议。”

赞恩从纹身上收回目光。“吾王希望由我们来确定日期和时间，陛下。”

“我决定后会再派一名信使。”伊兰德说。

“很好。”赞恩说。他微微鞠了个躬，这个动作再次让纹警觉起来。然后他又对伊兰德点点头，让守卫护送他离开了。

在傍晚冰冷的迷雾里，纹在樊乔城堡的护墙上等候着，奥索尔坐在她旁边。

迷雾显得十分安静，但她的脑子里却很不平静。

他还可能为谁工作？当然他是斯特拉夫的爪牙之一，纹这样想道。

那可以解释很多事。从他们上次遭遇算起已经有很长时间，纹已经开始怀疑她是否还能再次见到那个跟踪者了。

那么，他们会再打一场吗？纹极力压制着她的渴望，告诉自己她想找到那个跟踪者只是因为他造成的威胁。但是，在迷雾里再战一场的兴奋，另一次检验她和迷雾之子战斗的能力，使她有种跃跃欲试的紧张感。

她不认识他，而且当然不信任他。这使大战一场的前景变得尤其令人兴奋。

“我们为什么在这里等，主人？”奥索尔说。

“我们只是在巡逻，”纹说，“戒备刺客和间谍。和以前那些晚上一样。”

“你在命令我相信你吗，主人？”

纹白了他一眼。“你愿意信就信，坎德拉兽。”

“很好，”奥索尔说，“你为什么不告诉国王你曾经和这个赞恩交过手呢？”

纹回头看着黑暗的迷雾。“杀手和熔金术师是我的事，不是伊兰德该关心的。不用让他担心，现在他的麻烦够多了。”

奥索尔坐直身子。“我明白了。”

“你不认为我是对的吗？”

“我愿意相信就相信，”奥索尔说，“你刚才不是这样命令我的吗，主人？”

“随便你。”纹说。她的青铜正燃烧着，而且她必须努力不去考虑那个迷雾阴魂。她能够感觉到它在她右边的黑暗里。她没有朝那个方向看。

那本日志里从来没提到什么东西会变成迷雾阴魂，它几乎杀死了英雄的一个伙伴。从那以后，日志里就几乎没有再提到过它。

把这个难题留到下一个晚上吧，她正想着，另一种熔金术脉动出现在她的青铜意识里。一种更强、更熟悉的脉动。

赞恩。

纹从护城上跳了起来，点头向奥索尔告别，然后跳进了夜色中。

迷雾在天空翻滚着，异样的微风在空中刮出一道道无声的白色雾流，就像空中的河流一样。纹在这些河流上漂浮着，快速穿过它们，就像一块打水漂的石头一样在水面上跳动。她很快赶到了上次她和赞恩分开的地方，那条被遗弃的孤独的街道。

他在街道中间等候着，仍穿着一身黑衣。迷雾斗篷的飘带呼啦啦拍打着，纹落在他前面的鹅卵石上。她站直了身体。

他从来不穿迷雾斗篷，为什么？

两个人面对面站着，都不发一言。赞恩一定知道她的问题，但他没有作任何介绍、致意，或者解释。最后，他伸手从口袋里拿出一枚铸币。他把铸币掷在两人中间，铸币跳动着，碰在石头上丁丁作响，接着停了下来。

他跳向空中。纹做出了同样的动作，两个人推着那枚铸币。他们的重量几乎互相抵消，都向斜后方跳去，形成了一个类似“V”字的轨迹。

赞恩转了个身，向后面扔了一枚铸币。那枚铸币撞到了房子旁边，他推着它，使自己朝纹扑来。突然，纹感到一股力量撞在自己的铸币腰包上，差点把她拖回到地面上。

今晚的游戏是什么，赞恩？她一边扯腰包的袋子一边想。她让腰包自由落下去，然后推着它使它加速落地。腰包落到地面后，她得到了更大的向前的力量，而赞恩只有侧面的推力。纹弹向斜上方，越过赞恩的头顶，然后把她的重量压向他口袋里的铸币。

赞恩开始下落。但是，他抓住了铸币，没让它们掉下去，并且推着她地上的腰包。他悬挂在空中，纹从上面推着他，他自己的推力又使自己向上。而且，因为他定在空中，纹的推力突然把她向后抛去。

纹放开赞恩，让自己往下落。但赞恩把自己朝空中反推，然后跳开，既不往屋顶上跳，也没有落下去。

纹想，他在想办法使我落在地面上。先落地为输，是这样吗？纹在空中翻了个身。她小心地拉回她的腰包，然后把它抛向地面并把自己往前推。

在朝前飞的过程中，她把腰包重新拉到手里，然后跟着赞恩，不顾一切地推着自己穿过夜空，试图跟上他。她看不清被灰烬染黑的房屋、黑色的冶炼厂、冒着青烟的铸造厂。在她周围，古老的高等贵族空荡荡的城堡看上去像一块块沉默的石头。一些宏伟的建筑被分给了低级的贵族，另外的一些成了政府的房屋。剩下的一些弃置在那里，已经在伊兰德的命令下被抢劫一空，它们的彩色玻璃窗黑糊糊的，它们的圆顶、雕像和壁画没有人理睬。

纹不确定是否赞恩有意朝着哈斯丁城堡方向，或者只是她在这里追上了他。不管怎么样，当赞恩感觉到她接近并转身向她抛出一把铸币时，他们已经接近了那座庞大的建筑。

纹试探地反推那些铸币。果然，她的力量一触及那些铸币，赞恩就爆燃钢，增强了推力。如果她同样用力推，他的攻击力就会把她推向后面。这样，她才能把那些铸币拨到两侧。

赞恩突然再次推她的铸币包，把自己向上推往哈斯丁城堡的一面城墙。纹对他的动作早有准备，爆燃白蜡，用双手抓住腰包并把腰包撕成了两半。

铸币散落下去，在赞恩的推力下朝着地面射去。她选择一枚铸币推动自己，在它落到地面时获得了向上的动力。她一翻身，面对着前方，她被锡强化的耳朵听到了下方远远的一片金属撞击石头的声音。她仍然拿得到铸币，但不需要随身带着它们了。

她朝赞恩射去，城堡外围的一个塔楼在左边的迷雾里出现了。哈斯丁城堡是城里最好的城堡之一。它在中部有一个巨大的塔楼，高大、壮观、宽广，在最顶上有一个舞厅。围着中心建筑还等距排列着六个较小的塔楼，每个都以一堵厚墙连接着中心的塔楼。这是一座典雅、宏伟的建筑。不知为什么，她怀疑赞恩曾经因为某种原因搜查过这里。

纹看到了他，他在离铸币过远后失去了推力。他在她正上方翻了个身，在迷雾滚滚的天空衬托着一个深色的影子，但仍然离城墙顶端很远。纹急速拉动下面的几枚铸币，把它们拉到空中以备需要。

赞恩朝着她垂直落下来。纹本能地推着他口袋里的几枚铸币，然后意识到这也许正是他希望的：在自己得到升力的同时迫使她落下去。她任由自己下落，很快地经过了她拉在空中的几枚铸币。她拉过一枚，握在手里，然后把另外一枚推到旁边的墙上。

纹的身体朝侧面射去。赞恩从她身边掠过，搅散了迷雾。也许利用了下面的一枚铸币，他很快又跳了回来，对她掷出两把铸币。

纹旋转身体，再次拨开了那些铸币。那些铸币贴着她的身体飞过，她听到身后的雾气里传来击中什么东西的声音。另一堵墙，她和赞恩是在两个外部塔楼之间交手；在他们两边各有一堵墙，中央塔楼就在前面不远处。他们处在一个由石墙形成的底部开口的三角形的尖端附近。

赞恩的身体朝她射来。纹也把自己的重量朝着他抛去，但突然意识到他身上已经没有任何铸币。他正在推着身后的什么东西，但是，也可能在拉着纹用以支撑自己重量的那枚铸币。她把自己朝上推，试图避开他，但他也同样改变了角度。

赞恩撞到了她，接着他们开始下降。在他们滚成一团的时候，赞恩抓住了她的小臂，仰着头靠近她的脸。他的表情看起来没有怒气，也不是特别强硬。

他只是看上去很镇定。

“这才是我们的样子，纹。”他轻声说。在他们下落时，风和迷雾拍打着他们，纹迷雾斗篷的飘带在赞恩身边飘动。“为什么你加入他们的游戏呢？为什么你让他们控制着你？”

纹用手轻轻抵在赞恩的胸膛上，然后推动掌心里藏着的那枚铸币。这股力量使她挣脱了他的把握，并把他推得向后倒去。她在离地面几尺的时候使自己停止了跌落，推着地下掉落的铸币，重新把自己的身体抛了起来。

她在夜空中从正在跌落的赞恩身旁掠过，在他的脸上看到了一丝微笑。纹用意念向下探询，锁定那些散落在地上的蓝线，然后燃烧铁，迅速地把它们拉了起来。她牵引着这些蓝线，那些铸币离开地面，从大吃一惊的赞恩身边一闪而过。

她把几枚精心挑选过的铸币拉到手里。让我们看看你现在是不是还能留在空中，纹微笑着，把剩余的铸币远远地推出去。赞恩继续坠落。

纹也开始下落。她朝两边各扔了一枚铸币，然后推它们。那两枚铸币射进迷雾，碰到石头上，纹摇摇晃晃地在空中稳住了身子。

她用力推着，保持着自己的位置，期待着来自下方的拉力。她暗自盘算：如果他拉，我就推。我们一起掉下去，而我还有两枚空中的铸币。他会首先落地的。

一枚铸币从她身边射了过去。

什么！他从哪里弄到的！她相信刚才自己已经推开了下面所有的铸币。

那枚铸币划了个弧线向斜上方飞去，穿过迷雾，拖着一条她可以看到的蓝线，落在了她右侧的石墙上方。纹往下一看，正看到赞恩下坠的身体慢了下来，然后又掉头向上，拉着那枚落在石墙顶栏杆上的铸币。

他带着自鸣得意的表情从她身边掠过。

卖弄。

纹放开左边的铸币，同时仍然推着右边的那一枚。她朝左边飞去，在几乎撞到墙的时候，她朝着墙壁抛出了另一枚铸币。她推着这枚铸币，把身体朝右上方推。另一枚铸币又把她推往左上方，她在两堵墙之间来回连续跳动，一直跳到墙头上。

她微笑着在空中一拧身。赞恩在石墙上方的空中盘旋着，当她经过他身边时对她赞许地一笑。她注意到他抓着几枚她抛弃的铸币。

轮到我进攻了，纹想。

她猛然推动赞恩手里的那些铸币，它们把她的身体托了上去。但是，赞恩仍然推着下面墙头上的那枚铸币，所以他没有坠落。反而在两股力量的作用下悬在了空中。

纹听到他发力的声音，然后加大了推力。但是，她太专注了，差点没注意到他张开另一只手，把一枚铸币朝着她推过来。她伸手推那枚铸币，幸运的是他失了准头，那枚铸币贴着她身边飞了过去。

哦，也许并不是。突然，那枚铸币掉头落下来，砸在了她背上。赞恩大力拉动它，那枚铸币陷进纹的皮肤里。她喘着气，爆燃起白蜡，阻止那枚铸币切透她的身体。

赞恩毫不留情。纹咬着牙，但他的体重比她大得多。她被一点点地朝着他拉下去，她的推力挣扎着把他们两个人分开，那枚铸币顶得她后背生疼。

“永远不要陷入原始的推拉比赛，纹，”凯尔西曾经警告过她，“你不够重，每次你都会失败。”

她停止了对赞恩手里铸币的推力。立刻，她被背上那枚铸币拉着坠了下去。她轻轻推了它一下，给自己一点缓冲，然后把她最后的一枚铸币掷往旁边。它在最后的关头着了地，纹迅速把自己从赞恩和他的铸币间推了出去。

赞恩的铸币砸在自己的胸脯上，他哼了一声：他显然正设法使纹和他再撞一次。纹笑了笑，然后再次拉动他手里的铸币。

想要就给你，她想。

他转身转得正好，正看见她的脚凌空而来。纹身子一转，感觉到他倒在了她的脚下。她欢呼了一声，在墙头的人行道上方转了一圈。正在这时，她察觉到了什么：几道微弱的蓝线消失在远方。赞恩把所有的铸币都推走了。

纹拼命地抓住一枚铸币，把它拉了回来。可是太晚了。她疯狂地搜索着附近的金属源，但这里不是石头就是木头。她晕头转向地砸在石头走道上，在迷雾斗篷里翻了几个跟头，然后才在墙边的石头栏杆旁停了下来。

她晃了晃头，燃烧起锡，伴随着一阵糅合了其他感觉的疼痛，她的视线清晰起来。显然赞恩也好不到哪里去。他一定跟她一样——

但赞恩悬在几尺外的空中。他找到了一枚铸币，纹猜不透他是怎么弄到的，并且用它把自己撑了起来。但是，他并没有弹开。他在墙头上悬浮着，离地面几尺，仍保持着被纹踢得几乎跌倒的姿势。

在纹的注视下，赞恩缓缓地在空中旋转起来，他的双臂在身子下面向外张开，像一个杆子上的技艺纯熟的杂技演员。他的脸上有一种极为专注的神情，他的肌肉，所有的肌肉，手臂上的、脸上的、胸部的，都紧绷着。他在空中旋转着，直到他面对着纹。

纹敬畏地看着他。仅仅轻推一枚铸币是很简单的，但调节这种使人倾侧的力量，是连凯尔西也只能勉强做到的高难动作。在大多数时间，迷雾之子只用短促的爆发力。比如说，当纹落地时，她会向地面扔出一枚铸币并通过推它来减缓自己的速度，有力地抵消她的冲力。

她从来没见过一个像赞恩一样控制力这么强的熔金术师。他这种能力在战斗中可能用处很少；这种能力显然需要太多的注意力。然而，它有一种魅力，他的动作展现出的美暗示出一种纹可以感觉到的东西。

熔金术不仅仅是关于战斗和杀戮的，它也和技巧和风度有关。它是某种美丽的东西。

赞恩旋转到身体正直，以绅士的姿势站立着。然后他落在墙道上，他的双脚轻轻地触在石头地面上。他凝视着纹，纹正躺在石头上，但他的目光里没有轻视的意思。

“你很有技巧，”他说，“而且很强大。”

他个子很高，很显眼。就像……凯尔西。“你今天为什么去宫里？”她站起来，问道。

“去看看他们怎么对待你。告诉我，纹，不谈我们的力量，迷雾之子使我们如此乐意充当别人的奴隶，这是怎么回事？”

“奴隶？”纹说，“我不是奴隶。”

赞恩摇摇头。“他们利用你，纹。”

“有时候有用一点是好的。”

“这些话说的是不安全感。”

纹沉默了一下，然后看向他。“附近没有铸币，你最后是在哪里得到那枚铸币的？”

赞恩笑了，然后张开嘴取出了一枚铸币。他把它“丁”的一声丢在石头上。纹吃惊地睁大了眼睛。在人体内的铸币不受其他熔金术师的影响……这么简单的一个花招！为什么我想不到呢？

为什么凯尔西也没想到？

赞恩摇摇头。“我们不属于他们，纹。我们不属于他们的世界。我们属于这里，在迷雾里。”

“我是和那些爱我的人在一起的。”纹说。

“爱你？”赞恩平静地问，“告诉我，他们理解你吗，纹？他们能够理解你吗？另外，一个人能爱上一些他不理解的东西吗？”

他盯着她看了片刻，她没有作出回应。他对她微微点了点头，然后推着那枚他刚刚丢在地上的铸币，把自己抛回迷雾里。

纹让他走了。他的话也许比他所想的有着更大的分量。我们不属于他们的世界……他不会知道她正在思考着自己的地位，想知道自己是个贵妇、杀手，还是别的什么人。

另外，赞恩的话，还包含着一些重要的东西。他觉得自己是个局外人。有点像她自己。的确，这是他的一个弱点。也许她能把他转化过来反对斯特拉夫，他愿意跟她比试，愿意暴露自己，已经在很大程度上暗示了这一点。

她深深吸了一口凉爽的、包含着雾气的空气，她的心仍因为刚才的交手跳得很快。她感到疲倦，然而毕竟从一场和某个也许事实上比她更强的对手的战斗里活了下来。站在一座被遗弃城堡的城墙顶的迷雾里，她决定了一件事。

她必须跟赞恩一直斗下去。

如果黑暗力量没有出现，造成人们在行为和信仰上的完全绝望，那该有多好。

18

"杀了他。"神明低声说。

赞恩静静地悬在迷雾里，从伊兰德·樊乔大开的阳台门看进去。旋转的迷雾包围着他，在国王的视线下把他掩盖起来。

"你应该杀了他。"神明再一次说。

因为某种原因，赞恩憎恨伊兰德，尽管在今天之前他从来没和这个人见过面。伊兰德是赞恩本应该成为的人，被人照顾，享有特权，生活奢华。他是赞恩的敌人，掌权路上的一个障碍，这个家伙正在阻碍斯特拉夫和赞恩统治中央辖区。

但他也是赞恩的弟弟。

赞恩让自己在迷雾中降落，悄无声息地落在樊乔城堡外的地面上。他把他的锚点拉回手里——三个他用来把自己撑在空中的小金属块。纹很快就要回来了，他不想在她回来时在城堡附近逗留。她有着知道他在哪里的奇怪能力；她的感觉远远比他认识或比试过的任何熔金术师敏锐。当然，她曾经由幸存者亲自训练过。

当赞恩静静地穿过院子时，他想：我还挺想结识凯尔西的。他是个理解迷雾之子力量的人，一个不允许别人控制的男人。

一个为所必为、不管前途多么残酷的人。

赞恩在城堡外墙旁停了一下，在一处扶壁下面。他弯下腰，拿起一块鹅卵石，找到了伊兰德宫里的间谍留下的信息。赞恩拿起它，把鹅卵石放回去，然后丢下一枚铸币，跳进了夜空。

赞恩没有隐藏自己，没有蹑手蹑脚、偷偷摸摸，或者畏缩。事实上，他甚至不喜欢躲闪。

所以，他迈着大步走进了樊乔的军营。在他看来，迷雾之子在隐藏他们的存在上花费了太多精力。不错，隐藏身份提供了一些有限的自由，但是，他的经验是，这样做造成的束缚比带来的自由更多。那样做使他们受控制，而且使社会假装他们不存在。

赞恩朝着岗哨大步走去，那里有两个士兵坐在一大堆营火旁。他摇摇头；他们实质上毫无用处，被火光蒙蔽了眼睛。普通人害怕迷雾，那让他们缺乏价值。他不是自大，这是一个简单的事实。熔金术师要有用得多，因此比普通人更有价值。也因为拥有这种能力，他能够用锡眼在黑暗里视物。那些常规士兵相比之下更像是一种摆设。

“杀了他们。”神明在他朝岗哨走去时命令他。赞恩没有理睬那个声音，尽管这样做已经变得越来越难了。

“站住！”一个哨兵放平矛头说，“谁？”

赞恩立即推开那支矛，把矛头拨开。“还能是谁？”他喝道，一边走进了火光里。

“赞恩大人！”另一个士兵说。

“去叫国王，”赞恩说，他走过岗哨，“让他到指挥帐里见我。”

“但是，大人，”那个哨兵说，“时间已经晚了。陛下他也许……”

赞恩转过身，冷冷地看着他。迷雾在他们之间盘绕着。赞恩甚至不用对这个士兵使用情绪熔金术，这个人就赶忙敬了个礼，然后跑去执行命令了。

赞恩迈着大步走进了军营。他没有穿制服或迷雾斗篷，但当他经过时，士兵纷纷停下来向他敬礼。这不奇怪，他们认识他，知道他是谁，也知道应该尊重他。

但是，如果斯特拉夫不把他这个私生子藏起来，赞恩也许今天就不会成为最强大的武器。赞恩因为这个秘密被迫过着悲惨的生活，而同时他的同父异母弟弟伊兰德则享受着特权。当然，斯特拉夫也不能让他终生隐藏身份。即使这样，当斯特拉夫拥有迷雾之子的传闻逐渐出现时，也几乎没有人发现赞恩是斯特拉夫的儿子。

此外，艰辛的生活教会了赞恩独立生存的本领。他变得坚强，拥有强大的实力。他怀疑伊兰德永远不会懂得这些。不幸的是，苦难童年的一个副作用显然已经逼得他发了疯。

“杀了他。”神明在赞恩经过另一个哨兵时小声说。这个声音在他碰到每个人时都会响起来。它使赞恩安静，是如影随形的同伴。他知道自己疯了。把一切综合起来看，这一点不难判断。正常人不会听到这样的声音，但赞恩可以。

但是他认为，精神错乱不是无理性行为的借口。有些人变成瞎子，另外的人脾气暴躁。还有的人出现幻听。但他们最终都是一样的。判断一个人不是看他的缺点，而是看他如何克服它们。

因此，赞恩没有理睬那些声音。他在愿意的时候才去杀人，而不是在接到命令的时候。依他自己看，他实际上很幸运。别的疯子会看到幻象，或者不能分辨他们的错觉和现实。至少，赞恩还能控制住自己。

在多数情况下。

他推了推指挥帐篷帘幕上的金属锁扣。帘幕朝内打开了，里面的士兵一边敬礼，一边为他打开了帐门。赞恩弯着腰钻了进去。

“大人！”当值的指挥官说。

“杀了他，”神明说，“他实在无足轻重。”

“拿纸来。”赞恩命令，然后走到房间里的大桌子旁。那个指挥官连忙答应，抓了一叠纸过来。赞恩拿起蘸水笔，那名官员匆匆取来了墨水。

“这些是军队集结和夜晚巡逻的情况，”赞恩说，在纸上写了一些数字和图示，“今晚我在卢萨岱尔的时候，对他们作了一些侦察。”

“很好，大人，”那个士兵说，“很感谢你的帮助。”

赞恩停了一下，然后继续慢慢写。“士兵，你不是我的上级，你甚至和我也不是平级。我不是在‘帮助’你，我关心的是我们军队的需要。你明白吗？”

“当然，大人。”

“好，”赞恩做完图示后，把那张纸递给他，“现在，出去，不然我会照一个朋友建议的那样把这支笔插到你的喉咙里。”

那名士兵接过纸，飞快地退了出去。赞恩不耐烦地等候着。斯特拉夫没来。最后，赞恩小声咒骂一声，推开帐门走了出去。斯特拉夫的帐篷亮着红色的灯，被几只灯笼照得很显眼。赞恩走过站岗的卫兵，他们很知趣，没有打扰他，让他径直走进了国王的帐篷。

斯特拉夫正在吃夜宵。他身材高大，头发和他的两个儿子一样是棕色的，至少和两个重要的儿子一样。他有一双养尊处优的贵族的手，正在用这双手专心地吃饭。他在赞恩进来时没有作出任何反应。

“你晚了。”斯特拉夫说。

“杀了他。”神明说。

赞恩握紧拳头。这一次，那个声音发出的命令是最难忽视的。“是的，”他说，“我晚了。”

“今天晚上怎么样？”斯特拉夫问道。

赞恩看了一眼仆人。“我们应该在指挥帐里说。”

斯特拉夫继续喝着汤，坐在原来的地方一动不动，暗示赞恩没有权力命令他什么。这是让人失望的，但并不意外。赞恩在不久前对值班的官员实际上也用了同样的招数。他是从最好的老师那里学到的。

终于，赞恩叹口气坐了下来。他把胳膊撑在桌子上，一边看着父亲吃饭，一边无聊地在手里把玩一把餐刀。一个仆人走过来问他是否吃饭，但他挥手把他打发走了。

“杀了斯特拉夫，”神明命令道，“你应该取而代之。你比他更强壮，你也比他更有能力。”

但我不像他一样头脑清醒，赞恩想。

“怎么样？”斯特拉夫问，“他们手里有没有御主大帝的天金？”

“我不能肯定。”赞恩说。

“那个女孩相信你吗？”斯特拉夫问道。

“她才刚开始，”赞恩说，“我确实看见过她用天金，就是跟赛特的杀手打的那一次。”

斯特拉夫沉思着点点头。他确实是个有本事的人：因为他，北部辖区没有像最后帝国其他地方那样陷入混乱。斯特拉夫的斯卡人没有脱离控制，他的贵族也被镇压了。没错，他被迫处决了不少人来巩固自己的权威。但，他做的事情都是该做的。在斯特拉夫的所有秉性里，赞恩最看重的就是这一点。

特别是在他自己遇到麻烦的时候。

“杀了他！”神明高喊道，“你恨他！他让你过贫穷的生活，迫使你从小就要靠自己的努力生存。”

他也使我变得强大，赞恩想。

“那就用你的力量杀了他！”

赞恩把那把餐刀抓起来。斯特拉夫从席上抬起头，看到赞恩用刀子在自己的前臂上划了一道，不由得微微吃了一惊。他在手臂上拉了一道长口子，划出了血。疼痛能帮助他抗拒那个声音。

斯特拉夫看了一会儿，然后招来一个仆人带赞恩去包扎，以免让血流到地毯上。

“你要让她再次使用天金，”斯特拉夫说，“伊兰德也许曾经收集了一两个珠子。只有等她用完我们才能知道真相。”他停了一下，然后继续吃饭。“事实上，我们要做的是让她告诉你那些储备藏在哪里，如果这些东西被藏起来的话。”

赞恩坐下来，看着血从前臂的伤口里渗出来。“她比你想象的有能力得多，父亲。”

斯特拉夫扬起眉毛。“别告诉我你真的相信那个故事，赞恩。那个关于她和御主大帝的谎言。”

“你怎么知道那是谎话？”

“因为伊兰德，”斯特拉夫说，“那孩子是个呆子：他能控制卢萨岱尔只有一个原因，就是多少还有点脑子的贵族都逃走了。要是那个女孩有打败御主大帝的本事，我真诚地怀疑你弟弟能够得到她的忠诚。”

赞恩在胳膊上又拉了一道。他没有划得太深，没有造成真正的伤害，但疼痛一如往常地奏效了。斯特拉夫从席上抬起头，掩盖了自己憎恶的表情。赞恩为在父亲的眼睛里看到这种表情而欣喜。也许，这是他发疯的副作用。

“不管怎么说，”斯特拉夫说，“你和伊兰德会面没有？”

赞恩点点头。他转身对女仆说：“茶。”他挥了挥自己没有割伤的胳膊，“伊兰德很吃惊。他愿意和你会谈，但他显然不喜欢来你的军营这个主意。我想他不会来。”

“也许，”斯特拉夫说，“但是，别低估这个孩子的呆气。不管来不来，现在大概他明白我们应该怎么相处了。”

这是一种姿态，赞恩想。通过送出这个信息，斯特拉夫表明了立场：他不会听别人的安排，甚至不能因为伊兰德而忍受不便。

但是，被迫陷入围城的僵局还是让你不方便了，赞恩微笑着想。斯特拉夫原本打算直接发动进攻的，不经任何谈判直接把城拿下。但第二支军队的到来使这种打算变得不可能。现在进攻，斯特拉夫就会被赛特打败。

所以只能等，在围城中等候，直到伊兰德改变想法，愿意加入他父亲一方。但是，等候是斯特拉夫不喜欢的东西之一。赞恩却不那么在意。这样他就有更多时间和那个女孩交手。他微笑起来。

茶上来后，赞恩闭上眼睛，然后燃烧锡增强自己的感官。他的伤口猛地活过来，微痛变成剧痛，也使他变得清醒很多。

有件事他没有告诉斯特拉夫：她已经渐渐相信我了，而且还有一点，她喜欢上了我。也许……她能理解我。

也许她能拯救我。

他叹了口气，张开了眼睛，用毛巾清理自己的手臂。他的疯狂有时候会吓住自己。但是，纹身上也有弱点。这些才是他目前需要关注的地方。他从侍女手里接过茶，那是个长辫子、胸脯坚实、相貌平常的女孩子，然后喝了一口热热的桂皮茶。

斯特拉夫拿起自己的杯子，犹豫了一下，然后微微嗅了一下。他盯着赞恩。“下了毒的茶，赞恩？”

赞恩没说话。

“还有桦叶毒，”斯特拉夫说，“这个做法一点新意都没有，真让人失望。”

赞恩还是没说话。

斯特拉夫做了个杀头的姿势。那个女孩在斯特拉夫的一个护卫朝她走去时恐慌地抬起头。她朝赞恩看了一眼，期望着某种形式的帮助，但他转移了视线。在她的惨叫声中，护卫把她拖出去，处决了。

她想找机会杀了他，我告诉过她这也许不会成功，他想。

斯特拉夫只是摇了摇头。尽管他不是全能的迷雾之子，但他是个锡眼师。但是，对一个有这种能力的人而言，嗅出混在桂皮里的桦叶毒仍是一种令人惊叹的本领。

“赞恩，赞恩……”斯特拉夫说，“如果你真想杀我，你会怎么做？”

赞恩很想说，如果我真想杀你，我会用那把刀而不是毒药。但是，他留着让斯特拉夫猜测。斯特拉夫期待着暗杀的尝试，所以赞恩就提供给他。

斯特拉夫举着什么东西——一小颗天金。“我打算把这个给你，赞恩。但我认为我们必须等等。你需要摆脱那些企图杀死我的愚蠢尝试。就算有一天你能成功，你以后又能从哪里得到天金呢？”

斯特拉夫不明白，当然。他以为天金像一种毒品，并以为迷雾之子喜欢用它。所以，他认为他能利用天金来控制赞恩。赞恩让他继续保持这个误解，从来没有透露过他也有着自己的天金储备。

然而，这也使他面临着主导着他生活的一个真正的问题。神明的私语又回来了，现在，那疼痛正在消逝。而且，在那个声音提到过的所有人里面，斯特拉夫·樊乔是最该死的一个。

“为什么？”神明问，“你为什么不杀了他？”

赞恩低头看着自己的脚，心里暗想：因为他是我的父亲。最后，他承认了自己的软弱。别人可以为所欲为，是因为他们比赞恩更坚定。

“你疯了，赞恩。”斯特拉夫说。

赞恩抬起头。

“你真以为你自己能征服帝国，只要你杀了我？考虑到你……特别的疾病，你真以为你能管理哪怕一个城市吗？”

赞恩移开目光。“不。”

斯特拉夫点点头。“很高兴我们都明白这一点。”

“你应该放手进攻，”赞恩说，“一旦控制卢萨岱尔，我们就能找到天金。”

斯特拉夫笑了笑，然后喝了一口茶。那杯有毒的茶。

不要命了，赞恩不禁坐直了身子。

“不要以为你知道我的想法，赞恩，”斯特拉夫说。“你知道的连你以为自己知道的一半都没有。”

赞恩静静地坐着，看着他父亲把剩下的茶一饮而尽。

“你的间谍怎么样？”斯特拉夫问。

赞恩把那张纸条放在桌子上。“他担心他们可能怀疑他。他没有发现关于天金的任何情报。”

斯特拉夫点点头，把空杯子放在桌子上。“你要回到城市里，继续和那个女孩做朋友。”

赞恩慢慢地点了点头，然后转身离开了帐篷。

斯特拉夫可以感受到桦叶毒正通过他的血管渗透，使他身体颤抖。他勉力控制着自己的身体，等了一会儿。

一等确定赞恩走远，他就叫来一个守卫。“带阿曼兰塔来，”他命令道，“快！”

那名士兵跑去执行命令。斯特拉夫静坐着，帐篷在晚风吹拂下发出沙沙的响声，一股在门帘打开时涌进来的雾气在地板上飘浮着。他燃烧起锡，强化自己的感觉。是的……他感觉到了体内的毒素，正在麻木着自己的神经。但是，他还有时间，可能还足足有一个小时，所以他并不紧张。

对于一个称自己不想杀斯特拉夫的人来说，赞恩确实花了很多努力尝试。幸运的是，斯特拉夫有一件甚至连赞恩都不知道的工具，这件工具是以一个女人的形式出现的。当斯特拉夫以锡强化过的耳朵听到轻柔的脚步声走近时，他不禁露出了微笑。

那正是士兵带来的阿曼兰塔。斯特拉夫这次出兵没有带上他所有的情妇，只带了十到十五个他最喜爱的，其中除了为他侍寝的女人之外，还有一些人，他看重的是她们的能力而非容貌。阿曼兰塔就是个好例子。她十年前曾经非常迷人，但现在她正慢慢步入人生的后二十几年。她的胸脯因为生育已经开始松弛，而每次斯特拉夫看着她，都能注意到她额头和眼角出现的皱纹。他除掉了大部分远未达到她这个年纪的女人。

但这一个，有一身有用的技巧。如果赞恩听说斯特拉夫今晚叫了这个女人，认为斯特拉夫想让她侍寝，那他就错了。

“主人。”阿曼兰塔跪在地上说。她开始脱衣服。

好，至少她还很乐观，斯特拉夫想道。他本来以为她在四年没有受到临幸后，她就会懂得。女人难道不明白她们变得太老后就会失去吸引力吗？

“穿着衣服，女人。”他呵斥道。

阿曼兰塔的脸色变了，她把双手放在膝盖上，让衣服半脱半露，一边胸脯裸露着，好像正在以她年华老去的色相诱惑他一样。

“我需要你的解毒剂，”他说，“赶快。”

“哪一个，主人？”她问道。她并不是斯特拉夫供养的唯一草药师，他从四个不同的人那里学习气味和味道的辨别。但是，阿曼兰塔是其中最好的一个。

“桦叶毒，”斯特拉夫说，“和……也许别的什么。我不能肯定。”

“那么，是另一种普通毒药吗，主人？”阿曼兰塔问道。

斯特拉夫微微点了点头。阿曼兰塔站起身，走到他的药剂柜旁。她在旁边点起一个火炉，煮上一小锅水，飞快地往里面搅拌着粉末、草药和液体。制作这种混合剂是她的专长，其中包含了常见毒药的解毒剂和她精心制作的试剂。斯特拉夫怀疑赞恩用桦叶毒掩盖了一些别的东西。不管那是什么，阿曼兰塔的混合剂能够治好，或者至少鉴别出它。

斯特拉夫心绪不宁地等着半裸的阿曼兰塔忙完。这种混合剂每次都要重新制作，但是非常灵验。最后，她拿给他一只冒着热气的杯子。斯特拉夫喝了一口，忍着苦涩的味道把药咽了下去。很快，他开始感到好多了。

他叹了口气，又避免了一个可能的陷阱，他喝下杯子里剩余的药，确认了自己的判断。阿曼兰塔又期待地跪在了地上。

“回去。”斯特拉夫命令道。

阿曼兰塔静静地点点头。她把手臂套进袖子里，然后从帐篷里退了出去。

斯特拉夫静坐着，空杯子在手里慢慢变凉了。他知道自己又占了上风。只要他在赞恩面前展示出自己的强大，迷雾之子就会继续听他的使唤。

也许。

如果多年前在寻找助手的时候，我忽略了阿兰迪，那该多好。

19

萨奇德解下他最后一个钢智库。他举着它，看着那金属在红日下闪动的光芒。对另一个人来说，它似乎是值钱的。但对于萨奇德，它现在只是一个空容器，一个简单的钢手镯。要是他愿意，他可以再次填充它，但是现在，他认为它太重了，不值得携带。

一声叹息后，他扔掉了那个手镯。它“当啷”一声掉在地上，溅起一团灰土。五个月的储量，每五天排空一次速度，我的身体就像在蜜糖里移动般费力。现在全用掉了。

不过，这个损失换来了一些有价值的东西。他通过断断续续地使用钢智库，只用了六天工夫就走过了正常人需要步行六周的行程。根据他的地图红铜智库，到卢萨岱尔现在只有一星期多一点的路程了。萨奇德对这项花费感觉很满意。也许他对南部小村的死亡事件反应过度了，也许他根本不需要这么匆忙。但是，他创造那个钢智库就是拿来用的。

他试了试背包的重量，感觉已经比开始时轻多了。尽管他的很多金属智库很小，但加起来也很重。他在赶路的时候决定丢弃一些价值不大或不够满的。就像那个钢手镯一样，在赶路的过程中，被他抛弃在尘土里。

他现在无疑已经在中央辖区境内了。他已经路过了法里斯特和泰里安——北方灰山中的两座。泰里安还在南边隐约可见的地方，那是一座高大独立的山峰，黑糊糊的峰顶被削平了一截。地势已经变平，树木由斑驳的棕色松树变成了卢萨岱尔周围常见的弯弯的白杨树。这些白杨生得像从黑色土壤里长出来的骨头，一丛丛地长在一起，它们灰白的树皮疤痕累累，而且扭曲不平。

萨奇德站住了。他站在中央运河旁边，在通往卢萨岱尔的一条大路上。这时，运河里空荡荡的没有舟楫；现在这种日子，路上的旅人也少，甚至比在最后帝国时还要少，因为强盗比以前更常见。萨奇德在匆匆赶往卢萨岱尔的途中，已经超过了好几拨强盗。

现在，孤身一人的旅人少之又少，但从前面看到的几十道烟迹来看，一批批的军队却层出不穷，而且他在路上还遭遇过另外一支军队。眼前这支军队正驻扎在他和卢萨岱尔之间。

他沉思片刻，一片片灰烬开始在他周围轻轻飘落。时间是中午；如果那支军队有侦察兵，萨奇德想绕过他们就很难。另外，他的钢智库已经空了。如果被人追踪，他就甩不掉了。

但是，一支离卢萨岱尔只有一周路程的军队会是谁的呢？它又会有什么威胁？他的好奇心，学者的好奇心，撩拨着他找个制高点观察一下这支军队。纹和另外的人也许能用上他收集的这些信息。

既然作了决定，萨奇德就找了个白杨树特别茂密的小山头。他把背包放在树底下，然后拿出一个铁智库并开始填充。他感到了熟悉的体重变轻的感觉，然后他轻松地爬到了树顶细细的枝头上，他的身体轻得让他几乎不花什么力气就把自己拉了上去。

悬在树尖上，萨奇德打开了他的锡智库。他视野的边缘变得模糊，但借着增强的视力，他能仔细地看清驻扎在前面山谷里的那支大军。

那是一支军队，他猜得没错，但并不是由人类组成的。

"以被遗忘的神明之名……"萨奇德低声说，他被震惊得几乎松手掉下去。这支军队是以极其单纯和粗糙的形式组织起来的。营地里没有帐篷，没有运输工具，没有马。只有数百堆用于烧饭的营火，每堆营火旁都围着一些身影。

那些身影是深蓝的。它们的体形差异很大：有些只有五尺高，另一些则是十尺或者更高的庞然大物。它们都是同一个种族，萨奇德知道，克洛兽族。这种生物尽管基本体形和人类相同，却会不停地成长。在成年后它们会继续长大，一直长到心脏无法支持它们的身体。这时，它们就会被自身的成长杀死。

但是，在死去之前，它们的体形变得非常庞大，而且非常危险。

萨奇德从树上落下来，他的身体轻飘飘地落了地。他匆匆地在自己的红铜智库里搜索着。等找到要找的东西后，他把它绑在自己的左前臂上，然后又重新爬到树上。

他飞快地检视着索引。在某个地方，他在一本关于克洛兽族的书里做过笔记，他曾经研究过，想知道这种生物是否有宗教。他曾经让人为他复读这些笔记，这样他就能把它们存在红铜智库里。当然，他也把那本书记了下来，但是把那么多信息放进脑子里会毁掉。

终于找到了。他把它们从红铜智库里取出来，把那些知识放进脑子里。

大多数克洛兽的身体在二十岁前就已经不堪重负。一些年纪更大的会长到十二尺高，有着强壮结实的身体。但是，克洛兽很少能活那么长，不仅因为心脏问题，它们的社会是极端暴力的，如果那可以称之为社会的话。

兴奋突然战胜了忧虑，萨奇德再次从锡智库里取出视力，察看着那几千个蓝色的形体，试图亲眼证实他刚才读到的资料。打斗的场面不难发现。营火旁的混战看来很常见，而且有趣的是，打斗通常在体形相仿的克洛兽之间发生。萨奇德把视野扩大到更远的地方，同时抓紧树干克服着自己恶心的感觉，因为他还是第一次仔细打量一头克洛兽。

这是一头相对较小的克洛兽，约六尺高。它有着人的体形，有两只手臂，两条腿，尽管它的脖子几乎无法辨认。它的头上完全没有毛发。但是，最奇怪的特点是它蓝色的皮肤，松弛而且充满皱褶。这种生物看上去也许像一个肥胖的人，身上的脂肪被全部抽去，留下一身松弛的皮肤。

而且……那皮肤似乎结合得不是十分紧密。在那只生物充血的红色眼睛周围，皮肤垂下去，露出了脸上的肌肉。同样的现象在嘴边也有：皮肤悬挂在颚下几寸的地方，第二排牙齿和下颌完全暴露着。

这是个让人倒胃口的模样，尤其对一个胃里已经开始翻腾的人来说。那个生物的耳朵垂得很低，挂在下颌线两侧。它的鼻子松弛而没有形状，没有软骨支撑。在它的双臂和腿上，松弛的皮肤重重叠叠。它身上唯一的衣服是一块粗糙的缠腰布。

萨奇德调整视野，选了一头较大的克洛兽进行研究，它也许有八尺高。这头克洛兽的皮肤不是那么松弛，但看上去仍然配合得不是很好。它的鼻子弯曲成一个奇怪的角度，在脸上被变大的头颅撑成扁平状。它正恶狠狠地盯着一个同伴。它的嘴周围的皮肤同样不是十分贴合：嘴唇没有完全合拢，而且眼睛周围的洞太大，暴露出了下面的肌肉。

萨奇德强忍着恶心想道：就像……戴着人皮面具，那么说来……它们的身体在继续生长，但它们的皮肤却没有？

他的想法被一头体形庞大、足有十尺高的克洛兽证实了。它正走到一伙克洛兽中间，体形较小的克洛兽纷纷散开。然后它迈着大步走到营火旁，那里正烤着几匹马。

这个大家伙的皮肤被撑得很紧，已经开始裂开了。眼睛周围、嘴的边缘，还有结实的胸肌旁边，那些没有毛发的蓝色皮肤都出现了一条条裂口。萨奇德能看到一丝丝鲜红的血液从裂口里渗出来。即使在没有裂缝的地方，皮肤也被拉得很紧：鼻子和耳朵变得平坦，几乎和周围的肌肉难以区分。

萨奇德突然从学术研究中惊醒。克洛兽已经到了中央辖区。这种生物如此暴力和无法控制，御主大帝曾经把它们驱逐在文明社会之外。萨奇德关闭他的锡智库，恢复到正常人的视力。他必须赶到卢萨岱尔警告他们。

萨奇德愣住了。增强视力引发的一个问题是会暂时失去看近处的能力，所以不奇怪，他没有注意到克洛兽的巡逻兵围住了他的白杨树。

以被遗忘的神明之名！他紧紧地抓着树尖，脑子飞快地转着。几头克洛兽正在往树下走。要是他落了地，以他的速度肯定逃不掉。他习惯性地戴上了白蜡智库；他能轻而易举地变成力量十倍于平常人的超人，并能维持相当长一段时间。他可以战斗，也许……

然而，这些克洛兽不仅相貌穷凶极恶，还佩着粗糙的巨剑。萨奇德的笔迹、记忆，还有他的学识都表明：克洛兽是非常危险的战士。就算有常人十倍的力量，缺乏战斗技巧的萨奇德也打不赢它们。

“下来，”下面响起一个低沉沙哑的声音，“马上下来。”

萨奇德往下看。一个皮肤刚开始拉紧、身材高大的克洛兽正站在树底下。它摇了摇白杨树。

“赶快下来。”那头克洛兽再次命令。

嘴唇配合得不太好，萨奇德想。它的声音听起来像一个人试图在嘴唇不动的情况下讲话。萨奇德对它们能说话不觉得奇怪，他的笔记里提到过。但是，他对那声音里的镇定感到很吃惊。

我可以跑，他想。扔掉金属智库并借助风势，他也许能在树顶上跑，越过一片片白杨林之间的空地，但这样做很困难，而且后果难以预料。

而且这样做，要把他的红铜智库和其中一千年的历史资料抛在身后。

所以，他准备好了白蜡智库以备急用，从树上爬了下来。那头克洛兽用红通通的眼睛看着他落在地面上。萨奇德猜想它是首领。它的眼睛一眨不眨。萨奇德怀疑它的皮肤拉成那样，根本没办法眨眼睛。

萨奇德“砰”的一声跳到地上，然后伸手拿他的背包。

“不行！”那头克洛兽喝了一声，以非人的敏捷一把抓过背包。然后把背包扔给了另一头克洛兽。

“我需要那个，”萨奇德说，“我会更合作些，如果——”

“安静！”那头克洛兽突然怒吼一声，把萨奇德吓得退了一步。特里斯人个子很高，特别是特里斯阉人，但这个身高足有九尺、皮肤呈蓝黑色、眼睛像尘烟里太阳的颜色一样的怪物却能俯视着萨奇德，这使萨奇德非常不舒服，并不由自主地畏缩起来。

显然，这是正确的反应，因为那个领头的克洛兽点点头，把身子转开了。“来吧，”它含糊地说道，然后笨拙地朝白杨林外走去。另一头克洛兽跟在后面，它们一共七个。

萨奇德可不想知道如果他不听话会有什么下场。他选择了一个神——杜伊斯，这个神据说能够保佑疲倦的旅人，然后轻声、快速地做了一次祈祷。接着他快步向前，跟上了那队朝营地走去的克洛兽。

至少它们没有马上杀了我，萨奇德想。想到他刚刚阅读的那些资料，他心里还有几分期望。当然，就算那些书中也没多少资料。克洛兽一族和人类隔离已经几个世纪了：御主大帝只有在进行大型战争的时候才去召唤它们，去镇压叛乱，或者去征服在内陆新发现的部落。那几次，克洛兽造成了极大的破坏和屠戮，历史上大概是这样说的。

萨奇德想知道他了解的那些会不会只是捏造的宣传资料。也许克洛兽并不像他们想象的那样狂暴。

萨奇德旁边的一头克洛兽突然愤怒地嚎叫起来。当它跳向一个同伴时，萨奇德赶忙闪身避开。它没有用背上的剑，而是径直挥起大拳头砸在对方的脑袋上。其他克洛兽停下来，转身观看这场战斗，但没有一个表现出惊慌的样子。

看着那个攻击者一拳拳打着它的对手，萨奇德越看越觉得毛骨悚然。防守者试图保护自己，抽出一把匕首在进攻者胳膊上划了一刀。蓝色的皮肤裂开一道口子，渗出了鲜红的血液。这时，进攻者双手抱住对手巨大的头颅，用力一扭。

只听“啪”的一声，防守者不动了。攻击者解下死者身上的剑，绑到自己的武器旁边，然后取下了那把剑旁边系着的一个小袋子。在这一系列动作之后，它站起身，没理会手臂上的伤口，一行人继续往前走。

“为什么？”萨奇德震惊地问，“那是为什么？”

受伤的克洛兽转头回答。“我讨厌它。”它说。

“快走！”领头的克洛兽对萨奇德叫道。

萨奇德勉强迈开脚步。它们抛下了那具躺在路上的尸体。他想找些事情把注意力从刚才的残忍行为上引开，于是思考起那些小袋子来。他们都有那种小袋子。克洛兽们把这些袋子绑在它们的剑上。它们不是把武器放在鞘里携带，而是用皮索绑在背上。这些袋子就拴在皮索上。有些克洛兽只有一个袋子，但这组克洛兽里两个体形最大的都有好几个。

萨奇德觉得这些袋子像钱袋。但是，克洛兽是没有经济的。也许它们在袋子里保存着私人财物？但是像这样的畜生又会看重什么呢？

它们进了营地。营地边缘看来没有岗哨，是啊，为什么要用岗哨？对人类来说，混进营地是非常困难的。

一群较小的克洛兽，约五尺高的，一等它们到达就跑了过来。那个杀人犯把它多余的那把剑扔给了它们中的一个，把那个小袋子留给了自己。然后它指了指远处，于是那些小个子跑开了，朝着那具尸体所在的方向。

萨奇德很想知道葬礼的细节。

他不安地跟着抓获他的人走进营地深处。营火上正烤着各种各样的动物，但萨奇德认为其中应该不会有人类。此外，营地周围的地面上一棵植物都看不到，就像刚刚被一群富有侵略性的羊啃过一样。

而且，按照他的红铜智库的记载，这一猜想离事实并不远。事实上，克洛兽显然能以任何东西维持生命。它们喜欢肉食，但也能吃任何植物，即使是青草，甚至可以拔出来连根吃掉。一些报告甚至谈到它们吃泥土和灰烬，但萨奇德认为很难相信。

他继续走着。营地里充斥着烟味、灰尘味和一种他认为是克洛兽体味的奇怪的麝香味。一些克洛兽在他们经过时转过身，用血红的眼睛一眨不眨地盯着他们。

当一头站在营火旁的克洛兽突然尖叫并攻击一个同伴时，萨奇德跳开，并想道：似乎它们只有两种感情，它们或者冷冷的，或者勃然大怒。

他紧张地重新回顾着先前的思考，琢磨着要怎样才让它们立即全体出发，或者……发生什么样的灾难才能引起这样的结果。不，那些关于克洛兽的描述并不是谣言和诋毁。他听过的那些故事，有关克洛兽在至远辖区野性大发，造成大面积的破坏和死亡的故事，显然是真实的。

但什么东西指挥着这个群体，使它们不至于失控？尽管没有一本书解释过，但御主大帝曾经能够控制克洛兽族。许多作者只是简单地把这种本领归因于御主大帝是万能之神。那个人曾经永生不死，和这个一比，他的其他能力当然也不在话下。

但是，他的不死之身是一个骗局。他只是聪明地将储金术和熔金术结合在一起。御主大帝是个普通人，虽然他有不寻常的综合实力和机遇。

问题在于，御主大帝是如何控制克洛兽的？他一定有些不寻常的地方，在他的力量之外的一些东西。他在升华之井旁做过一些事情，这些事永远改变了世界。也许他控制克洛兽的能力就来源于此。

抓住萨奇德的人没有理会营火旁偶然发生的战斗。似乎营地里没有雌性克洛兽，或者，如果有，它们在外表上跟雄性很难区分。而且，萨奇德注意到在一堆营火旁有一具被人忘却的克洛兽尸体。它被剥了皮，身上蓝色的皮肤被剥得一干二净。

怎么会存在这样一个部落呢？他惊恐地想。他的书里说克洛兽繁殖和衰老得都很快，考虑到他已经看到的死亡数目，这种安排对它们来说是幸运的。即便如此，在他眼里，这个杀死了这么多同类的种族是无法延续的。

然而它们确实生存下来了。不幸的是，作为一个保管师，萨奇德坚定地认为一切都不应该消失，每个部落都值得铭记。但是，坐着的、对皮肤上的伤口无动于衷的伤者、横在路上的被剥了皮的尸体，突然爆发的怒吼和随之而来的谋杀，这些克洛兽兵营的野蛮行为拷问着他的信念。

他的捕获者领着他绕过一个小丘，萨奇德看到了一个非常出乎意料的东西，他停下来了。

那是个帐篷。

“走。”领头的克洛兽指着帐篷说。

萨奇德眉头紧锁。帐篷外面有几十个人类士兵，手持长矛，穿得像是皇帝的护卫。那个帐篷很大，帐篷后面排着一列满载的大车。

“快走！”那头克洛兽叫道。

萨奇德迈开脚步。在他后面，一头克洛兽满不在乎地把他的背包扔给一名人类卫兵。包里的金属智库落在地上，互相碰撞着丁当作响，萨奇德不由得有些心慌。那些士兵用警惕的目光看着克洛兽退回去，然后一个人捡起了背包，另一个平端长矛对着萨奇德。

萨奇德举起双手。“我是萨奇德，一个特里斯保管师，从前是侍从官，现在是教师。我不是你们的敌人。”

“嗯，很好，”那名士兵盯着退回去的克洛兽说，“但你还是得在我们的监控下。”

“我可以拿回我的东西吗？”萨奇德问。这片空地上看起来没有克洛兽。显然，人类士兵希望和它们保持距离。

第一个卫兵扭头看着他的同伴，后者正翻看着萨奇德的背包。然后，第二名士兵抬起头，耸了耸肩。“没有武器。有一些手镯和耳环，也许值点钱。”

“它们都不是用贵金属做的，”萨奇德说，“它们是保管师的工具，除了我，对别的任何人来说都是没什么价值的。”

第二个卫兵耸耸肩，把背包递给第一个人。他们都是中央辖区的标准肤色：黑头发，浅色皮肤，体格和身高都显示他们从小就营养充足。第一个卫兵是两个人中年龄较大的一个，显然也是管事的。他从同伴手里接过袋子。“我们要看看陛下怎么说。”

啊，太好了，萨奇德想。“那就让我和他谈谈吧。”

那名卫兵转过身，推开帐篷门示意萨奇德进去。在赤红阳光的照耀下，萨奇德进入了一个多功能的帐篷——如果稍稍布置一下的话。这个房间很宽敞，里面有另外几个卫兵。到现在萨奇德也许已经见到二十多个士兵了。

带路的卫兵继续朝前走，然后把头探进后面的一个房间。片刻后，他挥手示意萨奇德过去，然后自己退出了帐篷。

萨奇德进了第二个房间。房间里的那个人穿着卢萨岱尔贵族风格的长裤和套装上衣。尽管他年纪不大，但是个秃顶，头发少到只有几个残存的小卷。他站在房间里，一只手紧张地轻轻拍着腿的外侧，当萨奇德进入房间时几乎跳了起来。

萨奇德认识这个人。“杰斯茨·勒卡尔。”

“勒卡尔国王，”杰斯茨厉声说，“我认识你吗，特里斯人？”

“我们没见过面，陛下，”萨奇德说，“但我和你的一个朋友打过交道，我想。卢萨岱尔的伊兰德·樊乔国王。”

杰斯茨心不在焉地点点头。“我的人说是克洛兽带你来的。他们发现你在军营周围刺探？”

“是的，陛下。”萨奇德谨慎地说。杰斯茨开始慢慢踱步，这个人看起来比他率领的军队稳定不了多少，“是你说服这些怪物为你服务的吗？”

“你是个囚徒，特里斯人，”杰斯茨高声说，“不准提问。是伊兰德派你来刺探我的吗？”

“我不是谁派来的，”萨奇德说，“你碰巧在我经过的路上，陛下。我观察你们并无恶意。”

杰斯茨盯着萨奇德，没有说话，然后又开始踱起步来。“啊，没关系。我有段时间没有个合适的侍从官了，你现在为我服务吧。”

“我很抱歉，陛下，”萨奇德微微弯了弯腰，说道，“但这是不可能的。”

杰斯茨皱起眉头。“你是个侍从官，从你的袍子上可以看出来。难道伊兰德是个如此伟大的主人，竟能使你拒绝我吗？”

“伊兰德·樊乔不是我的主人，陛下，”萨奇德迎着年轻国王的目光说，“因为我们现在自由了，特里斯人不再叫任何人主人。我不能做你的仆人，因为我已经不做任何人的仆人了。如果你愿意，把我当囚徒关起来吧。我是不会为你服务的，很抱歉。”

杰斯茨愣了一下，但没有生气。他只是看起来有些……手足无措。“我明白了。”

“陛下，”萨奇德镇定地说，“我明白你命令过我不准提问，所以我作了一些推测。你显然使自己陷进了一个非常为难的处境。我不知道你是怎么控制那些克洛兽的，但我能想到这种控制是非常脆弱的。你很危险，而且，你似乎希望把这种危险引向其他人。”

杰斯茨涨红了脸。“你的‘推测’是无稽之谈，特里斯人。我掌控着这支军队。它们完全听命于我。你见过别的贵族能够召集克洛兽军队吗？没有一个，只有我成功了。”

“它们看上去不是特别服从管教，陛下。”

“哦？”杰斯茨问道，“那么，在它们发现你的时候，有没有把你撕成碎片？有没有为了活动筋骨把你乱拳打死，或者把你用棍子穿起来放在火上烤？没有。它们没那样做是因为我给它们下了相反的命令。这个理由也许看起来不太充分，特里斯人，但是请相信我，这对克洛兽来说是相当大的克制和服从的信号。”

“文明不是什么了不起的功绩，陛下。”

“不要撩拨我，特里斯人！”杰斯茨厉声说，他用手拢了拢为数不多的头发，“我们说的是克洛兽，我们对它们不能有更多的要求。”

“但你要带它们到卢萨岱尔？”萨奇德说，“就是御主大帝也害怕这些生物，陛下。他让它们远离城市。你却要带它们去最后帝国人口最多的一个城市。”

“你不明白，”杰斯茨说，“我试过和平的提议，但没人愿意听，除非你有钱或军队。啊，我有了一支军队，而且很快我就会有钱。我知道伊兰德正坐在隐藏着天金的地方，我不过是为了……去和他结盟。”

“一个去夺取城市控制权的同盟？”

“呸！”杰斯茨一甩手，说道，“伊兰德并没有控制卢萨岱尔，他只是个等着其他更有实力的人去取代的临时圣务官。他是个好人，但他是个天真的理想主义者。他的王位终将被某一支军队夺走，而我会给他带去一笔比赛特或斯特拉夫更好的交易，这是毫无疑问的。”

赛特？斯特拉夫？年轻的樊乔到底碰上了什么麻烦？萨奇德摇了摇头。“可是一笔‘更好的交易’怎么包括了使用克洛兽，陛下？”

杰斯茨皱起了眉头。“你很善于言辞，特里斯人。你是一个标志，你的整个部族是一个标志，关于这个世界出了问题的标志。我过去是尊重特里斯人的，做个好仆人并不丢人。”

“而且经常会感到骄傲，”萨奇德说，“但是，我为我的立场道歉，陛下。特里斯的独立并非一种示威。我常常管不住自己的嘴。我想，我始终做不了一个好仆人。”或者一个好保管师，他对自己说。

“呸。”杰斯茨又继续踱起步来。

“陛下，”萨奇德说，“我必须继续赶到卢萨岱尔去。有些……事，我要去处理。不管你对我们的族人怎么看，但你必须知道，我们是忠诚的。我要去办的事是和政治及战争无关的。那是对所有人都很重要的。”

“学者总是这样说话，”杰斯茨说，停下了脚步，“伊兰德也常常像这样说话。”

“不管怎样，”萨奇德接着说，“请一定让我走。作为自由的交换，我愿意为你传一条口信给伊兰德陛下，如果陛下你愿意。”

“我随时可以派一个我自己的信使去。”

“然后使你少一个卫士保护？”

杰斯茨站着没动。

哦，这样说他确实害怕它们。好极了，至少他没疯。

“我要走了，陛下，”萨奇德说，“无意冒犯，但我看得出你没有关押犯人的地方。你可以放我走，或者把我交给克洛兽。但是，也许我有办法，能让它们恢复杀人的习惯。”

杰斯茨盯着他看。“好，”他说，“那就帮我带个口信。告诉伊兰德，我不在意他是否知道我的到来，我甚至不在乎你会不会透露我的军力。可是，你要一字不漏地告诉他：我的军队里有超过两万头克洛兽。他打不过我，他也打不过别人。但是，如果我有了那些城墙……啊，我能为他抵挡另外两支军队。告诉他要识时务。要是他交出天金，我甚至会让他保有卢萨岱尔。我们可以做邻居，做盟友。”

一个缺钱，另一个缺乏常识，萨奇德心想。“好的，陛下。我会转告伊兰德。不过，我要先拿回我的物品。”

杰斯莜不耐烦地摆摆手，萨奇德退出去，静静等着那名卫士首领到王帐里听令。在等待的时候，他想着杰斯莜说过的话。赛特、斯特拉夫，有多少力量正对伊兰德虎视眈眈，想夺取他的城市呢？

最后，他拿回了自己的背包。

如果他想找一个安静的地方做研究，显然他要去的是一个错误的方向。

直到几年后，我才开始意识到那些征兆的存在。我知道那个预言——毕竟我是个特里斯族创世师。然而，我们不全是宗教学者。比如我，对其他的论题更感兴趣。但是，当我和阿兰迪在一起的时候，我不禁对预言越来越关注。他看起来和那些征兆是如此吻合。

20

“这样很危险，陛下。”道克森说。

“这是我们唯一的选择。”伊兰德说。他站在桌子后面。桌子上一如既往地堆着书。阳光从他背后的彩色玻璃窗透进来，照着他，那些色彩落在他穿白制服的后背，把衣服染成明亮的栗色。

他穿着那套制服确实看起来更加威严了，纹想。她坐在伊兰德舒服的阅读椅上，奥索尔耐心地伏在她身边的地板上。她仍然不知道该如何看待伊兰德的变化。她看到的变化大多是表面上的：新衣服、新的发式，但他另外的一些地方似乎也不同了。他在讲话的时候身子站得更直了，而且声音变得更有权威。他甚至在练习用剑和手杖。

纹瞟了婷德薇尔一眼。这个威严的特里斯女人正坐在房间后面的一把直背椅上，观看着会议的进行。她有着完美的姿态，身上穿着鲜艳的裙子和上衣，显得雍容华贵。她没有像自己一样盘着腿坐，而且从来不穿长裤。

纹想：她是怎么做到的？我花了一年时间想办法让伊兰德练习剑术。婷德薇尔来这里还不到一个月，但她已经使他开始训练搏击技巧。

为什么自己会感到心酸？伊兰德不会改变那么多，是吗？她努力使自己平静一些，她担心这个充满信心、装扮得像战士的新国王，担心他不再是她爱的那个人了。

要是他不再需要自己了呢？

她的身子从椅子上滑出了一点。伊兰德继续和汉姆、道克斯、克拉布斯和布里兹交谈着。

“伊尔，”汉姆说，“你明白吗，如果你去了敌人的军营，我们就不能保护你了？”

“我肯定你不能保护我，汉姆，”伊兰德说，“在两支敌军在城墙外面安营扎寨的情况下也不能。”

“没错，”道克森说，“但我担心你进了那个军营，就再也出不来了。”

“除非我失败，”伊兰德说，“只要我按照计划，使我父亲相信我们是他的同盟，他就会让我回来的。我年轻的时候在宫廷政治上花的时间不多，但是，我确实学会了一件事，应付我父亲。我了解斯特拉夫·樊乔，而且我知道自己能打败他。另外，他还不想让我死。”

“我们能确定这一点吗？”汉姆搓着下巴问。

“能，”伊兰德说，“毕竟，斯特拉夫没有派人刺杀我，而赛特干了。这是有原因的。除了自己的儿子，斯特拉夫还有什么更好的人选可以留下来控制卢萨岱尔呢？他一直认为他能控制我，他以为他能让我拱手送出卢萨岱尔。如果我从这里下手，我就能让他进攻赛特。”

“他确实有理由……”汉姆说。

“是的，”道克森说，“但如何避免斯特拉夫把你扣为人质来进入卢萨岱尔呢？”

“他的背后还是有赛特，”伊兰德说，“如果他和我们打起来，他就会损失兵力，大量兵力，而且会遭受背后的攻击。”

“但他手里有你，亲爱的，”布里兹说，“他不需要进攻卢萨岱尔，他会迫使我们屈服。”

“你会得到让我先死的命令，”伊兰德说，“这就是我设立议会的原因。议会有选择新国王的权力。”

“但是为什么要这样做？”汉姆问，“为什么冒这个险，伊尔？我们只要多等等，看看我们能不能让斯特拉夫同意你在一个更中立的地方谈判。”

伊兰德叹了口气。“你必须听我说，汉姆。不管我们有没有被包围，我们不能只在这里等。要是我们这样做，下场或者是饿死，或者是那两支军队中的一支决定打破僵局，对我们发动进攻，占领我们的城墙，然后凭借城墙抵御它的敌人。这样做不会很容易，但这是有可能出现的。如果我们没有开始让那两个国王互相进攻，这种情况就会发生。”

房间里沉静下来。其他人慢慢转向克拉布斯，后者点了点头。他同意了。

干得不错，伊兰德，纹想。

“必须有人去见我父亲，”伊兰德说，“而且，那个人应该是我。斯特拉夫以为我是个傻瓜，所以我能让他觉得我对他构不成威胁。然后，我会去说服赛特相信我支持他。当他们最终互相打起来的时候，每一边都以为我们支持他们，我们就抽身出来，看着他们打个你死我活。获胜者将没有足够的力量夺走我们的城市。”

汉姆和布里兹都点了头。但道克森却摇了头。“这个计划在理论上是好的，但在没有保卫的情况下孤身进敌营，那样太傻了。”

“啊，看着，”伊兰德说，“我认为这正是我们的优势。我父亲非常相信他的控制和支配力。如果我走进他的营地，事实上我就是在表示服从他的权威。我会在表面上显得软弱，这样他就会以为他可以在任何他希望的时候把我抓在手里。这是一场冒险，但如果我不去做这件事，我们就只有死路一条。”

那些人互相交换着眼光。

伊兰德站得更直了一点，垂下来的双手在不知不觉中握成了拳头。他在紧张的时候经常这样做。

“我想这不是一场讨论，”伊兰德说，“我已经作了决定。”

他们才不会接受这样的声明，这个团伙是一个不受约束的群体，纹想。

道克森终于点了头。“好吧，陛下，”他说，“你要去走一条充满危机的路，使斯特拉夫相信他能依靠我们的支持，但同时也要使他相信他能在腾出手来时背叛我们。你必须让他希望得到我们的军力支持，同时又对我们不起戒心。”

“还有，”布里兹补充说，“你在这样做的同时，还要让他想不到我们两边都在周旋。”

“你做得到吗？”汉姆问，“说实话，伊兰德。”

伊兰德点点头。“我做得到，汉姆。从去年以来，我在政治上已经成熟多了。”他充满信心地说，虽然纹注意到他仍然握着拳头。他必须学会改掉这个习惯。

“也许，你懂政治，”布里兹说，“但这是一场骗局。面对它吧，朋友，你太正直了，平时说的都是如何保卫斯卡人权利之类的事。”

“啊，你的话不公平，”伊兰德说，“为了达成一个好的目的，我也愿意放弃正直，我完全可以奸诈得像——”他顿了顿。“为什么我要为这个争辩？我承认那是一定要去做的，而且我们知道我是必须去做这些事情的人。道克斯，你能起草一封信给我父亲吗？表示我很高兴去拜访他。事实上……”

伊兰德停顿了一下，把目光转向纹。然后，他接着说，“事实上，告诉他我希望跟他讨论卢萨岱尔的将来；还有，我想让他见一个特别的人。”

汉姆咯咯地笑起来。“哦，这可不是带着女朋友回家见父亲。”

“特别是这个女孩子正巧是中央辖区最危险的熔金术师。”布里兹补充说。

“你以为他会同意让她去吗？”道克森说。

“如果他不同意，那就没得谈了，”伊兰德说，“他肯定知道这一点。不管怎么说，我确实认为他会同意。斯特拉夫总是自以为了解我，也许他有充分的理由。不过，我打赌他会把这种看法扩大到纹身上。他也许以为纹并不像人们说的那么厉害。”

“斯特拉夫也有自己的迷雾之子，”纹补充说，“做他的保镖。带上我对伊兰德会公平一点。而且，如果我在那里的话，我就能在出事的时候把他带出来。”

汉姆又咯咯地笑了。“这样撤退可不体面，被纹扛在肩膀上带到安全的地方。”

“那也比死好。”伊兰德说，显然他力图显得温厚一些，但他的脸却同时变红了。

他爱我，但他毕竟是个男人。我是迷雾之子而他是个普通人，这个现实给了他多少伤害？换个人恐怕就不会爱上我了，纹想。

但是，难道他不应该有个他感觉可以保护的女人吗？一个更加……像女人的女孩子？

纹再次缩了缩身子，从长毛绒的椅面里寻找着温暖。唉，这是伊兰德书房的椅子，是他读书的地方。难道他不应该有个能分享他的兴趣的女人，一个不把读书看成苦差事、一个他能与之一起谈论他精彩的政治观点的女人吗？

为什么我这么迟才考虑我们的关系呢？纹想。

我们不属于他们的世界，赞恩这样说过。我们属于那里，迷雾里。

我们跟他们不是一路人……

“我还有些别的事情要说，陛下，”道克森说，“你该跟议员谈谈了。他们急着跟你商议，有关假币流入卢萨岱尔的事情。”

“现在我真没有时间处理城市事务，”伊兰德说，“我设立议会的主要原因是希望它们能处理这类问题。去给他们传个口信，告诉他们我信任他们的判断。替我向他们道个歉，就说我正忙于防务。我想办法下周举行一次议员会议。”

道克森点点头，做了个记录。“不过，”他说，“还有事情要商量一下。和斯特拉夫会面，你就交出了对议会的控制权。”

“这不是一次正式谈判，”伊兰德说，“只是一次非正式的会谈。我前面的决议仍然有效。”

“说老实话，陛下，”道克森说，“我相信他们不会这样看。在你决定展开正式谈判之前，你知道他们在得不到交待的情况下会多么恼怒。”

“我明白，”伊兰德说，“但这个冒险是值得的。我们要和斯特拉夫会谈。一旦会谈完毕，我就能带好消息回来给议会，希望如此。这样一来，我就能争辩说决议尚未完成。至于现在，我们继续开会。”

真果断，他开始变了……纹想。

她不能再这样想下去了。于是，她把注意力集中在别的事情上。谈话开始转到伊兰德如何应付斯特拉夫上，每个成员都给他讲了一些如何有效地欺骗斯特拉夫的诀窍。但是，纹却在观察着他们，寻找着他们身上的矛盾之处，想看出他们中的一个是否是坎德拉兽间谍。

克拉布斯比平常更沉默了吗？“幽灵”变成熟后改变了说话的方式，也许是因为坎德拉兽难以模仿他的黑话？也许，汉姆有点太快活了？他也似乎不像往常那样容易陷入哲学谜题里了，是因为他此刻更严肃了，还是因为坎德拉兽不懂得如何正确地模仿他？

这可没什么好处。只要她多想想，就能发现任何人的异常之处，然而与此同时，他们又看起来都像他们自己。人类太复杂，不可能简化成简单的人格模式。另外，坎德拉兽也可能模仿得很好，非常好。他也许一辈子都在练习模仿别人的艺术，而且他也许在很久以前就开始计划这次潜入了。

那就从熔金术入手。被包围后发生的事情太多，她又对黑暗力量进行了一番研究，所以还没机会检查她的朋友们。在她这样想的时候，她承认缺少时间的借口实在经不起推敲。她心神不定的真正原因是，伙伴们中的一个——她第一群朋友中的一个是个奸细的想法太让人心烦意乱了。

她必须解决这件事。如果团伙里真的有一个间谍，如果敌人的国王知道了伊兰德筹划的骗局，那他们就完了。

她边想，边试探性地燃烧起青铜。她立刻觉察到了来自布里兹的熔金术脉动。该死，无药可救的布里兹。他的熔金术运用得如此巧妙，甚至纹在大部分时间都觉察不到他的触动，而且他总是无孔不入地使用他的本领。

但此刻他并没有对她施加影响。纹闭上眼睛，集中注意力。很久以前，有一次马什曾经训练她利用青铜感知熔金术脉动的美妙艺术。在那时，她没有意识到马什着手的是一项多么庞大的任务。

当熔金术师燃烧金属，他们就会释放出看不见的、击鼓般的脉动，只有其他正在燃烧青铜的熔金术师才能感受到。通过“听”这种节奏的快慢、这种脉动的韵律，能准确地辨认出正在燃烧的是什么金属 。

这种本领需要练习，而且很难掌握，但纹对阅读这种韵律正变得越来越有心得。她集中精神。布里兹正燃烧着黄铜，一种内在的、有心理影响力的金属，而且……

纹全神贯注。她感觉到了身旁的一种脉动节律，每个节拍里有两次“咚咚”的跳动。这种脉动朝着她的右边。这种脉动正在掠过一些其他的东西，避免被其他东西吸走。

伊兰德，布里兹正影响着伊兰德。一点都不奇怪，考虑到当前的讨论，布里兹总喜欢撩拨正跟他交流的人。

纹满意地靠在椅子上。接着她又突然愣住了。马什曾经指出，青铜的作用比人们想象的多得多。我想知道……

她闭上眼睛，不管自己的动作在别人看来多么奇怪，再次把注意力集中在熔金术脉动上。她爆燃青铜，极力集中精神，直到感到脑袋发疼。在那些节奏里有一种……振动。但那意味着什么呢？她不能确定。

集中注意力！她命令自己。但是，那股脉动顽强地拒绝透露任何进一步的信息。

好吧，我要点花招，她想着，灭掉锡，之前她几乎一直在微弱地燃烧着它，然后探询地燃烧起第十四种金属，硬铝。

那种熔金术脉动变得如此响亮……如此有力……她发誓她能感到那种振动快把她的身体震散架了。那种声音就像一面放在她身旁的大鼓所发出的轰然巨响。但她从中捕捉到了什么。

焦虑，紧张，担忧，不安全感——

全都消失了，她的青铜在短暂的爆发式燃烧中耗尽了。纹张开眼，除了奥索尔，房间里的其他人都没看她。

她感到筋疲力尽。如期而来的头疼这时完全发作起来，脑子里似乎有个被她刚刚驱逐开的鼓的微缩版在聒噪。但是，她把握住了前面收集到的信息。那不是能够用语言表达的，而是一种感觉。她开始担心是布里兹使那些情感出现的。焦虑，紧张，担忧。不过，她突然意识到布里兹是个安抚者。如果他专注于某些情绪，那就是他正在抑制这些情绪。那些情绪是他正在运用自己的力量去消解的。

她把目光从他身上转向伊兰德。为什么……他在使伊兰德变得更有信心？要是伊兰德能再站得高一点，那是因为布里兹正在暗中帮助、消除他的焦虑和担忧，而且布里兹甚至在争论和发表嘲弄的评论时也在这样做。

纹打量着这个胖胖的家伙，不由得忘记了头疼，对他的敬佩感油然而生。她一直对布里兹在团伙里的地位有些疑惑。其他人在一定程度上全都是理想主义者，甚至克拉布斯，虽然外表乖张，但一直给她老好人的印象。

布里兹却不一样，有控制欲，有点自私，他加入团伙看上去是为了挑战，而不是真心希望帮助斯卡人。但是，凯尔西一直声称他挑选团伙成员非常谨慎，他选人是全面考虑的，不仅仅是看他们的本事。

也许布里兹同样不例外。纹看着他用手杖指着汉姆，说着一些轻浮的话。然而，在内心里，他是完全不同的。

她微笑着想道：你是个好人，布里兹。你只是想把这一点隐藏起来。

而且他也不是那个冒名顶替者。当然，她早就知道。布里兹在那个坎德拉兽变身时还不在城里。但是，再次确认这一点使她的负担稍微减轻了一些。

现在她要做的是排除其他人。

伊兰德在会后与众人道别。道克森去起草书信，汉姆去巡视防务，克拉布斯回去训练士兵，布里兹则想办法安抚伊兰德无暇关注的议会。

纹离开了房间，坎德拉兽猎狼犬跟在她身边。伊兰德满意地想：好像她和坎德拉兽相处得越来越好了。知道有人会照看她，让他感觉安心很多。

纹顺手关了门，伊兰德叹口气，揉着自己的肩膀。几个星期下来，手杖和剑法训练消耗了他不少体力，还给他身上添了不少伤痕。他忍着疼痛不让别人看出来，或者说，不让婷德薇尔看到他表现出疼痛的样子。他是这样想的：至少，我证明我自己在学习，她一定看到我今天的表现有多好。

“怎么样？”他问道。

“你是个大麻烦。”婷德薇尔从椅子上站起身说。

“随便你怎么说。”伊兰德说。他走到前面开始整理桌子上的一堆书。婷德薇尔建议让仆人打扫书房，这正是他一直反对的。散放的书籍和纸张对他来说是理所当然的，他当然不希望别人移动它们。

但是，有婷德薇尔站在旁边盯着，让人很难对屋里的混乱视而不见。他把另一本书摞在书堆上。

“你一定看到我做得有多好了，”伊兰德说，“我让他们同意我去斯特拉夫的兵营了。”

“你是国王，伊兰德·樊乔，”婷德薇尔抱着手说，“没有谁能让你做什么事情。你在态度上首先要作的改变是，你必须不去想你需要那些跟随着你的人的批准或赞同。”

“国王应该以他的公民的意愿作为自己的指引，”伊兰德说，“我不会成为另一个御主大帝。”

“国王应该强壮，”婷德薇尔坚定地说，“他接受劝告，但只是在他寻求忠告的时候。他要让人明白，最后的决定是他作出的，而不是他的顾问。你需要对你的顾问进行更好的控制。如果他们不尊重你，那么你的敌人同样不会，人民大众更不会。”

“汉姆和其他人尊重我。”

婷德薇尔扬起了眉毛。

“他们确实尊重我！”

“他们是怎么称呼你的？”

伊兰德耸耸肩。“他们是我的朋友，用我的名字称呼我。”

“或者用更亲密的略称。对吗，‘伊尔’？”

伊兰德的脸红了，他整理好最后一本书。“你想让我强迫我的朋友用官衔来称呼我？”

“对，”婷德薇尔说，“尤其在公共场合。你应该被称作‘陛下’，或者至少被叫作‘大人’。”

“我怀疑汉姆做不到，”伊兰德说，“他对权威有点看法。”

“他会克服的。”婷德薇尔说，她用一根手指在书架上拂了一下。不用举起手指，伊兰德就知道她的指尖一定沾了不少灰尘。

“那么，你呢？”伊兰德挑衅地说。

“我？”

“你叫我‘伊兰德·樊乔’，而不是‘陛下’。”

“我不一样。”婷德薇尔说。

“嗯，我不明白为什么你可以。从现在开始，你要称我为‘陛下’了。”

婷德薇尔顽皮地一笑。“很好，陛下。你可以松开拳头了。你还要克服一下这个——政治家紧张的时候，不应该在外表上表现出来。”

伊兰德低头看看，放松了双手。“好。”

“另外，”婷德薇尔接着说，“你的语言中模棱两可的地方还是太多。这使你看起来缺乏自信，犹豫不决。”

“我正在克服。”

“除非你是认真的，否则不要道歉，”婷德薇尔说，“而且不要找借口，你不需要借口。衡量一个领袖要看他是否有担当。作为国王，你的王国里发生的一切问题，不管始作俑者是谁，都是你的过错。你甚至要为地震或暴雨之类不可抗拒的事件负责。”

“或者战争。”伊兰德说。

婷德薇尔点点头。“或者战争，处理这类事务是你的责任。而且，一旦什么地方出了差错，那就是你的过错。你必须接受这个。”

伊兰德点点头，拿起了一本书。

“现在，让我们来谈谈内疚。”婷德薇尔坐下来说，“停止打扫。那不是国王的工作。”

伊兰德点点头，放下了书。

“内疚，”婷德薇尔说，“不能成就一个国王。你必须停止自责。”

“你刚刚告诉我王国里发生的一切问题都是我的错。”

“是的。”

“那么，我怎么能不感到内疚？”

“你必须充满信心地认为，你的行动是最优秀的，”婷德薇尔解释道，“你必须明白，不管事情多糟，如果没有你，它们会变得更糟。当灾难发生的时候，你要负起责任，但你不要消沉，不要烦恼，那对你是一种奢侈。内疚属于无足轻重的人。你要做你应该做的事情。”

“那是什么？”

“让一切变得更好。”

“很好，”伊兰德坦率地说，“如果我失败了呢？”

“那么你要承担责任，在第二次尝试中使事情变得好起来。”

伊兰德眨着眼睛。“那么，如果我始终不能让事情好转？如果我确实不是做国王的最佳人选呢？”

“那么你就退位，”婷德薇尔说，“自杀是更好的办法，当然，假定你有一个继承人。一个好国王懂得不给继承人留个烂摊子。”

“当然，”伊兰德说，“那么，你是说我应该自己把自己干掉。”

“不。我是说你要为自己的地位自豪，陛下。”

“听上去可不是这样。每天我都告诉自己我是个多么可怜的国王，而且我的人民会因此感到多么痛苦！婷德薇尔，我不是这个位置的最佳人选。他已经被御主大帝杀死了。”

“够了！”婷德薇尔喝道，“不管你信不信，陛下，你是最好的人选。”

伊兰德哼了一声。

“你是最好的，”婷德薇尔说，“因为你现在坐在这个位子上。如果有比一个平庸的国王更糟糕的，那就是混乱，如果你不坐上王位，那就是这个王国的现状。两边的人民，不管是贵族还是斯卡人，都能接受你。他们也许不信任你，但他们接受你。退一步说，或者你意外地死掉，这里就会混乱、崩溃、毁灭。不管你是否缺乏训练，是否性格软弱，是否被人嘲笑，这个王国现在只有靠你了。你是国王，伊兰德·樊乔。”

伊兰德踌躇着。“我……不知道你是不是让我对自己的感觉好了一点，婷德薇尔。”

“那——”

伊兰德抬起一只手。“是的，我知道。我感觉如何并不重要。”

“你没资格内疚。接受这个现实吧，你是国王，你不能做任何有建设性的事情改变这一点，你要负起责任。不管你做什么，要有信心，因为如果没有你，这里将形势大乱。”

伊兰德点点头。

“要自信，陛下，”婷德薇尔说，“成功的领袖都有一个共同的特性：他们坚信他们比别人做得更好。在考虑你的责任和职责的时候，谦卑是好的；但在作决定的时刻，你一定不要质疑自己。”

“我会努力。”

“很好，”婷德薇尔说，“现在，也许我们可以转到下一个问题上了。告诉我，为什么你没有和那个年轻女孩结婚？”

伊兰德皱起了眉头。这个问题出乎意料……“这是个非常个人的问题，婷德薇尔。”

“对。”

伊兰德的眉头皱得更深了。但她坐着一动没动，用不依不饶的目光盯着他，等着他的回答。

“我不知道，”伊兰德叹了口气，坐回到椅子上，说道，“纹……和别的女人不一样。”

婷德薇尔扬起眉毛，她的声音柔和了一些。“我想，你对女人了解得越多，陛下，你就越会觉得这句话可以用到她们所有人身上。”

伊兰德沮丧地点点头。

“不管怎么样，”婷德薇尔说，“情况不像表面上那样乐观。我不打算对你的恋爱关系追根问底，但是，像我们讨论过的那样，外表对一个国王是非常重要的。被人们看到你有个情妇是不合适的。我知道这种事情对道德败坏的贵族很平常。但是，斯卡人希望在你身上看到一些更好的事情。也许因为很多贵族在男女关系上过于轻浮，斯卡人一直崇尚一夫一妻的生活。他们极其希望你尊重他们的价值观。”

“他们必须对我们有点耐心，”伊兰德说，“我的确想和纹结婚，但她不愿意。”

“你知道为什么吗？”

伊兰德摇摇头。“她……大部分时间有点不可理喻。”

“也许她对处在你这个位置的人不合适。”

伊兰德猛然抬起头。“这是什么意思？”

“也许，你需要一个端庄一点的，”婷德薇尔说，“我相信她是个很好的保镖，但作为一位女士，她——”

“住嘴，”伊兰德叫道，“纹这样很好。”

婷德薇尔笑起来。

“怎么了？”伊兰德问。

“我侮辱了你一个下午，陛下，你不过有些闷闷不乐而已。可我只是温和地贬低了一下你的迷雾之子，你已经准备把我赶出去了。”

“所以？”

“所以，你确实爱她？”

“当然，”伊兰德说，“我不理解她，但是没错，我爱她。”

婷德薇尔点点头。“那我道歉，陛下。我不得不确定一下。”

伊兰德皱着眉头，坐在椅子里的身体微微放松了。“所以，这是某种考验，然后呢？你想知道我会对你关于纹的话有什么反应？”

“你以后会一直被那些你遇到的事情考验，陛下。你还是习惯起来为好。”

“不过，为什么你关心我和纹的关系呢？”

“爱对国王而言不是儿戏，陛下，”婷德薇尔用毫无感情的声音说，“你会发现，你对那个女孩的爱情能引起比我们谈论的任何其他事情更多的麻烦。”

“而这就是放弃她的理由吗？”伊兰德生硬地问。

“不，”婷德薇尔说，“不是，我不这样想。”

伊兰德没说话，他盯着威严的特里斯女人的方脸和呆板的姿势。“那……听起来很奇怪，从你的嘴里说出来。那么君王的外表和责任呢？”

“我们必须允许偶然的例外。”婷德薇尔说。

有意思，伊兰德想，他本来以为她是不允许任何“例外”的人。也许她并不像他想的那么简单。

“好，”婷德薇尔说，“我们的训练课程进行得怎么样了？”

伊兰德揉揉酸疼的胳膊。“我想还好，不过——”

他的话被敲门声打断了，敲门的是德默克斯上尉。“陛下，从赛特领主的军营里来了一位访客。”

“是使者吗？”伊兰德站起身问。

德默克斯顿了顿，看起来有点发窘。“啊……有点像。她说她是赛特领主的女儿，是来找布里兹的。”

他生于寒门，然而娶了一个国王的女儿。

21

那个年轻女孩服饰华贵：浅红色丝绸的衣料，披着披肩，衣袖上装饰着花边。本来这些可以使她显得高贵，假如她没有一看到布里兹进门就跑上去的话。她带着西方特征的浅色长发在身后飘动着，她用双手搂住布里兹的脖子，发出了一声欢叫。

她大概是十八岁的样子。

伊兰德偷看了一下汉姆，汉姆正站在那里发愣。

“嘿，看来布里兹和赛特女儿的事被你说对了。”伊兰德小声说。

汉姆摇摇头。“我没想到……我是开玩笑，因为那是布里兹。我可没想到那是真的！”

在布里兹那边，至少他在年轻女孩的环抱下显得一本正经，极为不舒服。他们站在宫殿的中庭，正是伊兰德和他父亲的使者会面的地方。落地长窗透入午后的天光，一群仆人站在房间的一旁，等着伊兰德吩咐。

布里兹看着伊兰德，老脸通红。伊兰德暗想：我发誓以前从来没见他这样过。

“亲爱的，”布里兹清清嗓子说，“也许你该向国王介绍一下自己？”

那个少女终于放开布里兹。她退后两步，以贵族女子的优雅朝伊兰德行了一个屈膝礼。她有些微胖，一头长发留着大崩溃前的式样，脸颊因为激动显得发红。她是个可爱的女孩，显然受过良好的宫廷训练，正是伊兰德在年轻时代极力避开的那种女孩。

“伊兰德，”布里兹说，“我可以介绍奥瑞安娜·赛特，阿什韦瑟·赛特领主、西部辖区国王的女儿给你吗？”

“陛下。”奥瑞安娜说。

伊兰德点点头。“赛特女士。”他停了一下，然后用充满希望的语气继续说道，“你父亲是把你作为使者派来的吗？”

奥瑞安娜愣了一下。“嗯……准确地说，他没有派我来，陛下。”

“哦。”布里兹抽出手帕擦拭着额头。

伊兰德看看汉姆，又回头看着那女孩。“也许你该解释一下。”他朝着中庭的椅子示意说。奥瑞安娜急切地点点头，却挨着布里兹坐了下去。伊兰德朝仆人招招手，示意他们倒上冰葡萄酒。

他开始有种想喝点什么的感觉。

“我来寻求庇护，陛下，” 奥瑞安娜的语速很快，“我不得不走。我是说，布里兹一定告诉过你我父亲是个什么样的人！”

布里兹坐立不宁，奥瑞安娜把一只手爱怜地放在他的膝头。

“你父亲怎么了？”伊兰德问道。

“他太蛮横，”奥瑞安娜说，“太苛刻。他赶走了布里兹，我必须跟他来。我在那座兵营里一刻也待不下去了。一座战争的营地！他带着我，一个年轻女子，跟着他一起打仗！你明白被每个路过的士兵不干不净的目光盯着是什么感觉吗？你知道住在帐篷里是什么滋味吗？”

“我——”

“我们几乎没有淡水，”奥瑞安娜接着说，“而且我没有一次洗澡时不担心被那些士兵偷看的！在行军途中，除了坐在讨厌的车厢里颠簸，颠簸，颠簸，整天什么事都不能干。直到布里兹来了，我才在几个星期里第一次有个人可以好好说话。可是接着，父亲就把他赶走了……”

“为什么？”汉姆急切地问。

布里兹咳嗽起来。

“我必须逃出来，陛下，”奥瑞安娜说，“你得给我个避难所！我知道一些能帮助你的事情。比如，我看过父亲的营地。我打赌你不知道他通过海法瑞克斯的罐头厂得到补给！你对这件事怎么看？”

“嗯……让人吃惊。”伊兰德迟疑地说。

奥瑞安娜微微点了点头。

“所以，你就来找布里兹了？”伊兰德问道。

奥瑞安娜看了看旁边，脸色微红。但是，在她开口说话时，她表现得很机智。“我一定要再见他一次，陛下。如此迷人，如此……奇妙。我不指望父亲能理解一个像他这样的人。”

“我明白了。”伊兰德说。

“求求你，陛下，”奥瑞安娜说，“你得收留我。现在我离开了父亲，我没有别的地方可去了。”

“你可以留下来，一段时间，至少，”伊兰德对道克森点了点头，后者正从中庭的门口走进来。“但是，途中风尘劳顿，也许你愿意先休息一下？”

“哦，我非常感激你的好意，陛下！”

伊兰德朝一个叫卡顿的宫廷仆人使了个眼色。后者点点头，去安排好了房间。“然后，”伊兰德站起身说，“卡顿会领你去房间。我们七点钟一起吃晚饭，那时我们可以再谈谈。”

“谢谢，陛下！”奥瑞安娜从椅子上跳起来说。她拥抱了一下布里兹，然后走上前，好像要对伊兰德同样对待一样。幸好她并不是这样想，而是让仆人领着她出去了。

伊兰德坐下来。布里兹长舒一口气，以筋疲力尽的姿势瘫坐在椅子上。道克森走过来，坐在女孩的位置上。

“这……是一场意外。”布里兹说。

一阵暧昧的沉默，从阳台那边吹来一阵微风，中庭里的树轻轻摇摆着。然后，随着一声刺耳的嚎叫，汉姆开始大笑起来。这笑声感染了伊兰德，接着，虽然危机四伏，虽然问题重重，他也跟着狂笑起来。

“哦，我是说真的。”布里兹发火了，但结果使他们笑得更厉害。也许这种举动在当前的情况下显得非常不合适，也许因为他需要释放自己的压力，伊兰德笑得几乎跌下了凳子。汉姆早已经在地上打滚，甚至连道克森也大笑起来。

“真看不出有什么好笑的，”布里兹说，“她的父亲是赛特领主——一个包围着我们家园的人，她向我们寻求庇护。假如赛特之前还没有决定杀我们，现在他肯定可以下决心了！”

“我明白，”伊兰德深吸一口气，说道，“我明白。那只是……”

“因为你的形象，”汉姆说，“被一个端庄大方的美人儿搂搂抱抱。我实在想不出比你遭遇一个失去理性的年轻女子更古怪的情况了！”

“这又给我们带来了一个难题，”道克森指出，“但是，想不到给我们带来这种难题的人会是你，布里兹。说实话，现在凯尔死了，我以为我们应该能够避开女人带来的麻烦了。”

“这不是我的错，”布里兹尖锐地指出，“她的感情完全用错了地方。”

“那是自然。”汉姆喃喃地说。

“好啊，”一个新的声音响起来，“我刚才在走廊里碰到的粉红宝贝是谁？”

伊兰德转过身，看到纹正抱着双臂站在中庭门口。没听到她的一点动静。为什么她在宫里也蹑手蹑脚地走路？她从来不穿容易发出声音的鞋子，从来不穿沙沙作响的衬衫，而且衣服上从来不佩戴丁丁当当并能够被熔金术师推动的金属饰物。

“那不是粉红色，亲爱的，”布里兹说，“那是红色。”

“差别不大，”纹说，她走上来，“她正叽叽喳喳地告诉仆人她需要多么热的洗澡水，还确保他们把她喜欢吃的食物写下来。”

布里兹叹了口气。“那是奥瑞安娜。我们也许得找个新的糕点师，或者维持这种状态，或者叫一些甜点来。她对糕点特别挑剔。”

“奥瑞安娜是赛特领主的女儿。”伊兰德解释道。纹没有坐椅子，而是在他的椅子扶手上坐下来，把一只手放在他的胳膊上。“显然，她好像跟布里兹搞到一起了。”

“什么？”布里兹恼火地问。

但是，纹皱起鼻子。“真让人恶心，布里兹。你老了，她还年轻。”

“没这回事，”布里兹断然否认，“另外，我没那么老，她也没那么年轻。”

“从声音听起来她只有十二岁。”纹说。

布里兹眨着眼睛。“奥瑞安娜是个涉世不深的孩子，有点天真，有点娇惯，但不该用这种态度谈论她。在合适的环境里，她其实相当机智。”

“那，你们之间到底有什么没？”纹穷追不舍。

“当然没有，”布里兹说，“唉，其实不是。不是真的，但是很容易被人误会。事实上确实被误会了，她父亲一发现……总之，你知道自己在跟谁说话吗，纹？几年前，我似乎还记得某个小姑娘黏着年纪一大把的凯尔西呢。”

伊兰德蛮有兴趣地看着这出戏。

纹的脸红了。“我才没有黏着凯尔西。”

“打开始就没有过吗？”布里兹问道，“直到现在，一个那么勇敢而有活力的人？他把你从以前的团伙首领那里救出来，使你不再挨打，还接纳了你……”

“你真恶心，”纹抱着双臂宣称，“凯尔西对我来说就像父亲。”

“也许后来是，”布里兹说，“但是——”

伊兰德举起手。“够了，”他说，“这样讨论下去毫无意义。”

布里兹哼了一声，但没再说话。伊兰德心想：婷德薇尔是对的，他们会听从我，如果我表现得希望他们听话。

“我们得决定该怎么应对。”伊兰德说。

“威胁我们的人的女儿可能是一个非常管用的谈判筹码。”道克森说。

“你的意思是把她作为人质？”纹眯着眼睛说。

道克森耸耸肩。“显而易见的事情还需要说吗，纹？”

“实际上不是人质，”汉姆说，“毕竟是她来找我们的。只要让她留下来就能起到把她作为人质的效果。”

“那可能会激怒赛特，”伊兰德说，“我们原来的计划是让他认为我们是他的盟友。”

“我们可以把她送回去，”道克森说，“那样，我们就能够有充分的谈判空间。”

“可是她的请求呢？”布里兹问，“这女孩在她父亲的军营里不开心。难道我们不能至少考虑一下她的意愿吗？”

所有的目光都看着伊兰德。伊兰德踌躇着。放在几个星期以前，他们应该会继续争执下去。他们这样快就开始看他的决断，这种情况看起来很奇怪。

他是谁呢？一个偶然坐上王位的人？一个他们杰出领袖的可怜的替代者？一个从来不考虑自己的哲学能够带来的危险的理想主义者？一个傻瓜？一个小孩子？一个有名无实的人？

他们所有的最好选择。

“让她留下来，”伊兰德说，“作为权宜之计。也许我们最终将被迫送她回去，但这样会对赛特的军队造成对我们有利的牵制。让他们有所顾忌，这只会为我们赢来更多时间。”

团伙成员们点了头，布里兹也松了口气。

我要尽自己所能，作他们必须作的决定，伊兰德想道。

然后接受最后的结果。

他能够和最好的哲学家交流观点，而且有着令人惊叹的记忆力。几乎和我的记忆力一样好。但是，他不喜欢争论。

22

混乱和稳定，迷雾兼有这两种特性。大陆上有一个帝国，帝国之下散落着十二个王国，在这些王国里有着城市、集镇、村庄、农场。在这一切的上方，在它们里面和周围，有着迷雾。迷雾比太阳还要永恒，因为它不会被云遮蔽。迷雾比风暴更强大，因为它比任何狂暴的天气都持久。它总在那里，变化无常，却一直在那里。

白昼是一声不耐烦的叹息，等待着黑夜的到来。而在黑夜真正降临后，纹却发现迷雾不能像从前一样使她保持平静。

一切都似乎不再可靠。以前也曾有过这样的一个夜晚，那是在她避难的时候；她不时朝后面瞟一眼，警惕着阴魂一样的影子。从前伊兰德使她心安，但他变了。以前她曾经能够保护她所爱的事物，但她开始越来越担心朝卢萨岱尔而来的那些力量以她的能力是无法阻挡的。

没有什么能比自身的虚弱更使她害怕。在她童年时，她曾经想当然地认为自己不能改变什么，但是凯尔西使她对自己有了信心。

如果她不能保护伊兰德，她还有什么价值？

我仍然能够做一些事情，她的心中有一个强烈的愿望。她无声地蹲伏在岩脊上，迷雾斗篷垂下去，在风中微微摆动。她的正下方，火炬摇摇晃晃地在樊乔城堡前面燃烧着，照着两名汉姆手下的卫士。他们警惕地站在翻滚的迷雾里，显得异常勤勉。

这些卫士看不到蹲在他们头顶上的纹，他们在浓厚的迷雾里勉强能看到二十尺以内的事物。他们不是熔金术师。除了核心团伙成员以外，伊兰德还能勉强找到六个迷雾行者，和多数其他最后帝国的新国王比起来，他的熔金术力量很薄弱。纹是被认为能够改变力量对比的人物。

门开了，火炬摇摆起来，一个身影出了宫门。汉姆的声音响起来，他在向手下的卫士致意。因为一个原因，也许是主要的原因，这些卫士如此勤勉是因为汉姆。他也许在内心里是个无政府主义者，但是给他一个小团队，他能做一个非常优秀的领导人。尽管他的卫士不是纹见过的最遵守纪律、军容最整洁的士兵，但他们都极其忠诚。

汉姆和他的人说了一会儿话，然后挥手向他们告别，走出去进了迷雾。在城堡和外墙之间的院子里有一些岗哨和巡逻兵，汉姆会对他们依次探访。他在迷雾里大步走着，靠着漫射的星光认路，而不是用火把使自己失去判断力。这是一个窃贼的习惯。

纹微笑着，静悄悄地跳到地面上，尾随着汉姆。汉姆继续往前走，对她的出现无动于衷。纹一边跟踪一边想：只有一种熔金术能力会是什么感觉？能使你变得更强壮，但你的听力却和平常人一样弱。只有两年时间，她已经变得如此依赖她的能力了。

汉姆继续朝前走，纹悄悄地跟着他，直到他们到了一处哨位。纹紧张起来，点燃了青铜。

奥索尔突然一声嚎叫，从一个亭子里跳了出来。它的身影是个黑色的轮廓，充满野性的叫声甚至把纹也吓了一跳。

汉姆一转身，小声咒骂了一句。他立刻燃烧起白蜡。纹专注着青铜的力量，确定那股脉动明白无误地来自于他。奥索尔落了地，汉姆扭转身子，在夜间搜索着。纹笑了，汉姆的熔金术脉动意味着他不是那个潜入者。她可以在名单上再划去一个名字了。

“没事，汉姆。”纹走上前说。

汉姆愣了一下，放低了手里的决斗手杖。“纹？”他问道，斜视着迷雾里的影子。

“是我，”她说，“对不起，你吓到了我的猎狼犬。它晚上会变得有点神经质。”

汉姆松弛下来。“我们都会，我猜。今晚发生什么事没有？”

“还没发现，”她说，“我会让你知道的。”

汉姆点点头。“非常感谢，虽然我知道你不需要我。我是卫队的首领，你却把所有的事情都做了。”

“你比你想象中有用得多，汉姆，”纹说，“伊兰德信赖你。杰斯茨和其他人都离开他了，他需要一个朋友。”

汉姆点点头。纹转身看向迷雾里，奥索尔正蹲坐着。它看起来似乎对它的猎狼犬身体越来越习惯了。

现在既然她知道了汉姆不是入侵者，那么就要跟他讨论些事情了。“汉姆，”她说，“你对伊兰德的保护比你想的更重要。”

“你说的是那个冒名顶替的人，”汉姆轻声说，“伊尔让我排查宫里的人员，看看谁在那一天消失了几个小时。可是，这件事很困难。”

她点点头。“还有别的，汉姆。我的天金用完了。”

他在迷雾里静静地站了一会儿，然后她听到他咕哝了一句粗话。

“下次再和迷雾之子打起来，我大概就没命了。”她说。

“除非他没带天金。”汉姆说。

“别人派个没有天金的迷雾之子跟我交手的几率有多大？”

他迟疑着。

“汉姆，”她说，“我要想个抵挡燃烧天金的迷雾之子的办法。告诉我你知道这样的办法。”

汉姆在黑暗中摊了摊手。“有很多理论，纹。我从前和布里兹就这个话题有过一次长谈，尽管在谈话中他大部分时间在埋怨我骚扰他。”

“是吗？”纹问道，“我该怎么办？”

他揉着下巴。“很多人认为，杀死一个有天金的迷雾之子的最好方法是出其不意。”

“如果他们先攻击我的话，那根本没用。”纹说。

“是啊，”汉姆说，“先下手为强，不是那么简单。有的人认为你也许能杀掉使用天金的迷雾之子，只要你让他们无路可退。这就像下棋，有时候，吃掉一个子的唯一办法是把它堵到角落里，这样不管它朝哪条路走，都是死路一条。

“但是，对迷雾之子用这一招相当难。难度在于，天金能使迷雾之子看到未来，所以他知道哪一步是陷阱，因此他能够避开这一步。那种金属似乎也能以某种方式增强他们的智力。”

“是的。在我燃烧天金的时候，我常常在没有预见到攻击之前就避开了。”

汉姆点点头。

“那么，”纹说，“还有别的吗？”

“那就是，纹，”汉姆说，“蛮力士对这个话题有过很多讨论，我们都害怕和迷雾之子交手。你有两种选择：先发制人，或者用实力压倒他。很抱歉。”

纹皱起了眉头。如果她遭到伏击，这两种选择都不会给她任何帮助。“总之，我要继续巡逻了。只要是我制造的任何尸体，我都保证及时通知你。”

汉姆哈哈大笑。“你想办法避开必须杀人的情况怎么样，嗯？要是我们失去了你，老天才晓得这个王国该怎么办……”

纹点了点头，虽然她不能肯定汉姆在黑暗中是否能看到她的动作。她向奥索尔挥了挥手，把汉姆撇在卵石路上，朝城堡的外墙走去。

“主人，”奥索尔在他们上了墙头后说，“能告诉我像那样惊吓哈蒙德少爷的目的吗？你喜欢吓唬你的朋友？”

“那是个测试。”纹在城齿缺口停下来，眺望着城里。

“是个测试，主人？”

“看他会不会用熔金术。用那个办法，我就能知道他不是那个冒名顶替的人。”

“哦，”坎德拉兽说，“真聪明，主人。”

纹笑了。“谢谢你。”她说。一个巡逻的警卫朝他们的方向走来了。纹不想跟他们纠缠，点头朝墙头上的石哨楼示意了一下。她跳了起来，推着一枚铸币，落到了哨楼上。奥索尔的身体也从她身旁弹起来，利用它奇异的坎德拉兽肌肉力量跃起了十尺高。

纹盘腿坐下来思索，奥索尔跑到哨楼房顶边缘躺下来。他们坐着时，纹突然想到了些什么：奥索尔对我说过如果坎德拉兽吃了一个熔金术师，它们不能获得熔金术能力……但是，一个坎德拉兽有没有可能本身就是熔金术师？我还没完成那次谈话。

“这种测试能告诉我一个人是不是坎德拉兽，对吗？”她问奥索尔，“你的族人没有熔金术能力，对吗？”

奥索尔没回答。

“奥索尔？”纹问道。

“我没有被要求回答这个问题，主人。”

纹叹着气想：是的，契约。如果奥索尔不愿回答我的任何问题，我又能用什么办法抓住另一个坎德拉兽呢？她沮丧地躺到屋顶上，用迷雾斗篷垫在脑袋下面，看着上方没有尽头的迷雾。

“你的计划会有用的，主人。”奥索尔静静地说。

纹愣了一下，扭头看着它。它躺在地上，把头放在前爪上，正俯瞰着城里。“如果你从某个人身上感受到熔金术，那他就不是坎德拉兽。”

纹从它的话里感觉到一种犹豫和不情愿，而且它没有看她，就像它勉强地透露了一些本该保守的秘密一样。

真神秘，纹心想。“谢谢你。”她说。

奥索尔耸了耸狗的肩膀。

“我知道你希望最好不跟我打交道，”她说，“我们都情愿和对方保持距离。但是，我们还是得用这种方法共事。”

奥索尔又点了点头，然后微微转了一下头，看着她。“为什么你恨我？”

“我不恨你。”纹说。

奥索尔扬起眉毛。在它的眼睛里有一种睿智，这个发现使纹很吃惊。她以前从来没在它身上看到过这种东西。

“我……”纹看向远处，声音小了下去。“我只是还没有抛开你吃了凯尔西尸体的事实。”

“并不是这样，”奥索尔说，他重新扭头看着城里，“你这么聪明，不会为那件事烦恼的。”

纹气恼地皱起眉头，但坎德拉兽并没有看她。她只好回头继续盯着迷雾。她想道：为什么它又提那件事呢？我们刚开始好好相处。她正打算把那件事忘掉。

你真想知道？好吧，她在心底叹了口气。

“你知道的。”她低声说。

“你说什么，主人？”

“你知道，”纹仍然看着迷雾，“你是团伙里唯一知道凯尔西打算死的人。他告诉你他打算去送死，还有你要得到他的骨头。”

“啊。”奥索尔平静地说。

纹用责难的目光看着他。“为什么你不说点什么？你知道凯尔西在我们心里的位置。难道你从来没想过把这个傻瓜打算自杀的事情告诉我们？难道你从来没想过我们也许能够阻止他，我们也许能另外想个办法？”

“你太苛刻了，主人。”

“是吗？既然你想知道，”纹说，“就在他死后，情况变得更糟糕了。当你按照他的命令来做我的仆人时，你从来没说过你都做过什么。”

“契约，主人，”奥索尔说，“也许你不愿意听这个，但我是受契约束缚的。凯尔西不希望你们知道他的计划，所以我不能告诉你。你愿意的话就恨我吧，但我不会为我的行为感到遗憾。”

“我不恨你，事情已经过去了。但是，说老实话，即使是为了自己好，你也不破坏契约吗？你为凯尔西服务了两年，知道他打算牺牲难道你不感到伤心吗？”

“为什么我要在乎一个主人或另外一个主人的死？”奥索尔说，“总会有另外的人取代他的位置。”

“凯尔西不是那种主人。”纹说。

“他不是吗？”

“不。”

“我向你道歉，主人，”奥索尔说，“那么，我会把它作为命令来相信。”

纹张开嘴打算回答，却又闭上了。要是它打算一直像傻子般思考，那它就有权力这样做。它可以继续怨恨主人，就像她怨恨它一样。因为它不愿开口，因为它恪守它的契约。

自从我认识它后，我就一直在恶劣地对待它，纹想。起初，当它是雷诺克斯的时候，我反抗他的傲慢态度，但那种态度不是它的，那是它不得不饰演的角色的一部分。然后，它成了奥索尔，我总是避免和它在一起，甚至恨它让凯尔西死去。现在，我又强迫它进入一个动物的身体。

而且，在认识了它两年后，我才第一次问起它的过去，而我这样做是为了多收集一些关于它族人的信息，为了找出那个冒名顶替的人。

纹注视着迷雾。在团伙的所有人里，只有奥索尔是个局外人。它从来没有受邀参加他们的会议。它也没有在政府里得到一官半职。它提供了和他们中任何一个人同样多的帮助，扮演了重要的角色，那个起死回生的“精神”上的凯尔西，煽动斯卡人发起了最后的叛乱。然而，其他人都有了头衔、友情和职务。在推翻最后帝国之后，奥索尔唯一得到的是另一个主人。

一个恨它的主人。

它这样的反应没什么好奇怪的，纹想。凯尔西最后对她说过的话重新在她脑海里响起来：在友谊上你还有很多东西要去学习，纹……凯尔西和其他人邀请她加入，以尊严和友情对待她，即使在她还不配得到那些的时候。

“奥索尔，”她说，“在你被凯尔西招募之前，你的生活是什么样子的？”

“我不明白那和找到入侵者有什么关系，主人。”奥索尔说。

“确实跟那没关系，”纹说，“我只是想，也许我应该更了解你一些。”

“抱歉，主人，我不希望你了解我。”

纹叹了口气。到此为止了。

但是……嗯，凯尔西和其他人在她给他们碰钉子的时候并没有掉头走开。在奥索尔的话里有一种熟悉的语气。在这些话里，有些东西她是记得的。

“做小伏低。”纹低声说道。

“主人？”

“做小伏低。就是把自己藏起来，甚至当你和别人在一起的时候。安静，不多嘴。迫使自己和别人隔离开，至少在感情上。这是一种生活方式，一种防护。”

奥索尔没说话。

“你服务于一些主人，”纹说，“那些惧怕你能力的残酷的人。不让他们恨你的唯一办法，就是确保他们不注意你。所以，你使自己看起来小而且弱，不能构成威胁。但是，有时候你还是会说错话，或者表现出你的难以控制。”

纹转身看着奥索尔。它也在注视着她。“是的。”它终于开了口，然后又回头望向城里。

“他们恨你，”纹平静地说，“他们恨你，因为你的能力，因为他们不能让你失信，或者因为他们担心你会强壮到无法控制。”

“他们变得害怕你，”奥索尔说，“他们变得多疑，甚至恐惧，即使在他们利用你的时候，他们怕你取得他们的位置。尽管有契约，尽管知道坎德拉兽不会违背它们庄严的契约，他们害怕你。而人们痛恨他们害怕的事物。”

“所以，”纹说，“他们找借口打你。有时候，即使你使自己变得无害的努力也会激怒他们。他们痛恨你的本领，他们痛恨他们没有更多的理由折磨你，所以他们打你。”

奥索尔扭头看着她。“你怎么会知道这些？”它问。

纹耸耸肩。“他们并不只是这样对待坎德拉兽，奥索尔。团伙头领也用同样的方式对待一个小女孩——一个在由男人构成的秘密窃贼团伙里的特别的小女孩。一个有着奇怪能力的小女孩，她能影响别人，听到她不该听到的话，行动也比其他人更迅速，更没有声息。一个工具，然而同时也是一种威胁。”

“我……真想不到，主人……”

纹皱起眉头。它怎么会不知道我的过去？它知道我过去是个街头流浪儿。

除了……真的吗？第一次，纹意识到两年前奥索尔对自己的看法，当他们第一次见面时。它在被招募后已经到了那个地区。它也许以为她已经成为凯尔西团伙的成员多年，就像其他人一样。

“在我第一次见到你的几天前，凯尔西才招募了我，”纹说，“事实上，他在很大程度上是救我而不是招募我。我的童年在为一个又一个盗窃团伙工作，一直在为那些最没有地位而且最危险的人做事情，因为那些团伙是唯一几个愿意短期接纳我和我哥哥的。那些聪明的团伙首领意识到我是个好工具。我不清楚他们是否猜到我是熔金术师，也许有些人猜出来了，另外的一些只是觉得我‘幸运’。不管怎样，他们需要我。因此他们恨我。”

“所以他们殴打你？”

纹点点头，“最后一个打得特别厉害。那也是我开始真正认识到如何使用熔金术力量的时候，虽然我不知道它是什么。但是卡蒙知道。所以他在利用我的时候甚至也憎恨我。我觉得他害怕我弄清楚如何充分运用我的力量。因为到了那一天，他怕我会杀了他……”纹看着奥索尔。“杀了他并取而代之。”

奥索尔静静地坐着，这次是蹲坐着，目不转睛地看着她。

“坎德拉兽不是人类虐待的唯一对象，”纹轻声说，“我们也很擅长互相虐待。”

奥索尔哼了一声。“至少对你来说，他们必须悠着点，怕把你打死。你有被一个知道不管他们打得多狠你都不会死的主人打的经历吗？他只要给你找一副新的骨头，你就能够在第二天继续为他服务。我们是最好的仆人，你可以早上把我们打死，然后让我们当天晚上伺候你进餐。一切的虐待，都可以不用担心后果。”

纹闭上了眼睛。“我懂得。我不是坎德拉兽，但我有白蜡。我想卡蒙知道他可以打我打得更重一些。”

“为什么你不逃走呢？”奥索尔问，“你没有把你和他们束缚在一起的契约。”

“我……不知道，”纹说，“人是奇怪的，奥索尔，而且忠诚常常是扭曲的。我和卡蒙待在一起是因为熟悉他，我对离开的恐惧甚于留下。那个团伙就是我的所有。我的哥哥走了，我害怕自己变成孤身一人。现在回想起来，这种想法似乎很奇怪。”

“有时候坏局面也比别的选择要好。你做的是为了生存不得不做的事。”

“大概吧，”纹说，“但是有一种更好的办法。奥索尔，直到凯尔西发现我后，我才懂得。生活并不是非得那样。你并不是非得生活在不信任里，不一定非要待在阴影里，并把自己和别人隔离开来。”

“也许因为你是人类，我是坎德拉兽。”

“你仍然可以信任，”纹说，“你不是非得恨你的主人。”

“我并不是恨他们所有人，主人。”

“但你不信任他们。”

“我没有个人看法，主人。”

“是的，”纹说，“你不信任他们是因为你害怕他们伤害你。我明白这种想法，我在跟凯尔西相处了几个月后，还是会想什么时候我会再次受到伤害。”

她顿了顿。“但是奥索尔，没有人背叛我们。凯尔西是对的。即使现在，这在我看来也觉得不可思议，但是团伙里的人：汉姆、道克森、布里兹，他们都是好人。而且，即使他们中间有人要背叛我，我仍然不后悔自己信任过他们。我可以在晚上踏踏实实地睡觉，奥索尔。我能感到安宁，我能够开怀大笑。现在的生活不一样，变得更好了。”

“你是人类，”奥索尔倔强地说，“你能够拥有朋友，因为他们不用担心你会吃他们，或者吃别的一些傻东西。”

“我不这样想。”

“是吗，主人？你刚刚承认你因为我吃了凯尔西而恨我。此外，你还恨我恪守契约的事实。至少，你曾经是诚实的。

“人类把我们看作烦恼。他们恨我们吃他们的同类，即使我们只使用死人的尸体。你们人类认为我们借用他们外表的本领令人不安。别告诉我你没有听过那个关于我的族人的传说。他们这样说我们迷雾阴魂：偷取进入迷雾的人的外形的生物。你想想看，像那样的一个怪物，一个用来吓唬小孩的传说，能在你们的社会中被人接受吗？”

纹皱起了眉头。

“这也是契约产生的原因，主人，”奥索尔说，它压抑的声音从狗的嘴里发出来显得异常刺耳，“你想知道为什么我们不从你们身边逃走，混进你们的社会并消失无踪？我们试过，很久以前，在最后帝国成立不久的时候。你们人类发现了我们，然后他们开始消灭我们。他们用迷雾之子剿杀我们，那个时代的迷雾之子比现在多得多。你们因为害怕我们会取代你们，所以痛恨我们。我们几乎被全部消灭了，然后我们提出了那个契约。”

“但是，那又有什么不同？”纹问道，“你们仍然做着同样的事情，不是吗？”

“是的，但现在我们遵照你们的命令做事，”奥索尔说，“人们喜欢力量，而且他们喜欢控制一些有力量的事物。我的族人提供这种服务，后来我们设计了一个有约束力的契约，一个每个坎德拉兽都要立誓遵从的契约。我们不杀人。我们只有在接受命令时才取得别人的骨骼。我们会以绝对的服从来服务于我们的主人。我们一开始这样做，人类就停止了对我们的屠杀。他们仍然憎恨和害怕我们，但他们也知道他们能指使我们。

“我们变成了你们的工具。只要我们保持屈从，主人，我们就能够生存。这就是我为什么遵守契约的原因。破坏契约就是背叛我的族人。我们不能和你们开战，只要你们有迷雾之子就不能，所以我们必须为你们服务。”

迷雾之子。为什么迷雾之子这样重要？它似乎在暗示他们能找到坎德拉兽……

她记下了这个信息。她感到如果她把这一点挑明的话，它就会再次闭嘴。所以，她坐起身，在黑暗里迎着它的目光。“如果你愿意，我愿意使你不受契约的束缚。”

“那又能改变什么？”奥索尔问，“我只会得到另一个契约。按照我们的法律，我必须另外再等十年时间后，才有时间享受自由，而且只有两年，在这期间我不得离开坎德拉兽族的国家，否则就会冒暴露的危险。”

“那么，至少接受我的歉意，”她说，“我真傻，因为你遵守契约而憎恨你。”

奥索尔愣了一下。“那有什么用，主人？我还是得披着这个该死的狗皮，我没有任何性格和骨骼可以模仿。”

“我想你会感激这个让你做回自己的机会。”

“我觉得自己完全没有了隐私。”奥索尔说。它静静地坐了一会儿，然后低下头。“不过……我得承认这些骨头有不少优点。我没意识到它们能让我变得这么不引人注意。”

纹点点头。“在我的生活里，有些时候我情愿付出一切来让自己变成一只狗，只要能让我不为人注意地生活。”

“没有更多的要求？”

纹摇摇头。“不，不是大部分时间都这样啦。过去，我也觉得每个人都像你说的，可恨，可恶。但世界上也有好人，奥索尔。我希望我能向你证明这一点。”

“你说的是你的那个国王？”奥索尔看着城堡说。

“是的，”纹说，“还有其他人。”

“你？”

纹摇摇头。“不，不是我。我不是个好人，也不是个坏人。我只是个在这里打打杀杀的。”

奥索尔盯着她看了片刻，然后又坐下去。“不管怎么说，” 它说，“你不是我最坏的主人。那大概是一句赞扬的话，如果从我的族人嘴里说出来。”

纹笑了，但她被自己的话说得有些伤感。只是个在这里打打杀杀的……

她朝城外军营里的火光看去。在她的内心，那个曾被睿训练过的部分，仍会不时用他的声音在她的心底说话，轻声告诉她，还有别的办法对付那些军队。除了依靠政治和协商之外，团伙仍然能够指望纹，派她进行一次悄无声息的夜间出访，杀死那两个国王和他们军队里的将军。

但是，她知道伊兰德是不会赞成这种举动的。他极力反对利用恐怖活动的方式，即使对敌人也不行。他指出如果杀死斯特拉夫和赛特，他们只会被另外的人取代，而这些人将对城市抱着更大的敌意。

即便如此，这个如此残忍的主意看起来却似乎是个合理的答案。她内心的一部分有些跃跃欲试，如果不能在等候和讨论之外有所作为的话。她不是个喜欢受束缚的人。

不行，她想道，我不能这样。我不能和凯尔西一样强硬和固执。我可以更好一些。我要相信伊兰德的方式。

她驱散了暗杀斯特拉夫和赛特的想法，然后把注意力转移到别的事上。她专注在青铜的能力上，监视着熔金术发出的信号。尽管她喜欢在空中飞跃并“巡视”这片区域，但事实是她留在一个地方也同样有效。刺客很可能到前门侦察，因为这里是卫士巡逻的出发点，而且是待命士兵的最大集合点。

不过，她还是觉得自己有些精神恍惚。在这个世界上游荡着一些势力，纹不确定她是否想成为他们的一部分。

我的位置在哪里？她想。她觉得自己从来没有找到过，在她伪装成法莱特·雷诺克斯的时候没有，现在，在她充当爱人的保镖的时候，也没有。好像什么都不适合。

她闭上眼，同时燃烧着锡和青铜，感受风吹着迷雾触在皮肤上的感觉。然后，很奇怪，她觉察到了一丝异常，一种非常模糊的感觉。她感觉到了远处的熔金术脉动。它们非常微弱，几乎被她错过了。

它们有点像迷雾阴魂发出的那种脉动。她感觉到了它，更近了，就在远处的一栋建筑上。她正在习惯它的存在，因为只要它一直在那里窥探，她也没有别的选择。

它试图杀死永世英雄的一个同伴，她想。它不知道为什么用刀刺了他，那本日志上说过。

但是……远处的那种脉动又是什么？它很柔和……但又有力，像远处传来的鼓声。她用力闭上眼睛，集中精神。

“主人。”奥索尔说，突然振作起来。

纹猛地睁开眼。“什么？”

“你听到了吗？”

纹站起身。“哈——”这时她听出来了。墙外不远处有脚步声。她探头看过去，注意到一个黑影沿着大街朝城堡走过来。她过于专注她的青铜，竟然忽略了真实的声音。

“做得好。”她说。她靠近岗楼屋顶的边缘，这时她才意识到一件重要的事。奥索尔这次自主行动了：它在没有得到特别命令的情况下向她发出了警告。

这是件小事，但似乎很重要。

“你怎么看？”她一边看着那个人影走近，一边轻声问道。那个人没有带火把，而且在迷雾里显得轻松自如。

“熔金术师？”奥索尔伏在她身边问。

纹摇摇头。“没有熔金术脉动。”

“那么如果他是的话，他就是迷雾之子，”奥索尔说，它还不知道她能穿破铜障，“他个子太高，不是你的朋友赞恩。小心点，主人。”

纹点点头，丢下一枚铸币，然后把自己投向迷雾里。在她身后，奥索尔也从岗楼上跳了下来，然后跳离墙头，落在差不多二十尺外的地面上。

它确实把那些骨头的力量发挥到了极致，当然，即使它这一跳没有杀掉自己，她也应该佩服它的勇气。

她拉着房顶上的铁钉改变着自己的方向，落在那个黑影身后不远的地方。她抽出匕首，准备好金属，确保自己有硬铝，然后蹑手蹑脚地穿过街道。

出其不意，汉姆的建议仍然使她紧张。她不能总是指望出其不意。她跟着那个人，观察着他。他个子很高，非常高。而且穿着袍子。事实上，那件袍子……

纹猛然站住了。“萨奇德？”她吃惊地问。

特里斯人转过身，现在纹被锡强化过的眼睛能看到他的面庞了。他笑了。“啊，纹女士，”他用他那熟悉的、睿智的声音说，“我正想知道你要花多久才能发现我呢。你——”

他的话被纹激动的拥抱打断了。“真想不到你这么快就打算回来了！”

“我没打算回来，纹女士，”萨奇德说，“但这种情况让我不能离开这个地方，我想。走，我必须和陛下谈谈。我有关于一种相当令人不安的种族的消息。”

纹放开他，抬头看着他和蔼的面容，注意到了他眼神里的疲倦。他的袍子脏了，散发着灰尘味和汗味儿。萨奇德平时非常注意细节，即使在他旅行的时候。“什么消息？”

“难题，纹女士，”他温和地说，“难题和灾难。”

特里斯人拒绝了他，但他还是来领导他们。

23

“勒卡尔国王声称他的军队里有两万头那种生物。”萨奇德温和地说。

两万！伊兰德震惊地想，跟斯特拉夫的五万军队一样危险，甚至危险得多。

在座的人沉默了，伊兰德看着其他几个人。他们坐在内厨里，几个厨师正匆匆为萨奇德准备夜宵。内厨侧面有间耳房，里面摆着一张中等大小的桌子，是给仆人吃饭用的。不用奇怪，伊兰德从来没有在这里吃过饭。但萨奇德坚持不要叫醒仆人去布置主餐室，尽管他很明显一整天都没吃饭了。

所以，他们坐在了低矮的木凳上。厨师在忙碌着，离他们足够远，听不到耳房里安静的谈话。纹坐在伊兰德身边，用一只胳膊搂住他的腰，她的坎德拉兽猎狼犬趴在她身边的地板上。布里兹坐在伊兰德的另一边，衣衫凌乱，他在被叫醒的时候相当恼火。汉姆已经起了床，伊兰德也是。伊兰德要起草另一份提案，一份向议会解释他打算和斯特拉夫进行非正式会晤而不是正式谈判的信件。

道克森拉了一张板凳，和平时一样选了个离伊兰德较远的地方。克拉布斯闷闷不乐地坐在板凳的另一侧，不知道他的姿势是因为疲倦还是来自他一贯的坏脾气。只有“幽灵”坐在远处的一张送餐桌上，两脚在桌子边摆动着，不时从恼怒的厨师那里偷点吃的。伊兰德饶有兴趣地注意到，他正和一个睡眼惺忪的女厨娘相当失败地调情。

然后是萨奇德。特里斯人以他特有的平静坐在伊兰德对面。他的袍子上满是灰尘，而且他不戴耳环的样子很奇怪，伊兰德猜想大概是为了避免引起窃贼的注意摘掉了。但他的手和脸很干净。虽然一路风尘，但他仍然给人以整洁的感觉。

“抱歉，陛下，”萨奇德说，“但我认为勒卡尔领主不值得信任。我知道你跟他在大崩溃之前是朋友，但他现在的情况似乎……不太稳定。”

伊兰德点点头。“你觉得，他是如何控制它们的？”

萨奇德摇摇头。“我猜不出来，陛下。”

汉姆摇摇头。“我的卫队里有人是在大崩溃后从南部来的。他们是士兵，在靠近克洛兽营地的一个要塞里服役。御主大帝一死，那些生物就发了疯。它们攻击那个区域的一切东西——村庄、要塞、城市。”

“西北方也发生了同样的事，”布里兹说，“赛特领主的领地涌满了从克洛兽暴乱地区逃走的难民。赛特设法招募了一些他领地附近的克洛兽卫队士兵，它们跟了他一段时间。不过后来它们不知何故造了反，开始攻击赛特的军队。他不得不把它们全杀了，丧失了将近两千名士兵，杀死了一支五百头的克洛兽卫队。”

他们又陷入了沉默，只听到不远处厨房里忙活和交谈的声音。伊兰德想：五百头克洛兽杀了两千个士兵，而杰斯茨的队伍里有两万头这种野兽。天哪……

“还要多长时间？”克拉布斯说，“距离我们多远？”

“我花了一个多星期赶到这里。”萨奇德说，“尽管勒卡尔国王领兵过来还要些时间，他很明显是朝这个方向来的，但我不知道他想以多快的速度行军。”

“也许他想不到已经有另外两支军队领先一步到了这里。”汉姆指出。

伊兰德点点头。“我们怎么办？”

“我看我们做不了什么，陛下，”道克森摇着头说，“从萨奇德的报告来看，我们跟杰斯茨理论的希望不大。而且，两支军队兵临城下，我们没有什么腾挪的余地。”

“他也许会掉头离开，”汉姆说，“既然这里已经有两支军队了……”

萨奇德的表情有些犹豫。“他知道这两支军队，哈蒙德少爷。他似乎相信他的克洛兽军队能战胜人类军队。”

“两万头克洛兽，”克拉布斯说，“他也许能战胜另两支军队里的任何一支。”

“但是同时对付两个就有麻烦了，”汉姆说，“那会给我们一个缓冲。如果我是他的话，率领着这队反覆无常的克洛兽出现，他很容易把赛特和斯特拉夫吓得够呛，使他们愿意加入反对他的力量。”

“那对我们来说正好，”克拉布斯说，“别人打得越厉害，我们的处境就越好。”

伊兰德靠在椅子上。他感到一种隐隐的焦虑，有纹在身边用胳膊搂着他真好，即使她说话不多。有时候，只因为她的存在，他就会感到自己更加坚强。两万头克洛兽。单单这个消息给他带来的恐惧就甚于另外两支军队。

“这有可能是件好事，”汉姆说，“如果杰斯茨在靠近卢萨岱尔的地方失去对克洛兽的控制，它们进攻另两支军队的可能性很大。”

“同意，”布里兹疲倦地说，“我觉得我们需要继续拖延，拉长被包围的时间，直到克洛兽到来。困局中多一支军队，这种情况对我们只有好处。”

“我不喜欢让克洛兽进入这个地区的想法，”伊兰德轻轻打了个冷战，“不管它们能给我们带来什么优势，只要它们一攻城……”

“我说，我们到时候再关心这个吧，如果他们真来的话，”道克森说，“至于现在，我们得继续执行我们的计划。陛下去跟斯特拉夫会面，想办法骗他跟我们秘密结盟。幸运的话，克洛兽的即将到来会让他更愿意进行交易。”

伊兰德点点头。斯特拉夫已经同意会晤，他们定了几天后的一个日子。议会正在为他不跟他们商量就确定了时间和地点而气愤，但他们对这件事也拿不出什么办法。

“不管怎么说，”伊兰德叹了口气，“你说你还有别的消息，萨兹？希望是好消息。”

萨奇德没说话。一名厨师走了过来，把一盘食物放在他面前：蒸大麦饭和几块肉排，还有一些香喷喷的蔬菜。这香味足以使伊兰德感到一阵饥饿。他对宫廷厨师感激地点了点头。这位厨师执意深夜起床亲自准备食物，然后他朝手下挥挥手，一起退下了。

萨奇德静坐着，等到他们离开听力所及的范围才开口说话。“我不知道该不该提这个，陛下，因为你的负担已经很重了。”

“你还是告诉我比较好。”伊兰德说。

萨奇德点点头。“我担心在我们杀死御主大帝的同时，也给世界带来了某种东西。陛下，那是我们料想不到的。”

布里兹扬起疲倦的眉毛。“料想不到？你是说除了克洛兽暴乱、暴君争权和盗贼蜂起？”

萨奇德停顿了一下。“嗯，是的。我说的东西恐怕有点抽象，迷雾出了些问题。”

伊兰德身旁的纹微微扬起了头。“你的意思是？”

“我一直在跟踪着某些事件的蛛丝马迹。”伊兰德解释道。他低着头，似乎有些困窘，“我进行了一个调查，也可以这么说。你知道，我听到了不少有关迷雾在白昼出现的报告。”

汉姆耸耸肩膀。“有时候会有这种情况。起雾的天气，特别是在下了一场雨之后。”

“我指的不是这个，哈蒙德少爷，”萨奇德说，“迷雾和普通的雾有一点不同。也许很难发现，但如果仔细观察的话是可以看出来的。迷雾更浓厚，而且……啊……”

“它移动的模式多种多样，”纹轻声说，“就像天上的河流。它从来不驻留在一个地方：它随着清风飘浮，清风几乎像是它制造出来的。”

“而且它不能进入建筑，”克拉布斯说，“或者帐篷。一进去就会很快消失。”

“是的，”萨奇德说，“在我第一次听到那些白昼出现迷雾的报告时，我认为那些人迷信得忘记了常识。我知道很多斯卡人拒绝在起雾的早晨外出。但是，我对这些报告很好奇，所以我追踪着它们到了南方的一个村庄。我在那里教了他们一段时间，但一直没有找到那些谣言的证据。所以，我从那个地方动身了。”

他微微皱起眉头沉思着。“陛下，请不要认为我疯了。在那段旅行中我路过了一个隐蔽的山谷，看到了我发誓是迷雾的东西，不是平常的雾气。它在地平线上蔓延，朝我缓缓逼近。正是天光大亮的时候。”

伊兰德看了看汉姆。汉姆耸了耸肩。“别看着我。”

布里兹哼了一声。“他在问你的看法，亲爱的。”

“好，我没有看法。”

“你有哲学家的潜质。”

“我不是哲学家，”汉姆说，“我只是喜欢思考。”

“嗯，思考一下这件事。”布里兹说。

伊兰德看了一眼萨奇德。“这两个人总是这样说话吗？”

“说老实话，我不清楚，陛下，”萨奇德微笑着说，“我跟他们认识的时间比你长不了多少。”

“是的，他们一直这样，”道克森叹着气说，“要说有什么变化，那就是他们这些年变得更严重了。”

“你饿吗？”伊兰德朝萨奇德的盘子点点头，问道。

“我可以等我们讨论完再吃。”萨奇德说。

“萨奇德，你不再是仆人了，”纹说，“你不用担心这样的事情。”

“这跟是不是仆人无关，纹女士，”萨奇德说，“这是个和礼貌有关的问题。”

“萨奇德。”伊兰德说。

“什么事，陛下？”

伊兰德指着盘子。“吃吧，以后再说礼貌。赶快吃，你看起来饿坏了，你是我们的朋友。”

萨奇德愣了一下，奇怪地看了伊兰德一眼。“好，陛下。”他拿起了餐刀和汤匙。

“啊，”伊兰德说，“是否在白天看到迷雾有什么关系？我们知道斯卡人说的那些事是不真实的，我们没理由害怕迷雾。”

“斯卡人也许比我们所想的聪明得多，陛下，”萨奇德吃了一小口食物，“看起来迷雾一直在杀人。”

“什么？”纹朝前探过身子问道。

“我没有亲眼见到，纹女士，”萨奇德说，“但我看到了现场，而且搜集了几个单独的报告。他们都认为迷雾一直在杀人。”

“那很荒唐，”布里兹说，“迷雾是无害的。”

“我起初也这样想，拉德里安少爷，”萨奇德说，“但是，那几个报告都非常详尽。那些事故总是发生在白天，每次都是迷雾缠绕在一些不幸的个体周围，这些人随即死去，通常被束缚在雾气里。我亲自收集了一些目击者的描述。”

伊兰德皱起眉头。如果是另外一个人，他大概会对这些话置之不理。但是萨奇德……他的话是有分量的。纹坐在伊兰德身旁，轻轻咬着下嘴唇，饶有兴趣地观察着这场对话。奇怪，她也没有对萨奇德的话表示异议，尽管其他人都作了和布里兹一样的反应。

“这是没道理的，萨兹，”汉姆说，“窃贼、贵族，还有熔金术师已经在迷雾里行动了一个世纪。”

“确实，哈蒙德少爷，”萨奇德点点头说，“我唯一能想到的解释是，这些异常和御主大帝有关。我在大崩溃前没有听到过在迷雾里离奇死亡的报告，但后来这类事件就时有耳闻。这些所报告的事件都发生在外辖区，但事故似乎正在向内地蔓延。我几个星期前在南部发现了一次非常……令人不安的事件，那里有一整个村庄的人似乎被迷雾困在了他们的茅舍里。”

“但是，为什么御主大帝的死会对迷雾造成影响？”

“我不能肯定，拉德里安少爷，”萨奇德说，“但这是我唯一能够想到的联系。”

布里兹板着脸说。“我希望你不要那样叫我。”

“我道歉，布里兹少爷，”萨奇德说，“我还是习惯于用全名来称呼别人。”

“你的名字是拉德里安？”纹问道。

“很不幸，”布里兹说，“我从来没有喜欢过这个名字，亲爱的萨奇德还冠之以‘少爷’……好吧，加上这个头衔显得真残忍。”

“是我自己的问题，”伊兰德说，“还是我们今天晚上比平时说话更不着边际了？”

“我们累的时候就会这样，”布里兹打了个哈欠说，“不管怎么样，我们亲爱的特里斯人一定弄错了事实。迷雾不会杀人。”

“我报告的都是我发现的事实，”萨奇德说，“我还要进行更进一步的研究。”

“这么说，你打算留下来？”纹问，显然满怀期待。

萨奇德点点头。

“你的教育工作呢？”布里兹挥了挥手，“你走的时候，我记得你说了些关于要用余生从事游历，或者像那样的一些胡言乱语。”

萨奇德的脸微微发红，他的头又低了下去。“恐怕那些责任得等等了。”

“欢迎你，萨奇德，你想待多长时间都行，”伊兰德看了一眼布里兹，“如果你说的那些是真的，那你就通过你的研究做了一件比游历更伟大的事。”

“或许是的。”萨奇德说。

“不过，”汉姆咯咯笑着指出，“你也许能找个更安全的地方开张，这里可是正在被两支敌军和两万头克洛兽盯着的地方。”

萨奇德笑了，伊兰德也不由得咯咯地笑起来。他说过，那些和迷雾有关的异常事件正在向内地蔓延，朝着帝国的中心。然后朝着我们。他想。

另一些使人担忧的事件。

“这是在干什么？”一个声音突然问道。伊兰德朝厨房门口看去，站在那里的是头发蓬乱的奥瑞安娜。“我听到有声音，这里有一个聚会？”

“我们正在讨论关系到国家利益的事，亲爱的。”布里兹抢先回答。

“另外那个女孩也在这里，”奥瑞安娜看着纹说，“你为什么不邀请我？”

伊兰德皱着眉头。她听到了声音？客房区域并不在厨房附近，而且奥瑞安娜是打扮过的，身上穿着一件贵妇的长袍。她花时间换掉了睡衣，但没有梳理头发。也许想使自己看起来更像无意中闯进来的。

我开始像纹一样思考了，伊兰德叹了口气。就像是在印证他的想法，他注意到纹正眯起眼睛盯着那个女孩。

“回你的房间去吧，亲爱的，”布里兹安抚地说，“别打扰陛下。”

奥瑞安娜夸张地叹了口气，但听话地转身走开，消失在走廊里。伊兰德回头看向萨奇德，他正好奇地看着那个女孩。伊兰德给他做了个“以后再问”的表情，于是特里斯人继续吃饭。又过了一会儿，一群人散了。其他人走后，纹和伊兰德留在了后面。

“我不信任那个女孩。”几个仆人拿着萨奇德的行李领他离开之后，纹对伊兰德说道。

伊兰德看着纹，微笑着。“一定要我说话吗？”

纹转了转眼珠。“我知道。‘你不信任任何人，纹。’这一次我是对的。她换了衣服，但她没有梳理头发。她肯定是故意这样的。”

“我注意到了。”

“真的？”她听起来很意外。

伊兰德点点头。“她一定听到仆人们叫醒了布里兹和克拉布斯，所以她起了床。那就是说她偷听了大半个小时。她蓬着头，这样我们会以为她是刚刚起来。”

纹微张着嘴，皱起眉头看着他。“你变厉害了。”她说。

“不是我厉害，而是奥瑞安娜小姐太蹩脚了。”

纹笑了。

“我还是想知道为什么你没有听到她呢？”伊兰德指出。

“那些厨师，”纹说，“他们太吵了。另外，萨奇德说的那些让我有些分心。”

“他说的那些话，你是怎么看的？”

纹思考了一下。“我以后告诉你。”

“好吧。”伊兰德说。在纹身旁，坎德拉兽站起身，舒展了一下身体。为什么她坚持带奥索尔开会呢？伊兰德有点奇怪。几个星期前，她不是还对它无法容忍吗？

猎狼犬转过身子，盯着厨房的窗户。纹顺着它的目光看过去。

“要出去？”伊兰德问。

纹点点头，“今天晚上我感觉不好。我要留在你的阳台附近，以防出现麻烦。”

她吻过他，然后离开了。他看着她走出去，疑惑为什么她会对萨奇德的故事那么感兴趣，也想知道她为什么不告诉他。

停！他告诫自己。也许他对她陷得太深了，在宫里的所有人里，纹应该是他最后一个怀疑的人。但是，每一次他觉得自己开始了解她时，他就会意识到自己对她的了解是那么少。

这种情况使其他一切都变得更加令人沮丧。一声长叹，伊兰德扭头回自己的房间，他写了一半的致议会的提案还等着他去完成。

萨奇德一边跟着仆人上楼，一边想道：也许我不该提到迷雾的事，这些也许只是我的错觉，现在已经给国王带来了麻烦。

他们上了楼，仆人问他想不想洗澡。萨奇德摇摇头。换个时间的话，他多半非常乐意有这样一个清洁的机会，但是，一路奔波赶到中央辖区，中途被克洛兽抓获，然后走完余下的路来到卢萨岱尔，他已经到了筋疲力尽的边缘。他几乎只有吃东西的力气，现在他只想倒头大睡。

仆人点点头，领他走进一条侧廊。

如果他假设的那个联系根本不存在呢？每个学者都明白，做研究最大的危险之一是急于得到某个特定的答案。他没有对得到的证据进行分析，但他是否夸大了它们的重要性？他有的是什么？那个被吓坏了的看到自己的朋友死于非命的人说的话？一个精神错乱、疯狂到以同类为食的人的证词？事实是萨奇德没有亲眼目睹迷雾杀人的场面。

仆人领着他到了一间客房前，萨奇德感激地向他道过晚安。他看着那人举着蜡烛离开，把灯留给了自己。在萨奇德的大部分生活里，他属于仆役阶层里以极高的责任心和恪守礼仪著称的一类人。他曾经掌侍从官庭和庄园，管理那些如同刚才领他到房间的人一样的仆人。

另一种生活，他想。他曾经一直为仆人这个职业使他没有什么时间做研究而沮丧，然而正是因为这样他才得以协助推翻最后帝国，然后才在更短的时间里找到自我，这是多么讽刺！

他伸手推房门，立刻愣住了。房间里已经有了灯光。

难道他们已经给我点了灯？他疑惑着，缓缓地推开门。有人正在里面等着他。

“婷德薇尔。”萨奇德叫道。她坐在房间里的写字台旁，和平常一样，穿着精心选择的衣物，显得很整洁。

“萨奇德。”她回答。萨奇德走进房间，关了门，他一下子敏感地注意到了自己灰扑扑的长袍。

“你回应了我的请求。”他说。

“而你忽视了我的。”

萨奇德没看她的眼睛。他走到一旁，把灯放在衣柜顶端。“我注意到了国王的新衣服，而且他显然得到了和这套衣服相称的耐性。你做得很好，我想。”

“我们只是刚刚开始，”她不以为然地说，“你的眼光不错。”

“樊乔国王是个很好的人。”萨奇德走到面盆前洗脸。他喜欢冷水，和婷德薇尔打交道会使他更加疲劳。

“好人能变成糟糕的国王。”婷德薇尔指出。

“但坏人不能变成好国王，”萨奇德说，“我认为从一个好人着手会比较好。”

“也许吧。”婷德薇尔说，以惯有的严厉表情看着萨奇德。别人会觉得她冷淡，甚至严厉，但是萨奇德从来没有这样看她。考虑到她的经历，他觉得这种表情很不平常，甚至令人惊叹。她如此自信，她是从哪里学到的？

“萨奇德啊萨奇德……”她说，“你为什么回中央辖区？你知道赛诺德元老团给我们的指示。你应该在东部辖区，教授那些白地边缘的人民。”

“我去了那里，”萨奇德说，“但是现在我回来了。我想，南方在没有我的情况下能够继续过一段时间。”

“哦？”婷德薇尔问，“那么谁去教他们灌溉技术，使他们能生产足够的粮食过冬？谁会去向他们解释基本的立法原则，使他们能够自我管理？谁又能教他们如何重获失去的信念和信仰？你一直是对这些事充满激情的。”

萨奇德放下面巾。“等我相信这里没有更重要的工作需要我，我就会回去教育他们。”

“什么更重要的工作？”婷德薇尔问道，“这是我们终生的职责，萨奇德。这是我们所有族人的天职。我明白卢萨岱尔对你很重要，但这里没有需要你的事情。我会照看你的国王，你必须走。”

“我感激你对樊乔国王的工作，”萨奇德说，“我的课程对他作用不大。不过，我有另外的研究要做。”

婷德薇尔皱起眉头，用严厉的目光冷冷地盯着他，“你还在寻找那些幻影般的联系，那些和迷雾有关的蠢事。”

“迷雾出了问题，婷德薇尔。”他说。

“不，”婷德薇尔叹着气说，“难道你不明白吗，萨奇德？你花了十年时间致力于推翻最后帝国。现在，你不能把自己的时间用在正式的工作上，所以你虚构了国家面临的某些巨大威胁。你担心自己被干扰。”

萨奇德低下头。“也许吧，如果你对了，那我会去向赛诺德元老团道歉。但是，我认为我可能的确发现了一场危机。”

“哦，萨奇德，”婷德薇尔轻轻摇了摇头，“我真不明白你。年轻气盛的范德赞和兰蒂尔抗拒赛诺德元老团的忠告还说得过去。但是你呢？你是特里斯族人里的灵魂人物，这么镇定，这么谦卑，这么谨慎和知书达理。你这么睿智，为什么你总是公然反对我们的领袖呢？这没有道理。”

“我不像你想的那么睿智，婷德薇尔，”萨奇德平静地说，“我只是一个必须按照信仰做事的人。现在，我相信迷雾里有一场危机，我必须对我的印象进行调查。也许你可以认为这是自大和愚蠢，但我宁愿被人们看成自大和愚蠢，也不希望让这片土地上的人们面临未知的危险。”

“你会什么都发现不了。”

“那就证实我错了，”萨奇德说，他迎着她的目光，“但请不要忘记，上次我没有服从赛诺德元老团，结果却得到了最后帝国的崩溃和我们族人的自由。”

婷德薇尔抿着嘴唇。她不喜欢被提醒这个事实，没有哪个保管师愿意。他们一直认为萨奇德的公然抗命是错误的，但他们又不能在他成功后真正惩罚他。

“我真不明白你，”她静静地重复道，“你应该成为我们族人的领袖，萨奇德，而不是我们最大的叛徒和反抗者。每个人都愿意尊敬你，但他们不能。你难道一定要反对你接到的每个命令吗？”

他虚弱地一笑，但没有回答。

婷德薇尔叹了口气，站起身。她要朝门口走，却又停下来握住了他的手。她盯着他的眼睛看了片刻，然后他把手抽了出来。

她摇摇头，离开了。

他号令群王，尽管他不愿建立帝国，但他比所有帝王都伟大。

24

有一些事情正在发生，纹坐在樊乔城堡上面想。

萨奇德不是那种喜欢夸大其词的人。他做事情一丝不苟，从他特别的习惯、他注重清洁的程度，甚至他说话的方式上都看得出来。而且，他在进行研究时甚至会更加谨小慎微。纹倾向于相信他的发现。

而且她确实看到了迷雾里的东西，危险之中的危险。那个迷雾阴魂能解释萨奇德碰到的死亡事件吗？不过，如果确实如此，为什么萨奇德没有谈到迷雾里出现的形体呢？

她叹了口气，闭上眼睛燃烧起青铜。她能够听到那个在附近窥视的阴魂。而且，这次她又听到了远处传来的奇特的砰砰声。她张开眼，让青铜燃烧着，迅速打开了口袋里的东西：日志中的一页书。借着从伊兰德阳台射出来的光线，还有锡的力量，她可以轻而易举地读出上面的句子。

我每晚只睡几小时。我们必须向前赶路，每天尽量多走路。但当我终于躺下去时，发现自己没有睡意。白天让我烦恼的想法，到了寂静的夜晚反而变得更复杂了。

除此之外，我听到上面传来的砰砰声，那是群山的脉动。每一次脉动，都把我吸引得更近些。

她打了个寒战。她已经要求伊兰德的一个搜寻师燃烧起青铜，但他称没有在北方听到任何东西。要么他就是那个坎德拉兽，奥索尔在燃烧青铜的能力上对她说了谎，要么就是纹能听到别人听不见的韵律，除了一个一千多年前已经死去的人之外。

一个被每个人都认为是永世英雄的人。

你在瞎想，你在妄下结论，她告诫自己，叠起了那张纸。她身边，奥索尔蜷起身子静卧着，看着下面的城市。

可是，她一直想着萨奇德的话。迷雾发生了一些事情。有些事情不对头。

赞恩在哈斯丁城堡上没有找到纹。

他在迷雾里停下来，静静地站着。他希望看到她在这里等着，因为这里是他们上次战斗的地方，甚至想到这件事他就会因为期待而变得紧张。

在几个月的比试过程里，他们总是在他最后离开她的地点再次见面。然而，他已经几个晚上来到这个地点，却都没有见到她。他皱着眉，考虑着斯特拉夫的命令，还有那样做的必要性。

最终，他很可能奉命杀死这个女孩。他不知道到底什么更令他烦恼：是日渐增长的不情愿，还是日渐增长的担心，关于自己也许最终不能打败她。

他想，她也许是最终能使我死熬过来，能说服我……离开的人。

他不能解释为什么他需要一个理由。他把这种念头部分归咎于他的精神错乱，尽管他的理性感到那是一个无力的借口。但在潜意识里，他承认斯特拉夫是他熟悉的一切。他不能离开，除非他知道他有另外一个人可以依靠。

他从哈斯丁城堡转身离开。他已经等够了，到了找她出来的时候了。赞恩抛下一枚铸币，在城市里跳跃了片刻。最后，他能够确信，她就在那里：正坐在樊乔城堡上面，照看着他的傻瓜兄弟。

赞恩绕着城堡，保持着足够的距离，以免被锡强化过的眼睛看见。他落在城堡后面的屋顶上，然后悄悄往前走。他靠近后，看到她坐在屋顶边缘。空气很安静。

终于，她转过身，轻轻地跳了起来。他发誓她感觉到了他，但现在她不应该有这种能力。

不管怎么说，他被发现了。

“赞恩。”纹无疑认出了他的轮廓，直接叫了出来。他习惯性地穿着黑衣黑裤，没有披迷雾斗篷。

“我一直在等，”他平静地说，“在哈斯丁城堡上面。希望你来。”

纹叹口气，警惕地看着他，但微微放松下来。“现在我实在没有比试的心情。”

他注视着她。“真可怜。”他最后说。他走过来，使纹警觉地站了起来。他在屋顶边缘站住，向下看着伊兰德亮着灯的阳台。

纹朝奥索尔瞟了一眼。它很紧张，交替盯着她和赞恩。

“你这么担心他。”赞恩说。

“伊兰德？”纹问道。

赞恩点点头。“即使他利用你。”

“我们已经讨论过这个问题了，赞恩。他没有利用我。”

赞恩抬头看着她，迎着她的眼睛，身子站得很直，在夜色里显得充满自信。

他真强壮，又这么自信，几乎有些桀骜不驯……纹红着脸想。

她克制住自己的思绪。

赞恩把身子转开。“告诉我，纹，”他说，“在你小的时候，是否对力量产生过渴望？”

纹歪着头，对这个奇怪的问题皱起了眉头。“你是什么意思？”

“你在街头长大，”赞恩说，“你在小时候，是否梦想过拥有力量？是否梦想过拥有使自己自由、杀死那些虐待你的人的能力？”

“当然有过。”纹说。

“而你现在有了那种力量，”赞恩说，“如果那个童年的纹看到了现在的你会怎么样？一个迷雾之子屈服于别人的意志？拥有强大的力量，但不知为何依然卑躬屈膝？”

“我现在是个不一样的人了，赞恩，”纹说，“我情愿以为在我长大后学到了更多东西。”

“我发现儿童的本能常常是最忠实的，”赞恩说，“也最自然。”

纹没有回答。

赞恩静静地转过身，看着远处的城市，从表面上看好像根本不在乎把后背暴露给纹。纹看了看他，然后丢下了一枚铸币。那枚铸币落在金属屋顶上，“丁当”一声，他突然回头看了她一眼。

不，他不信任我，她想。

他又扭过头，纹注视着他。她确实明白他的意思，因为她从前也那样想过。她不由得有些迷惑，如果她没有从凯尔西的团伙里学到友情，同时又完全掌握了她的能力的话，她会变成一个什么样的人。

“你会怎么办，纹？”赞恩转身对着她问，“假如你没有任何约束，假如你可以为所欲为？”

去北方。这个想法在一闪念间冒了出来。找出造成那种砰砰声的原因。但她没说出来。“我不知道。”她这样回答。

他盯着他。“你没有认真考虑我的话，我明白。抱歉浪费了你的时间。”

他转身走了，径直从她和奥索尔之间走过去。纹盯着他，突然感到一丝牵挂。他来找她，要来谈话而不是打斗，而她浪费了机会。如果她不跟他说话，那就不可能使他转变到他们这边。

“你想知道我会怎么做？”她的声音在寂静的迷雾中响起来。

赞恩站住了。

“如果我能随心所欲地使用我的能力？”纹问道，“而且不用顾及后果？我会保护他。”

“你的国王？”赞恩转身问道。

纹用力点点头。“这些带领军队进攻他的人——你的主人，那个名叫斯特拉夫的人。我会杀了他们。我会用我的能力来确保没人能够威胁伊兰德。”

赞恩静静地点点头，她在他的眼睛里看到了尊重。“那么，为什么你没有这样做呢？”

“因为……”

“我在你的眼睛里看到了困惑，”赞恩说，“你知道你本能地杀死那些人是对的，然而你退缩了。因为他。”

“有一些后果，赞恩，”纹说，“如果我杀了那些人，他们的军队很可能会放手进攻。现在，外交手段是仍然能够起作用的。”

“或许，”赞恩说，“直到他要求你为他杀某个人。”

纹哼了一声。“伊兰德不会那样做。他不会命令我，而且我杀死的那些人是试图暗杀他的人。”

“哦？”赞恩说，“你也许不是按照他的命令做事，纹，但你确实应该避免那样做。你是他的玩物。我这样说不是要冒犯你，你知道，我和你一样是一件工具。我们都不能打破现状。靠单打独斗不行。”

突然，那枚纹丢在地上的铸币“啪”的一声弹了起来，朝赞恩飞去。她紧张起来，但那枚铸币飞到了赞恩张开的手掌里。

“非常有趣，”赞恩在手指间转动着那枚铸币，“很多迷雾之子看不见铸币的价值。对我们来说，它们单纯地变成了跳跃的工具。如果我们用得太频繁的话，很容易忘记某些物品的价值。当它成为司空见惯随手可得的东西时，它就变成了一件……单纯的工具。”

他抛起那枚铸币，把它射到了夜空里。“我必须走了。”他转过身子说。

纹抬起一只手。看到他运用熔金术，她突然想到另外一个和他谈话的理由。经过了那么长时间，她才有机会和另一个懂她的力量、像她一样的迷雾之子有这样一次谈话的机会。

但是，看来让他留下来的可能性不大。所以她任由他离开，然后自己继续守夜。

他没有生养子女，然而所有土地上的人都是他的后裔。

25

纹的睡眠很浅，这是她在童年养成的习惯。窃贼团伙出于需要一起工作，而且任何不能保护自己个人物品的人都被看成废物。当然，纹处于那个阶层的最底部，同时也没多少物品可以保护。但作为一个生活在男性为主的环境里的小女孩，她有另外的理由在睡觉时保持警惕。

所以一声示警的吠叫就使她醒了过来，她不假思索地作出了反应：推开被子，迅速拿起了床头柜上的金属瓶。她不把金属留在身体内睡觉，许多熔金术金属在某种程度上是有毒的，她接受过告诫，要在一天结束后燃烧掉剩余的金属。

她喝下瓶子里的金属，取出了藏在枕头下的黑曜石匕首。就在这时，她卧室的房门被推开了，婷德薇尔走了进来。这个特里斯女人跨进一步后，看到了几尺外蹲伏在床上的纹，手里的匕首闪着寒光，不由得愣住了。

婷德薇尔扬了扬眉毛。“这么说你醒了。”

“现在醒了。”

特里斯女人笑了。

“你到我的房间做什么？”纹质问道。

“我来叫醒你，我想我们该去买东西了。”

“买东西？”

“是的，亲爱的。”婷德薇尔走上来，拉开了窗帘。距离纹平时起床的时间还早得多。“我听说，你明天要见陛下的父亲。我想，你会愿意为这个场合准备一套合适的礼服。”

“我不再穿礼服了。”你在要什么把戏？纹暗自思忖。

婷德薇尔转身看着纹。“你穿着衣服睡觉？”

纹点点头。

“你也没有宫廷侍女？”

纹摇摇头。

“那好吧，”婷德薇尔转身往外面走，“洗漱更衣。准备好我们就出发。”

“我不会听你的命令。”

婷德薇尔在门口站住了，转过身子。然后她的脸色柔和下来。“我知道你不听，孩子。如果你愿意，你可以跟我来，选择权在你。但是，你真希望穿着长裤和衬衣去见斯特拉夫·樊乔？”

纹迟疑着。

“至少来看看，”婷德薇尔说，“可以帮你换换脑子。”

终于，纹点了点头。婷德薇尔笑笑，然后离开了。

纹向坐在她床边的奥索尔看了一眼。“谢谢你的警示。”

坎德拉兽耸了耸肩膀。

从前，纹是想不到自己会居住在樊乔城堡这样的宫殿里的。年幼时候的纹习惯住在藏匿点、斯卡人小屋，有时候还会在小巷里，现在她却住在这个装饰着彩色玻璃窗、有着高高的城墙和巨大拱门的住宅里。

当然，纹在走下楼梯时想，很多事情都发生在意料之外。为什么要为此困扰呢？

童年在窃贼团伙里的生活对她后来的思想影响很大，而赞恩的话，尽管荒谬，却不时从她心底探出头来。自己属于像这个城堡一样的地方吗？她有很多本领，但其中没有在美丽的走廊施展的本领。它们更适用于……遍布尘埃的小巷。

她叹了口气，和奥索尔一起朝南边的入口通道走，婷德薇尔会在那里等着。那里的走廊变得既宽又高，直接通到院子里。平时，马车直接开到入口载客，这样，贵族就不需要抛头露面。

等她走近时，锡使她听到了前面的谈话声。一个是婷德薇尔，另一个……

“我带得不多，”奥瑞安娜说，“二百多箱币。我确实需要一些穿的。我不能永远靠着借来的外衣生活。”

转到走廊的最后一段，纹停了下来。

“足够买一套礼服了，亲爱的。”婷德薇尔看到了纹，“啊，她来了。”

满脸不高兴的“幽灵”站在两位女士身旁。他穿着宫廷侍卫的制服，但是上衣没扣扣子，裤子松松垮垮的。纹慢慢走上前去。“我不希望有人陪着。”她说。

“年轻的奥瑞安娜受过宫廷贵族的培训，”婷德薇尔说，“她熟悉当前的时尚，而且能为你的采购提供建议。”

“‘幽灵’呢？”

婷德薇尔转过身，看着那男孩。“搬运工。”

哈，难怪他那副表情，纹心想。

“来。”婷德薇尔朝天井走去。奥瑞安娜很快跟了上去，以一种轻快优雅的步态。纹看了“幽灵”一眼，后者耸耸肩，两人也跟了上去。

“你怎么也被拉进来了？”纹悄声问“幽灵”。

“起床太早，去找吃的，”“幽灵”嘟囔着说，“大个子女士看到了我，笑得像只猎狼犬，对我说：‘我们下午需要你效劳，年轻人。’”

纹点点头。“机灵点，持续燃烧锡。记着，我们在战争中。”

“幽灵”顺从地照她说的做了。两人站得这么近，纹轻而易举地捕捉和识别出了他的熔金术脉动，意味着他不是间谍。

这一个也可以从名单上划掉了，纹想到。至少，这次出门没有纯粹地浪费时间。

一辆马车在城堡前门等着他们。“幽灵”爬上车和车夫坐在一起，女士们进了车厢。纹在里面坐下，奥索尔爬进去坐在她身边的座位上。奥瑞安娜和婷德薇尔坐在对面，奥瑞安娜一脸不快地看着奥索尔，皱着鼻子。“这只动物一定要和我们一起坐在座位上吗？”

“是的。”纹说。马车开动了。

奥瑞安娜显然期待着更多的解释，但纹没有。最后，奥瑞安娜转头看向窗外。“你确信我们会安全吗，只带了一个仆人出去，婷德薇尔？”

婷德薇尔看着纹。“哦，我认为不会有事。”

“嗯，对了，”奥瑞安娜把目光转向纹，“你是熔金术师！他们说的那些事是真的吗？”

“什么事？”纹平静地问道。

“嗯，他们说你杀死了御主大帝，这是第一件。而且你有些……呃……啊……”奥瑞安娜咬着下嘴唇，“啊，只有一点点驼背。”

“驼背？”

“而且很危险，”奥瑞安娜说，“不过，呃，那不是真的。我是说，你正跟我们一起去采购，对吗？”

她在故意激怒我吗？

“你总是穿着这样的衣服吗？”奥瑞安娜问道。

纹身上穿着她标准的灰裤子和褐色衬衣。“这样动起手来方便。”

“是，不过……”奥瑞安娜微笑着说，“我猜那就是我们今天来这里的原因，对吗，婷德薇尔？”

“对，亲爱的。”婷德薇尔说。她在整个谈话过程里一直观察着纹。

喜欢你看到的样子吗？你到底想要什么？纹在心底问道。

“你肯定是我碰到的最奇怪的贵族女子，”奥瑞安娜宣布，“你是在远离宫廷的地方长大的吗？我是的，但是我母亲确实把我训练得很好。当然，她只是想把我变成一个好标的，这样父亲就可以把我拍卖出去，为他换来一个好盟友。”

奥瑞安娜微笑着。纹已经有段时间没有被强迫着和她这样的女子打交道了。她回忆起那些生活在贵族社会里的时光，微笑着，冒充法莱特·雷诺克斯。她常常在想到那些日子时，同时也回忆起糟糕的事情。她遭遇的来自贵族成员的恶意，她在装扮那个角色时的无所适从。

但是，坏事总伴随着好事。伊兰德就是一件。如果不是伪装成一个贵妇，她就永远不会遇见伊兰德。而且那些舞会，那华丽的色彩、音乐、各式各样的礼服，有一种令人目瞪口呆的魔力。那优雅的舞姿、精致的社交活动、装饰得完美无瑕的场所……

那些东西早已经消失了，她告诫自己，我们没有时间举行愚蠢的舞会和集会，在国家濒临崩溃的时候就不会有那些时间。

婷德薇尔仍然观察着她。

“怎么样？”奥瑞安娜问道。

“什么？”纹回过神来。

“你是在远离宫廷的地方长大的吗？”

“我不是贵族，奥瑞安娜。我是斯卡人。”

奥瑞安娜白了脸，然后又变红了，她举手捂住了嘴。“哦！可怜的人！”纹敏锐的耳朵捕捉到了身边的什么声音，奥索尔发出的一声轻笑，声音小到只有熔金术师才能听见。

她克制住向奥索尔翻白眼的冲动。“没那么糟糕。”她说。

“但是，是啊，那就难怪你不懂得如何穿着了！”奥瑞安娜说。

“我懂得怎么穿着，”纹说，“我甚至还有几件礼服。”只是我已经很长时间没穿了……她想。

奥瑞安娜点点头，但她显然不相信纹的话。“布里兹也是斯卡人，”她平静地说，“或者说，半个斯卡人。他告诉过我。好在他没有告诉过父亲，父亲从来没有对斯卡人好过。”

纹没说话。

最后，他们到了肯顿大街，人群使马车成了累赘。纹先从车上爬下来，奥索尔也在她后面跳到了卵石路上。这条商业街很热闹，尽管不像纹上次来这里时那样拥挤不堪。当一些人因这辆马车的到来而兴奋时，纹浏览了几个附近店铺的价格。

一箱不新鲜的苹果五个箱币，食物的价格已经涨得这么高了，纹不满地想。幸运的是，伊兰德有库存。但在围城结束前，他们能支持多长时间？不可能挺过即将到来的冬天，肯定的，城外的耕地里有那么多粮食还没来得及收割。

现在时间可能是我们的朋友，纹想道，但最后它会背叛我们。他们必须设法让这些敌人互相攻击。否则，城里的人们也许会在敌军夺下城墙之前饿死。

婷德薇尔查看着街道两边，“幽灵”也从马车上跳了下来，跟他们走在了一起。纹看着熙熙攘攘的人流。人们显然努力从事着他们的日常活动，尽管外面的敌人正虎视眈眈。他们又能做什么呢？围城持续了几个星期，但生活必须继续过下去。

“那里。”婷德薇尔指着一家裁缝店说。

奥瑞安娜雀跃着朝前跑去。婷德薇尔以稳重的步伐跟在后面。“急不可耐的小东西，是不是？”她问道。

纹耸耸肩。金色头发的贵族女子已经引起了“幽灵”的注意，他也蹦蹦跳跳地跟了上去。当然，引起“幽灵”的注意很简单，只要有胸脯和好闻的气味，第二点有时候不是必须的。

婷德薇尔带着笑意说。“自从几个星期前她从父亲的军营里跑出来，大概还没机会出门逛过街。”

“你好像认为她遭了不少罪，”纹说，“只是因为她不能出来逛街。”

“她显然很喜欢逛街，”婷德薇尔说，“你肯定能理解自己喜爱的事物被剥夺的感受。”

纹耸耸肩，她们到了店铺门前。“对一个悲剧性地被剥夺了自己的衣服的名媛，我很难感到同情。”

婷德薇尔在他们进门时微微皱起了眉头，奥索尔卧下来在外面等着。“不要这么严厉地对待那个孩子。她是个她所经受的教育的产物，正像你一样。如果你以她外表的轻浮来判断她的价值，那就像以你简朴的衣着来评判你自己一样。”

“我喜欢人们以我简朴的衣着评判我，”纹说，“那么他们就不会对我有过高的期望。”

“我知道，”婷德薇尔说，“那么，你根本就没有怀念过这些吗？”她朝着店铺的内室点了点头。

纹停下脚步。那个房间里充斥着各种各样的色彩和织物，蕾丝和天鹅绒，紧身胸衣和裙子。每件物品上都薄薄地洒过香水。站在那些色彩斑斓的衣服模特面前，纹不由得，只是一瞬间，被带回到那些舞会上，回到她做法莱特的时候，回到她有一个借口成为法莱特的时候。

“他们说你喜欢贵族社交。”婷德薇尔轻轻地说了一句，走到了前面。奥瑞安娜已经站在那间屋子前面，用手指触摸着一匹织物，以沉着的语气和那名裁缝交谈着。

“谁告诉你的？”纹问道。

婷德薇尔扭过头。“哎呀，是你的朋友，亲爱的。那很奇怪，他们说你在大崩溃后几个月时不再穿礼服了。他们都很想知道原因。他们说你似乎喜欢穿得像个贵妇，不过，我觉得他们错了。”

“不，”纹静静地说，“他们是对的。”

婷德薇尔吃惊地挑起眉毛，在一个橱窗模特旁边停下了脚步，那个橱窗模特身上穿着一件翠绿色的礼服，礼服边缘装饰着蕾丝，带着几层衬裙的裙摆华丽地披开着。

纹走过去，抬头看着这件美丽的礼服。“我开始喜欢这样的衣服了。真是头痛。”

“我不认为这样有什么问题，亲爱的。”

纹从那件长裙前转过身来。“这不是我，从来不是，那只是一场表演。当我穿着一件那样的衣服时，太容易忘记真实的我是什么人了。”

“可是那些服装不可能是真实的你的一部分。”

纹摇摇头。“礼服和长裙是她的一部分。”她朝奥瑞安娜的方向点点头，“我要成为另外的人。更强硬的那种。我本来不应该来这里。”

婷德薇尔把一只手放在她的肩头。“为什么你没有嫁给他，孩子？”

纹猛然抬起头。“这是什么问题？”

“一个诚心诚意的问题。”婷德薇尔说。她看起来比纹以前见到她时温柔得多。当然，那几次，她大多是在向伊兰德说话。

“这个话题跟你无关。”纹说。

“国王请求我帮助他提升形象，”婷德薇尔说，“而且我已经决定不止如此，我愿意尽我所能，把他变成一个真正的国王。我认为，他有一些伟大的潜力。但是，在他对生活中的某些事情更有把握之前，他将不能认识到这一点。特别是你。”

“我……”纹闭上了眼睛，她想到了那次求婚。那天晚上，在阳台上，灰烬在夜空中轻轻飘落。她记得她的恐慌。当然，她知道他们的关系到了什么程度。为什么她还那么惊慌呢？

就是从那天起她不再穿礼服的。

“他本来不应该问我的，”纹睁开眼睛，平静地说，“他不能娶我。”

“他爱你，孩子，”婷德薇尔说，“在某种意义上，这是不幸的，要是他不爱你，这件事就简单多了。但是，照现在的情况看……”

纹摇摇头。“我不适合他。”

“啊，”婷德薇尔说，“我明白。”

“他需要一个和我不同的，”纹说，“更好一些的。一个能够成为皇后的女人，而不仅仅是个保镖。一个……”纹的心抽搐着，“一个更像她一点的。”

婷德薇尔朝奥瑞安娜看过去，她正被为她量尺寸的老裁缝说的一句话逗得咯咯大笑。

“可你才是他爱上的人，孩子。”婷德薇尔说。

“那是在我假装成像她一样的时候。”

婷德薇尔微笑起来。“不知道为什么，我觉得你不可能像奥瑞安娜，不管你练习得多努力。”

“也许吧，”纹说，“不管怎么样，他爱上的是我在社交场合的表现。他并不了解真正的我。”

“那么他现在知道真相后抛弃你了吗？”

“哦，没有。但是——”

“所有的人都比他们初次给人的印象复杂得多，”婷德薇尔说，“比如说，奥瑞安娜，热情而没有阅历，也许还有点心直口快。但她对宫廷的了解比很多人想象的要多，而且她似乎知道如何识别一个人的优点。那是一种许多人缺乏的天分。

“你的国王是一个谦逊的学者和思想家，但他有着战士的意志。他是个有战斗勇气的人，而且我觉得，也许，你还没有看到他最大的优点。安抚者布里兹是个愤世嫉俗、喜欢冷嘲热讽的人，在见到奥瑞安娜之前。然后他就温和起来，人们会奇怪他那些令人难于忍受的冷淡里有多少是在做戏。”

婷德薇尔看着纹，停顿了片刻。“还有你。你也比你愿意承认的复杂得多，孩子。当你的伊兰德看到了更多，为什么你只看着自己的一个方面呢？”

“你说这些话，”纹说，“是想把我变成伊兰德的皇后吗？”

“不，孩子，”婷德薇尔说，“我希望帮助你变成真正的自己。现在去让那个人帮你量量尺码，试一些常备的礼服吧。”

我真正的自己？纹皱着眉头想道。但是，她由着自己被婷德薇尔推到前面，然后老裁缝拿着绳尺给她量了尺寸。

片刻后，纹在更衣室里换了衣服，穿着记忆中的衣服走回房间里。那件礼服柔软的蓝色布料装饰着蕾丝花边，从腰到胸都收得很紧，但有着宽大、平滑的下摆。许多层衬裙使下摆向外张开，垂下去形成一个三角形，她的脚被完全盖了起来，衬裙的下摆垂落在地板上。

这件衣服极其不实用。一动就沙沙作响，而且她走起路来必须小心翼翼，避免裙摆碰到或拖过肮脏的地面。但它很美丽，而且使她感觉美妙。她几乎希望有一支乐队开始为她演奏，萨奇德像保护者一样站在他的肩侧；伊兰德出现在远处，一边翻阅着一本书，一边闲逛和欣赏着双人舞。

纹走到前面，让裁缝看那件衣服什么地方太紧和太松弛。奥瑞安娜在看到纹时发出了一声惊叹。那个老裁缝拄着手杖，对一个年轻的助手做着示范。“稍微转动一下，女士，”他要求。“让我们看看在你做走路之外的动作时这件衣服合不合身。”

纹以一只脚为轴心，微微旋转身体，试着回忆起萨奇德曾经教过她的那些舞步。

这时她突然想到她还从来没有跟伊兰德跳过舞。她迈步走向一旁，好像随着那她还模糊记得的乐曲。跳舞的时候伊兰德总是找借口推托。

她转动身体，感受着那件礼服长裙。她原本以为自己早已失去的本能，现在已经卷土重来。她惊奇于那些习惯的恢复是多么容易，轻轻迈步，转身使裙摆稍稍展开……

她停下来后，那个裁缝停止了示范。他静静地看着她，脸上带着微笑。

“怎么样？”纹红着脸问。

“对不起，女士。”他说。他转身敲了敲助手的笔记本，做手势让他离开了。“我觉得还没见过哪个人的动作像你这样优雅，就像一声……逝去的叹息。”

“你在奉承我。”纹说。

“不，孩子，”站在旁边的婷德薇尔说，“他说得对。你的优雅举止使大多数女人只有羡慕的份。”

那个裁缝又微笑起来。这时他的助手带着一些方形的布料色样走了过来。老人开始用干枯的手整理那些布样。纹走到婷德薇尔身旁，挽住她的手，以免自己再次被那件不老实的衣服控制住。

“为什么你对我这么好？”纹轻声问道。

“有什么不应该吗？”婷德薇尔反问。

“因为你对伊兰德很苛刻，”纹说，“别不承认，在你上课的时候我都听到了。你一直在侮辱和贬低他。但现在你装得很和气。”

婷德薇尔笑了。“我没有装，孩子。”

“那为什么你对伊兰德那么苛刻？”

“那个小伙子是大领主的儿子，从小养尊处优，”婷德薇尔说，“现在他做了国王，我认为他需要一些残酷的真理。”她看看纹，停了一下。“我觉得，你在你的生活里已经领略得够多了。”

老裁缝带着样本走过来，把样本摊开放在一张矮桌上。“现在，我的女士，”他用一根弯曲的手指弹着一组布样，“你的肤色配深色的布料看起来特别好。也许，用极好的栗色？”

“用黑色怎么样？”纹问。

“天哪，不行，”婷德薇尔说，“绝对不要再穿黑色或灰色的衣服，孩子。”

“那这件怎么样？”纹拉出一块品蓝色的布样，问道。这块布的色调近似于很久以前，她第一次遇见伊兰德的那天晚上穿的那件衣服的颜色。

“哦，可以，”裁缝说，“白皮肤和黑头发配这个颜色非常好。嗯，是的。接下来，我们要选式样了。听特里斯女士说，你明天晚上要用这件衣服？”

纹点点头。

“啊，那么，我们得改一件库存的衣服，我记得我们有一件这个颜色的。我要把它改短一些，不过我们可以为一个像你这样的美女连夜赶工，是吗，小伙子？至于式样……”

“我觉得这样就可以，”纹低头看着身上的衣服说，它跟她从前在舞会上穿过的那些礼服长裙是同样的标准式样。

“啊，我们想要的可不只是‘可以’，对吗？”老裁缝微笑着说。

“去掉一些衬裙怎么样？”婷德薇尔拉着那件长裙的边缘说，“也许还要把折边稍微抬高一点，这样她活动起来会更自如？”

纹踌躇了一下。“你们能那样做吗？”

“当然，”老裁缝说，“小伙子说薄些的裙子在南方更流行一些，尽管他们在时尚方面常常比卢萨岱尔滞后一些。”他顿了顿。“但是，我都不知道卢萨岱尔是否还有时尚可言了。”

“把袖子的袖口做宽一点，”婷德薇尔说，“在袖子里缝几个装私人物品的口袋。”

老人点着头，他的助手把意见记了下来。

“胸部和腰部可以紧凑点，”婷德薇尔接着说，“但不能拘束。纹女士要能够自如地行动。”

老人愣了一下。“纹女士？”他问道。他眯着眼凑近一点看着纹，然后扭头看着他的助手，助手安静地点了点头。

“我明白了……”老人脸色发白，手也有些发抖。他把手放在手杖上，似乎这样可以使他站得更稳一些。“我……如果我冒犯了你，请不要怪罪，我的女士。我不知道。”

纹再一次飞红了脸。这是我不愿逛街的另一个原因，她想。“没有，”她安慰老人说，“没关系，你没有冒犯我。”

老人轻松了一点。这时，纹发现“幽灵”走了过来。

“看起来我们被发现了。”“幽灵”朝前面的窗户点点头说。

纹从橱窗模特和一捆捆布匹的缝隙间看过去，发现外面聚集了一群人。婷德薇尔好奇地看着纹。

“幽灵”摇了摇头，“为什么你变得这么受欢迎？”

“我杀了他们的神。”纹小声说，并躲到一个橱窗模特后面，避开了几十道窥视的目光。

“我也出了力，”“幽灵”说，“凯尔西本人还给我取了个外号！但是没人关心可怜的小‘幽灵’。”

纹扫视着房间，寻找窗户。这里应该有一道后门。当然，巷子里也许有人。

“你在干什么？”婷德薇尔问。

“我得走了，”纹说，“躲开他们。”

“为什么你不出去跟他们谈谈？”婷德薇尔问，“他们显然非常愿意看看你。”

奥瑞安娜从另一间更衣室里走了出来，穿着一件黄色和蓝色相间的长裙，陶醉地旋转着身体。她显然遭到了冷落，因为连“幽灵”都没有注意到她。

“我不出去，”纹说，“为什么我要做这样的事？”

“他们需要希望，”婷德薇尔说，“你能给他们希望。”

“虚假的希望，”纹说，“我只能鼓励他们把我当成一个崇拜的对象。”

“不对，”奥瑞安娜突然走过来，落落大方地看着窗外说，“穿着奇怪的衣服躲在角落里，表现得神秘兮兮，那才是你得到这种令人惊异地位的原因。如果人们知道你是多么平凡，他们就不会这样疯狂地希望看到你。”

纹涨红了脸。“我不是凯尔西，婷德薇尔。我不希望人们崇拜我。我只想一个人待着。”

“有些人没有选择，孩子。”婷德薇尔说，“你打倒了御主大帝。你受过幸存者的亲自训练，而且你是国王的配偶。”

“我不是他的配偶，”纹红着脸说，“我们只是……”天哪，甚至我还不明白我们的关系。我该怎么解释呢？

婷德薇尔扬起眉毛。

“好吧。”纹说，她叹了口气，朝前走去。

“我跟你一起去。”奥瑞安娜说。她挽着纹的胳膊，就像她们是从小一起长大的朋友一样。纹抗拒着，但找不到不露痕迹地挣脱的办法。

她们走出了店铺。外面已经聚集了很多人，而且还有更多好奇的人涌到人群外围。他们中多数是穿着被尘埃浸染的褐色工作服或简单的灰色外套的斯卡人。站在前面的人看到纹出来，向后退了一些，给她让出了一个小小的圆形空间，人群里发出一阵充满敬畏和激动的低语。

“哇哦，”奥瑞安娜低声说，“这么多人……”

纹点点头。奥索尔仍然坐在原来靠近门的地方，用犬类好奇的表情注视着她。

奥瑞安娜对人们微笑着，突然有些犹豫地挥着手。“要是出现混乱，你知道，你能把他们都打走，对吗？”

“没必要那样。”纹说，她终于从奥瑞安娜的胳膊里抽出手来，用黄铜安抚了一下人群来使他们平静。然后，她走到前面，平息着自己的紧张情绪。等她走到人群里，已经不再有想要躲起来的感觉了，可是像这样站在一群人面前……唉，她几乎要转身溜到裁缝店里去了。

但是，一个声音阻止了他。说话的人是个胡须上粘着灰尘的中年男人，手里紧张地拿着一顶脏乎乎的黑色帽子。他身体强壮，大概是个磨坊工人。他温柔的声音跟强健的身材形成了明显的对比。

那种恐惧，那种没有依靠的感觉，这个大个子男人可怜巴巴的声音使纹感到犹豫。他用充满期盼的眼睛注视着纹，和另外的大部分人一样。

这么多人啊，我还以为幸存者的信众不多呢。纹想，并看着那个紧握着帽子站在她前面的人。她张开嘴，但是……她无法开口。她不能告诉他们接下来会发生什么；她不能对着这些眼睛解释她不是他们需要的幸存者。

“一切都会好起来。”纹听到自己说，她增强了安抚的力量，设法消除掉他们的部分恐惧。

“但是那些军队，继承人女士！”一个女人说。

“他们想来威胁我们，”纹说，“但国王不会让他们得逞。我们的城墙很坚固，我们的士兵很强壮。我们能够从包围中生还。”

人们静了下来。

“其中一支敌军是伊兰德的父亲斯特拉夫·樊乔率领的，”纹说，“伊兰德和我打算明天会见斯特拉夫。我们准备说服他跟我们结盟。”

“国王准备投降！”一个声音说，“我听说了。他打算用这座城市换他的性命。”

“不，”纹说，“他不会做那种事！”

“他不会为我们战斗！”一个声音喊道，“他不是士兵。他是个政治家。”

另外一些赞同的声音响了起来。当一些人开始喊叫出他们的忧虑而另一些人要求帮助时，敬畏之情消失了。对伊兰德不信任的指责继续着，人们指责他不能保护他们。

纹抬起手放在耳边，想挡住那些人们，那些混乱的声音。“停！”她叫道，同时用钢和黄铜推出去。几个人踉踉跄跄地从她身旁向后退去，随着纽扣、铸币和金属皮带扣被向后推去，人群里出现了一道波浪。

人们突然安静了下来。

“不准说我们国王的坏话，”纹爆燃黄铜，增强安抚力量，“他是个好人，也是个好领袖。他为你们牺牲了很多：你们获得了自由，那是因为他花了大量时间起草律法；你们有现在的生活，那是因为他的工作确保了贸易路线和商人的利益。”

人群里很多人低下了头。但站在人群前面的那个大胡子男人仍然攥着帽子，看着纹。“他们只是害怕，继承人女士。非常害怕。”

“我们会保护你们。”纹说。我在说什么？她自责道。“伊兰德和我，我们会找到办法。我们阻止了御主大帝，我们也能阻止那些军队……”她的声音小下来，感到很愚蠢。

然而，人们有了反应。一些人显然还不满意，但不少人看上去平静了。人们开始散去，但是还有人朝前走，领着或者抱着小孩子。纹紧张地站着。凯尔西常常去看望或抱着斯卡人小孩，就像在给他们赐福。她匆忙地和人们说了声再见，拉着奥瑞安娜躲进了店铺。

婷德薇尔在里面等着，满意地向她点点头。

“我撒了谎。”纹关上门说。

“不，你没有，”婷德薇尔说，“你是乐观。你所说的是真实的还是虚假的，现在还没有得到证实呢。”

“那不可能，”纹说，“伊兰德打不败三支军队，即使有我的帮助。”

婷德薇尔扬起眉毛说：“那你们应该离开，逃走，让人们靠自己的力量对付那些军队。”

“我不是那个意思。”纹说。

“是吗，那就要下定决心，”婷德薇尔说，“要么弃城，要么相信那些话。说实在的，你们两个人……”她摇了摇头。

“我还以为你不会对我说严厉的话。”纹指出。

“有时候我很为难，”婷德薇尔说，“来，奥瑞安娜。让我们把衣服试完。”

她们继续试衣服。但是，与此同时，仿佛为了考验纹对安全所作的保证，几声报警的鼓声在城墙上响了起来。

纹皱着眉，透过窗户，越过焦虑的人群头顶，向远处看去。

有一支军队发起了进攻。纹嘴里咒骂着，冲到店铺后面换下了笨重的礼服。

伊兰德匆匆爬上城墙的台阶，在匆忙中几乎被自己的决斗手杖绊倒。他登上城墙，咒骂一声，重新把决斗手杖在侧面系好。

城墙上乱成一团。人们互相喊叫着，像没头苍蝇一样乱撞。有人忘记穿盔甲，有人则忘了带弓。跟着伊兰德上城墙的人太多，把楼梯井挤得水泄不通，他绝望地看着人们挤在下面的开口处，后面还有更多的人挤在校场上。

伊兰德转过身，看着下面斯特拉夫的大军，有几千人，朝着城下涌过来。伊兰德站在锡门附近，在城北面，靠近斯特拉夫的军队。靠东边，他可以看到另外的一队士兵正冲向白蜡门。

“弓箭手！”伊兰德喊道，“士兵们，你们的弓在哪里？”

但是，他的声音被吵嚷声淹没了。士官们跑来跑去，想把他们手下的人组织起来，但是显然步行上楼的人太多，把很多弓箭手挡在下面的校场上。

怎么回事？他为什么发动进攻？我们已经同意会面了！伊兰德看着冲过来的敌军，绝望地想。

难道他得到了风声，知道了伊兰德脚踩两只船的计划？也许在核心团伙成员里真的有一名间谍。

不管怎样，伊兰德只能绝望地看着那支军队逼近他的城墙。一个上尉组织弓箭手进行了一排齐射，但没起到什么效果。敌人靠近后，弓箭开始朝着城墙反弹，中间还夹杂着一些铸币。斯特拉夫的军队里有熔金术师。

伊兰德咒骂着伏在一个城垛后面，铸币打在石头上。几个士兵倒了下去。伊兰德的士兵，因为他太过自大不放弃城池而被杀害了。

他小心地从城墙上看下去。一群推着撞车的人靠近过来，他们的身体由带着盾牌的人妥帖地保护起来。这种小心的防护也许意味着那些撞车手是蛮力士，这个怀疑被一声撞击城门的巨响证实了。这不是普通人发动的攻击。

绳钩也跟着甩了上来，由下面的掷币者推着，落点比由人力抛上来精确得多。士兵们去把绳钩拉开，但铸币随即射了上来，在他们进行尝试的同时击中了他们。下面的城门继续轰然作响，伊兰德担心城门恐怕坚持不了多长时间。

我们就这样失败了，几乎没有作出任何抵抗，伊兰德心想。

而且他几乎束手无策。他感到很无力，被迫弯下腰以免身上的白制服使他成为靶子。他所有的政治活动、他的准备、他所有的梦想和计划，都完了。

然后，纹来了。她落在城墙上，喘着粗气，站在一群伤员中间。靠近她的弓箭和铸币都被反弹到空中。士兵们聚在她身旁，去松开绳钩或把伤员拉到安全的地方。她用匕首割断绳子，那些往城墙上攀登的士兵纷纷掉下去。她迎着伊兰德的目光，表情异常坚毅，然后朝城墙边跑去，似乎要跳下去迎战那些蛮力士和撞车。

伊兰德伸出一只手，而此时另一个人发话了。

"纹，等等！"克拉布斯大吼一声，从楼梯井跳了上来。

纹站住了。伊兰德还从来没听过克拉布斯下过如此威严的命令。

穿梭在空中的箭停止了。轰隆隆的撞击声也静了下来。伊兰德迟疑地站直身子，皱起眉头看着下面的敌军穿过尘埃遍布的空地朝营地撤退。他们撇下了几具尸体，伊兰德的士兵确实用弓箭射中了一些敌人。但我方士兵的伤亡要严重得多：二十多个士兵受了伤。

"怎么……？"伊兰德问克拉布斯。

"他们没有架云梯，"克拉布斯看着撤退的敌兵说，"这不是一次真正的攻城。"

"那又是什么？"纹皱着眉头问。

"一次试探，"克拉布斯说，"在战争中很常见，利用一次小规模战斗来试探敌人的反应，来揣摩他们的战略和战备工作。"

伊兰德转过身，看着缺乏组织的士兵为治疗伤员的医疗人员让路。"一次试探，"他看着克拉布斯说，"看来我们表现得不太好。"

克拉布斯耸耸肩。"比预料中差得多，也许会吓得那些小伙子在训练中更专心一些。"他没再说话，但伊兰德明白他没有表达出来的一层意思：担忧。

伊兰德朝城墙外看去，注视着那支撤退的军队。突然，他明白了。这确实是他父亲喜欢采用的套路。

同斯特拉夫的会晤将会如期进行。但是，在会晤之前，斯特拉夫希望伊兰德明白点什么。

这次进攻似乎在说，我能随时攻破你的城墙，它是我的，不管你如何挣扎。记住这一点。

他因一场误会卷入了战争，虽然时常说自己不是战士，但他战斗起来不逊于任何人。

26

“这不是个好主意，主人。”奥索尔说。它蹲坐在地上，看着纹解开一个大大的、扁平的盒子。

“伊兰德认为这是唯一的办法。”她揭开盒盖。那件包好的华丽的蓝色长裙就躺在里面。她拿出长裙，感觉手里轻若无物。她走到更衣屏风后面，开始脱衣服。

“那昨天的攻城呢？”奥索尔问。

“那是一个警告，”她继续解着衬衣的纽扣，“不是认真的进攻。”不过，显然这场进攻使议会很不安。也许这就是目的。对克拉布斯来说，斯特拉夫希望了解的是战略和战备，但从纹的立场看，在很大程度上，斯特拉夫的收获是卢萨岱尔城里更深的恐惧和更严重的混乱。

被包围只有几个星期，城里已经紧张得几乎崩溃。粮食贵得吓人，伊兰德被迫开放了城市的储备。人们惶惶不安，只有很少数的人认为那场进攻的胜利者是卢萨岱尔，把它作为一个敌军被击退的好信号。对大多数人而言，他们只是变得比从前更恐慌。

但是，纹再一次面临选择。面对着这样一支无法抵挡的兵力，该如何应对呢？是退缩，还是想办法继续坚持下去？斯特拉夫发动了一次试探性的攻击，没错，但他仍把大部分军力留在后方待命，以防赛特乘隙而入。他需要情报，也希望藉此恐吓城里的人们。

“我还是不知道进行这次会晤是不是好主意，”奥索尔说，“抛开这次进攻不谈，斯特拉夫不是个守信的人。在我准备充当雷诺克斯领主时，凯尔西让我研究过城里所有主要的贵族。即使在人类中，斯特拉夫也是出了名的狡猾和残酷。”

纹叹了口气，脱掉裤子，然后穿上了那件礼服长裙。这件裙子没那么紧，给她的大腿和小腿留了不少活动空间。似乎不错。

奥索尔的反对不无道理。她在街头最早学到的事情之一就是避开那些不易逃脱的环境。她的所有本能都反对她走进斯特拉夫的军营。

但伊兰德已经作了决定，而且，纹明白自己要支持他。事实上，她甚至打算赞成这一行动。斯特拉夫想威吓整座城市，但他其实并没有达到自己想要的效果。只要他必须得担心赛特，他就不能得偿心愿。

纹是从小被吓大的。斯特拉夫的试探性进攻，在某种意义上，反而使她坚定了跟他斗个你死我活的决心。乍一看，去他的大营里有点疯狂，但她考虑得越多，越觉得这是让斯特拉夫进圈套的唯一途径。必须让他认为他们不堪一击，让他认为他的恐吓策略起了作用。这是他们获胜的唯一办法。

这意味着她要做一些自己不喜欢的事。要被敌人包围，要进入敌人的巢穴。但是，如果最终伊兰德全身而出，就会给城里的人心带来巨大的鼓舞。除此之外，汉姆和其他团伙成员也会对伊兰德更有信心。谁都不会质疑凯尔西去敌营里谈判的主意。事实上，他们也许会期待他顺利归来，并奇迹般地让斯特拉夫认输投降。

纹一边穿上长裙，一边想：我只用保证他安全返回，斯特拉夫可以尽情张牙舞爪，没什么大不了的，只要我们能控制他的攻击。

她对自己点点头，抚平礼服长裙，从更衣屏风后面走出来，对着镜子审视着自己。尽管那家裁缝店是按照传统式样裁剪的，但这件长裙没有完全呈三角钟形，而是稍有些直地沿着大腿垂下去，在靠近肩部的地方裁开，尽管有着较紧的袖子和开放的袖口，腰部的弯曲贴合着她的身体，给了她很大的活动空间。

她站直一些，跳跃，转身。她吃惊地感到这件衣服是那么轻，还有穿着这件衣服活动起来是那么舒适。当然，任何裙子都很难成为理想的战衣，但比起她一年前穿着参加社交聚会的那套笨重衣服来，这一件是一个巨大的进步。

“怎么样？”她旋转着身子问。

奥索尔扬起眉毛。“什么？”

“你觉得怎么样？”

奥索尔仰起头。“为什么问我？”

“因为我在乎你的看法。”纹说。

“这件衣服非常好，主人。但是，老实说，我一直认为纺织品有点荒谬。一切的布匹和颜色，都很不实用。”

“是的，我知道，”纹用一对天蓝色的发卡把脸两边的头发往后面别了一点，“但是……唉，我已经忘记穿着这些东西会有多开心了。”

“我不明白为什么会这样，主人。”

“因为你是男人。”

“事实上，我是个坎德拉兽。”

“但你是个男性坎德拉兽。”

“你怎么知道那个？”奥索尔说，“性别对我们族人来说是很难分辨的，因为我们的外表是不固定的。”

纹扬起眉毛看着它。“我能辨别出来。”然后她走到珠宝柜旁边。她的饰品不多：尽管团伙成员们在她扮成法莱特时给她配备了很多各式各样的珠宝，但她已经把其中的大部分给了伊兰德做不同项目的资本。但是，她也留下了几件自己喜欢的，就像她知道自己有一天会再次穿上长裙一样。

我只穿这一次，这仍然不是我，她想。

她戴上一条天蓝色的项链。和发卡一样，它也是不含金属的。宝石被镶嵌在一块厚厚的硬木上，然后用木质的链子穿起来。这样，她身上仅有的金属物品只有铸币、金属瓶和那个耳环。那个耳环是她在凯尔西的建议下留下来，作为在紧急情况下用来推动自己的东西。

“主人，”奥索尔用爪子从床下扒拉出一些东西，是一张纸。“这是你打开盒子时从里面掉出来的。”它用两只灵活得惊人的前爪夹住那张纸，递给她。

纹接过那张纸。上面写道：

继承人女士：

我把胸部和紧身胸衣做得比较紧凑，来为你提供支撑，并且把裙摆裁剪得不容易张开，以防你需要跳跃。在每只袖筒里都有可以存放金属瓶的缝隙，同时也做了一些褶皱，可以遮挡绑在双手前臂的匕首。希望这些改动适合你。

裁缝 费尔迪欧

她低下头，看着袖子。袖口又厚又宽，而且朝外张着，非常适合放东西。袖子在上臂很紧，但在前端却松得多，她也看见了可以悬挂匕首的地方。

“看来他以前给迷雾之子做过衣服。”奥索尔提出。

“有可能。”纹说。她走到梳妆镜前打算给自己稍微化一下妆，发现她的几件化妆品已经变干了。有段时间没用这个了……

“我们什么时候出发，主人？”奥索尔问。

纹顿了一下。“其实，奥索尔，我不打算带着你。我还是希望在宫里的其他人面前隐藏你的身份，如果在这次特别的行动里带上我的宠物狗，我觉得会让人非常怀疑。”

奥索尔沉默了片刻。“哦，”它说，“当然。那么，祝你好运，主人。”

纹微微感到一点儿失望，她以为它会再提出一些异议。她努力摒弃这些情绪。为什么要挑剔它呢？它只是正确地指出进入敌人大营的危险。

奥索尔只是趴下来，把脑袋搁在两只前爪上，继续看她化妆。

“但是，伊尔，”汉姆说，“你至少应该让我们用自己的马车来送你去。”

伊兰德摇摇头，看着镜子整了整外衣。“那就要再派一名车夫，汉姆。”

“对，”汉姆说，“为什么不能是我？”

“多一个人对我们从那座军营里脱身不会起什么作用。而且，带的人越少，我和纹的牵挂就越少。”

汉姆摇着头说。“伊尔，我……”

伊兰德把一只手放在汉姆的肩头。“我感谢你的关心，汉姆。但是，我能做得到。如果这个世界上有一个人会上我的当，那这个人就是我父亲。我会让他觉得这座城已经成了他的囊中之物，然后放我们出来。”

汉姆叹口气说，“好吧。”

“哦，还有另外一件事。”伊兰德犹豫地说。

“什么？”

“你介意以后叫我‘伊兰德’而不是‘伊尔’吗？”

汉姆咯咯地笑起来。“这件事太容易了。”

伊兰德感激地笑了。这不是婷德薇尔所要求的，但这是个开始。关于称呼“陛下”的事我们以后再操心。

门开了，道克森走了进来。“伊兰德，”他说，“这是刚收到的。”他举着一张纸。

“议会送来的？”伊兰德问。

道克森点点头。“关于你缺席今晚的会议，他们很不高兴。”

“啊，我不能只因为他们想提前一天开会就更改和斯特拉夫的约定。”伊兰德说。“告诉他们我回来后会拜访他们。”

道克森点点头，然后被身后一阵沙沙的响声引得转过了身。然后他站在一边，脸上一副奇怪的表情，这时纹走到了门口。

她身上穿着一件礼服，一件比常见的平价织物更光滑的美丽的蓝色长裙，黑发上闪烁着一对天蓝色发卡。她看起来和平日很不相同，更有女人味，也可以说，对自己的女人味更有信心。

从我第一次遇见她起到现在，她的变化可真大，伊兰德微笑着想。几乎已经两年过去了。那时候她还是个年轻少女，却有着远超出其年龄的生活经验。现在她是一个女人，一个非常危险的女人，但她看着他的眼睛仍然有几分迟疑，有几分不自信。

“美极了。”伊兰德低声说。她露出了微笑。

“纹！”汉姆转过身说，“你穿了一件长裙！”

纹的脸红了。“你怎么想的，汉姆？难道让我穿着长裤去见北部辖区的国王？”

“啊……”汉姆说，“事实上，是的。”

伊兰德轻轻一笑。“只因为你一直坚持穿着便衣到处走动，汉姆，那可不代表谁都会这样做。说实在的，你对那些背心厌倦没有？”

汉姆耸耸肩。“它们很容易穿，而且简单。”

“还有点冷，”纹搓着双臂，“很高兴我要了一件带袖子的衣服。”

“要感谢天气，”汉姆说，“我们遭受的每一阵寒冷，对外面军队里的人来说都更加难以忍受。”

伊兰德点点头。严格说来，冬季已经开始了。也许天气还没有变坏到使人感到不适的程度，在中央辖区几乎是不下雪的，但是寒冷的夜晚对士气肯定不会有什么好处。

“好，出发吧，”纹说，“这件事结束得越早越好。”

伊兰德笑着走过来，握住纹的手。“我感谢你这样做，纹，”他轻声说，“你看起来真的很美。如果不是要出发对付这场灾难，我都想今晚举行一场舞会，只为了有机会炫耀一下你。”

纹笑了。“这场灾难就那么可怕？”

“我已经花了那么多时间和大家准备。”他低下头要吻她，但她挣脱他跳到了后面。

“我花了一个多小时才化好妆，”她责怪道，“不准吻我。”

伊兰德大笑。这时德默克斯上尉探头进来。“陛下，马车已经到了。”

伊兰德看着纹。她点点头。

“我们走吧。”他说。

坐在斯特拉夫派来接他们的马车里，伊兰德看见一群人庄严地站在城墙上，看着他们远去。这时太阳也快要下山了。

他命令我们晚上去；我们就得在迷雾出现时分离开，这是一种展示他的权威凌驾于我们之上的巧妙方法，伊兰德心想。

这就是他父亲的方式。这个举动，在某种意义上，和一天前的攻城类似。对斯特拉夫来说，一切都和姿态有关。伊兰德注意过他父亲在官场上的做派，曾经看到他摆布圣务官的手腕。通过签订为御主大帝监管天金矿的合约，斯特拉夫·樊乔玩了一场比他的贵族同类更危险的游戏，而且玩得非常成功。他没有预料到凯尔西掀起的这场动乱，但谁又能预料到呢？

大崩溃后，斯特拉夫占据了最后帝国最稳定、最有实力的王国。他是一个懂得如何计划数年实现自己目标的狡诈谨慎的人，而伊兰德必须骗得他的信任。

“你看起来有些担心。”纹说。她坐在车厢的对面，坐得一本正经，高贵娴雅，就像这件长裙赋予了她新的习惯和做派，或者只是回归了旧时的伪装，她从前冒充贵妇的时候，足以使伊兰德信以为真。

“我们不会有事的，”她说，“斯特拉夫不会伤害你，即使情况变糟，他也不会让你做殉道者。”

“哦，我担心的不是我的安全问题。”伊兰德说。

纹扬起眉毛。“为什么？”

“因为我有你，”伊兰德微笑着说，“你比一支军队更有价值，纹。”

不过，这话似乎不能安慰她。

“来。”他往旁边移移身子，招呼她坐过来。

她站起身走过来，又站定了，盯着他，指了指脸上。

“我会小心的。”伊兰德承诺道。

她点点头，坐下来，让他用一只胳膊搂着她。“也要小心头发，”她说，“还有你的外套，什么东西都不要沾上。”

“你什么时候变得这样时尚了？”他问道。

“是因为这件衣服，”纹叹了口气说，“只要我穿上它，萨奇德教过的一切就都回到我身上了。”

“我确实喜欢你穿着这件衣服。”伊兰德说。

纹摇摇头。

“怎么了？”马车颠簸了一下，把她推得贴近了他一些。他闻到了一种新香水味，至少，她还保留着一个习惯不曾丢掉。

“这不是我,伊兰德,”她静静地说,“这件衣服,这些做派。它们是个谎言。”

伊兰德沉默了片刻。

“没有异议？”纹说，“每个人都觉得我在说谎。”

“我不知道，”伊兰德老老实实地说，“穿着新衣服也让我有不一样的感觉，所以你的话不是没有道理。如果你穿长裙感觉不对，那就不必穿它们。我希望你快乐，纹。”

纹抬头看着他，微笑着，然后探过身子吻了他一下。

“我以为你会说不能这样的。”他说。

“你不可以，”她说，“我是迷雾之子，我们做事精准得多。”

伊兰德笑起来。虽然他开心不起来，但聊天确实使他不至于忧心忡忡。“有时候，穿着这些衣服让我感到很不舒服。在我穿着它们的时候，每个人都对我有更多的期望。他们期望着一个真正的国王。”

“在我穿上长裙的时候，”纹说，“他们期待着一位淑女，然后他们就会因为我不是而失望。”

“任何感到失望的人都是因为怀着太多期待而变得不够中立，”伊兰德说，“我可不希望你像他们一样，纹。他们不诚实，他们也不关心你。我喜欢你自然的样子。”

“婷德薇尔认为我可以两者兼具，”纹说，“女人和迷雾之子。”

“婷德薇尔很有智慧，”伊兰德说，“有点严酷，但有智慧。你该听她的。”

“你刚告诉我说喜欢我自然的样子。”

“我确实说过，”伊兰德说，“但不管你是什么样子，我都会喜欢你，纹。我爱你。问题是，你有多喜欢自己？”

这句话使她沉默了。

“穿着不会真正改变一个人，”伊兰德说，“但它会改变别人对他的反应。婷德薇尔的话。我觉得……我觉得，关键是使你相信自己配得上所得到的那些反应。你可以穿那些宫廷的礼服，纹，但要使它们成为你的一部分。不用担心你没有给人们留下希望的印象。把你自己展现出来，那就够了。”他微笑着沉吟了一下，“这也是我要对自己说的话。”

她报以微笑，然后小心地靠在他身上。“好，”她说，“这个时候让人惴惴不安。我们来回顾一下。多告诉我一些你父亲的脾气。”

“他是个十足的大贵族。残忍，聪明，迷信力量。你记得我十三岁时候的经历吗？”

纹点点头。

“啊，他非常喜欢斯卡人妓女。我想，这是因为他喜欢那种感觉，带走一个知道将因为他的激情而被杀死的女人，使他感到自己是多么强大。他拥有数十个情妇，如果她们不能取悦他，他就会除掉她们。”

纹轻声嘀咕了些什么来回应他。

“他对政治同盟也是用同样的方式。不和樊乔城堡联盟的人，承认接受樊乔城堡领导的人，如果你不愿意做我们的奴隶，那么你就不能和我们订立契约。”

纹点点头。“我熟悉这样的团伙首领。”

“那你是怎样在他们找你麻烦的时候幸免于难？”

“装得无足轻重，”纹说，“当他们经过时在地上爬，从不给他们挑战我的理由。跟我们今晚计划的事情一模一样。”

伊兰德点点头。

“要小心，”纹说，“不要让斯特拉夫认为我们在愚弄他。”

“好。”

“而且不要作太多许诺，”纹说，“装成外强中干的样子，让他觉得他可以逼迫你做他希望你做的任何事情，他会喜欢那样的。”

“你从前有过这样的经验，我明白了。”

“太多了，”纹说，“但是，你从前都已经听过了。”

伊兰德点点头。他们对这场会晤已经筹划了一次又一次，现在他只要照着团伙们教他的做就行了。让斯特拉夫认为我软弱，暗示我们将把城市交给他，只要他先帮我们攻打赛特。

透过窗户，伊兰德看到正在接近中的斯特拉夫军营。这么大！他父亲是从哪里学会管理这样一支军队的？

伊兰德曾心存侥幸，也许他父亲薄弱的军事经验会造就一支管理不善的军队。然而，那些帐篷安排得很有法度，而且士兵都穿着整洁的制服。纹也转向她那边的窗户，期待地朝外面看着，显示出远远超出一个皇家贵妇应有的兴趣。“看。”她指点着说。

“什么？”伊兰德侧过身问。

“圣务官。”纹说。

伊兰德从她肩头看过去，发现了那个前皇家祭祀——眼睛周围的皮肤上文着一大块图案，正在帐篷外面指引着一对士兵。“这就对了，他在利用圣务官进行管理。”

纹耸耸肩。“这是有道理的。他们懂得如何管理数量众多的人。”

“还有如何为他们提供补给，”伊兰德说，“是的，这是个好办法，但还是让人吃惊。这表示他仍然需要圣务官，而且他仍然服从御主大帝的权威。许多其他的国王都尽可能快地抛弃了这些圣务官。”

马车慢了下来，然后在一个大帐篷外面停了下来。斯特拉夫 · 樊乔在片刻后出现了。

伊兰德的父亲身材高大，身体健壮，总带着一种颐指气使的姿态。他新蓄的胡子更增强了这种效果。他穿着线条硬朗、剪裁考究的礼服，就像他想方设法让小时候的伊兰德穿的那种衣服。那也是伊兰德有意衣冠不整的开始：不扣扣子，穿过大的上衣。一切都跟父亲对着干。

但伊兰德的挑衅一直流于表面。他在自己能够控制的局面下激怒斯特拉夫，做出格的言行和装傻。这些事情都无伤大雅。

直到最后那个晚上。卢萨岱尔火光四起，斯卡人的叛乱变得失去控制，叛乱者威胁着要拿下整座城市。在那个混乱和毁灭的夜晚，纹身陷其中。

然后伊兰德公然造了斯特拉夫·樊乔的反。

我不是那个任由你摆布的小孩子了，爸爸。纹挤挤他的胳膊，于是他在车夫打开车门后从车上跳了下去。斯特拉夫平静地等着，但在伊兰德伸手帮助纹下车时，他的脸上露出一种奇怪的表情。

“你来了。”斯特拉夫说。

“你似乎很惊讶，爸爸。”

斯特拉夫摇了摇头。“我知道你一直都是个大白痴，孩子。现在你在我的手心里，我只要动动手指就能杀了你。”他抬起手，就像已经那样做了一样。

要开始了，伊兰德心想。他的心怦怦地跳动着。“我一直在你的手心里，爸爸。”他说，“你本来几个月前就能杀了我，顺手拿走我的城市。我看不出我的到来能改变什么东西。”

斯特拉夫犹豫了一下。

“我们来吃晚饭，”伊兰德说，“我希望使你有机会见见纹，而且还希望我们能讨论一些……对你特别重要的问题。”

斯特拉夫皱起了眉头。

这就对了，你在考虑我是否能提供一些好条件。你懂得最先出牌的人常常会输的，伊兰德想。

斯特拉夫不会放过任何一个获取的机会，即使一个微小的机会，正如伊兰德所提供的。他也许认为伊兰德没有什么真正重要的东西可说。但他能肯定吗？他会不会失去什么呢？

“去跟我的厨师确认一下，说吃晚饭的有三个人。”斯特拉夫对一个仆人说。

伊兰德暗中松了一口气。

“这么说，这个女孩就是你的迷雾之子了？”斯特拉夫问。

伊兰德点点头。

“可爱的小东西，”斯特拉夫说，“告诉她不要再安抚我的感情了。”

纹的脸红了。

斯特拉夫朝帐篷点了点头。伊兰德领着纹走在前面，尽管她一直回头看着，显然不愿把后背暴露给斯特拉夫。

事已至此……伊兰德想。

帐篷的内室正如伊兰德所想象的：充斥着各种各样的家具和枕垫，斯特拉夫实际用到的很少。他以这样的布置来显示自己的力量，就像卢萨岱尔城内那些巨大的城堡一样，一个贵族所处的环境是他有多重要的一种表现。

纹安静地站在房屋中间，在伊兰德身边静静地等着，有些紧张。“他很厉害，”她低声说，“我用了尽可能巧妙的手法，但他还是发现了我的接触。”

伊兰德点点头。“他也是个锡眼师，”他用正常的声音说，“所以他现在大概能听到我们说话。”

伊兰德朝门口看了看。片刻后，斯特拉夫走了进来，从他的外表上看不透他是否听到了纹说的话。又过了一会儿，一队仆人抬着一张大餐桌走了进来。

纹深深地吸了一口气。那些仆人是斯卡人，按照过去的传统，他们属于皇家斯卡人。他们衣衫褴褛，衣服是用破了的工作服做成的，身上带着最近被殴打过的伤痕。他们抬着东西，眼睛盯着地面。

“为什么有这样的反应，姑娘？”斯特拉夫问，“哦，对了。你也是斯卡人，对吗，虽然穿着漂亮的衣服？伊兰德太仁慈了，我是不会让你穿这样的东西的。”或者说穿得太多了，他的语气暗示着。

纹瞪了斯特拉夫一眼，抓着伊兰德的胳膊，把他拉得离自己更近一些。又一次，斯特拉夫的话仅仅是一种姿态：他为人残酷，希望使纹浑身不自在。

这就是他的意图吧。伊兰德皱着眉，低头看着纹，在她的嘴角捕捉到了一丝不易觉察的微笑。

布里兹告诉过我，纹在熔金术能力的运用上比大多数安抚者更难以捉摸，他回忆道。爸爸是很厉害，可是他感觉出她对自己情绪的触摸……

她是故意的，当然。

伊兰德回头看着斯特拉夫，他正在打一名斯卡人仆人。“我希望他们中间没有你的亲戚，”斯特拉夫对纹说，“他们近来不是非常勤奋。我也许得杀掉几个。”

“我不再是斯卡人了，”纹平静地说，“我是贵妇。”

斯特拉夫大笑。他已经不再把纹视作威胁了。他知道她是迷雾之子，也一定听说过她很危险，然而现在他认为她是软弱和无关紧要的。

她竟然很擅长隐藏实力，伊兰德惊叹道。仆人们开始上一道道盛馔，考虑到这时的环境，实在令人印象深刻。在他们等待的间隙，斯特拉夫转向一名助手。“叫郝瑟丽来，”他命令道，“告诉她快点。”

他看起来没有我印象里那么保守了。在御主大帝的年代，上流贵族要在公众场合拘谨少言，尽管很多人会在私下里放浪形骸。举例来说，他们在舞会上可以高雅地起舞，就餐时安静地谈话，但凌晨时分则醉心于醇酒妇人。

“为什么留了胡子，爸爸？”伊兰德问，“就我所知，这不是时尚。”

“现在我引领时尚，孩子，”斯特拉夫说，“坐。”纹恭敬地等待着，伊兰德注意到，直到伊兰德落座后她才坐了下来。她设法表现出一种半神经质的样子：她盯着斯特拉夫的眼睛，但又总是突然抽回目光，就像她在潜意识里不希望看着他一样。

“现在，”斯特拉夫说，“告诉我你为什么来这里。”

“我想这很明显，爸爸，”伊兰德说，“我来这里是讨论我们的结盟。”

斯特拉夫显得很吃惊。“结盟？我们刚才都认为你的小命攥在我手里。我没有和你结盟的需要。”

“也许，”伊兰德说，“不过，这里还有另外一股力量。我想你不希望看到赛特的到来。”

“赛特不足为虑。”斯特拉夫说，接着把注意力转到了食物上：大块大块烤得不到半熟的牛肉。纹皱起了鼻子，但伊兰德分辨不出这是不是她表演的一部分。

伊兰德切着自己的烤肉。“一个和你势均力敌的人可以称之为‘不足为虑’，爸爸？”

斯特拉夫耸耸肩。“一旦我有了城墙，他就构不成什么威胁。我想，把城墙交给我是结盟的一部分，对吗？”

“然后让赛特攻城？”伊兰德说，“是的，我们可以一起防守他，但为什么要继续防守呢？为什么让他削弱我们的防御？也许他可以继续围困我们，直到两支军队都开始挨饿？我们需要攻击他，爸爸。”

斯特拉夫哼了一声。“你以为我那样做会需要你的帮助吗？”

“如果你愿意带着必胜的把握打败他，那就需要，”伊兰德说，“我们能够一起轻松地打败他，但单打独斗不行。我们彼此需要对方。让我们进攻吧，你领着你的军队，我领着我的。”

“为什么你这样热心？”斯特拉夫眯起眼睛问。

“因为我想证明一些问题，”伊兰德说，“你看，我们都知道你要从我手里取走卢萨岱尔。但是，如果我们一起攻打赛特，就会显得我一直愿意和你联盟一样。我就能把城市交到你手里，又不使自己被人看成一个彻头彻尾的小丑。要是我能带来父亲的军队帮我抵挡我知道即将来袭的敌兵，我就能扭转这种看法。我把城市交给你，然后再次成为你的继承人。我们都得到了各自需要的，但只要先让赛特死掉。”

斯特拉夫思忖着。伊兰德几乎看到他的话产生了效果。他暗自祈祷：是的，把我当成你抛弃的那个小孩吧，古里古怪，热衷于用愚蠢的理由避开你。而且，保存颜面也正是樊乔家族喜欢做的事情。

“不行。”斯特拉夫说。

伊兰德吃了一惊。

“不行，”斯特拉夫又说，继续埋头对付他的食物，“那不是我们的做法，孩子。我将会决定何时，甚至是否，进攻赛特。”

这本该有作用的呀！伊兰德心想。他盯着斯特拉夫，想判断出是哪里出了问题。他对父亲有了一种轻微的犹豫。

我需要更多的信息，他想。他看看旁边，纹正坐在那里，用手轻轻旋转着什么东西，她的餐叉。她迎着他的目光，然后轻轻敲了敲叉子。

金属，伊兰德想，好主意。他看向斯特拉夫。“你来这里是为了天金，”他说，“你不是非得攻下我的城池才能得到它。”

斯特拉夫俯过身子。“为什么你还没有用掉它？”

“没有什么东西比鲜血能更快地吸引鲨鱼到来，爸爸，”伊兰德说，“花费大量的天金只能证明我确实拥有它。这是个坏主意，想想我们压制那些谣言所花费的努力吧。”

帐篷前面突然有了动静，很快，一个年轻女子慌张地走了进来。她穿着一件晚礼服，红色的，一头黑色的头发顺滑地披在身后。她，也许只有十五岁。

“郝瑟丽。”斯特拉夫指了指身边的座位。

那个女孩顺从地点点头，匆忙走上来，坐在斯特拉夫身边。她化了妆，身上穿的礼服是低胸的。伊兰德对她跟斯特拉夫的关系十分肯定。

斯特拉夫面带微笑咀嚼着他的食物，平静，带着十足的绅士派头。那个女孩看起来有点像纹，同样的杏仁脸，同样的黑头发，同样的好容貌和瘦小的身材。这是一个声明。我能弄到一个跟你一样的，只是更年轻，更漂亮。这是个更具意味的姿态。

就在这时，斯特拉夫眼睛里露出的假笑，比以往任何时候更深刻地提醒了伊兰德他恨这个父亲的原因。

“也许我们能做一笔交易，孩子，”斯特拉夫说，“把那些天金运给我，我就会对付赛特。”

“带给你要花费时间。”伊兰德说。

“为什么？”斯特拉夫问道，“天金很轻。”

“数量太大了。”

“没多到你不能装进一辆大车里送出来。”斯特拉夫说。

“没那么简单。”伊兰德说。

“我不这样想，”斯特拉夫微笑着说，“你只是不愿把它送给我。”

伊兰德皱起了眉头。

“我们没找到天金，”纹说，“凯尔西推翻御主大帝是为了能够得到那些天金，但我们一直没找到那些天金藏在哪里，甚至它有可能不在城里。”

出乎意料……伊兰德想道。当然，纹往往凭本能做事，和传说中凯尔西的做事风格差不多。有纹在身边，世界上的一切计划都可以扔到窗户外面去，但她所做的通常有更好的结果。

斯特拉夫坐了一会儿。他似乎相信了纹的话。“这么说你根本没有任何东西可以提供给我。”

伊兰德思忖道：我要表现得软弱，要使他认为他能随时拿下这座城市，但同时又觉得不值得立即拿走……他开始用食指轻轻敲着桌面，表现出紧张的样子。如果斯特拉夫认为我们没有天金……那么他冒险攻城的可能性会小得多。收益更小，这就是纹说那番话的目的。

“纹不知道她在说什么，”伊兰德说，“我已经把天金藏起来了，她不知道。我保证可以作一些安排，爸爸。”

“不，”斯特拉夫说，他的声音听起来很开心，“你确实没有。赞恩说过……但是，啊，我不认为……”

斯特拉夫摇摇头，继续吃饭。他身旁的女孩没有吃，只是静静地坐着，就像一件意料之中的摆设。斯特拉夫畅饮了一口葡萄酒，然后发出一声满意的叹息。他看了看他那孩子般的情妇。“你出去吧。”他说。

她立刻照做了。

“你，也出去。”斯特拉夫对纹说。

纹的身体变得有点僵硬，她看向伊兰德。

“没事。”他缓缓地说。

纹沉吟一下，然后点点头。斯特拉夫本人对伊兰德威胁不大，而且她是迷雾之子，如果发生什么不测，她可以很快赶到伊兰德身边。而且，如果她离开，正如他们希望的，伊兰德将看起来更加缺乏力量。这种情形更有利于对付斯特拉夫。

希望如此。

“我在外面等着。”纹平静地说，然后退了出去。

他不只是一个战士。他有领袖的力量——一个受命运青睐的人物。

27

“好吧，”斯特拉夫放下餐叉说，“让我们开诚布公地谈，孩子。我很快就要把你杀掉了。”

“你打算处死你唯一的儿子？”伊兰德问。

斯特拉夫耸了耸肩。

“你需要我，”伊兰德说，“来帮助你战胜赛特。你可以杀了我，但你什么都得不到。你仍然要用战争取得卢萨岱尔，而且赛特仍然能够进攻，并打败你，在你被削弱的情况下。”

斯特拉夫笑了，他抱着双臂，身子前探，从桌子上迫近伊兰德。“这两点你都盘算错了，孩子。第一，我认为如果我杀了你，卢萨岱尔的下一个领袖将会更加随和，我在城里的利益将得到他的认可。第二，我不需要你帮我打败赛特，他和我已经有了一个条约。”

伊兰德愣住了。“什么？”

“你以为我过去几个星期在干什么？坐在这里等着你心血来潮吗？赛特和我已经谈过了。他对这座城没有兴趣，他只想要天金。我们同意平分在卢萨岱尔发现的天金，然后再一起攻打最后帝国剩下的领土。他攻打西部和北部，我朝东部和南部进军。赛特这个人，非常随和。”

他在使诈，伊兰德有十足的把握。那不是斯特拉夫的做事风格，他不会跟实力接近的人结盟。斯特拉夫太怕自己被出卖了。

“你以为我会相信？”伊兰德说。

“信不信由你。”斯特拉夫说。

“克洛兽军队正朝这里行军。”伊兰德打出了他手里的一张大牌。

斯特拉夫愣了一下。

“如果你想在克洛兽到达这里之前拿下卢萨岱尔，爸爸，”伊兰德说，“那么我觉得你可以对前来提供你所需要的一切的人更慷慨一些。我只要求一件事，让我得到一次胜利，让我和赛特作战，保证我有继承权。然后你就能拥有这座城市了。”

斯特拉夫考虑着，考虑了足够长的时间，几乎让伊兰德以为自己成功了。但是，斯特拉夫最终摇了头。“不，我不这样认为。我会把握和赛特的机会。我不明白为什么他愿意让我得到卢萨岱尔，但他看起来确实不在乎这个。”

“真的吗？”伊兰德说，“你知道我们并没有天金。那么这座城现在对你有什么意义？”

斯特拉夫把身子又朝前探了一点。伊兰德感到了他的呼吸，混合着晚餐的香味。“那正是你看错我的地方，孩子。那就是为什么今晚你不能离开这座营地的原因，虽然你可以许诺给我那些天金。我一年前犯了个错误。如果我留在卢萨岱尔，我就会成为坐在王座上的人。然而，做了国王的是你。我想象不出为什么。我猜想，也许是软弱的樊乔总是好过其他的选择。”

斯特拉夫代表伊兰德痛恨的旧王朝的一切：专横，残暴，傲慢。

而且软弱。伊兰德平定着自己的情绪，想道：我不能表现得像个威胁。他耸了耸肩膀。“那只是一座城，爸爸。以我看来，它连你军队一半的重要性都不及。”

“那不仅仅是一座城，”斯特拉夫说，“它是御主大帝的城，而且里面有我的家，我的城堡。我听说你把它当成了你的宫殿。”

“我真的没有别的地方可去。”

斯特拉夫继续吃饭。“好吧，”他一边切着牛排，“开始，我认为你今晚来很愚蠢，但现在我不那么肯定了。你一定发现这是大势所趋。”

“你更强大，”伊兰德说，“我抵挡不了你。”

斯特拉夫点点头。“你让我刮目相看，孩子。穿着得体的衣服，给自己找了个迷雾之子做情妇，还控制着那座城市。我准备让你活着。”

“谢谢。”伊兰德说。

“但是，作为交换，你要把卢萨岱尔交给我。”

“只要解决掉赛特。”

斯特拉夫大笑。“不，不要把事情搞错，孩子。我们不是在谈判。你是在听我的命令。明天，我们将一起坐车到城里，你下令打开城门。我领着我的军队进城并接管卢萨岱尔，它将成为我王国的新首都。如果你守规矩照我说的做，我会再次任命你做我的继承人。”

“我们不能那样做，”伊兰德说，“我下过令，城门不能对你开放，不管发生什么情况。”

斯特拉夫愣住了。

“我的顾问认为你也许会利用纹做人质，迫使我弃城，”伊兰德说，“如果我们一起去，他们会认为你在胁迫我。”

斯特拉夫的脸色阴沉下来。“你最好祈祷他们不那样想。”

“他们会的，”伊兰德说，“我了解那些人，爸爸。他们急着找借口把城市从我手里夺走。”

“那么，为什么你要来这里？”

“我说过了，”伊兰德说，“来争取一个对付赛特的同盟。我可以把卢萨岱尔移交给你，但我仍然需要时间。让我们先打败赛特。”

斯特拉夫握着餐刀柄，把刀子“砰”的一声钉在桌子上。“我说过这不是一场谈判！你不能提要求，孩子。我可以杀了你。”

“我只是在谈论事实，爸爸，”伊兰德连忙说，“我不想——”

“你变狡猾了，”斯特拉夫眯着眼说，“你希望从这场游戏里得到什么？来到我的大营，什么都没有带给我……”他顿了顿，然后接着说。“除了那个女孩什么都没有带来。可爱的小东西，她可真是……”

伊兰德的脸红了。“那也不能让你进城。记着，我的顾问认为你可能会胁迫她。”

“好，”斯特拉夫喝道，“你去死吧。我会用兵攻下城市。”

“但是赛特会从后面进攻你，”伊兰德说，“把你堵在城墙间，迫使你两头作战。”

“他会损失惨重，”斯特拉夫说，“以后他将没有足够的力量攻打或防守这座城市。”

“即使兵力受损，比起等着从你手里夺取城市来说，从我们手里夺到城市的机会显然大得多。”

斯特拉夫站了起来。“我会抓住机会。以前我曾丢下了你，我不打算再放过你了，孩子。那些该死的斯卡人早该杀了你，不让我再看到你的。”

伊兰德同样站了起来。但是，他在斯特拉夫的眼睛里看到了决心。

计划没有成功，伊兰德想。他开始感到惊慌。这个计划本来就是一场赌博，但他还没有真正考虑过失败。事实上，他手里的牌打得不错。但是，什么地方出了问题，一些他没有预料到、而且仍然不明白的东西。为什么斯特拉夫的抗拒心这么强？

我对这个太缺乏经验了，伊兰德想道。讽刺的是，如果他小时候让父亲好好训练，他也许可以明白自己什么地方出了错。这时，他才突然意识到自己的处境。被敌人的军队包围着，而且和纹不在一起。

他要死了。

“等等！”伊兰德孤注一掷地说。

“啊，”斯特拉夫微笑着说，“终于意识到你在什么地方了？”他的笑容里带着快意。斯特拉夫总是以伤害别人为乐，尽管伊兰德很少看到他这样对付自己。伦理总是阻止着斯特拉夫。

由御主大帝推行的伦理。而此时，伊兰德在父亲的眼睛里看到了杀机。

“你没打算让我活着，”伊兰德说，“即使我给了你天金，即使我和你一起进城。”

“在我决定带兵来的那一刻你就已经死了，”斯特拉夫说，“傻孩子。但是，我应该谢谢你为我带来了那个女孩子。今晚我就会把她带走，看看她会喊我的名字还是你的名字，在我——”

伊兰德大笑起来。

这是孤注一掷的笑，也是对自己自投罗网陷入荒谬处境的嘲笑，这笑也因为他突然感到的忧虑和害怕，但最重要的是，他对斯特拉夫以为自己能强迫纹就范的念头感到可笑。“你简直不知道自己的话听起来有多愚蠢。”伊兰德说。

斯特拉夫涨红了脸。“为了你这句话，孩子，我会对她更加粗暴的。”

“你是头蠢猪，爸爸，”伊兰德说，“一个恶心的、令人作呕的人。你以为自己是个伟大的领袖，但几乎没有任何能力。你差点毁掉我们的家族，如果不是御主大帝的死救了你！”

斯特拉夫开始召唤他的卫兵。

“你也许能攻下卢萨岱尔，”伊兰德说，“但你会失掉它的！我也许是个不称职的国王，但你将是一个极其糟糕的国王。御主大帝是暴君，但他也是一个天才，而你什么都不是。你只是个自私鬼，你会把自己的资源挥霍一空，然后因为一把来自背后的匕首结束性命。”

士兵冲进来后，斯特拉夫指着伊兰德，气得说不出话来。伊兰德毫不退缩。他跟着这个人长大，由他养大，也受他的折磨，而且，即使如此，伊兰德从来没有说过自己的真心话。以前他是带着少年的胆怯在反叛，从来没有这样痛快淋漓地把心里话说出来。

感觉很好，就应该这样做。

也许用装可怜来对付斯特拉夫是个错误。他总喜欢用力量使别人屈服。

伊兰德突然明白了对付他的办法。他微笑着，直视着斯特拉夫的眼睛。

“杀了我，爸爸，”他说，“你也会一起死掉。”

“杀了我，爸爸，”他说，“你也会一起死掉。”

纹停下了脚步。她站在帐篷外面，在午夜来临前的黑暗中。她一直跟斯特拉夫的士兵站在一起，但他们接到命令跑进了帐篷。她在黑暗中跑了几步，现在站在帐篷的北面，注视着帐篷里面移动的身影。

她本打算冲进去。伊兰德情况不妙，不是因为他不擅长谈判。他只是天生过于诚实，在他说谎的时候很容易看出来，特别是对于熟悉他的人。

但是，伊兰德的这个宣言是不一样的。这不是他故作聪明的信号，也不像他不久前表现出的愤怒的发泄。这一会儿工夫，他似乎变得镇定而坚决。

纹平静地等待着，抽出了匕首，警觉地站在明亮的帐篷外面的迷雾里。直觉告诉她必须再给伊兰德一点时间。

斯特拉夫对伊兰德的威胁发出一声狂笑。

“你是个傻瓜，爸爸，”伊兰德说，“你以为我来这里是为了谈判？你以为我愿意和你这样的人做交易？不。你知道我不会。你知道我绝不会服从你。”

“那又是为什么？”斯特拉夫问。

她几乎听得到伊兰德的微笑。“我来是为了接近你，爸爸……为了带我的迷雾之子进入你大营的心脏……”

片刻沉寂。

终于，斯特拉夫大笑。“你用那个弱不禁风的小姑娘来威胁我？如果那就是我听说过的卢萨岱尔伟大的迷雾之子，那我就太失望了。”

“那是因为她希望让你这样想，”伊兰德说，“想想看，爸爸。你有疑问，她就为你证实这些疑问。但是，如果她和传言中一样厉害，我知道你听过那些传言，那么你又如何能发现她对你情绪的触摸？

“你发现她抚慰你，而且你当场揭穿了她。然后，你就再也感受不到那种触摸了，所以你以为她被吓住了。但是，随后，你开始感到信心十足，舒适自如。你不再把纹视为威胁，不管她如何瘦小，如何不声不响，你见过任何有理性的人让自己的迷雾之子离开吗？事实上，这个瘦小的、不声不响的人正是你不能掉以轻心的杀手。”

纹笑了。真聪明，她想。她释放自己的力量，扰乱斯特拉夫的感情，点燃金属，安抚他的愤怒。他因为突然的震惊倒吸了一口凉气。接受这个暗示，伊兰德。

“恐惧。”伊兰德说。

她安抚斯特拉夫的愤怒，换之以恐惧。

“激情。”

她照做了。

“镇静。”

她抹去了一切感情。帐篷里，她看到斯特拉夫的影子僵硬地站了起来。熔金术师不能强迫人做任何事情，而且在通常的情况下，对情绪强烈地煽动和安抚收效不大，因为目标会觉察到哪里出了问题。但在现在的情况下，纹希望斯特拉夫确定无疑地觉察到她的存在。

她微笑着熄灭了锡。然后她燃烧起硬铝，爆燃它来安抚斯特拉夫的情绪，抹掉他所有的感觉。在这场攻击下，他的身影晃动起来。

片刻后，她的黄铜用尽了。她重新燃烧起锡，观察着帆布上的影子。

“她很强大，爸爸，”伊兰德说，“她比你知道的任何熔金术师都强大。她杀死了御主大帝。她是哈辛的幸存者一手训练出来的。而且，如果你杀我，她就会杀了你。”

斯特拉夫的身子晃了一下，接着帐篷里再次静了下来。

一阵脚步声响起来。纹转身，猫下腰，举起了匕首。

一个熟悉的身影站在夜雾里。“为什么我总是不能偷偷地靠近你呢？”赞恩轻声问道。

纹耸耸肩，回头继续看着帐篷，但她动了一下，这样她就能同时注意着赞恩。他走过来蹲在她旁边，观察着那些影子。

“这种威胁毫无作用，”斯特拉夫在里面说，“你会死的，虽然你的迷雾之子确实能杀了我。”

“啊，爸爸，”伊兰德说，“对于你想在卢萨岱尔获得的利益，我看走了眼。但是，你也看错了我，你一直错看我。我不关心自己会不会死，只要能为我的人民带来安全。”

“如果我不在的话，赛特会得到这个城市。”斯特拉夫说。

“我认为我的人能够抵挡赛特，”伊兰德说，“毕竟，他的军队要弱一些。”

“真是蠢话！”斯特拉夫叫道。但是，他没有命令士兵再前进一步。

“杀我吧，你也会死，”伊兰德说，“而且不仅是你。你的将军、你的上尉，甚至你的圣务官。她得到了把你们全部杀死的命令。”

赞恩朝纹走近了一步，他的脚步踩在地面的杂草上，发出微弱的沙沙声。“哦，”他低声说，“聪明一点。不管你的对手多么强大，他不能在你把匕首放在他的喉咙上时发动进攻。”

赞恩把身子朝前探了一点，纹看着他，他们的脸只有几寸的距离。他在薄雾里摇了摇头。“但请你告诉我，为什么那些和你我一样的人一定要做别人的刀子？”

在帐篷里，斯特拉夫开始担心起来。“没有人那么强大，孩子，”他说，“甚至连迷雾之子也不可能。她也许能杀死我的几个将军，但她杀不了我。我有我的迷雾之子。”

“哦？”伊兰德说，“那么为什么他还没有杀掉她？因为他害怕动手？如果你杀了我，爸爸，如果你敢于朝我的城市前进一步，那她就会变成你的噩梦。你的人会像喷泉前的囚徒一样在一天里被杀得干干净净。”

“我以为他不会做这种事情，”赞恩低声说，“你自称不是他的工具。你说过他不会把你当作杀手……”

纹不舒服地动了一下。“他在使诈，赞恩，”她说，“他从来不会真的做那种事。”

“她是个你从来没见识过的熔金术师，爸爸，”伊兰德说，他的声音在帐篷里显得有些模糊，“我见过她和其他熔金术师战斗，他们甚至连碰都碰不到她一下。”

“那是真的吗？”赞恩问道。

纹愣了一下。伊兰德其实没有见过她攻击别的熔金术师。“他曾经见过我攻击一些士兵，我告诉过他和其他熔金术师发生的一些战斗。”

“啊，”赞恩温和地说，“那，这只是一个小小的谎言。当一个人是国王的时候，这没什么。很多事情都是这样。利用一个人来拯救整个王国？有哪个领袖不愿意付出如此低的代价？用你的自由换取他的胜利。”

“他没有利用我。”纹说。

赞恩直起身。纹轻轻转过身子，小心地看着他走进迷雾里，离开了帐篷、火炬和士兵。然后他停下来，站在一段距离之外，仰头看着天空。即使有帐篷里透出的灯光和营火，营地里仍然充斥着迷雾。迷雾在四周旋转着。在迷雾里，火炬和营火朦朦胧胧，就像将要熄灭的炭火。

“这对他意味着什么，”赞恩用一只手扫过身边，“他能理解迷雾吗？他究竟能理解你吗？”

“他爱我。”纹回头瞟了一眼帐篷里的影子。他们已经安静了一会儿，斯特拉夫显然在考虑着伊兰德的威胁。

“他爱你？”赞恩问道，“还是他喜欢占有你？”

“伊兰德不是那样的人，”纹说，“他是个好人。”

“好还是不好，你都跟他不一样，”黑夜里，赞恩的声音在她的耳边回响着，“他能理解作为我们这样的人意味着什么吗？他能理解我们熟悉的东西，关心我们热爱的事物吗？他看到过那些吗？”赞恩朝上面、朝着天空做了个手势。在迷雾上方遥远的地方，天空里闪烁着光芒，就像一颗颗微小的雀斑。那是星星，在普通人的眼睛里是不可见的。只有能够燃烧锡的人才能看穿迷雾，看到它们的光亮。

她想起第一次凯尔西把它们指给她看时的情形。她记得自己是多么震惊，那些星星一直在那里，却躲在迷雾后面不为人所见。

赞恩继续指着上面。“天哪！”纹小声说着，往后退了一小步。透过迷雾的漩涡，在帐篷里射出来的灯光里，她看到了赞恩手臂上的一些东西。

皮肤上覆盖着一条条白色纹路。那是疤痕。

赞恩立即放下了手臂，把布满疤痕的皮肤藏到袖子里。

“你去过哈辛矿井，”纹轻声说，“和凯尔西一样。”

赞恩移开了目光。

“对不起。”纹说。

赞恩转过身，在黑夜里微笑着。那是一种坚定的、自信的微笑。他朝前走了一步。“我理解你，纹。”

然后，他向她微微弯了一下腰，然后跳了起来，消失在迷雾里。

在房间里，斯特拉夫还在对伊兰德说着话。

“走吧，离开这里。”

马车驶远了。斯特拉夫站在帐篷外面，没在意身边的迷雾，他仍然有一点眩晕。

我放他走了。我为什么要让他走?

然而，直到现在，他仍然能够感到她的触摸冲击着自己，一种情绪接着另一种情绪，就像在他体内掀起了一道叛逆的漩涡，然后……突然变得空空荡荡，就像一只巨大的手掌，攫住了他的灵魂，压榨得他不得不痛苦地屈服。这种感觉大概就是死亡的感觉。

熔金术师不可能那么强大。

斯特拉夫想：赞恩尊重她，而且每个人都说她杀了御主大帝。那个小东西，不可能。

似乎不可思议。但很显然，那正是她希望自己给别人留下的印象。

一切都进行得很顺利。赞恩的坎德拉兽提供的情报是正确的：伊兰德确实希望结盟。可怕的是，如果那个间谍没有发出警告，他会认为伊兰德无足轻重，也许已经表示赞同了。

即使如此，伊兰德也战胜了他。斯特拉夫虽然对他们故意示弱的假象有所提防，但还是失败了。

她是如此强大……

一个穿着黑衣的身影从迷雾里走出来，来到斯特拉夫身旁。“你看起来像刚刚见了鬼，爸爸，”赞恩微笑着说，“也许，这鬼是你自己？”

“外面有其他人吗，赞恩？”斯特拉夫问，他已经震惊得无法反唇相讥了，“也许，有另外两个迷雾之子，在帮助她？”

赞恩摇摇头。“不，她确实这样强大。”他转过身子，走回到迷雾里。

“赞恩！”斯特拉夫喝道，把他叫住了，“我们要改变计划，我希望你杀了她。”

赞恩转过身。“但是——”

“她太危险了。另外，我们得到了希望从她身上榨取的信息。他们没有天金。”

“你相信他们？”赞恩问道。

斯特拉夫愣了一下。这天晚上他被彻头彻尾地耍了一番之后，他已经不准备相信任何他自以为了解的事情了。“不，”他说，“但我们要用别的办法把这件事弄清楚。我想要这个女孩死，赞恩。”

“那么，我们当真要攻城吗？”

斯特拉夫几乎想立即下令，命令军队准备早上攻城。那次试探性的进攻效果不错，说明卢萨岱尔的城防稀松平常。斯特拉夫能够占领那道城墙，然后用以抵御赛特。

但是，伊兰德出发前最后说的话使他欲行又止。如果派你的军队和我的城市为敌，爸爸，那孩子说，那你就等死吧。你已经感受到了她的力量，你知道她能做什么。你可以想办法躲起来，你甚至可以占领我的城市。

但她会找到你，并且她会杀了你。

你唯一的选择就是等着。我会在我的军队做好进攻赛特的准备后联系你。我们要一起开战，就像我前面说的。

斯特拉夫不能指望那个。这孩子变了，不知道为什么变得强大了。如果斯特拉夫和伊兰德并肩作战，斯特拉夫实在不知道自己什么时候会被卖掉。但斯特拉夫不能在那个女孩活着的情况下攻打卢萨岱尔。在见识过她对他的情绪的戏弄之后，他越发觉得她的实力深不可测。

“不，”他再次回答赞恩的问题，“我们不攻城，直到你杀了她。”

“你说得轻巧，这件事没那么容易，爸爸，”赞恩说，“我需要一些帮助。”

“哪种帮助？”

“一个战斗小组，身份无法追查的熔金术师。”

赞恩说的是一个特殊的组织。许多熔金术师很容易从他们的贵族血统上确定身份。但是，斯特拉夫有一些特殊的资源。他拥有那么多情妇，几十个，是有原因的。有人以为他好色。

但这并不是全部的原因。更多的情妇意味着更多的孩子，而更多的孩子则意味着更多的熔金术师。他只养育了一个迷雾之子，但有很多的迷雾行者。

“会准备好的。”

“他们也许会在这次战斗中丧命，爸爸。”赞恩站在迷雾里警告道。

那种可怕的感觉又回来了。那种一无所有的感觉，那种被别人完全控制情绪的感觉。谁都不应该用这种能力来对付他，尤其不应该是伊兰德。

他应该死。他自投罗网，而我让他走了。

“除掉她，”斯特拉夫说，“用上一切必要的手段，赞恩。一切手段。”

赞恩点点头，然后迈着扬扬自得的步子离开了。

斯特拉夫回到帐篷里，又叫来了郝瑟丽。她看上去酷似伊兰德的女朋友。这会在大部分时间提醒他，他才是真正的掌控者，这对他有好处。

伊兰德坐在马车里，还有点眩晕。我还活着！我成功了！我说服了斯特拉夫放过这座城市。他越来越兴奋地想着。

至少暂时如此。卢萨岱尔的安全依赖于斯特拉夫对纹的恐惧。不过……嗯，任何胜利对于伊兰德而言都是巨大的。他没有失信于他的人民。他是他们的国王，而且他的计划，尽管看上去很疯狂，但毕竟奏效了。他头上的小小皇冠突然变得不像以前那么沉重了。

纹坐在他对面。她看起来不像该有的那么高兴。

"我们成功了，纹！"伊兰德说，"虽然跟我们的计划不一样，但它起了作用。斯特拉夫现在不敢进攻我们了。"

她平静地点了点头。

伊兰德皱起了眉头。"嗯，因为你城市才得到了安宁。你知道的，是吗？如果你不在那里……啊，当然，如果不是因为你，整个最后帝国仍然会被继续奴役。"

"因为我杀了御主大帝。"她低声说。

伊兰德点了点头。

"但这是凯尔西的计划，靠团伙成员的技能和人民的意志力，解放了最后帝国。我只是拿起了刀子。"

"你说得太轻描淡写了，"他说，"不是这样的！你是个了不起的熔金术师。汉姆说他甚至再也不能在公平的战斗中打败你了，而且是你让刺客无法靠近皇宫。在整个最后帝国里谁也比不上你。"

奇怪的是，他的话使她往角落里更深地蜷缩了一些。她扭头看向窗外，盯着外面的迷雾。"谢谢你。"她温柔地说。

伊兰德的眉头皱得更紧了。每一次我开始以为自己猜到她脑子里的想法时……他把身子凑过去，用一只胳膊搂住她。"纹，怎么了？"

她没说话，然后摇摇头，勉强地微笑了一下。"没什么，伊兰德。你应该高兴。你表现得很优秀，我想，连凯尔西都不能这样干净利落地骗过斯特拉夫。"

伊兰德笑了，把她搂得更紧了一些，急切地等着马车驶到了黑暗中的城市。锡做的城门迟疑地打开了，伊兰德看到一群人站在校场里。汉姆高高地举着一盏提灯。

没等马车停下来，伊兰德就打开门跳了下去。他的朋友们焦虑的脸上露出了笑容。城门轰然关闭了。

“计划成功了？”当伊兰德走过来时，汉姆迟疑地问，“你做到了？”

“可以这样说。”伊兰德微笑着说，和汉姆、布里兹、道克森，还有“幽灵”一一握了手。连奥索尔也在这里，它啪嗒啪嗒地跑到马车旁，等着纹。“开始的伪装不是很成功，我父亲不同意联盟。但后来我告诉他我要杀了他！”

“等等。那怎么会是个好主意？”汉姆问。

“我们忽略了我们最大的资源之一，我的朋友们，”伊兰德朝正从车上爬下来的纹挥挥手，说道，“我们有一件无与伦比的武器！斯特拉夫希望我去求他，而且已经准备控制整个局面。但是，在我提到一旦纹的怒火被惹起来，他和他的军队会发生什么事情的时候……”

“老弟，”布里兹说，“你走进了最后帝国最强大的国王的军营，而且你还威胁了他？”

“是的，我这样做了！”

“了不起！”

“我知道！”伊兰德说，“我告诉我父亲，他要放我离开他的军营，并且放过卢萨岱尔，否则我就让纹杀了他和他军队里的每一个将军。”他搂住纹。她朝他们微笑着，但伊兰德看得出来，有一些事情仍然在困扰着她。

她认为我做得不好，伊兰德意识到。她有更好的哄骗斯特拉夫的方法，但她不想给我泼冷水。

“哦，看来我们不需要一个新国王了。”“幽灵”眉开眼笑地说，“我还有点盼着接手那份工作……”

伊兰德大笑。“恐怕我还要很长时间才愿意腾出这个位置来。我们要让人们知道斯特拉夫被吓住了，至少是暂时的。这个消息对提高士气有帮助。接下来，我们要对付议会了。希望他们愿意通过一个决议，像等我和斯特拉夫一样等着我和赛特会晤。”

“我们应该回宫举行一场庆祝吗？”布里兹问道，“虽然我是如此喜爱迷雾，但我觉得校场不是讨论这些问题的合适地点。”

伊兰德拍拍他的肩膀，点了点头。汉姆和道克森也来到他和纹身旁，其他人上了他们来时坐的马车。伊兰德奇怪地看到道克森上了他的马车。一般来说，这人应该选别的车，伊兰德不在里面的那辆。

“说老实话，伊兰德，”汉姆在位子上坐定后说，“我很吃惊。我觉得我们很可能需要袭击那座营地去救你出来呢。”

伊兰德微笑着，看着道克森，他在马车开动时坐了下来。他拉开一个小包，取出一封未启封的信。他抬头看着伊兰德。“这是不久前一个议会成员给你的，陛下。”

伊兰德愣了一下。然后接过来打开了封印。“这是什么？”

“不知道，”道克森说。“不过……我已经开始听到一些传闻。”

纹侧过身子，看着伊兰德手里的信。上面写道：

陛下：

这封短信是为了通知你，根据多数通过的表决，议会决定启动宪章的不信任条款。我们赞赏你代表城市所作的努力，但当前形势需要你所不能提供的领导能力。我们采取这一行动并无恶意，只是因为形势所迫。我们没有其他选择，只能为卢萨岱尔的利益采取行动。

我们很抱歉只能通过信件来通知你。

这是由所有的二十三名议会成员签署的决定。

伊兰德震惊地放下了那张纸。

“怎么了？”汉姆问。

“我已经被免职了。”伊兰德平静地说。

第三部

王者

他醒来后留下了一片废墟，但那里已经被遗忘。他创造了众多王国，然后在重新创造世界时又把它们毁掉。

28

“看看我理解得对不对？”婷德薇尔说，她的语气平静而文雅，然而不知怎么仍然使人感到一种严厉和谴责的味道，“王国的法典里有一条法案允许议员推翻他们的国王？”

伊兰德有些畏缩。“是的。”

“而且是你自己制定的法律？”婷德薇尔质问道。

“大部分是的。”伊兰德承认道。

“你在自己的法律里写入了一条使自己能够被免职的条款？”婷德薇尔接着问。他们这个团体，又加入了克拉布斯、婷德薇尔和德默克斯上尉，坐在伊兰德的书房里。房间里的椅子不够了，于是纹安静地坐到了一边，坐在伊兰德的一摞书上，她已经飞快地换上了长裤和衬衣。婷德薇尔和伊兰德站着，剩下的人都坐着：布里兹一本正经；汉姆悠闲自在；“幽灵”则后仰着身体，用两只椅子腿支撑着，竭力保持着平衡。

“我是故意把这条法案放进去的。”伊兰德说。他站在房间前面，靠在巨大的彩色玻璃窗上，看着窗户上暗色的玻璃片。“这个国家在令人无法容忍的统治下被蹂躏了一千多年。在那个时代，哲学家和思想家们梦想着这样一个政体，糟糕的统治者能够以不流血的方式被取代。我这顶王冠是在一系列无法预料的特别事件中得到的，而且我不认为单单把我的意志，或我的子孙后代的意志强加到人民头上是正确的。我希望建立一个君主对他属下的子民负责的政体。”

有时候，他说的话就像他读的那些书，一点都不像平常人说的话……而是像书上的句子，纹想。

她又想起了赞恩的话，仿佛在她的头脑里低语：你不像他。她驱散了那些想法。

“无意冒犯，陛下，”婷德薇尔说，“这绝对是我见过的一个领袖所做的最愚蠢的事情之一。”

“这是为了国家的利益。”伊兰德说。

“这是彻底的白痴行为，”婷德薇尔叫道，“一个国王不能把自己交给另一个反复无常的统治团体。他之所以对人民有价值是因为他是绝对的权威。”

纹很少见到伊兰德如此悲伤，她被他眼里的悲伤吓住了。但是，她心底的某个地方却不禁感到高兴。他不再是国王了。也许现在人们不会处心积虑地杀死他了。也许他就能够再做回伊兰德，他们可以离开，去别的地方。一个事情没有这么复杂的地方。

“不管怎么样，”道克森的声音在安静的房间里响起来，“我们要有所行动。讨论已经过去的审慎决定没有现实意义。”

“同意，”汉姆说，“那么，议会想办法把你踢了出来。我们应该怎样应对呢？”

“我们显然不能让他们得逞，”布里兹说，“为什么？人们去年刚推翻了一个政府！一个坏习惯正在形成，我会这样想。”

“我们要准备一次回击，陛下，”道克森说，“谴责一下这种欺诈的行为，发生在你正在为了城市的安全谈判之时。现在我们回顾的话，他们显然把这场会议安排在了你不能到场进行自我辩护之时。”

伊兰德点点头，依然仰头凝视着黑色的窗玻璃。“也许不用再叫我陛下了，道克斯。”

“胡说，”婷德薇尔说，抱着手站在书架旁边，“你仍然是国王。”

“我失去了人民的委任。”伊兰德说。

“是的，”克拉布斯说，“但你仍然有军队的委任。不管议会说什么，那仍然能使你成为国王。”

“确实，”婷德薇尔说，“把愚蠢的法律先放到一边，你仍然掌握着权力。我们需要实行战时法律，限制城内的活动。把持住关键地点的控制权，并且把议会成员扣押起来，这样你们的敌人就不能组织起反对你的行动。”

“我会让我的人在天亮前上街巡逻。”克拉布斯说。

“不。”伊兰德平静地说。

房间里静了一会儿。

“陛下？”道克森问道，“这确实是最好的办法。我们不能让这个小集团阻止你的行动。”

“这不是小集团，道克斯，”伊兰德说，“这是选举出来的议会代表。”

“这个议会是你组建的，老弟，”布里兹说，“他们拥有的权力是你给他们的。”

“法律给了他们权力，布里兹，”伊兰德说，“而且我们都要服从法律。”

“胡说，”婷德薇尔说，“作为国王，你就是法律。一旦我们保住了城市，你就能召集议会并向议员们解释说你需要他们的帮助。那些反对的可以关起来，关到危机结束。”

“不行，”伊兰德说，语气变得更坚决了一些，“我们不能那样做。”

“就这样了？”汉姆问，“你放弃了？”

“我没有放弃，汉姆，”伊兰德终于转身面对着众人，说道，“但我不打算利用城里的军队来压制议会。”

“你会丢掉王座。”布里兹说。

“说说理由，伊兰德。”汉姆点点头说。

“我不会违背我自己的法律！”伊兰德说。

“别做傻瓜，”婷德薇尔说，“你应该——”

“婷德薇尔，”伊兰德说，“你可以回应我的观点，但不要再叫我傻瓜了。我不希望被人轻视，因为我在表达我的主张。”

婷德薇尔愣了一下，欲言又止，然后，她闭上嘴坐到了位置上。纹有一种突如其来的快意。她微笑着想：你把他训练出来了，婷德薇尔，现在他反抗你，你又能怎么样？

伊兰德走到前面，注视着众人，把双手放在桌子上。“是的，我们要回击。道克斯，你写一封信向议会表达我们的失望和被背叛的感觉，告知他们我们在斯特拉夫那里获得的胜利，把他们的罪行渲染得尽可能严重。

“我们剩下的人开始筹划。我们要把王座夺回来。就像前面所说的那样，我熟悉法律，我制定了它，要通过法律解决这件事。但那些办法不行，包括派我们的军队控制城市。我不会像那些想把卢萨岱尔从我们手里夺走的暴君！我不会强迫人民服从我的意愿，即使我知道这对他们有好处。”

“陛下，”婷德薇尔谨慎地说，“在混乱时期保护你的权力没有什么不道德的。在这种时候人们的反应缺乏理性，这也是他们需要强大领导人的原因之一。他们需要你。”

“只要他们想要我，婷德薇尔。”伊兰德说。

“原谅我，陛下，”婷德薇尔说，“但那个声明在我看来有点幼稚。”

伊兰德笑了。“也许是的。你能够改变我的服饰和举止，但改变不了我的灵魂。我会做我认为正确的事情，其中包括让议会废除我的王位，只要那是他们的选择。”

婷德薇尔皱起了眉头。“如果你不能通过法律夺回你的王位呢？”

“那我接受现实，”伊兰德说，“并且会尽我所能协助这个王国。”

走掉是指望不上了，纹心想。但是，她情不自禁地微笑着。她爱伊兰德的部分原因是他的诚挚。他对卢萨岱尔人民真挚的热爱，他做那些对他们有益的事情的决心，正是这些把他和凯尔西区分开来。即使在牺牲的时候，凯尔西还是表现出了一些傲慢的影子。他确保了自己像少数伟人一样被永远牢记。

但是对伊兰德来说，统治中央辖区和名望荣耀无关。第一次，完完全全且真心诚意地，她肯定了一些事。伊兰德是个远好于凯尔西的国王。

“我……不知道该怎么想，主人。”一个声音低声在她身旁响起来。纹低头一看，才认识到她正在无意识地挠着奥索尔的耳朵。

她吃惊地抽回了手。“对不起。”她说。

奥索尔耸耸肩，把头搁到了两只前爪上。

“那么，你说有取回王位的法律途径，”汉姆说，“我们应该从哪里着手？”

“议会有一个月时间选出新国王，”伊兰德说，“但法律上没有说新国王不能跟老国王是同一个人。而且，如果他们不能在限定日期前达成多数通过的决议，王位将再返还给我，为期至少一年。”

“真复杂。”汉姆搓着下巴说。

“我们还能指望什么呢？”布里兹说，“这是法律。”

“我不是在说法律本身，”汉姆说，“我指的是要让议会选择伊兰德或不选另外的人。他们如果没有另外的国王人选的话，就不会先罢免伊兰德了。”

“也不一定，”道克森说，“也许他们这样做只是表示警告。”

“也许，”伊兰德说，“先生们，我认为这是个信号。我一直没有理睬议会，我们以为他们会接受，因为我让他们签署了那个授予我谈判权的提案。但是，我们没有想到他们可以轻易地通过选择新国王来绕开这个提案。”

他长叹一声，摇了摇头。“我得承认，我一直不擅长管理议会。他们没有把我当成个国王，而是一个同事，正因为这样，他们才觉得他们可以毫不费力地拿走我的位置。我可以打赌，某个议员说服了其他人把他推上王座。”

“那么，我们只要让他消失，”汉姆说，“我相信纹可以……”

伊兰德皱起了眉头。

“我在开玩笑，伊尔。”汉姆说。

“你知道吗，汉姆，”布里兹指出，“关于你的笑话，唯一可笑的事是它总是缺乏任何形式的幽默？”

“只有你才这样说，因为那些笑话里的笑料常常跟你有关。”

布里兹翻了翻白眼。

“你知道吗，”奥索尔小声嘀咕着，显然知道她借助锡可以听到，“要是人们没有邀请他们俩，这些会议将会有效率得多？”

纹微笑着。“他们没那么糟糕。”她悄声说。

奥索尔扬起了眉毛。

“好吧，”纹说，“他们确实分散了我们的注意力。”

“如果你愿意，我可以吃掉他们中的一个，”奥索尔说，“那样也许会让事情的进展更快一些。”

纹愣住了。

但是奥索尔的唇边露出一个奇怪的微笑。“坎德拉兽的幽默，主人。向你道歉，我的笑话有点残忍。”

纹笑了。“可是他们的味道可能不会很好。汉姆太粗糙，而且你不会想知道布里兹平时吃的都是些什么东西……”

“不太清楚，”奥索尔说，“毕竟，他们一个人的名字叫‘火腿[①]’。至于另一个……”他冲着布里兹手里的一杯葡萄酒点了点头。“他看起来很喜欢腌渍自己。”

伊兰德在一堆书里挑选着，找出了几册和法律有关的，包括那本他自己写的卢萨岱尔法典。

“陛下，”婷德薇尔着重强调了这个词，“你的家门口有两支敌人的军队，而且还有一队克洛兽正逼近中央辖区。你真以为我们有时间打一场节外生枝的法律战争吗？”

伊兰德放下那些书籍，给自己拉了一把椅子。“婷德薇尔，”他说，“我家门口有两支军队，克洛兽正逼近我们，而且我本人是阻止领导者把这个城市

---

① “汉姆”(ham)在英文中有火腿的意思。

交给其中一个侵略者的最大障碍。你真的以为我现在被免职是一个巧合吗？”

团伙的几个成员抬起头来看着这副场景，纹也来了精神。

“你认为一个侵略者是幕后的主导？”汉姆揉着下巴问。

“如果你是他们，你会怎么办？”伊兰德打开一本书说，“你不能攻城，因为会消耗你太多的兵力。围城已经持续了几个星期，你的军队开始感到寒冷，而且道克森雇用的那些人一直在骚扰你运河里的补给船，威胁着你的粮食供应。除此之外，你知道一大队克洛兽正朝这里行军……而且，是的，这是说得通的。只要斯特拉夫和赛特的间谍有点本事，他们就会知道当第一支军队赶来时，议会就打算停止反抗了。杀手们对我的刺杀失败了，但如果还有第二个办法除掉我……”

“对，”布里兹说，“这确实很像赛特的做事方式。让议会反对你，把一个支持他的人放到王位上，然后为他打开城门。”

伊兰德点点头。“而且我父亲今天晚上对和我联手表现得很犹豫，他似乎认为有别的途径能得到这座城市。我不能肯定是否这两个人之一策划了这次行动，婷德薇尔，但我们的确不能忽视这种可能性。这不是节外生枝，这完全是从那些军队抵达以来，我们一直在对付的同一个包围策略的一部分。如果我能重新获得王位，斯特拉夫和赛特就会明白我是他们唯一能够合作的人，这样，他们在无奈之下和我联手的可能性就更大了，特别是在那些克洛兽越来越近的时候。”

说完这番话后，伊兰德开始迅速翻阅着那些书籍。新的理论问题似乎减少了他脸上的忧虑。“在这套法律里也许还有几个另外的条款可以利用，”他半是自言自语地说，“我要进行一些研究。‘幽灵’，你能请萨奇德来一起讨论吗？”

“幽灵”耸耸肩。“我叫不醒他。”

“他正在从旅途劳累中恢复。”婷德薇尔说，她把目光从伊兰德和他的书籍上收回来，“这是个保管师的问题。”

“需要重新填充他的金属智库吗？”汉姆问道。

婷德薇尔没说话，她的脸色阴沉下来。“那么，他向你们说过那个了？”

汉姆和布里兹点了点头。

“我明白了，”婷德薇尔说，“不管怎样，他在这个问题上帮不了忙，陛下。我在政治上能够为你提供一些小小的帮助，是因为我的职责是用过去的知识训练领导人。但是，像萨奇德这样游历的保管师是不参与政治事务的。”

“政治事务？”布里兹脱口而出，“你大概指的是，像推翻最后帝国这样的事？”

婷德薇尔闭着嘴，嘴唇绷得紧紧的。“你不该鼓动他违背誓约，”她终于说，“如果你们是他的朋友，你们会认同这种职责的，我认为。”

“哦？”布里兹用他的葡萄酒杯指着她问，“就我个人来说，我觉得你只是因为他没有服从你们而尴尬，却因此在事实上禁锢了你们的人民。”

婷德薇尔冷冷地盯着布里兹，她眯着眼睛，姿势僵硬。他们对峙了很长时间。“尽你的能力撩拨我的情绪吧，安抚者，”婷德薇尔说，“我的感觉是我自己的。你是不会成功的。”

布里兹终于转头继续喝酒，嘴里嘟囔着一些关于“该死的特里斯人”的话。

但是，伊兰德没有注意这场争论。他的桌子上已经打开了四本书，而且他正在翻看第五本。纹微笑着回忆起了那些日子，想起来似乎没过去多长时间，在他向她求爱的那段时期，经常会“扑通”一声坐在附近的椅子上，然后打开一本书。

她想：他还是那同一个人，而且那个灵魂，那个人，在知道我是迷雾之子以前就爱上了我。他甚至在发现我曾经是个窃贼，以为我在设法对他行窃的时候还爱着我。这些往事我不能忘记。

“走。”她悄悄对奥索尔说，然后在布里兹和汉姆开始另一场争论的时候站了起来。她需要时间来思考，而且外面的迷雾依然新鲜并跃动着。

伊兰德一边翻着书，一边好笑地想：如果我编得没那么熟练的话，这件事就容易多了，我把这部法律编制得太完善了。

他用手指点着一个特别的段落，团伙的吵嚷声渐渐低落下来。他不记得自己是否已经下令让他们解散。婷德薇尔也许会因此惩罚他的。

他敲了敲那一页，想道：这里，如果有任何议会成员在会议上迟到，我就有理由要求重新表决，或者使他们的表决失效。罢黜国王的投票必须取得完全一致，当然，被罢黜的国王除外。

听到有人走动，他停了下来。这时，房间里只剩下婷德薇尔了。他抬起头。也许是我造成了这种情形……他想。

“我为对你不尊重道歉，陛下。”婷德薇尔说。

伊兰德大感意外，皱起了眉头。

“我有像对待孩子一样对待别人的习惯。”婷德薇尔说，“我想，我不该为此骄傲。”

“没——”伊兰德欲言又止。婷德薇尔教过他不要原谅别人的缺点。他能够接受人们的缺点，甚至原谅他们，但如果他掩饰这些问题，那么他们就不会改掉这些缺点。“我接受你的歉意。”他说。

“你学得很快，陛下。”

“我没有别的选择，”伊兰德微笑着说，“当然，就议会而言，我改变得还不够快。”

“你怎么能让这种事发生？”她平静地问，“撇开我们在政府该如何运行方面的不同意见，我也认为那些议员应该是你的支持者。你赋予了他们权力。”

“我忽视了他们，婷德薇尔。那些有势力的人物，不管他们是不是朋友，都绝对不会喜欢被人忽视。”

她点了点头。“尽管如此，也许我们还是应该停下来关注一下你的成功，而不是仅仅看着你的失败。纹告诉我，你和你父亲的会晤很成功。”

伊兰德笑了。“我们把他吓住了，对斯特拉夫做这样的事感觉很好。但是，不知道为什么，我可能让纹不高兴了。”

婷德薇尔露出惊奇的表情。

伊兰德放下手里的书，双手撑在桌子上。“在回来的路上，她的情绪很奇怪。我都不能逗她讲话，不知道到底是什么原因。”

“也许她只是累了。”

“我可以肯定不是因为累，”伊兰德说，“她一直在活动，很少看到她有闲着的时候。有时候，我担心她觉得我懒。也许原因就在……”他的声音越来越低，然后摇了摇头。

“她没有觉得你懒，陛下，”婷德薇尔说，“她拒绝跟你结婚的原因是她觉得自己配不上你。”

“胡说，”伊兰德说，“纹是迷雾之子，婷德薇尔。她知道她的价值大过十个像我这样的人。”

婷德薇尔扬起眉毛。“你对女人一点都不了解，伊兰德·樊乔，特别是年轻女人。对她们来说，她们的能力和她们对自己的感觉之间的关系小得让人吃惊。纹缺乏安全感。她不认为她配和你在一起，从小的地方说，她觉得她配不上你本人；从大的地方说，她觉得自己根本不配得到快乐。她过的是一种非常迷茫艰难的生活。”

“你对这些的把握有多大？”

“我抚养过很多女儿，陛下，”婷德薇尔说，“我了解我谈的这些事情。”

“很多女儿，”伊兰德问，“你有孩子？”

“当然。”

“我只是……”他认识的特里斯人都是阉人，就像萨奇德一样。当然，同样的遭遇不可能发生在像婷德薇尔这样的女性身上。不过，他以为御主大帝的饲养程序也会以某种方式影响到她。

“不管怎么样，”婷德薇尔一语带过，“你必须作一些决定，陛下。你和纹的关系将会比较艰难。她的一些问题，可能会给你带来比一个传统女孩子更多的麻烦。”

“我们已经讨论过这个了，”伊兰德说，“我不会去找一个更‘传统’的女孩子。我爱纹。”

“我不是暗示你应该去找，”婷德薇尔冷静地说，“我只是就我接受的委托，给你一些建议。你要决定下来，你愿意让这个女孩，还有你和她之间的关系，在多大程度上分散你的精力。”

“是什么使你认为我的精力被分散了？”

婷德薇尔扬起眉毛。“我问的是你今天晚上对樊乔领主取得的成功，而你想说的却都是纹在返回途中的感受。”

伊兰德愣住了。

“哪一个对你更重要，陛下？”婷德薇尔问，“是这个女孩的爱，还是人民的福祉？”

“我不打算回答这样的问题。”伊兰德说。

“总有一天，你会变得无从选择，”婷德薇尔说，“恐怕，这个问题是大多数国王最终不得不面对的。”

“不，”伊兰德说，“没什么能使我无法既爱纹又能够保护我的人民。我研究过那么多两难假定，不会跳到这样的陷阱里。”

婷德薇尔耸耸肩，站了起来。“不管你信不信，陛下。但是，我已经看到了一个两难困境，而且我认为它并不完全是虚构出来的。”她微微低了下头表示尊重，然后离开了房间，留下伊兰德和他的书在房间里。

把阿兰迪和永世英雄联系在一起的还有其他证据。那些琐碎的事物，只有受过预言术训练的人才能注意到。他手臂上的胎记，他二十五岁就白了头发，他待人和谈吐的方式，还有他的统治风格。

他无疑是吻合的。

29

“告诉我，主人，”奥索尔把头放在前爪上，懒洋洋地躺着，“我和人类相处已经很多年了。我的印象是他们需要有规律的睡眠。我猜我弄错了。”

纹坐在墙头的岩脊上，一条腿抵着胸部，另一条腿在墙边上摇摆着。哈斯丁城堡的塔楼在她左右两侧，在迷雾里只是两团黑色的影子。“我睡觉的。”她说。

“偶尔才睡。”奥索尔张开大嘴，伸着舌头打了个大哈欠。它越来越习惯犬类的行为方式了吗？

纹把目光从奥索尔身上转到东边，眺望着沉睡中的卢萨岱尔城。远方有了一点亮光，逐渐变强，黎明到来了。另一个漫漫长夜过去了，从她和伊兰德一起拜访斯特拉夫的军队算起已经接近一个星期，然而赞恩还是没有出现。

“你在燃烧白蜡，对吗？”奥索尔说，“为了保持清醒？”

纹点点头。通过轻微燃烧白蜡，她的疲劳感就微不足道。她感觉得到深藏在体内的白蜡，使她感觉敏锐、身体强健，甚至夜晚的寒冷也对她没有影响。但在她熄灭白蜡的时候，就会感到铺天盖地的疲劳感。

“那对健康没好处，主人，”奥索尔说，“你几乎一天只睡三四个小时。

无论是迷雾之子、人类，或者坎德拉兽，谁都不能在这样的作息习惯下活很长时间的。”

纹低着头。她该如何解释自己奇怪的失眠呢？她应该结束这种状态，她不必害怕身边的其他团伙成员。可是，不管她变得多么疲劳，她的睡意却越来越难以捕捉。耳朵里响着远处传来的砰砰声，她怎么能睡得着？

不知道什么原因，那声音似乎变得更近了，或者变得更有力了。*我听到上面传来的砰砰声，那是群山的脉动……*她想起了那本日志上的话。

那个讨厌的、令人毛骨悚然的阴魂在迷雾里窥视着她，她怎么能睡得着？当敌人的军队威胁杀掉她的朋友，当伊兰德的王国被人夺走，当她熟悉和热爱的一切变得前途未卜和模糊不清，她又怎么能睡得着？

……但当我终于躺下去时，发现自己没有睡意。白天让我烦恼的想法，到了寂静的夜晚反而变得更复杂了。

奥索尔又打了个哈欠。“他来不了了，主人。”

纹扭过头，皱着眉头。“你说什么？”

“这是你和赞恩上次交手的地方，”奥索尔说，“你在等他来。”

纹犹豫着。“我大概需要一场战斗。”她最后说。

东边的光线继续变亮，慢慢地照亮了迷雾。但是，迷雾不情愿地坚持着，拒绝在太阳升起之前散去。

“你不该让那个人对你有这么大的影响，主人，”奥索尔说，“我认为他和你想象的不一样。”

纹皱起了眉头。“他是我的敌人，我还会想象他是别的什么吗？”

“你对待他并不像对待敌人，主人。”

“是的，他还没有攻击伊兰德，”纹说，“也许赞恩不是完全受斯特拉夫控制的。”

奥索尔安静地坐着，头放在前爪上。这时它把头扭开了。

“怎么了？”纹问道。

“没什么，主人。我会相信你告诉我的话。”

“哦，别来这一套，”纹在岩脊上转过身看着他，“你不要再用那个理由了。你心里在想什么？”

奥索尔叹了口气。“我想的是，主人，你对赞恩的定位是令人不安的。”

“定位？”纹说，“我只不过在提防他。我不希望有另外一个迷雾之子在我的城市里活动，不管是不是敌人。谁知道他打算干什么呢？”

奥索尔皱着眉头，但没说话。

“奥索尔，”纹说，“如果你有事情要说，说出来！”

“抱歉，主人，”奥索尔说，“我不习惯和我的主人聊天，特别是不坦率地聊天。”

“好，你就直说吧。”

“哦，主人，”奥索尔把头从爪子上抬起来，说道，“我不喜欢赞恩。”

“你对他了解多少？”

“不比你多，”奥索尔承认，“但是，大多数坎德拉兽对人的性格有很好的判断力。如果你练习模仿别人的时间有我这样长，你就会看懂人们的内心了。我不喜欢我看到的赞恩，他似乎对自己太过满意。他和你成为朋友的方式看起来也过于刻意。他使我感到不安。”

纹坐在岩脊上，双腿分开，手掌撑在身体前面，在冰冷的石头上休息着。也许它是对的。

但是，奥索尔没有跟赞恩在天上飞过，也没有和他一起在迷雾里斗过。这不是奥索尔的错，它跟伊兰德一样，不是熔金术师。他们俩都不懂得靠金属的力量在天空翱翔的感觉，也没有过燃烧锡后，五官突然增强的震撼体验。他们不会知道。他们也不能理解。

纹往后靠了靠。然后，她在晨光里注视着猎狼犬。有句话她一直想说出来的，现在看来正是个好机会。“奥索尔，要是你愿意，你可以换一个身体。”

猎狼犬的表情有些吃惊。

“我们有那些在宫里发现的骨头，”纹说，“你可以用它们，如果你厌倦做狗的话。”

“我不能用那些骨头，”奥索尔说，“我没有消化它们的身体，我就不知道让那个人看起来正确的肌肉和器官的正确排列方式。”

“好吧，那么，”纹说，“我们可以给你找一个罪犯。”

“我认为你更喜欢把这些骨头用在我身上。”

“是的，”纹说，“但是，我不希望你留在一个让你不开心的身体里。”

奥索尔哼了一声。“我的快乐不是重点。”

“对我来说，”纹说，“我们——”

“主人……”奥索尔打断了她。

“啊？”

“我应该留着这些骨头。我已经习惯了它们。经常改变外表是非常影响心情的。”

纹迟疑着。“好吧。”她最后说。

奥索尔点点头。“但是，”它说，“说到身体，主人，我们到底有没有回宫的打算？不是每个人都有迷雾之子的体格，有的人是需要不时睡觉和进食的。”

它现在的牢骚确实多了，纹想。但是，她觉得这种态度是个好信号。这表示奥索尔和她在一起变得更轻松了，轻松得可以在它认为她犯傻的时候告诉她。

为什么我还要为赞恩烦恼呢？她一边想，一边站起身朝北边看去。迷雾仍然相当浓厚，但她还是隐约看到了斯特拉夫的军队，仍然控制着北边的河道，维持包围的态势。那支军队像一只大蜘蛛一样盘踞在那里，等待着合适的机会跳起来。

伊兰德，我应该更关注伊兰德，她对自己说。他否决了解散议会或强制重新投票的建议。而且，他和往常一样拘泥于法律，执意接受了他的失败。他仍然认为他有机会说服议会选举他做国王，或者至少不投票给其他人做国王。

所以他准备着自己的演讲，并和布里兹及道克森继续筹划。所以他没有时间顾及纹，这是理所当然的。他不需要她去分散他的精力。那些事情是她插不上手的，是她不能战胜或吓跑的。

“他的世界是由纸张、书籍和哲学构成的，他驾驭理论文字正如她驾驭迷雾。我总是担心他不能理解我……但我真的能够理解他吗？”她问自己。

奥索尔也站起来，伸了个懒腰，把前爪放在墙头的扶手上，抬起身子像纹一样看着北边。

纹摇了摇头。“有时候，我希望伊兰德不那么……优秀、高贵。城里现在不需要这种混乱的法规。”

“他做得对，主人。”

“你这样认为吗？”

“当然，”奥索尔说，“他订立了契约。不管发生什么，恪守契约是他的责任。他必须服务于他的主人，对他来说就是这座城，即使那主人让他做一些非常讨厌的事。”

“你看待事物的方法非常坎德拉兽化。”纹说。

奥索尔仰头看着她，一副惊讶的表情，就像在说：是啊，你还能指望什么？她微笑起来，每次看到这种表情出现在一只狗的面孔上，她就有种压抑不住的笑意。

“走吧，”纹说，“我们回宫。”

“好极了，”奥索尔四脚着了地，“我准备的那些肉现在应该味道正好。”

“除非那些女仆们没有发现。”纹笑着说。

奥索尔的表情黯淡下来。“我以为你会警告她们的。”

“我应该怎么说呢？”纹好笑地问，“请不要扔掉那些腐烂的肉，我的狗儿喜欢吃？”

“为什么不这样说？”奥索尔问，“在我模拟人类的时候，我几乎从来没有吃过好肉，可是狗有时候也会吃陈肉的，不是吗？”

“我还真不知道。”纹说。

“陈肉是很美味的。”

“你指的是‘腐’肉。”

“陈肉。”奥索尔固执地说。纹把它扛起来，准备把它从城墙上带下去。哈斯丁城堡的顶端有一百多尺高，是奥索尔无法跳下去的，而唯一通往下面的路要穿过这座被遗弃的城堡的内部。最好把它扛下去。

“陈肉像陈年葡萄酒或陈奶酪，”奥索尔接着说，“放上几个星期后，它的滋味会变得更好。”

但是，我必须从这些匮乏的细节着手，继续我的工作。时间是有限的。当其他的创世师来找我时，他们肯定会自惭形秽，承认他们一直是错的。即使这样，我也开始质疑起我原来宣称的东西。

然而，我是个高傲的人。

30

萨奇德读着：

现在我写下这个记录，镌刻在一块钢板上，因为我害怕，害怕自己。是的，我也是人。如果阿兰迪真从升华之井返回，我相信杀死我将是他的目标之一。他不邪恶，但他是个无情的人。我认为，那是他过去的经历造成的。

然而，我还是害怕，所有我知晓的东西——我自己的故事将会被遗忘。我担心将要到来的那个世界。害怕阿兰迪会失败。

害怕黑暗力量带来的灾厄。

先回到可怜的阿兰迪身上。我对他的感觉不好，因为所有他被迫承担的事情，因为他被迫成为的那个人。

不过，让我从头说起吧。我第一次遇见阿兰迪是在克莱尼姆。那时候他是个小伙子，还没有被十年的领袖生活所扭曲。

第一次看到阿兰迪时，我对他的身高很惊讶。他比其他所有人都高出一截，虽然年轻且衣履寒酸，却是个值得尊重的人。

奇怪的是，正是阿兰迪率真的天性使我们成为朋友。他在这伟大城市的最初几个月里，我雇他作为我的助手。

直到几年后，我才开始相信阿兰迪是永世英雄。永世英雄，在克莱尼姆语里叫拉布赞，也被称为厄纳姆内斯。

那是救世主的别名。

当我最终得出了结论，把所有预言中的征兆和阿兰迪联系起来后，我是如此激动。然而，当我把这一发现告诉其他的创世师时，我被嘲笑了一顿。哦，我真希望自己当时听从了他们的意见。

可是，任何熟悉我的人都知道我不会轻易放弃。一旦我发现需要调查的事情，我就会锲而不舍。我已经确定阿兰迪是永世英雄，而且我决定证明这件事。我本应该虚心接受其他人的意见。我不该坚持和阿兰迪一起前往圣井，去见证他的旅程。不可避免地，阿兰迪会自己发现我对他的信念和期待。

要是特里斯宗教，还有对预言的信仰，没有在我们的人民中传播，那该有多好。如果黑暗力量没有出现，造成人们在行为和信仰上的完全绝望，那该有多好。如果多年前在寻找助手的时候，我忽略了阿兰迪，那该多好。

萨奇德在誊写和拓印的间歇中休息了片刻。还有大量的工作要做，这个柯万想办法在这样的一块铁片上写下了那么多的字，真让人吃惊。

萨奇德看着他的工作。他一路往北，就盼着有一天能开始进行这些拓印工作，部分是因为担心。坐在一间光线良好的房间里看那个死者的话，会跟在瑟伦堡的地牢看起来同样重要吗？

他浏览了那份文件的另外一个部分，挑着读了几段，其中有一段话对他相当重要。

然而，作为发现阿兰迪的人，我成了个重要人物，在创世师的行列里脱颖而出。

在预知未来的学术领域里，有一个位置注定是我的，我把自己视为发言人，预言永世英雄出现的先知。宣布放弃阿兰迪就意味着，我的新地位、我的声誉会被其他人全盘否决。

因此我没有那样做。

但现在我这样做了。让大家知道我，柯万，特里斯的创世师，是一个骗子。

萨奇德闭上眼睛。创世师。这个词他是知道的：保管师的使命基于特里斯传说中的记忆和希望。而创世师是教师，是云游四方传播知识的储金术师。保管师的秘密使命主要来源于他们。

而他现在有了一份创世师亲自制作的文件。

婷德薇尔会对我更加恼怒的，萨奇德一边睁开眼睛，一边想。他已经读过完整的拓本，但他需要花时间研究它，记住它，并把它和其他文件进行比较。这一小份文件，也许一共只有二十页，却会让他忙上几个月，甚至几年。

窗户的百叶窗“咔哒”响了一下。萨奇德抬起头看过去。他在宫里的住处——一间精心装饰过的、很有品位的房间，但对他而言显得太浪费了。他站起身，走到窗户旁边，打开插销，推开了窗户。看到纹蹲伏在外面的壁架上，他微笑起来。

“嗯……嗨。”纹说。她在灰色衬衣和黑裤子外穿着迷雾斗篷。这时已经天光大亮，她显然在夜巡之后还没有上床休息。“你不该插上窗户，插了窗户我就进不来。伊兰德会因为我毁掉太多的插销而发疯的。”

“我会想办法记住的，纹女士。”萨奇德示意她进来。

迷雾斗篷“呼啦”一声响，纹敏捷地从窗户跳了进来。“想办法记住？”她问道，“你从来不会忘记事情，连没有存储在金属智库里的都不会忘。”

他在她走近书桌，盯着桌子上的笔记时想：她变得如此大胆，虽然我只离开了几个月。

“这是什么？”纹仍然盯着桌子，问道。

“这是我在瑟伦堡发现的，纹女士。”萨奇德走过来说。重新穿上干净袍子，有个安静舒适的地方做研究的感觉真好。耽于安逸而不去游历教学，自己是个坏人吗？

一个月，我会给自己一个月时间进行研究，然后我将把这个项目交给别人，他想。

“这是什么？”纹拿起那些拓片，问道。

“拜托，纹女士，”萨奇德担心地说，“它很容易破。这些拓片可能会被弄脏……”

纹点点头，放下拓片，扫视着他的抄本。她避免闻到乏味的书籍气味已经有段时间了，但现在她的好奇心被激起来了。“这里提到了黑暗力量！”她兴奋地说。

“也提到了很多别的东西。”萨奇德来到她身边，他坐了下来。纹走向一张低背的软椅。不过，她没有像平常人那样坐，而是腾身坐上了椅背，两脚踏在软椅的坐垫上。

“怎么了？”她显然注意到了萨奇德的微笑，开口问道。

“只是对迷雾之子的习惯感到好笑，纹女士，”他说，“让你们这些人老老实实地坐着很困难，你似乎总是希望坐在高处。我想，这是不可思议的平衡感所形成的习惯。”

纹皱着眉头，却忽视了他的评论。“萨奇德，”她说，“黑暗力量是什么？”

他双手手指交叉放在身前，一边沉思，一边看着纹。“黑暗力量吗，纹女士？这是个引起很多争议的话题，我想。它被认为是一种巨大而有力量的东西，尽管一些学者把相关传说斥为御主大帝杜撰的产物。我认为，这个理论是有一些道理的，因为那时候的真实记录是需要钢铁教团批准的。”

“但是，那本日志里也提到了黑暗力量，”纹说，“你现在翻译的东西也一样。”

“确实，纹女士，”萨奇德说，“不过，即使在那些认为黑暗力量真实存在的人们中间，也有着大量的争论。一些人坚持御主大帝的官方故事，即黑暗力量是一个可怕的超自然野兽，一个黑暗的神明，你愿意的话也可以这样说。另外的人不同意这种极端的解释。他们理解的黑暗力量更世俗一些——某种军队，也许是来自另一个陆地的入侵者。在至远辖区，在前升华时代，显然居住着若干种族，他们非常原始，而且好战。”

纹笑起来。萨奇德疑惑地看着他，她耸了耸肩。“我问过伊兰德同样的问题，”她解释道，“而我只得到了几乎不到一句话的回答。”

“陛下是不同领域的学者，前升华时代的历史即使对他而言也是一个枯燥的课题，任何人问到保管师关于过去的话题，恐怕都得准备接受一场冗长的谈话，我想。”

“我没有抱怨，”纹说，“请继续。”

“没有很多可以说的，或者更准确一些，可以谈的太多了，但我认为大部分都是无关紧要的。黑暗力量是一支军队吗？也许，它是克洛兽发起的第一次进攻，就像一些理论所说的那样？这可以解释很多问题，很多故事都认为御主大帝获得了一些能力，在升华之井旁打败了黑暗力量。也许他得到了克洛兽的支持，然后利用它们充当他的军队。”

“萨奇德，”纹说，“我不认为黑暗力量是克洛兽。”

“哦？”

“我认为黑暗力量是迷雾。”

“这个理论也有人提过。”萨奇德点点头说。

“有人提过了？”纹问道，声音听起来有些失望。

“当然，纹女士。在最后帝国一千年的统治期间，人们不可能不讨论这个话题。迷雾理论是以前出现的，但它有几个大问题。”

“比如说？”

“嗯，”萨奇德说，“首先，据说御主大帝打败过黑暗力量，但是，迷雾显然还存在着。而且，如果黑暗力量仅仅是迷雾，为什么用这样一个隐晦的名字称呼它呢？当然，有人指出，我们所知道或听到的黑暗力量都是口口相传的，而事物在以口头的方式流传几代后，就会被披上神秘的外衣，这种情况很常见。所以，‘黑暗力量’很可能不仅仅指迷雾，也可能是它的出现或变化这件事。

“但是，迷雾理论的最大问题是它的危害。如果我们相信那些记载，从我们有限的证据来看，黑暗力量是可怕而具有破坏性的，但迷雾似乎没有表现出这种危险。”

“但它现在杀人了。”

萨奇德顿了顿。“是的，纹女士。显然是的。”

“那么如果它以前也这样做过，但是御主大帝用某种方式阻止了它？你自己也说过，你认为我们做过的一些事，改变迷雾的事情，在我们杀死御主大帝以后。”

萨奇德点点头。“我调查的那些问题非常可怕，可以肯定。但是，我认为它不会成为和黑暗力量一个层次的威胁。确实，有些人被迷雾杀死了，但多数是年迈或身体虚弱的人。它放过了不少人。”

他考虑了一下。“不过，如果不承认这个意见有一些价值，我就是不负责任的，纹女士。也许少数几起死亡事件就能够引发恐慌，而且危险在转述中会被放大，况且，也许杀人事件从前没有那么普遍。我至今还没有搜集到足够的信息来证实任何事情。”

纹没有回答。萨奇德暗暗叹息着，哦，天哪，我让她厌烦了。我确实应该更谨慎些，注意我的措辞和语言。别人本来以为我在斯卡人中间游历之后，我应该知道——

“萨奇德？”纹若有所思地说，“如果我们看错了呢？如果这些迷雾中发生的随机死亡事件根本不是问题本身呢？”

“你的意思是？”

她静静地坐了一会儿，一只脚轻轻拍打着椅子的靠垫。然后她抬起头，看着他的眼睛。“如果迷雾在白昼持久地出现，那又会怎么样呢？”

萨奇德沉思着。

“那就会没有阳光，”纹接着说下去，“植物会枯萎，人类会挨饿。就会出现死亡……混乱。”

“我想是的，”萨奇德说，“也许这个推测是有价值的。”

“这不是猜测，”纹从椅子上跳下来，说，“这是过去发生过的。”

“你这么肯定？”萨奇德好笑地问道。

纹微微点了点头，走到桌子旁跟他站在一起。“我是正确的，”她以她特有的坦白说，“我知道这件事。”她从裤子口袋里抽出一张纸，然后拉过一张凳子坐在他旁边。她打开那张皱巴巴的纸，平铺在桌子上。

“这是从那本日志上摘抄下来的，”她指着其中的一段，“在这里，御主大帝谈到了军队对黑暗力量是如何无用。起初，我以为这指的是那些军队不能打败黑暗力量，不过看这里的措辞。他说的是‘我军队的刀剑是毫无用处的’。还有什么比对着迷雾挥舞刀剑更加无用的呢？”

她指着另外一段。“它的觉醒造成了毁灭，对吗？成千上万的人因此而死。但是，他从来没有提到黑暗力量真正攻击了他们。他说的是他们‘因它而死’。也许我们一直用错误的方法看待这件事。那些人不是被挤压死或被吃掉的。他们是被饿死的，因为他们的土地被迷雾渐渐吞没了。”

萨奇德看着那张纸。她看上去那样把握十足，她难道对正确的研究技巧一无所知吗？比如质疑，比如假定，比如证明，然后得出结论等。

当然，她在街头长大，她用不着研究的技巧，萨奇德想。

她用的是本能，而且通常是正确的。

他把那张纸抚平，读着上面的段落。“纹女士，这是你自己写的吗？”

她的脸红了。“为什么每个人都这么大惊小怪？”

“这似乎不符合你的天性，纹女士。”

“你们这些人弄错了，”她说，“看，这并不是这些段落里唯一和‘黑暗力量是迷雾’有矛盾的地方。”

“和一个论点没有矛盾并不等于证明了这个论点，纹女士。”

她漫不经心地挥挥手。“我是对的，萨奇德。我知道我是对的。”

“那么，这里呢？”萨奇德指着一行字问道，“英雄提到他能感觉到黑暗力量的一种情绪。迷雾是没有生命的。”

“啊，它确实会盘旋在使用熔金术的人身边。”

“那是两回事，我想，”萨奇德说，“他一直说黑暗力量疯了……无可救药地疯了，邪恶无比。”

纹愣了一下。“确实有点道理，萨奇德。”她承认道。

他皱着眉头。

纹指着另一段笔记。“你还记得这些段落吗？”那段话是这样的：

它不是一个影子。

这个跟着我、只有我能看见的黑糊糊的东西，不是真的影子。它是黑色透明的，但是它没有像影子那样完整的轮廓。它没有实质的东西：虚无缥缈，没有形状。好像是由黑暗的雾气形成的。

或者说，也许，那就是迷雾。

“是的，纹女士，”萨奇德说，“英雄看见一个生物跟踪他。它袭击了他的一个同伴。”

纹看着他的眼睛。“我见过它，萨奇德。”

他感到一阵寒意。

“它就在外面的某个地方，”她说，“每天晚上，在迷雾里。它注视着我。我能够用熔金术感觉到。而且，如果我靠得足够近，我就能看见它。它就像是由迷雾构成的一样，没有实体，但仍然存在。”

萨奇德安静地坐着，不知道在想什么。

“你觉得我疯了。”纹责备道。

“不，纹女士，”他平静地说，“我觉得，考虑到当前的情况，我们谁都不能把这种事情简单地称为发疯。只是……你肯定吗？”

她坚定地点了点头。

“不过，”萨奇德说，“即使这件事是真的，那还是没有解答我的问题。那本日志的作者看到了同一个生物，而他没有把它称作黑暗力量。那么，它就不是黑暗力量。黑暗力量是另外的东西，某个更危险的、被他认为是邪恶的东西。”

“那么，这就是一个秘密，”纹说，“我们得弄明白为什么他用这种方式称呼迷雾，然后我们就能明白……”

“明白什么，纹女士？”

纹思索着，移开了目光。她没有回答，却转到了另一个话题。“萨奇德，那位英雄没有做他应该做的事。拉谢克杀了他。而且，当拉谢克在井边取得力量时，他没有像人们期望的那样交出力量，而是留给了自己。”

“确实。”萨奇德说。

纹顿了一下。“而且迷雾已经开始杀人。它开始在白天出现，就像……另一个轮回开始了。也许……那就意味着永世英雄将再次到来。”

她回头看着他，显得有点……局促不安。啊……萨奇德感觉到了她的暗示。她看到了迷雾里的东西，从前的英雄也看到了同样的东西。“我不能肯定这是个有根据的想法，纹女士。”

纹哼了一声。“为什么你不能像普通人一样直接说‘你错了’？”

“我道歉，纹女士。我受过太多作为仆人的训练，我们被教育得不会正面对抗。不过，我不认为你错了。但我同样认为，也许你没有完全考虑你的处境。”

纹耸了耸肩。

“什么使你认为永世英雄将会回来？”

“我不知道。事情就是这样发生的，我感觉得到。迷雾再次出现了，而且需要有人阻止它。”

萨奇德用手指点着他翻译好的拓片，看着上面的词句。

“你不相信我。”纹说。

“不是这样的，纹女士，”萨奇德说，“只是我不倾向于匆忙地作决定。”

“但是，你已经想到永世英雄了，对吗？”纹说，“他是你们宗教的一部分——特里斯族失落的宗教，你们保管师必须想办法找出这个宗教的真相。”

“是的，”萨奇德承认道，“但是，我们对我们的先祖用来寻找他们英雄的预言所知甚少。另外，我最近所作的阅读显示他们的翻译有一些错误。如果升华前特里斯族最伟大的神学家不能正确地识别他们的英雄，那么我们又怎么能做到呢？”

纹平静地坐了一会儿。“我本来不该提这件事的。”她说。

“不，纹女士，请不要这样想。我道歉，你的推测很有价值。我只是以学者的头脑，在得到信息时必须加以质疑和考虑。我太喜欢争论了，我想。”

纹抬起头，微笑了一下。“另一个你从不是个好特里斯仆人的原因？”

“毫无疑问，”他叹口气说，“我的态度也有反对别人给我的命令的倾向。”

“像婷德薇尔一样吗？”纹问道，“她听到你告诉我们关于储金术的事情时显得很不高兴。”

萨奇德点点头。“对于一个献身于知识的团体来说，保管师对有关他们力量的信息相当敏感。当御主大帝仍然活着的时候，当保管师被追杀的时候，我认为这种警惕是有正当理由的。但是，现在已经不像以前那样了，我的兄弟姐妹们仍然难以打破那种保密的习惯。”

纹点点头。“婷德薇尔好像不太喜欢你。她说她是在你的建议下来这里的，但每次有人提到你时，她似乎都会变得非常……冷淡。”

萨奇德叹了口气。婷德薇尔不喜欢他？也许她在这件事上的无能为力才是最大的问题。“她只是对我失望，纹女士。我不太确定你对我的过去有多少了解，在凯尔西招纳我之前，我已经致力于推翻御主大帝十几年了。别的保管师认为我拿着自己的红铜智库，还有我的使命冒险。他们认为保管师需要隐忍，等待御主大帝死掉的那一天，却不想办法促成这件事的发生。”

“在我看来是胆小。”纹说。

“啊，但这是一种非常谨慎的路线。你要明白，纹女士，一旦我被抓到了，我就可能暴露很多事情。保管师的名字、我们藏身处的地点、我们在特里斯文化中隐藏自己的手段，我的兄弟们花了几十年时间使御主大帝认为储金术已经绝迹了。一旦我暴露出来，就会浪费他们的所有努力。”

“那只有在我们失败的时候才会发生，”纹说，“我们成功了。”

“我们很可能失败。”

“我们没有失败。”

萨奇德没说话，笑了起来。有时候，在辩论、提问、自我质疑的领域里，纹的单纯和直率令人耳目一新。“不去管它了，”他说，“婷德薇尔是赛诺德元老团的一员，那是一个指导我们这个部门的组织，由德高望重的保管师组成。过去，我已经多次违背过赛诺德元老团的命令。而且，通过回到卢萨岱尔，我又一次没有服从他们的命令。婷德薇尔有足够的理由对我感到不快。”

“可是，我认为你没做错什么，”纹说，“我们需要你。”

“谢谢你，纹女士。”

“我觉得你不用非得听婷德薇尔的，”她说，“她是那种装作自己懂得很多的人。”

“她很有智慧。”

“她对伊兰德很苛刻。”

“那么她这样做也许是为他好，”萨奇德说，“不要草率地评判她，孩子。如果她表现得让人气恼，那只是因为她曾经历过一种艰辛的生活。”

“艰辛？”纹把笔记收到口袋里，问道。

“是的，纹女士，”萨奇德说，“你要知道，婷德薇尔花费了一生中大量的时间担当特里斯族的母亲。”

纹愣住了，她的手插在口袋里，一脸惊讶。“你指的是……她做过繁衍者？”

萨奇德点点头。御主大帝的繁衍程序包括选择一些特殊的个体，用来生养新生儿，目的是在掩人耳目的情况下繁衍储金术师。

“婷德薇尔曾经生养过二十多个孩子，”他说，“分别跟不同的父亲。她在十四岁时有了第一个孩子，她的全部生活是在不停地被带给陌生人、不停地受孕中度过的。而且，因为繁衍师强制她使用受胎药，她经常怀双胞胎或三胞胎。”

“我……明白了。”纹小声说。

“你不是唯一有着可怕童年的人，纹女士。也许，婷德薇尔是我所知道的最坚强的女人。”

“她怎么忍受得了？”纹静静地问，“我觉得……我觉得我可能会索性一死了之。”

“她是个保管师，”萨奇德说，“她忍受这种侮辱，是因为她知道自己为同胞作出了巨大的贡献。你知道，储金术是遗传的。婷德薇尔作为繁衍者使我们的储金术得以传承到未来。讽刺的是，她正是繁衍师避免使之生养的那种人。”

“但是，这种事怎么会发生？”

“繁衍者是被认为已经去除了储金术能力的人，”萨奇德说，“他们希望在特里斯族人里创造另外的特性：温顺、节制。他们像繁殖良马一样生产我们，而赛诺德元老团设法让婷德薇尔被入选是对他们的一次巨大打击。

“当然，婷德薇尔只受过很少的储金术训练。幸运的是，她接受了我们保管师携带的一些红铜智库。所以，在她被关起来的很多年里，她能够研究和阅读传记。在最近的十年，她生养的年龄过去了，婷德薇尔才得到了保管师的资格，并加入了保管师。”

萨奇德顿了一下，然后摇了摇头。“比较起来，我认为我们余下的人早已熟悉了自由的生活。”

“好极了，”纹咕哝着，站起身打了个哈欠，“另一个你感到内疚的原因。”

“你该睡了，纹女士。”萨奇德说。

“睡几个小时。”纹说，她朝门口走去，留下他一个人在书房里继续研究。

我担心我的傲慢最终会毁了所有人。

31

菲伦·弗兰迪欧不是斯卡人。他从来都不是斯卡人。斯卡人的工作是制造或种植，菲伦是卖东西的。这两者有巨大的区别。

哦，有些人曾叫过他斯卡人。即使现在，他仍能从另外一些议员的眼睛里看到这个词。他们像看待议会里的八个斯卡人议员一样轻蔑地看待菲伦和他的商人伙伴。难道他们不明白这两个群体是完全不同的吗？

菲伦在长凳上动了动身体。难道议会大厅的座椅不应该至少更舒服一点吗？他们在等着几个尚未入场的议员。角落里高挂着的钟显示离会议开始还有十五分钟。奇怪的是，那些人中也包括樊乔，伊兰德国王平时都是早到的。

不再是国王了，伊兰德·樊乔只是一介平民，菲伦微笑着想。那是一个可悲的名字，不如菲伦自己的名字好。当然，在一年半之前，他还曾经是“林”。菲伦·弗兰迪欧是他在大崩溃之后给自己改的名字。当别人开始习惯称呼他这个名字时，他感到非常快乐。不过，为什么他不能有个大名呢？一个领主的名字？难道菲伦不如那些孤零零地坐在位置上的任何一个“贵族”优秀吗？

哦，他当然同样优秀，甚至更优秀一些。是的，他们曾叫过他斯卡人，在那些年里，他们因为需要来找他，因此他们傲慢的嘲讽失去了力量。他看到了他们的不安全感。他们需要他，一个被他们称作斯卡人的人。但他也是个商人，一个不高贵的商人。某个在御主大帝美好的小帝国里被认为不应该存在的事物。

但是，贵族商人必须跟圣务官一起工作。在有圣务官的地方，违反法律的事情就无法发生。因此，菲伦就充当了某种媒介。一个掮客，为那些希望避开御主大帝圣务官警惕目光的交易方撮合生意。菲伦没有加入盗贼团伙。不，那太危险了，而且过于平庸。

他有天生的金融商业眼光。给他两块石头，他就能在周末拥有一座采石场；给他一个轮辐，他就能把它变成一架完美的马车；两颗玉米，最终能让他把一大船粮食运往在至远辖区的市场。当然，真正的贵族也做这些生意，但菲伦是这一切的幕后黑手。他有一个自己的庞大帝国。

这一次，他们仍然看不到。菲伦穿着和他们一样质地良好的礼服，现在他能够公开地购买，他已经成了卢萨岱尔最富有的人之一。然而，那些贵族仍然忽视他，只因为他缺乏正式的血统。

好吧，他们会明白的。经过今天的会议……是的，他们会明白的。菲伦朝人群里看去，不安地寻找着那个他安插在里面的人。他安心地朝在不远处闲聊的贵族议员看去。最后一个议员刚到，他是费尔森·彭罗德领主。他从议员身旁穿过，走上议会的讲台，依次跟议员们打着招呼。

“菲伦，”彭罗德看到了他，“一件新衣服，我看到了。这件红背心很适合你。”

“彭罗德领主！你的气色很好。你的病好了吗？”

“是的，好得很快，”满头银发的彭罗德对他点了点头，“只是一场胃病。”

真遗憾，菲伦微笑着想。“啊，我们最好坐下来。尽管，我注意到年轻的伊兰德不在这里……”

“是的。”彭罗德皱着眉头说。他是最难被说服投伊兰德反对票的。他对那个小伙子十分喜爱。但他最终还是被说服了，他们都被说服了。

彭罗德继续往前走，加入了其他贵族的行列。这个老傻瓜也许认为他最终会成为国王。不过，菲伦对于国王的人选另有打算。当然，继位的不是菲伦本人，他对管理国家并无兴趣。做国王看起来是个赚钱的糟糕途径。卖东西则好得多，更加稳妥，更不容易掉脑袋。

哦，但菲伦确实有计划。他总是成竹在胸。他必须控制住自己不朝观众席上看。

他转身观察起议员来，除了樊乔之外所有的人都到了。七名贵族、八位商人，还有八个斯卡人工人：算上樊乔一共二十四人。这种三阶层分立方式的用意是给平民更多的权力，因为从表面上看他们的权力大于贵族。但即使是樊乔也不懂得，商人不是斯卡人。

菲伦皱了皱鼻子。尽管斯卡人议员在参加会议前总会整理一下自己，他还是能闻到他们身上铸造厂、磨坊和店铺的臭味。这些人是从事制造的。菲伦肯定他们一等这里结束，就会回去继续工作。成立议会是个有趣的主意，但议会的成员应该是配得上这个职位的人。就像菲伦这样的。

菲伦领主，这个称谓不久就是他的了。

希望伊兰德迟到。那么，也许他们就能避免让他发言。菲伦完全想象得到他会说些什么。

“嗯……明白吗，这不公平？我应该做国王。现在，让我给你们读一本关于为什么的书。现在，嗯，能请你们再给斯卡人一些钱吗？”

菲伦微笑起来。

在他旁边的格特鲁用胳膊碰了一下菲伦。“你觉得他会露面吗？”他小声说。

“大概不会，你一定明白我们不想要他了。我们把他踢开了，不是吗？”

格特鲁耸了耸肩膀。从大崩溃以来，他已经发福了，可不是一般的发福。“我不知道，林。我是说……我们不是动真格的吧。他只是……那些军队……我们必须有个强硬的国王，对吗？必须有个确保城市不失守的人。”

“当然，”菲伦说，“还有，我的名字不是林。”

格特鲁的脸红了。“对不起。”

“我们没做错。”菲伦接着说，“樊乔是个软弱的人，一个傻子。”

“我不会那样说的，”格特鲁说，“他有些好想法……”格特鲁不安地低下了头。

菲伦哼了一声，瞟了一眼那座钟。时间到了，尽管人声嘈杂，他听不到报时的声音。自从樊乔落选以来，议会召开会议时的听众越来越多了。从讲台前呈扇形摆开的板凳上坐满了人，其中大多数是斯卡人。菲伦不太清楚为什么允许他们参加。他们既不能投票，又不能做别的。

又是樊乔式的愚蠢，他摇着头想。在房间的最后——讲台的对面，人群的最后，两扇宽大的门敞开着，红色的阳光照进房间里。菲伦朝几个人点点头，于是他们把门关上了。众人安静下来。

菲伦站起身向议会致辞。“诸位，自从——”

议会厅的门突然向内打开了。一个身穿白衣的人站在一小伙人中间，出现在红色的阳光里。伊兰德·樊乔。菲伦伸着脖子，皱起了眉头。

前国王伊兰德大步走了进来，一顶白冠在头顶上摇摇摆摆。他的迷雾之子和平时一样走在他身旁，不过她穿着一件长裙。以菲伦和她有限的几次交谈经验来说，他本来以为她穿上贵妇的长袍会显得很笨拙。然而，她似乎显得很自如，走起路来落落大方。事实上，她看起来相当引人注目。

至少，在菲伦迎上她的眼光时，她看起来对议会成员并无戒备，菲伦移开了目光。樊乔带来了他的全部熔金术师——幸存者团伙里的蛮力士。伊兰德显然想提醒每个人他的朋友是谁。强大的人，令人望而生畏。

杀掉神明的人。

而且伊兰德带着不止一个，而是两个特里斯人。其中一个是特里斯女人，菲伦以前从来没有见过特里斯女人，但仍然令人印象深刻。人人都听过特里斯仆人如何在大崩溃后离开他们的主人，他们拒绝再担任仆人了。樊乔到底是从哪里找来了两个穿着彩色长袍的特里斯仆人为他服务呢？

人们静静地坐着，看着樊乔。一些人显得坐立不安。他们该怎么对付这个人呢？另一些人看起来……非常敬畏？这是怎么了？谁会敬畏伊兰德……虽然这个伊兰德脸刮得干干净净，留着精心设计的发式，穿着新衣服和……？菲伦皱起了眉头。他佩的是决斗手杖吗？而且身边还跟着一头猎狼犬？

他不再是个国王了！菲伦又一次提醒自己。

樊乔大步走上了议会讲台。他转过身，挥手示意他的人，所有的八个人和卫士坐在一起。然后，他扭头看着菲伦。“菲伦，你想说些什么吗？”

菲伦意识到自己仍然站着。“我……只是——”

“你是议长吗？”伊兰德问道。

菲伦愣了一下。“议长？”

“平时国王主持议会，”伊兰德说，“我们现在没有国王。因此，根据法律，议会应该选举一名议长主持发言，裁定时间分配，处分投票时的均衡局面。”他顿了顿，盯着菲伦，“要有一个人来主持，否则会造成混乱。”

菲伦不由得紧张起来。樊乔知道自己组织了反对他的投票吗？不，他不知道，也不可能知道。他依次看了看每个议员，盯着他们的眼睛。每个人都脸色沉重。被解职的年轻人以前参加过这种会议，但他现在身穿军装，坚毅取代了平时的犹豫不决……他几乎像变了个人一样。

显然，你为自己找了个教练，但有点晚了吧。只需要等一会儿……菲伦想。

菲伦坐下来。“事实上，我们还没来得及选议长，”他说，“我们正打算做这件事。”

伊兰德点点头，他的脑子里涌现出十几种不同的准则。保持目光接触；做出让人难以捉摸、但又坚定的表情；绝不能显得慌乱，也不能犹豫；落座时要干净利落，不能拖拖拉拉，要保持端正的坐姿；在紧张时不能双手攥成拳头……

他飞快地瞟了婷德薇尔一眼，后者对他点了点头。

继续吧，伊尔，他告诫自己，让他们感受一下你的变化。

他走过去坐在自己的位子上，对议会里的另外七个议员点头致意。“很好，”他率先开口说，“那么，我可以推荐一名议长吗？”

“你自己？”一个名叫德里德尔的贵族问。就伊兰德所知，他总是一副嘲弄的嘴脸。对于一个长着刀片脸和黑炭般头发的人来说，这种表情是完全说得过去的。

“不，”伊兰德说，“在今天的议程里，我很难做到不偏不倚。因此，我推荐彭罗德领主。他是我们所能找到的最可敬的人，我认为我们可以放心地委托他来主持讨论。”

众人安静了片刻。

“有道理。”铸造厂工人海泰尔说。

“都同意吗？”伊兰德说道，举起了手。他得到了十八个人的赞同：所有的斯卡人，大多数贵族，只有一个商人。过了半数。

伊兰德转向彭罗德领主。“我相信这表示你可以主持了，费尔森。”

彭罗德赞许地点点头，然后起身宣布会议正式开始。这种事情伊兰德从前也做过，彭罗德却显得驾轻就熟，他穿着剪裁精良的正装，一举一动显得很有魄力。看着彭罗德自如地做着他正在拼命学习的事情，伊兰德不由得感到一丝嫉妒。

也许他做国王比我更好，也许……伊兰德想。

不，他坚定地想，我必须自信。彭罗德为人正派，是个完美的贵族，但这些并不能成就一名领袖。他没有读过我读的那些书，也不像我一样懂得立法理论。他是个好人，但他仍旧是上流社会的产物，他不认为斯卡人是牲畜，但他也绝不会平等地看待他们。

彭罗德结束了自己的开场白，然后对伊兰德说。“樊乔领主，你召集了这场会议。我相信法律准许你首先向议会致辞。”

伊兰德站起身，点点头表示谢意。

“二十分钟够吗？”彭罗德问道。

“应该够了。”伊兰德说。他和彭罗德擦身而过，站上了讲台。在他的右手边，议会大厅的地板上乱糟糟地挤满了人，混杂着咳嗽声、窃窃私语声。房间里有一种紧张的气氛，这是伊兰德第一次面对背叛他的人。

“你们大多数人都知道，”伊兰德对二十三名议会成员说，“我最近和斯特拉夫·樊乔进行了一场会晤，那个军阀，不幸也是我的父亲。我愿意就这次会晤向你们作一个报告。考虑到这是一场公开的会议，我会对我的报告作一些调整，避免提到一些有关国家安全的敏感问题。”

他稍稍停顿了一下，看到了听众脸上出现的困惑表情，这早在他预料之中。最后，商人菲伦咳嗽了一声。

“请讲，菲伦？”伊兰德问道。

“一切都很好，伊兰德，”菲伦说，“只是，你不打算针对我们今天要表决的那件事致辞吗？”

“我们聚集在这里的原因，菲伦，”伊兰德说，“是讨论如何保证卢萨岱尔的安全和繁荣。我认为人们最关心的是敌人的军队，而我们应该主要解决他们关心的问题。关于议会领导权的问题可以放一放。”

“我……明白。”菲伦说，他的困惑显露无疑。

“时间由你决定，樊乔领主，”彭罗德说，“请继续。”

“谢谢你，议长，”伊兰德说，“我希望清楚地指出，我父亲不打算进攻这座城市。鉴于上星期发生的初步攻城事件，我能理解为什么人们会担心。但是，那只是一个试探，斯特拉夫害怕进攻会大量消耗他的资源。

“在我们会晤期间，斯特拉夫告诉我，他已经和赛特结为同盟。但是，我相信这是谎言，但如果我们不走运，谎言也会伤人。我怀疑他真会不顾赛特的存在，真的打算冒险进攻我们。他的攻击已经停止了。”

“为什么？”一个工人代表问，“因为你是他的儿子？”

“不，事实上，”伊兰德说，“斯特拉夫是个不允许家庭关系妨碍他的决心的人。”伊兰德顿了顿，瞟了纹一眼。他开始意识到她不喜欢充当拿着匕首放在斯特拉夫喉咙上的人，但她已经同意他在演讲中提到她了。

可是……

她说没关系，他对自己说，但我不能把责任强加在她身上。

“快说吧，伊兰德，”菲伦说，“别演戏了。你对斯特拉夫作了什么承诺才让他同意不攻击我们的。”

“我威胁了他，”伊兰德说，“诸位同仁，当在会晤中面对斯特拉夫时，我意识到我们，作为一个群体，常常忽视了我们的一个最大资源。我们认为自己是由民众委任的一个光荣团体。但是，我们站在这里，并不是因为我们自己有什么作为。我们拥有这个位置只有一个原因，那个原因就是哈辛的幸存者。”

伊兰德盯着议会成员们的眼睛，继续说道：“我时常像你们一样感到疑惑。幸存者已经成为传奇，成了我们无法企及的人物。他在人民心目中有着崇高的威望，尽管他已经不在人世，这种威望仍然有着巨大的影响力。我们嫉妒，甚至不安。这是自然的，人之常情。领袖的感受和其他人一样敏感，甚至更甚。

“先生们，我们不能继续这样想下去。幸存者的遗产并不属于一个群体，甚至也不单单属于这个城市。他是我们的先辈，每个在这片土地上获得自由的人都是他的子民。不管你是否接受他的宗教权威，你们必须承认，没有他的一往无前和自我牺牲，我们现在就不可能享有自由。”

“这到底跟斯特拉夫有什么关系？”菲伦厉声问道。

“大有关系，”伊兰德说，“因为，虽然幸存者已经逝去，他的遗产仍在。具体而言，以他徒弟的形式。”伊兰德朝纹点了点头，“她是目前最强大的迷雾之子，斯特拉夫现在很清楚这件事。先生们，我了解我父亲的脾气。如果他担心遭到无法抵御的报复，他就不会攻城。他已经意识到，如果他进攻，他就会品尝到幸存者继承人的愤怒，这种愤怒甚至连御主大帝也无法抵挡。”

伊兰德听着人群里发出的阵阵窃窃私语，陷入了沉默。他的话将传到平民的耳朵里，给他们带来力量。甚至，也许会通过间谍传到斯特拉夫的军队里，伊兰德知道他一定在听众里。他注意到父亲的熔金术师也站在人群里，那个人名叫赞恩。

而且，当这个消息传到斯特拉夫军队里的时候，那些人也许会对执行攻城的命令多加考虑。谁会愿意面对曾经毁掉御主大帝的那拨人呢？这是一个微弱的希望，斯特拉夫军队里的人也许根本不相信发生在卢萨岱尔的所有故事，但敌人的士气只要削弱一点，都会对自己有更多的帮助。

伊兰德加强了自己和幸存者之间的联系，这也无伤大雅。他需要克服自己的不安全感：凯尔西是个伟大的人，但他已经不在人世。伊兰德要努力让人们看到他的遗产仍然存在。

因为这样对他的人民最有好处。

纹听着伊兰德的演说，心里感到一阵难过。

“你还好吧？” 在伊兰德对访问斯特拉夫的细节作进一步描述时，汉姆探过身子，小声问道。

纹耸耸肩膀。“只要对王国有帮助，怎么说都好。”

“你向来对凯尔在斯卡人心目中为自己树立的形象感到难过，我们都一样。”

“这是伊兰德的需要。”纹说。

婷德薇尔坐在他们前面，这时突然转过身白了她一眼。纹以为会听到反驳的话，但特里斯女人显然有另外的话要说。

“国王本人，”她说，“需要和幸存者的联系。伊兰德能够依赖的自身权威很少，而且凯尔西是现在中央辖区最受人热爱、最著名的人。通过暗示这个政府是由凯尔西创建的，国王就能让那些人在作乱之前先好好考虑一下。”

汉姆若有所思地点点头，但纹却低下了头。这是怎么了？前些时候，我还在疑惑自己是不是永世英雄，而现在我却担心起伊兰德给我带来的名声？

她不安地坐着，燃烧着青铜，感觉着远处传来的脉动。那声音变得更响了……

停下来！她告诫自己。萨奇德不认为英雄会再次出现，而且他比任何人更了解历史。她的想法无论如何都是愚蠢的。她需要把注意力集中在这里正在进行的事情上来。

毕竟，赞恩也站在听众里面。

纹微弱地燃烧锡，看到了房间后面的那张脸，观察着他的表情。他没有看她，而是盯着那些议员们。他是奉斯特拉夫的命令，还是自己来的？斯特拉夫和赛特无疑都有间谍混在听众里，而且，汉姆也派了卫士混在人群里。赞恩令她心神不安。为什么他不向她转过身来？难道——

赞恩看了看她的眼睛，微微一笑，然后扭头继续注视着伊兰德。

纹不由得心里一颤。那么，这代表他没有故意避开她吗？专心！她告诉自己。你要专心听伊兰德的发言。

不过，伊兰德已经快结束了。他对于自己如何能使斯特拉夫按兵不动作了几句说明，结束了演讲。当然，这一次他还是不能说得太详细，不能泄露机密。他看了看角落里的大钟：时间已经过了三分钟，他离开了讲台。

彭罗德领主咳嗽了一声。“伊兰德，你是不是忘了什么事情？”

伊兰德踌躇了一下，然后转身看着众议员。“你们希望我说什么？”

“难道你不打算作个回应？”一个斯卡人工人说，“对于……上次会议发生的事情？”

“你们收到了我的信，”伊兰德说，“你们知道我对那件事的想法。但是，这个公开的论坛不是用来谴责和指控的地方。这对议会这个高尚团体来说不适合。我希望在危急的关头议员们不要只讨论他们自己的利益，而我们也不能改变已经发生的现实。”

他继续朝自己的座位走。

“就这样了？”一个斯卡人问道，“你不准备为自己辩护，想办法说服我们恢复你的王位吗？”

伊兰德思索了一下。“不，”他说，“不，我不打算辩护。你们已经向我表明了你们的选择，我失望了。但是，你们是民众选举出来的代表。我相信你们有这样的权力。

“如果你们有问题，或者质疑，我很乐于进行自我辩护。但是，我不打算鼓吹和表白我的德行。你们都熟悉我。你们知道为了这座城市和周围的人民，我能做什么，还有我愿意做什么。就让那成为我的辩护吧。”

他回到自己的位子上。纹在婷德薇尔的脸上看到了反对的表情。伊兰德的演讲并不是他们一起准备的那份议会期待的辩护词。

为什么变了？纹很疑惑。婷德薇尔显然不认为这是个好主意。但是很奇怪，比较起来，纹觉得自己更相信伊兰德的本能。

“好吧，”彭罗德走上讲台，说道，“谢谢你所作的报告，樊乔领主。我不知道我们是不是还有别的议题……”

“彭罗德领主？”伊兰德问道。

“什么？”

“也许你应该进行提名？”

彭罗德皱起了眉头。

“国王的提名，彭罗德。”菲伦厉声说。

纹愣了一下，盯着那个商人。他的确懂得不少，她注意到了。

“是的，”伊兰德说，他也盯着菲伦，“为了让议会选出新国王，必须在进行实际投票的前三天进行提名。我建议现在进行提名，这样我们就能尽快进行投票。城里一天没有领袖，就会多一天痛苦。”

伊兰德停顿了一下，然后微笑起来。“当然，除非你们愿意在没有新国王的情况下过上一个月……”

好在他确定自己想保留王位，纹心想。

“谢谢你，樊乔领主，”彭罗德说，“我们现在就开始，那……我们具体该怎么进行？”

“每个议会成员给出一个提名，只要他愿意，”伊兰德说，“这样我们就不用为了人选而伤脑筋，我想建议我们每个人都慎重考虑，只选择某个你真心实意认为能成为好国王的人。如果你有了人选，你可以站起来向议会里的其他人宣布。”

彭罗德点点头，回到自己的座位上。几乎在他落座的同时，一个斯卡人议员站了起来。“我提名彭罗德领主。”

纹心想：伊兰德一定早就考虑到这种情况了。为什么要提名彭罗德做议长呢？为什么要给这个自己最大的竞争对手这样的权威呢？

答案很简单。因为伊兰德知道彭罗德领主是最佳的议长人选。有时候，他有点忠诚过头了，纹想道，这不是第一次了。她扭头观察着提名彭罗德的斯卡人议员。为什么这个斯卡人这么快就和一名贵族站到一起了呢？

她觉得这个变化太快了。斯卡人习惯于被贵族领导，即使他们有了自由，他们也是传统动物，甚至比贵族还传统一些。一个像彭罗德这样的领主：雍容，有魄力，看上去天生比斯卡人更适合国王的头衔。

他们最后一定会克服这种思想的，至少，当他们开始想要变成伊兰德希望他们成为的那种人时，他们一定能克服的，纹想。

房间里继续保持着安静，没人给出其他的提名。观众席里有几个人咳嗽着，但连小声说话的人都没有。最后，彭罗德领主站了起来。

“我提名伊兰德·樊乔。”他说。

“哦……”有人在她背后小声说。

纹转过头看着布里兹。“怎么了？”她小声问。

“聪明，”布里兹说，“你没看到吗？彭罗德是个忠诚的人。或者，至少像个贵族的样子，这表示他坚持表现得真诚。伊兰德提名他做议长……”

是希望让彭罗德感到自己有责任提名伊兰德做国王，纹明白了。她瞟了伊兰德一眼，在他嘴边发现了一丝微笑。他真的一手制造了这场交换吗？这种微妙的手段更像是布里兹的动作呀。

布里兹欣赏地摇着头。“这不仅避免了伊兰德提名自己的尴尬，那样会使他显得太绝望，而且让每个议员都认为他们尊敬的这个人，也是未来的国王人选，同样愿意让伊兰德保住名号。真聪明。”

彭罗德坐了下去，屋子里又安静下来。纹怀疑彭罗德提名伊兰德是因为他不想在选举中没有对手。整个议会里的人也许都认为该给伊兰德一个机会重获王位。彭罗德只是太忠诚了，以至于把这种想法表现出来。

但是，那个商人又是怎么回事？他们一定有自己的小算盘。伊兰德认为也许是菲伦组织了反对他的投票。他们想把他们的一个自己人放在王位上，一个能向任何幕后指使的、或者出价最高的国王打开城门的人。

她盯着那个八人团体，他们身上穿着的礼服，在某种程度上，甚至比那些贵族身上穿的还好。他们似乎都在等着一个人的命令。菲伦的计划是什么呢？

一名商人扭动身子似乎要站起来，但菲伦喝止了他。菲伦安静地坐着，一根贵族的决斗手杖横在他的大腿上。终于，在房间里大多数人都将注意力放在他身上时，他缓缓地站了起来。

“我也有一个自己的提名。”他说。

斯卡人议员里有人哼了一声。“现在是谁在演戏，菲伦？”那边的一个议员说，“你就直接一点吧，提名给你自己。”

菲伦扬起眉毛。“事实上，我不准备提名给我自己。”

纹皱着眉头，她也看到了伊兰德眼睛里的困惑。

“尽管我感谢你的意见，”菲伦接着说道，“但我只是个单纯的商人。我认为国王的头衔应该赋予一个更有专业经验的人。告诉我，樊乔领主，我们必须提名给议会里的人吗？”

“不，”伊兰德说，“国王不一定得是议员，在得到王位前，我也不是议员。国王的首要职责是立法和推动法律的执行。议会只是一个起权力制衡作用的顾问委员会。国王本人可以是任何人，事实上，这个头衔过去是世袭的。我没想到……这个条款这么快就用得上了。”

“啊，是的。”菲伦说，“那好。我认为这个头衔应该赋予一个拥有实际经验的人，一个能显示出其领导能力的人。因此，我提名阿什韦瑟·赛特做我们的国王！”

什么？当菲伦转身朝观众示意时，纹震惊地看到，人群里一个人解下身上的斯卡人斗篷，拉下了头巾，露出里面的另外一套衣服和一张长着大胡子的脸。

“哦，天哪……”布里兹说。

“真的是他？”纹怀疑地问，观众席上也响起一阵窃窃私语。

布里兹点点头。“哦，那就是他。赛特领主的真身。”他顿了一下，然后看着她，“我觉得我们有麻烦了。”

我从来没有获得过我同胞的很多关注；他们认为，我的工作和兴趣对于一个创世师而言是不适宜的。他们不明白我研究自然而非宗教，将如何为十四片大陆的人民带来好处。

32

纹安静而紧张地坐着，扫视着人群。赛特一定不会孤身来访，她想。

然后她看到了他们，现在她明白自己在找的是什么了。穿得像斯卡人的士兵，在人群里围着赛特的座位形成了一个保护圈。赛特没有站起来，但他身边的一个年轻人站了起来。

也许有三十名贴身卫士，他不会傻到一个人来，纹心想。但进入一个被自己包围的城市是个大胆的举动，已经到了愚蠢的边缘。当然，很多人对伊兰德拜访斯特拉夫的军队也作了同样的评论。

但赛特和伊兰德所处的位置不尽相同。他不是无路可走，也没有面临失去一切的危险。除了……他的兵力不如斯特拉夫雄厚，而且克洛兽正在逼近。如果斯特拉夫确实能得到预期的天金供给，赛特作为西部统领的日子就为数不多了。进入卢萨岱尔也许算不上孤注一掷的举动，但也同样不是一个手握大权的人该有的举动。赛特是在赌博。

而且他似乎很享受这场赌博。

赛特在沉默的房间里微笑着，议员和观众都震惊得说不出话来。最后，赛特朝他的几个装扮得很恶心的士兵挥了挥手，他们抬起椅子，把他搬到了讲台上。议员们小声议论着，想向自己的助手或同伴证实赛特的身份。大部分贵族则沉默地坐着，在纹看来，这已经足够证明了。

“他跟我想象的可不一样。”在那些士兵爬上讲台的时候，纹小声对布里兹说。

“没人告诉过你他是个残疾人吗？”布里兹问。

“不光这样，”纹说，“他没有穿礼服。”他穿着一条长裤和一件衬衣，却没有穿贵族的礼服外套，而是穿着一件旧的黑色外衣。“另外，那副胡子，不可能在一年内长成那副样子，他肯定在大崩溃前就蓄起来了。”

“你只熟悉卢萨岱尔的贵族，纹，”汉姆说，“最后帝国是个很大的地方，有很多不同的社会。不是每个人都像这里的人一样穿戴。”

布里兹点点头。“赛特在他的地盘上是最有实力的人，所以他不用担心传统和礼仪。他可以随心所欲，当地的贵族也迎合他。在这个帝国里，有着一百个各种各样的朝廷和各种各样的小‘御主大帝’，每个地区都有各自的政治动态。”

纹回过头看着前面的讲台。赛特坐在自己的椅子上，还没有发话。终于，彭罗德站了起来。“这可真是出人意料啊，赛特领主。”

“说得好！”赛特说，“终于说到点子上了。”

“你愿意向议会致辞吗？”

“我想我已经同意了。”

彭罗德清了清嗓子，纹用锡强化过的耳朵捕捉到贵族席上一声轻蔑的“西部贵族佬”。

“你有十分钟，赛特领主。”彭罗德说完，坐了下去。

“很好，”赛特说，“因为，和那边的小子不一样，我会告诉你们究竟为什么你们该让我做国王。”

“为什么？”一个商人议员问道。

“因为我有一支军队正站在你们该死的门阶上！”

议员们面面相觑。

“你在威胁我们，赛特？”伊兰德镇定地问。

“不，樊乔，”赛特回答说，“只是在说实话，你们中部的贵族似乎不敢放手一搏。威胁只是一种变相的承诺。你告诉这些人什么？你的情妇会把她的刀子放在斯特拉夫的脖子上？那么，你是在暗示说如果你落选了，就要让你的迷雾之子撤退，让这座城市被毁掉吗？”

伊兰德的脸红了。“当然不是。”

“当然不是。”赛特重复着。他的嗓门很大，语气强硬而有力。“啊，我一向直来直去，我不会躲躲藏藏。我的军队在那里，我的目的是得到这座城市。但是，我更希望你们爽快地把它交给我。”

“先生，你，是个暴君。”彭罗德面无表情地说。

“那又怎么样？”赛特问道，“我是个带着四万名战士的暴君，那是你们守城兵力的两倍。”

“有什么能阻止我们把你扣为人质呢？”另一个贵族议员问，“看起来你已经自投罗网了。”

赛特哈哈大笑。“如果我今晚不能返回兵营，我的军队就会发动进攻并把这座城市夷为平地，不惜任何代价！也许他们随后会被樊乔毁掉，但跟我、跟你们都没什么关系了。我们将同归于尽。”

房间里陷入了沉寂。

“明白吗，樊乔，”赛特问道，“威胁非常有用？”

“你希望用你的实话让我们选你做国王？”伊兰德问。

“说实话，是的，”赛特说，“看看，以你们的两万兵力加上我的四万，凭借城墙，我们可以轻易地抵挡斯特拉夫，甚至能挡住克洛兽。”

窃窃私语声很快响了起来，赛特扬起浓密的眉毛，看着伊兰德。“你没告诉他们克洛兽的事，是吗？”

伊兰德没有回答。

“好吧，他们很快就会知道的。”赛特说，“无论如何，我看不出你们除了选我之外，还有别的什么选择。”

“你不值得人们尊敬，”伊兰德坦率地说，“人民对他们的领袖有更多的期望。”

“我不值得人们尊敬？”赛特乐呵呵地问，“那你呢？让我问你一个直接的问题，樊乔。在今晚的会议里，你的熔金术师有没有安抚议员们的情绪？”

伊兰德愣住了。他的眼睛瞟向旁边，发现了布里兹。纹闭上了眼睛。不，伊兰德啊，不要……

“是的，他们安抚过。”伊兰德承认了。

纹听到婷德薇尔发出了一声叹息。

“还有，”赛特接着说，“你能真诚地说你从来没有怀疑过自己吗？从来没有怀疑过自己是不是一个好国王吗？”

“我认为每个领袖都会对这些事产生疑问。”伊兰德说。

“啊，我从来不会，”赛特说，“我一直都知道我是要做领袖的，而且我一直尽力确保自己能手握权力。我知道如何使自己更有力量，那代表我懂得如何使那些和我有关的人同样更有力量。

“这里有个交易。你给我王位，我会接管这里。你们都能够保住你们的头衔，而且议会里那些没有官职的人也能得到官职。另外，你们也可以保住自己的脑袋，这是个比斯特拉夫能给出的好得多的交易，我向你们保证。

“人们要继续工作，我将保证他们冬天不会饿肚子。一切都回归平常，回到一年来这场疯狂开始之前的样子。斯卡人做工，贵族管理。”

“你觉得他们会回去过那种生活吗？”伊兰德问，“在我们经过战斗取得这一切之后，你以为我会让你轻易强迫这些人民重新过奴隶的生活？”

赛特大胡子底下的嘴微笑着：“我不认为作决定的是你，伊兰德·樊乔。”

伊兰德沉默了。

“我愿意会见你们每个人，”赛特对议员们说，“如果你们同意，我希望和我的一些随员一起搬进卢萨岱尔。比方说，一支五千人的小部队，足以使我感到安全，但对你们不会造成真正的威胁。我打算住到一个被遗弃的城堡里，直到你们下周作出决定。在这段时间里，我准备轮流会见你们每个人，向你们说明选我做你们国王能够带来的……好处。”

“贿赂。”伊兰德高声叫道。

“当然，”赛特说，“贿赂这座城市里的所有人，最重要的贿赂就是和平！你这么喜欢玩弄词汇，樊乔，‘奴隶’，‘威胁’，‘忠诚’。‘贿赂’只是一个词。换一种方式来看，贿赂只是个承诺，只要倒过来考虑就行。”赛特微笑着说。

“五千名士兵太多了。”一个斯卡人议员说。

“同意，”伊兰德说，“我们绝对不能让那么多外来的士兵进入卢萨岱尔。”

“我也反对。”另一个人说。

“什么？”菲伦说，“在我们城里的国王总比城外的国王威胁更小，你们说是不是？况且，赛特已经承诺给我们所有人头衔了。”

这番话让一些人踌躇起来。

“为什么不现在就把王冠给我？”赛特说，“为我的军队打开大门。”

“不可能，”伊兰德立即说，“除非有了国王，或者除非你能马上全票当选。”

纹笑起来。只要伊兰德在议会里，全票通过的情况就不可能发生。

“呸，”赛特说，但他很圆滑，没有对立法实体作进一步的冒犯，“那就让我在城里住下来吧。”

彭罗德点点头。“大家都同意让赛特领主带着……比如说……一千名士兵住进城里吗？”

整整十九名议员举了手，但不包括伊兰德。

“那就定下来了，”彭罗德说，“我们休会两周。”

这怎么可能？我原以为彭罗德会带头抵制，菲伦不足为虑。但是……这样一个威胁整座城市的暴君？他们怎么能这样？他们怎么能考虑他的建议？伊兰德在心里问自己。

伊兰德站起来，在彭罗德转身从讲台上离开时抓住了他的胳膊。“费尔森，”伊兰德小声说，“这简直是疯了。”

“我们不得不考虑这个选择，伊兰德。”

“考虑背叛人民，把城市出卖给一个暴君？”

彭罗德板起脸，把伊兰德的手甩开。“听着，小伙子，”他沉着地说，“你是个好人，但你一直是个理想主义者。你在书籍和哲学上花费了很多时间，而我一生的大部分时间用在宫廷的政治斗争上。你懂得理论；我熟悉人性。”

他转过身，朝听众点了点头。“看看他们，小伙子。他们被吓坏了。在他们饿着肚子的时候，你的梦想对他们有什么好处？在两支军队准备屠杀他们的家人时，你谈论自由和公正有什么用？”

彭罗德扭过头，盯着伊兰德的眼睛。“御主大帝的政治体系不完美，但确保了这些人的安全。我们连这都保证不了。你的理想打不过军队。赛特也许是个暴君，但如果在他和斯特拉夫之间选择，我必须选择赛特。如果不是你阻止我们，我们也许几个星期前就把城市交给他了。”

彭罗德朝伊兰德点了点头，然后转身跟上了几个准备离开的贵族。伊兰德静静地站了一会儿。

他回忆起伊维斯的《革命研究》里的一段话：

我们注意到，从最后帝国分裂出去试图寻求自治的组织都有一个奇怪的现象，在几乎所有的案例里，御主大帝不需要派军队去征服那些叛乱者。等到他的圣务官抵达的时候，那些组织已经毁灭了自己。

似乎那些叛乱者感到改变造成的混乱比他们所认识的暴君更加难以接受。他们欢天喜地地迎回统治者，即使是压迫他们的统治者，因为对他们来说，这比不确定的未来带来的痛苦更少。

纹和另外的成员走到他身边，他用胳膊搂住纹的肩膀，静静地看着人们从议院里慢慢退出去。赛特被一小群议员围坐着，安排着和他们的会面。

“啊，”纹小声说，“我们知道他是迷雾之子。”

伊兰德转身向她问道，“你从他身上感觉到了熔金术？”

纹摇摇头。“没有。”

“那，你是怎么知道的？”伊兰德问。

“嗯，看看他，”纹挥挥手说，“他装作不能走路的样子，那一定是在掩盖什么。还有什么人能比一个残疾人更不让人起疑心？你还能想出一个更好的办法来掩盖你是迷雾之子的事实吗？”

“纹，天哪，”布里兹说，“赛特从小就是个残疾人，一场病使他的两条腿失去了作用。他不是迷雾之子。”

纹一脸惊讶。“这一定是我听过的最好的打掩护的故事之一。”

布里兹翻了翻白眼，但伊兰德笑了笑，没说话。

“现在怎么办，伊兰德？”汉姆问，“赛特一进城，我们就不能照原计划行事了。”

伊兰德点点头。“我们得再作打算。我们……”这时，一个年轻人离开赛特那伙人，朝他走来。这个人是坐在赛特身边的人之一。

“赛特的儿子，”布里兹小声说，“格涅奥迪恩。”

“樊乔领主，”格涅奥迪恩对伊兰德微微躬了一下身，他大概和“幽灵”一样大，“我父亲想知道你愿意什么时候和他会面？”

伊兰德扬了扬眉毛。“我不愿加入那些等着赛特贿赂的议员行列，年轻人。告诉你父亲，我跟他没什么好谈的。”

“你不愿意？”格涅奥迪恩问，“我姐姐怎么样了？被你绑架的那个？”

伊兰德皱起了眉头。“你知道不是这样的。”

“我父亲也想谈谈这件事，”格涅奥迪恩用带着敌意的目光瞄了布里兹一眼，“另外，他认为，一场你们两个人的单独谈话也许对城市更有好处。你会去斯特拉夫的军营和他会晤，别告诉我你不愿在自己的城里见赛特。”

伊兰德踌躇了一下。忘了你的偏见吧，你要和这个人谈谈，也许这场会晤能得到一些信息呢，他告诫自己。

“好吧，”伊兰德说，“我会拜访他的。”

“晚宴，一周之内？”格涅奥迪恩问道。

伊兰德略略点了点头。

然而，作为发现阿兰迪的人，我成了个重要人物，在创世师的行列里脱颖而出。

33

纹趴在地上，把下巴搁在交叉的双臂上，聚精会神地盯着前面地板上放着的一张纸。考虑到这几天的混乱，回到她的研究中是一种令人吃惊的解脱。

但是，有一个小问题，她的研究显示了他们面临的另一个麻烦。黑暗力量已经归来了。尽管迷雾只是偶尔杀人，但它已经再次变成了敌人。这也意味着永世英雄需要再次出现，不是吗？

她真以为那个人可能是自己吗？她想着这件事的时候，这个想法看起来很荒谬。然而，她的头脑里听到了砰砰的撞击声，她看到了迷雾里的精灵……

而且一年多以前，在她面对御主大帝的时候，那个夜晚又如何解释？在那个晚上，不知什么原因，她取得了迷雾的力量，迷雾像金属一样在她体内燃烧。

她告诉自己，那还不够，一起反常的事件，我一直不能重复的事件，并不意味着我是什么神话里的救世主。她甚至还没有真正理解关于英雄的语言。那本日志提到他应该出身寒微，但那大可以用来描述最后帝国的每个斯卡人。他被认为隐藏了贵族血统，但那又使城里的每个混血儿成了候选人。事实上，她愿意打赌，大多数斯卡人都有着一个或另一个不为人知的贵族祖先。

她叹口气，摇了摇头。

“主人？”奥索尔扭过头问。它正站在一张椅子上，前爪抵着窗户，眺望着城市。

“预言，传说，”纹冲着她做的笔记击了一掌，“究竟有什么意义？为什么特里斯人会相信这些事？难道一种宗教不应该教给人们一些实用的东西吗？”

奥索尔蹲在椅子上。“还有比得到未来的知识更实用的东西吗？”

“如果这确实说了些有用的东西，我会同意。但即使这本日志也承认特里斯的语言可以用不同的方式去理解。如果承诺可以这样没有限制地解释，那又有什么用处？”

“不要因为不理解就否定某个人的信仰，主人。”

纹哼了一声。“你的话听起来像是萨奇德说的。一部分的我倾向于认为所有这些预言是被那些希望求生的祭司编造出来的。”

“只有一部分你？”奥索尔困惑地问。

纹停顿了一下，然后点点头。“在街头长大的那一部分，总是期待那是一场骗局的那部分。”那一部分不愿意承认她感受到的另外的事情。

那砰砰的撞击声变得越来越强烈了。

“预言不一定是骗局，主人，”奥索尔说，“甚至也不一定是关于未来的诺言。它们可能仅仅是一种对于希望的表达。”

“你对这些事情有多少了解？”纹把手上的纸放在一边，轻视地问。

一阵沉默后。“当然，一无所知，主人。”奥索尔说。

纹转身看着他。“对不起，奥索尔。我的意思不是……唉，我最近一直感到心神不定。”

咚，咚，咚……

“你不需要向我道歉，主人，”奥索尔说，“我只是个坎德拉兽。”

“也是个人，”纹说，“带有狗味的人。”

奥索尔笑了。“是你为我选了这些骨头，主人。你必须习惯这个后果。”

“这些骨头也许确实造成了一些后果，”纹站起身说道，“但我不认为你吃的那些腐肉会有什么帮助。说老实话，我得给你找点薄荷叶嚼嚼。”

奥索尔一脸惊讶。“你不认为一条带着清新气息的狗会引起人们的注意吗？”

“除非你在不久的将来碰巧吻了什么人。”纹说，然后转身继续研究她桌子上的一摞纸。

奥索尔吃吃地笑着，也扭过头继续朝城里看。

“队伍过完了吗？”纹问道。

“完了，主人，”奥索尔说，“不过，从这么高的地方，也很难看清楚。但看起来赛特确实搬进来了。他带了不少车辆。”

“他是奥瑞安娜的父亲，”纹说，“无论那姑娘如何抱怨军队里的膳宿，我敢打赌赛特喜欢舒舒服服地出行。”

奥索尔点了点头。纹转过身子，靠在书桌上，边注视着它，边想着它刚才说的话。希望的表达……

“坎德拉兽族也有宗教，是吗？”纹猜测道。

奥索尔猛然转过身子。答案已经不言而喻。

“保管师了解你们的宗教吗？”纹问道。

奥索尔用后腿站着，前爪放在窗台上。“我本来不应该说这些的。”

“你不用怕，”纹说，“我不会泄露你的秘密。但是，我不明白为什么连这也要保密。”

“这是一件坎德拉兽内部的事情，主人。”奥索尔说，“族外的人不会对这个感兴趣的。”

“当然会，”纹说，“你不明白吗，奥索尔？保管师认为最后一个独立的宗教已经被御主大帝在几个世纪前毁掉了。如果坎德拉兽仍然延续着一个宗教，那就说明御主大帝对最后帝国在宗教上的控制是不完全的。那一定代表着什么。”

奥索尔没说话，它昂着头，似乎没考虑到这一点。

他的宗教控制是不完全的？纹对这个念头感到惊讶。御主大帝啊，我开始像萨奇德和伊兰德一样说话了。最近我做研究花的时间太多了。

“不管怎么说，主人，”奥索尔说，“我希望你不要对你的保管师朋友提这件事。他们也许会问一些令人不快的问题。”

“很可能，”纹点着头说，“那么，你们部族里的预言又是什么呢？”

“我觉得你不会想知道的，主人。”

纹笑了，“他们在谈论推翻我们，是吗？”

奥索尔坐了下去，她几乎看到它的狗脸泛起了红晕。“我的……族人遵守那份契约已经很长时间了。它们很难理解为什么我们要生活在这样的负担下，但我们认为这是有必要的。然而，我们确实梦想也许有一天可以不用再这样。”

“有一天人类会服从你们吗？”纹问道。

奥索尔移开了目光。“那时候他们全都死了，事实上。”

“哇。”

“那些预言是不能照字面去理解的，主人，”奥索尔说，“它们是一些隐喻，希望的表达。或者，至少，我平时就是这样看的。也许，你的特里斯预言也一样？是处于危险关头时的一种信念的表达，他们的神明会派一名英雄来保护他们？在这件事上，那种暧昧和含混是有意的，而且是合理的。预言绝不会指向某个明确的人，在很大程度上它表达的是一种总体的感觉。一种希望。”

如果预言是不明确的，为什么只有自己能感受到那种砰砰的撞击声呢？

别想了，她告诫自己，你又在草率地作结论了。“所有的人都死了，”她说，“我们怎么会死绝？坎德拉兽把我们全杀了？”

“当然不是，”奥索尔说，“即使在宗教上，我们也是忠实于契约的。那故事说的是你们杀光了我们。毕竟，你们是毁灭者，而坎德拉兽是幸存者。我想，你们……被认为是世界的毁灭者。利用克洛兽做你们的爪牙。”

“你听起来很为它们难过。”纹好笑地指出。

“坎德拉兽其实对克洛兽有好感，主人，”奥索尔说，“在我们之间有一种纽带：我们都懂得奴隶的含义，我们都被视为最后帝国文化的局外人，我们都——”

它突然住了嘴。

“怎么了？”纹问道。

“我还能再多说吗？”奥索尔问，“我已经说得太多了。你让我为难了，主人。”

纹耸了耸肩膀。“我们都需要秘密。”她朝门口看了一眼，“尽管还有个人我得把他弄明白。”

奥索尔从椅子上跳下来，跟她一起迈开大步出了门。

宫中的某个地方仍然有一个间谍。她已经无奈地忽视这个事实很长时间了。

伊兰德检视着那口幽深的水井。那井口为了方便斯卡人进出开得很大，就像一张向上张开的大嘴，似乎在准备把他吞下去。伊兰德看看旁边，汉姆正站在那里和几个医疗者交谈。

“很多人来找我们说得了腹泻和腹痛，这时我们才开始意识到，”一个医疗者说，“那些症状来得很猛烈，大人。我们已经……死了一些人。”

汉姆瞟了一眼伊兰德，皱起了眉头。

“每个得病的人都住在这个地区，”那名医疗者接着说，“从这口井或附近广场的另一口井汲水。”

“你把这件事告诉彭罗德领主和其他议员了吗？”伊兰德问。

“哦，没有。我们觉得你……”

我已经不再是国王了，伊兰德想。但是，他说不出这句话，特别是对这个来向他寻求帮助的人。

“我会处理这件事，”伊兰德叹了口气，说道，“你可以回去照顾病人了。”

“我们的诊所已经住满了，大人。”那个人说。

“那就找个合适的空的贵族宅院，”伊兰德说，“这种房子很多。汉姆，给他派几个卫兵帮助转移病人和打扫房屋。”

汉姆点点头，挥手招来一名士兵，告诉他集合二十个当值的宫廷卫士和医疗者会合。那名医疗者脸上露出了微笑，看上去轻松了些。他朝伊兰德鞠了个躬，然后离开了。

汉姆走过来，和伊兰德一起站在井口。“意外？”

“不可能，”伊兰德说，他用手指紧抓着井口边缘，“问题在于，是哪一个下了毒？”

“赛特刚进城，”汉姆搓着下巴说，“很容易派一些士兵暗地里投毒。”

“这种事情更像我父亲做的，”伊兰德说，“使我们更紧张，报复我们在他自己的军营里愚弄他。另外，他有个做这种事情轻而易举的迷雾之子。”

当然，赛特曾遭遇过同样的事，布里兹在他抵达之前在他的供水系统里下了毒。伊兰德左思右想，还真没办法弄明白到底哪个人发起了这场攻击。

但不管怎样，被投了毒的水井代表着麻烦。当然，城里还有别的水井，但同样很容易遭到攻击。人们也许不得不依靠河水，但河水对健康不利，河水里不仅混杂着泥沙，还因为军营和城市自身排放的废物受到了污染。

“派卫兵看守这些水井，”伊兰德挥挥手说，“在水井旁竖公告板，张贴警示。然后告诉那些医疗者，让他们对其他疾病的爆发加以小心。”

汉姆点点头。伊兰德暗想：形势越来越紧张，照这样下去，在冬天远未结束之前，我们就会崩溃。

在绕道吃了很晚的晚餐后，一些关于仆人生病的谈话使她很担心，纹去向伊兰德核实，伊兰德刚和汉姆巡视后回来。然后，纹和奥索尔继续他们的原定任务：找道克森。

他们在宫廷图书馆找到了道克森。那个房间曾经是斯特拉夫的书房；伊兰德因为某些有趣的原因赋予了它新的功能。

以纹来看，这个图书馆的有趣之处在于其内容，或者说，在于其缺少的内容。尽管这个房间摆着一排排的书架，但几乎所有的书架都显示出被伊兰德掠夺的痕迹。一排排书籍之间遗留着一处处空缺，其中的书被一本本地带走，伊兰德就好像是一个掠食动物，缓慢地蚕食着整个兽群。

纹微笑着。用不了多久，这个小图书馆里的书就会被伊兰德偷窃一空，拿去充实他的书房，然后被他漫不经心地放在他的某堆书里，表面上是为了归还。不过，这里仍然留了大量的书籍：分类账，图书，财政记录。这类书籍伊兰德通常很少感兴趣。

道克森正坐在图书馆里的一张桌子旁，记着一本分类账。他注意到了她的到来，微笑着瞟了她一眼，然后又接着做记录，显然不想弄错地方。纹等着他做完，奥索尔站在她身旁。

在所有的团伙成员里，道克森从去年以来是变化最大的。她还记得自己在卡蒙的窝点时对他的第一印象。道克森曾经是凯尔西的得力助手，而且是两个人里比较“现实”的。然而，他总是缺乏幽默感，他乐于扮演一个诚实的角色。他对凯尔西忠心耿耿，起了很大的补充作用。

凯尔西死了。道克森又会如何呢？他穿着贵族的套装，和以往一样，在所有的团伙成员里，他穿着套装看起来最得体。如果剃掉脸上半长的胡须，他就是以假乱真的贵族，不是有钱的官宦人物，而是终生在大家族的老爷之间做买卖的一位刚刚步入中年的领主。

他在记录分类账，但他经常这样做。他还充当着团伙负责人的角色。所以，不同之处在哪里呢？他还是同一个人，做着同样的事。但他就是给人的感觉不一样：那朗朗的笑声消失了，还有静静享受着周围人的种种古怪的脾气。没了凯尔西，道克森的脾气不知怎么从温和变得……乏味了。

而这就是使她感到怀疑的地方？

这件事必须得做，她想。道克森放下笔，招呼她坐下来。她对他笑了笑。

纹坐了下去，奥索尔也跑来站在她的椅子旁边。道克森瞪着奥索尔，微微摇了摇头。“真是只训练得很出色的动物，纹，”他说，“我还没见过像这只一样的……”

他不知道吗？纹警觉地想。坎德拉兽能认出另一个以狗的身体出现的坎德拉兽吗？不，那不可能，否则奥索尔就能为她找出那个潜入者了。所以，她再次微笑了一下，轻轻拍了拍奥索尔的脑袋。“市场上有一个驯兽人。他教猎狼犬担当保护任务，和小孩待在一起，使他们远离危险。”

道克森点了点头。“嗯，你找我有事？”

纹耸耸肩。“我们还没有好好聊过天，道克斯。”

道克森靠在椅子上。“现在也许不是聊天的好时候。要是投票对伊兰德不利，我得准备一下皇家账目，交给另外某个接管的人。”

“抱歉，”纹说，“我不是要打扰你，不过伊兰德近来太忙，而且萨奇德也在忙他自己的事……”

“没关系，”道克森说，“我可以抽出几分钟时间。你有什么事？”

“啊，你记得我们以前的那场谈话吗，在大崩溃之前？”

道克森皱起了眉头。“哪一次？”

“你记得吗……和你童年有关的那次。”

“哦，”道克森点了点头说，“是的，怎么样？”

“啊，你还是那样想吗？”

道克森沉思着，手指轻轻敲打着桌面。纹极力克制住自己的紧张，等着他开口。那次谈话是在他们两人之间发生的，道克森第一次向她谈起他是如何憎恨贵族。

“我想不是，”道克森说，“不再那样了。凯尔过去常常说你轻信贵族，纹。但你最终甚至改变了他。对，我不再认为完全毁掉贵族阶层是必须的了。他们并不像我们以前认为的全都是畜生。”

纹放松下来。道克森不但知道那场谈话，也记得他们谈论的要点。那一次只有他们两个人在一起。所以他肯定不是坎德拉兽，对吗？

“这跟伊兰德有关系，是吗？”道克森问。

纹耸耸肩膀。“是的。”

“我明白你希望我跟他能相处得更好，纹。不过，整体来说，我觉得我们处得不错。他很善良，我承认，但作为一个领袖他有一些缺点：他缺乏魄力，缺少应有的气度。”

不像凯尔西那样。

“不过，”道克森接着说道，“我不希望看到他失去王位。作为贵族，他一直对斯卡人一视同仁。”

“他是个好人，道克斯。”纹平静地说。

道克森移开了目光。“我明白，但是……唉，每次和他谈话的时候，我都会看到凯尔西站在他身边，对我摇着头。你知道我和凯尔一起梦想着推翻御主大帝有多长时间了吗？其他的团伙成员，他们认为凯尔西的计划是一时兴起——是他在矿井时想到的，但这个计划要早得多，纹，早得多。

“我们一直仇视贵族，凯尔和我都是。在我们还是盘算着未来工作的年轻人的时候，我们希望变得富有，但我们也想伤害他们，为他们从我们身上夺走他们没有权利得到的东西而伤害他们。我亲爱的……凯尔西的妈妈……每个我们偷到的铸币，每个被我们杀死在小巷里的贵族都表明了我们展开战争的方式，我们伤害他们的方式。”

纹安静地坐着。正是这些故事，这些令人困扰的关于过去的回忆，始终使她对凯尔西，这个一手把她训练出来的人，感到有些不舒服。正是这种情绪使她驻足不前，即使在她的本能低声怂恿着她，催促她拿起刀子趁着黑夜向斯特拉夫和赛特复仇的时候。

道克森也有几分同样的冷酷。凯尔西和道克森不邪恶，但他们是复仇者。他们所受的压迫已经改变了他们，不管是和平，是改革，还是补偿，都无法挽回这个结果。

道克森摇着头说：“而我们把他们中的一个人扶上了王位。我总是不由自主地想到，不管伊兰德是个多么好的人，凯尔西都会因为我们让伊兰德做国王而生气的。”

“凯尔西最后变了，”纹平静地说，“你自己说的，道克斯。你知道他救了伊兰德的命吗？”

道克森扭转头，皱着眉问，“什么时候？”

“在最后那天，”纹说，“他知道伊兰德是谁，而且知道我爱着他。最终，凯尔西认为不管他的父母是谁，他都是个值得保护的好人。”

“我觉得很难接受，纹。”

“为什么？”

道克森迎着她的目光。“因为，如果我认为伊兰德不应因为他们对我们的所作所为感到负疚，那么我就得为我对他们所做的一切而承认自己是个怪物。”

纹的身子颤抖起来。在那双眼睛里，她看到了道克森的改变背后的事实。她看到了他的笑容背后的死亡气息。她看到了负疚。关于那些谋杀。

这个人不是入侵者。

“我在这个政府里找不到任何乐趣，纹，”道克森轻声说，“因为我明白我们为了创造它做了些什么。问题在于，我愿意从头再来一次。我告诉自己这是因为我信仰斯卡人的自由。但我夜里常常睁着眼睛躺着，暗暗为我们对我们的前统治者所做的事情而得意。他们的社会被毁掉了，他们的神明死了。现在他们明白了。”

纹点点头。道克森低着头，似乎有些羞愧，这种表情纹很少在他身上看到。看来没有别的话好说了。道克森在她退出去时坐着一言不发，笔和账册被他遗忘在了桌子上。

“不是他。”纹说。她走在空荡荡的宫中走廊上，想驱开道克森的话在她的意识里引起的困扰。

“你肯定吗，主人？”奥索尔问道。

纹点点头。“他知道我和道克森在大崩溃前的一场私人谈话。”

奥索尔沉默了片刻。“主人，”它最后开口说，“我的族人能够做得非常周密。”

“是的，但他怎么可能知道那样的事。”

“我们常常在夺走别人的骨头之前访问他们，主人，”奥索尔解释说，“我们会和他们见上几次面，在不同的情境下，想办法谈论他们的生活。我们也会和他们的朋友和熟人交谈。你曾经向人提起过和道克森的这场谈话吗？”

纹停下脚步，靠着石头门廊。“也许向伊兰德说过，”她承认道，“我想我也向萨奇德提起过，就在谈话结束后不久。那差不多是两年前的事了。”

“那也许已经足够了，主人，”奥索尔说，“我们不可能了解一个人的一切，但我们尽最大的可能了解类似这样的事情：私人谈话、秘密、机密信息，这样我们就能在适当的场合说出来，加强别人对我们的错觉。”

纹皱着眉头。

“还有……一些别的事情，主人，”奥索尔说，“因为我不希望你在痛苦中回想，所以我犹豫着是不是该告诉你。但是，那对我们的主人、那些真正的凶手而言很平常，他们折磨那些受害者，逼迫他们吐露信息。”

纹闭上了眼睛。道克森的感觉是如此真实：他的内疚、他的反应……那是不可能伪装的，是吗？

“该死。”纹轻声说了一句，睁开了眼睛。她转过身，叹息着推开了门廊的窗扇。外面黑下来了。她倚在窗台上，看着两层楼下的院子，迷雾已经在眼前翻滚起来。

“道克森不是熔金术师，”她说，“我又怎么能确定他到底是不是冒充者呢？”

“我也不知道，主人，”奥索尔说，“这绝不是一件容易的事。”

纹静静地站着。漫不经心地，她拿出了她的青铜耳环——妈妈的耳环，在手上把玩着，看着上面反射的光。耳环从前是镀银的，但大部分已经被磨掉了。

“我恨这个。”她最后说。

“什么，主人？”

“这种……不信任，”她说，“我讨厌怀疑自己的朋友，我觉得我被身边的不信任包围了。我感到像有一把刀子在我身体里搅动，每一次当我面对着团伙成员的时候，那把刀子都会切得更深一点。”

奥索尔蹲坐在她身边，它仰起头。“不过，主人，你已经排除掉了几个。”

“对，”纹说，“但那只是缩小了范围，使我离知道他们中的谁已经死了更近一步。”

“但知道真相不是一件好事吗？”

纹摇摇头。“我不希望是他们中的任何一个人，奥索尔。我不愿意怀疑他们，不愿意发现我们对了……”

奥索尔一开始没有回答，让她一个人盯着窗户外面，迷雾缓缓流进她身旁的地板上。

“你很真诚。”最终奥索尔说。

她扭过头来，“当然。”

“对不起，主人，”奥索尔说，“我不是想冒犯你。我只是……唉，我做过如此多主人的坎德拉兽。他们中有如此多的人怀疑和憎恶他们身边的每一个人，我以为你们缺乏信任的能力。”

“这种想法很傻。”纹说，又扭头对着窗户。

“我知道，”奥索尔说，“但人们常常相信那些很傻的事情，只要给他们足够的证据。不管怎么说，我道歉。我不知道到底你的哪个朋友死了，但我为我们的一个同类给你带来的痛苦感到很抱歉。”

“不管它是谁，它只是在履行它的契约。”

“是的，主人，”奥索尔说，“不可更改的契约。”

纹皱着眉头。“有办法找出是哪个坎德拉兽在卢萨岱尔有契约吗？”

“对不起，主人，”奥索尔说，“那是不可能的。”

“我想也是，”她说，“你会不会认识它呢，不管它是谁？”

“坎德拉兽族是一个紧密的组织，主人，”奥索尔说，“而且我们的成员很少。所以我认识它的机会很大。”

纹用手指敲着窗台，皱着眉头，疲惫地思索着这些消息是否有用。

“我还是认为道克森不是，”她放好耳环说，“我们从现在起把他放在一边。如果我们不能找到别的线索，再回过头来……”她放低了声音，有东西引起了她的注意。下面，一个人影走进了院子，那人没有带任何灯火。

她以为是汉姆。但那脚步声不对。

她把壁灯的灯罩推上去。灯光摇动一下，门廊陷入了黑暗。

“主人？”奥索尔在她爬上窗台，燃烧起锡向窗外窥探时问道。

绝对不是汉姆，她想。

她开始担心起伊兰德，在她和道克森谈话时就突然担心过有人行刺。不过，现在刚刚入夜，伊兰德应该还在跟他的顾问们讨论。这不是行刺的好时机。

而且只有一个人？不是赞恩，从身高上看不像。

也许只是一名卫士，为什么我总是疑神疑鬼呢？

但是……她看着那个身影走进院子里，她的本能起了作用。那人的行动有点让人生疑，有些不自然，好像不愿意被人看到一样。

“到我怀里。”她对奥索尔说，然后把一枚裹了垫子的铸币扔了下去。

奥索尔灵活地跳了上来，纹从窗户里跳了下去，利用那枚铸币落在二十五尺下的地面上。她放下奥索尔，朝迷雾里点了点头。奥索尔紧紧地跟在她身后，纹在黑暗里移动着，弯着腰，躲闪着，想清楚地看一下那个人影。那个人步伐轻快，径直朝宫殿的一侧走去，那里是仆人的通道。当他经过通道时，纹终于看到了他的脸。

德默克斯上尉？她想。

她蹲在地上，和奥索尔躲在一摞木头搬运箱后面。她对真实的德默克斯又了解多少呢？他是一个斯卡人叛乱者，是凯尔西在两年前招募的。他很忠诚，而且晋升得很快。在军队里的其他人追随叶丹走上末路时，他是选择留下来的那些忠诚的军人之一。

在大崩溃后，他一直和团伙成员在一起，成了汉姆的副手。他接受过汉姆大量的训练，这也许解释了他为什么夜间外出时不用火把或灯笼。

如果我要取代团伙里的某一个人，纹想，我不会选择熔金术师，那样太容易被人发现。我会选择一个平常人，一个不需要作决策或者不容易引人注意的人。

一个既接近团伙，又不需要置身其中的人。一个总能接近重要的会议，其他人又不清楚这一点的人。

她感到一阵恐惧。如果冒牌货是德默克斯，那就意味着她的一个好朋友已经被杀害了，而且这也表明那个坎德拉兽的主人比她想象的聪明得多。

德默克斯绕着城堡走，纹悄然跟踪着。但是，不管他这天晚上在干什么，看起来已经结束了，因为他通过城堡侧面的一个通道走了进去，并向在那里站岗的卫士打着招呼。

纹站在阴影里。德默克斯和卫士交谈着，他并没有从宫里溜出去。然而……她认得弯着腰的姿势，那紧张的动作。他在紧张着什么。

就是他，纹心想，那个间谍。

但是现在，她应该怎么办呢？